譯註 三國演義

삼국연의

5

나관중 지음 / 박을수 역주

〈제61회 ~ 제75회〉

보고사

길잡이

1) 나관중의 삼국지는 [삼국지통속연의](三國志通俗演義)이고, 모종강 본은 [회도삼국연의](繪圖三國演義)가 원제이다. 여기서는 [삼국연의](三國演義)를 책명으로 하였다.

2) 이 책은 중국고전소설신간 [삼국연의](三國演義: 120回·臺北市 聯經出版事業公司印行)을 저본(底本)으로 하고, 여러 이본(異本)들을 참고한 완역(完譯)이다. 다만 모종강(毛宗崗) 본에 있는 '삼국지연의서'(三國志演義序·人瑞 金聖嘆氏 題)·'삼국지연의서'(三國志演義序·毛宗崗)·'독삼국지법'(讀三國志法·毛宗崗) 등과 매회 앞에 있는 '서시씨 평'(序始氏 評)과 본문 중간 중간의 ( ) 속에 있는 보충설명(이를 '夾評'·'間評'이라고도 함) 등은 번역하지 않았다. 그 이유는 이 부분이 독자들에게는 꼭 필요하지 않을 것이라고 생각했기 때문이다.

3) 지금까지 나온 [삼국지](三國志)는 김구용·박기봉의 번역본에서부터 이문열의 평역본에 이르기까지 여러 종이 있고, 또 책마다 특장(特長)을 지니고 있다. 그러나 삼국지의 원래의 뜻을 충분히 이해하는 데는 한계가 있는 것 같아서 이를 보완하는 데 심혈을 기울였다. 그것은 각주(脚註)만도 중복되는 것이 있기는 하지만, 2천 6백여 항에 달하고 있음을 보면 이해가 될 것이다.

4) 인명(人名)·지명(地名)·관직(官職) 등은 특별한 경우가 아니면 주석하지 않았다.

5) 주석은 각주로 쉽게 하였으며 참고하기 편하도록 매 권의 끝에 '찾아보기'를 붙였다. 또 연구자들을 위해서 출전(出典)·용례(用例)·전거(典據) 등을 밝히고, 모아서 별책(別冊)으로 간행하였다.

6) 인물(人物)·지도(地圖) 김구용의 [삼국지](三國志)에서 빌려 썼다.

차 례

삼국연의
5

나관중 지음 / 박을수 역주

유비

제61회

조운은 강을 막아 아두를 빼앗고
손권은 글을 보내 늙은 아만을 물리치다.

趙雲截江奪阿斗
孫權遺書退老瞞.

　한편, 방통과 법정 두 사람은 현덕에게 자리에 나가 유장을 죽이라고 권하며, 그렇게 되면 서천이 수중에 떨어질 것이라고 했다.
　현덕이 말하기를,
　"내가 처음 촉중에 들어와서 은신(恩信)을 세우지도 못한 상태에서는, 이 일은 결단코 행할 수 없소이다."
하였다. 두 사람이 재삼 권했으나 현덕은 종시 따르지 않았다.
　이튿날 유비는 유장과 함께 성중에서 연석을 마련하고, 서로가 심정을 털어 놓는데 그 정의가 아주 극진하였다.
　술이 얼마간 취하자 방통과 법정 두 사람이,
　"일이 이미 이 지경에 이르렀으니 주공께서는 하지 않을 것이외다."
하며, 곧 위연에게 술자리에서 검무를 추게 하고 틈을 타서 유장을 죽이라고 하였다.
　위연은 칼을 빼어 들고 나오면서,
　"연석에서는 즐거운 것이 없었는데 제가 검무를 보여드리리다."
한다. 방통이 곧 여러 무사들을 불러 당하에 늘어세우고 위연의 하수1)를 기다리게 하였다.

유장 수하의 장수들은 위연이 술자리에서 검무를 추는 것을 보고, 또 계하의 무사들이 손에 칼을 들고 있는 것을 보고 당상을 직시하였다.

종사 장임(張任) 또한 칼을 빼어 들고,

"검무란 반드시 상대가 있어야 맛이 납니다. 내가 위장군과 함께 검무를 추겠소이다."

하며, 두 사람이 연석 앞에서 검무를 추었다. 위연이 눈으로 유봉을 보고 눈짓을 하며 유봉 또한 칼을 뽑아서 검무를 도왔다.

이에 유궤·냉포·등현 등은 각기 칼을 뽑아들며,

"우리들이 군무를 추면서 웃음을 도울까 하오."

하였다.

현덕이 크게 놀라 급히 좌우에 차고 있던 칼을 빼어 들고, 자리에서 일어나서 말하기를

"우리 형제가 서로 만나서 통음을 하는데 무슨 의심과 거리낌이 있겠느냐. 또한 홍문연도 아니거늘 어찌해서 검무가 소용하냐2) 말인가? 칼을 버리지 않는 자는 즉참하리라!"

하자, 유장 또한 꾸짖으며

"형제가 서로 만났는데 어찌 칼이 필요하냐?"

---

1) 하수(下手) : 손을 씀. [傳燈錄] 「慧藏對馬祖曰 若敎某甲自射 直是無**下手**處 又僧問 天地還可雕琢也 無 靈黙曰 汝試**下手**看」. [唐律 鬪訟] 「諸同謀共毆傷人者 各以**下手**重者爲重罪」.

2) 홍문연·검무(鴻門宴·劍舞) : 홍문연에서 항장이 유방을 죽이려고 검무를 추었던 일. 「항장무」(項莊舞). [中文辭典] 「沛公謝羽**鴻門** 羽留**宴** 范增潛使項蔣舞劍 欲乘間擊殺沛公 項伯亦起舞 以身翼之 會樊噲帶劍擁盾入軍門 始得免 後世稱此會 爲**鴻門宴**」. [大淸 一統志] 「**鴻門阪**在臨潼縣(陝西省)東 後漢書郡國志 於新豊 有**鴻門亭** 孟康曰 在新豊東十七里 舊大道北下阪口名也……實宇記 按關中記 **鴻門**在始皇陵北十里 雍錄 **鴻門**在驪山北十里 縣志 縣東十五里 有項王營 卽**鴻門**也」.

라고 시위들에게 말하여, 모두 차고 있는 칼을 버리게 했다. 여러 사람들이 모두 하당하자, 현덕은 여러 장수들을 당상으로 불러 저들에게도 술을 주었다.

그러면서 말하기를,

"우리 형제는 뼈와 피를 같이 하였으니 함께 대사를 도모하여, 결코 다른 마음이 없으리니 너희들은 의심마라."

제장들이 모두 배사하였다.

유장이 현덕의 손을 잡고 울며 말하기를,

"형님의 은혜를 맹세코 잊지 않겠습니다."

하였다. 두 사람은 기꺼워 마시며 하며 늦어서야 헤어졌다.

현덕이 영채로 돌아와 방통을 꾸짖으며,

"공들은 어찌해서 나를 불의에 빠뜨리려 하시오? 이제 이후에는 절대 이런 일을 하지 마시오."

하거늘, 방통이 한탄하며 물러 나왔다.

한편, 유장은 영채로 돌아오니

유궤 등이 묻기를,

"주공께서는 오늘 연석에서 있던 일을 보셨습니까? 곧 돌아가지 않으시면 환을 당할까 걱정됩니다."

하니, 유장이 말하기를

"내 형님 유현덕은 다른 사람과 다르다네."

하매, 여러 장수들이 말하기를

"비록 현덕께서 이런 마음이 없대도, 저의 수하들이 다 서천을 병탄하려 하여 부귀를 도모하고 있습니다."

한다.

유장이 말하기를,

"너희들은 우리 형제 사이를 이간하지 말아라."

하며 종시 듣지 않았다. 그리고는 매일 현덕과 만나서 회포를 풀었다. 갑자기 장로가 군사들을 정비하고 가맹관(葭萌關)을 침범하려 한다고 알려 왔다. 유장은 곧 현덕을 청하여 저들을 막아 달라 하자, 현덕은 개연히 허락하고 그날로 본부병들을 이끌고 가맹관으로 갔다.

여러 장수들이 유장에게 대장들로 하여금 각처의 요충지를3) 지키도록 하여, 현덕의 병변을4) 막으소서 하고 권하였다.

유장이 처음에는 이에 따르지 않았으나 후에는 여러 장수들이 간절히 권하는 통에, 할 수 없이 백수(白水)도독 양회(楊懷)와 고패(高沛) 두 사람에게 명을 내려 부수관을 지키라 하고, 성도로 돌아왔다.

현덕은 가맹관에 도착하여 군사들에게 엄명을 내려, 은혜를 널리 베풀고 새로 민심을 수습하라 하였다.

일찍이 세작들이 동오에 첩보를 알렸다. 오후 손권은 문무관들을 모아 놓고 의논을 하였다.

고옹이 나서며 말하기를,

"유비는 병사들을 나누어 멀리 험한 산을 넘어갔으니, 쉽게 돌아오지는 못할 것입니다. 왜 일지군으로 하여금 먼저 서천의 애구를 막아서 저들의 귀로를 끊지 않으십니까. 그리고 그 후에 동오의 군사들을 모두 동원해 단번에 형양으로 쳐 내려가지 않으십니까? 이는 놓칠 수 없는 기회입니다."

---

3) **요충지[關隘]** : 긴 한목·요해처. [齊書 肅景先傳]「先惠朗依山築城 斷塞**關隘** 討天蓋黨與」. [吳澄 雪谷早行詩]「路絕人踪失**關隘** 槎枒老樹森矛介」.

4) **병변(兵變)** : 군사들의 반란. 병란이나 전란과 같음. [國語 楚語下]「金足以禦**兵亂**」. [後漢書 杜林傳]「流離**兵亂**」.

하니, 손권이 말하기를

"그 계책이 참 묘하구려!"

하며 의논하고 있는데, 문득 병풍 뒤에서 한 사람이 크게 소리치며 나와 말하기를

"그 계책을 낸 자를 참하세요! 그 계책은 내 딸의 목숨을 어찌하라는 것이오?"

여러 사람들이 놀라며 저를 보니 오국태였다.

국태는 노하며 묻기를,

"내 평생에 오직 딸 하나 있는데, 그 아이를 유비에게 시집보냈소이다. 지금 만약에 동병을 한다면 내 딸아이의 생명은 어찌 되겠소이까?"

하며, 손권을 꾸짖기를

"네가 아버지와 형의 나라를 손에 넣어 앉아서 81주를 거느리고도 부족한 게냐. 이에 적은 이익을 탐해서 골육은 생각지도 않느냐!"

한다.

손권이 공손한 소리로 대답하기를,

"어머님의 가르침을 어찌 어기겠습니까!"

하며, 마침내 중관들을 꾸짖었다. 국태는 성을 내며 들어갔다.

손권은 난간에5) 기대서서, 스스로 생각하기를 '이 기회를 잃으면 형양을 어느 날에 취한다는 말인가?' 하고 골똘히 생각하고 있는데, 장소가 들어오며 보고 묻기를

"주공께서는 무슨 근심이라도 있으십니까?"

하거늘, 손권이 대답한다.

"조금 전에 있었던 일을6) 생각하고 있소이다."

---

5) 난간[軒下] : 처마 밑. '헌'은 치솟은 처마(飛簷). [後漢書 曹皇后紀]「以璽綬抵軒下 因涕泣橫流曰 天下祚爾 左右皆莫能仰視」.

한다.

장소가 또 말하기를,

"그 일은 아주 쉬운 일입니다. 지금 심복 장수 한 사람에게 5백여 군사를 이끌고 형주에 잠입하여 한 통의 밀서를 군주에게[7] 전하십시오. 그 편지에 국태께서 위중하셔서 따님을 보자고 하시니 밤을 도와 동오에 오라 하십시오. 현덕은 한평생 자식이 하나뿐이니 같이 데리고 오게 하라 하시면, 현덕은 형주를 아두(阿斗)와 바꾸려 할 것입니다. 만약에 그렇지 않다면 그대로 군사를 움직이더라도 다시 무슨 장애가 있겠나이까?"

하니 손권이 대답하며

"그 계책이 참으로 묘책이외다! 내게 한 심복이 있으니 성은 주(周)요 이름은 선(善)이라 하는데 담이 큰 인물이지요. 어려서부터 내 집에 드나들어서 내 형님을 많이 쫓아다녔다오. 오늘 그를 보내려 하외다."

하거늘, 장소가 말한다.

"일절 일을 누설되어서는 안 됩니다. 그리고 이는 곧 실행해야 합니다."

한다. 이에 주선을 몰래 보내며, 군사 5백 명을 장사꾼으로 변장하게 한 후 5척의 배에 나눠 태웠다. 곧 거짓 국서를 써서 만일에 대비하게 하였다. 배 안에는 몰래 병기를 감추어 두고, 주선은 명을 받아 형주의 뱃길을 따라왔다.

배를 강변에 매어 두고 직접 형주에 들어가자 문리가 손부인에게 보고하였다. 부인이 주선을 들게 하니 밀서를 바쳤다. 손부인은 국태께서 병이 위독하시다는 내용을 보고, 눈물을 뿌리며 물었다.

---

6) 조금 전에 있었던 일[適間之事] : 방금 전에 있었던 일.

7) 군주(郡主) : 황자(皇子)의 딸. [明史 輿禮志]「皇姑妹曰長公主 皇女曰公主 親王女曰郡主」. [故事成語考 外戚]「郡主縣君皆宗女之謂」.

주선은 엎드려 절하며 말하기를,

"국태께서는 병이 위중하셔서 조석으로 손부인을 생각하고 계십니다. 늦게 가셨다가는 뵙지도 못할까 걱정됩니다. 부인께서 아두를 데리고 가셔서 한 번 뵈옵기 바랍니다."

하거늘, 부인이 대답하기를

"황숙께서 군사들을 이끌고 멀리 나가 계시니 내 지금 가고자 한다면, 모름지기 사람을 시켜 군사(軍師)에게 알려야 하오. 그리고 나서야 떠날 수 있습니다."

한다.

주선이 묻기를,

"만약에 군사께서 '황숙께 알리고 명을 기다려 배를 타시라' 한다면 어찌하시겠습니까?"

하거늘, 부인이 말하기를

"만약에 말없이 가려 한다면 막을까 걱정이오."

하니, 주선이 대답하기를

"강에 이미 타실 배를 준비해 놓았습니다. 이제 곧 수레에 오르시어 성을 나가시면 됩니다."

하거늘, 손부인이 어머니께서 병이 위중하시단 말을 듣고서, 어찌 당황해 하지 않으시겠는가? 곧 7살의 아두와 함께 수레에 오른다. 수행 30여 명이 각기 칼을 차고 말에 올라 형주성을 떠나 곧바로 강가에 와서 배에 올랐다.

부중 사람들이 알리려 하였으나, 손부인은 이미 사두진(沙頭鎭)에 이르러 배에 오른 뒤였다. 주선이 배를 띄우려 할 때 강 언덕에서 크게 부르는 소리가 들리는데,

"배를 띄우지 말아라. 부인을 전송하겠다."

하거늘, 저를 보니 조운이었다.

원래 조운은 순찰을 마치고 방금 돌아오다 이런 소식을 듣고 놀라서, 겨우 4, 5기만 데리고 바람같이 말을 몰아 급히 쫓아온 것이다.

주선은 손에 긴 창을 잡고 크게 말하기를,

"네 누구기에 감히 국모께서 가는 길을 막느냐!"

하며, 군사들에게 일제히 배에 늘어서라고 하였다. 각 장수들이 무기를 가지고 배 위에 벌여 섰다. 바람은 순하고 물길은 급해서 배가 다 물결을 따라 흘러갔다.

조운은 강가에서 쫓아가며 말하기를,

"부인께서 가시려거든 가십이오. 다만 한 마디만 묻겠습니다."

하여도, 주선은 귀를 기울이지 않고 배를 빨리 가라고만 독려하였다.

조운은 급히 10여 리까지 따라오는데, 문득 강여울에 한 척의 어선이 비껴 매어 있는 것이 보였다. 조운은 말을 버리고 창을 잡고서 어선으로 뛰어들었다. 사공과 함께 두 사람이 배를 저어 따라가며 손부인이 타고 있는 대선을 급히 추격하였다.

주선은 군사들을 시켜 활을 쏘게 하였다. 조운은 창을 써서 화살을 막으니, 화살들이 다 어지럽게 물에 떨어졌다. 큰 배와의 거리가 한 길 정도 달라붙자, 오나라 군사들은 창을 써서 마구 찍어댔다. 조운은 창을 버리고 작은 배 위에 있었다. 그리고 차고 있던 청홍검을 빼어 들고 벌여 있는 창끝을 헤치며 몸을 솟구쳐 큰 배에 올랐다. 오나라 군사들이 모두 놀라 자빠졌다.

조운이 배에 들어가니 손부인은 아두를 끌어안고, 조운에게 말하기를

"어찌 이리 무례하게 구시오!"

한다.

조운은 칼을 집에 꽂고 부드러운 목소리로,

"주모(主母)께서는 어디를 가려 하십니까? 어찌해서 군사에게 알리지도 않고 떠나십니까?"

하자, 손부인이 대답하기를

"내 어머님께서 병이 나서 위독하시다 하여, 알릴 겨를이 없었소."

하거늘, 조운이 묻기를

"주모께서는 잘못하고 계십니다. 주공의 유일한 소생은 단지 일점 혈육뿐입니다. 소장은 당양의 장판언덕에서[8] 백만 조조의 군사들 속을 헤치고 겨우 구출해내었습니다. 오늘날 부인께서 데리고 가려하심은 무슨 도리입니까?"

한다.

부인이 크게 노하여 말하기를,

"네가 단지 군국의 한 무장으로서, 어찌 감히 집안일에 간섭하려 하느냐!"

한다.

조운이 말하기를,

"부인께서 꼭 가시겠다면 소주인을 남겨두고 가시옵소서."

하자, 부인이 큰 소리로 꾸짖는다.

"자네가 도중에 배 위에 뛰어들더니 필시 모반의 뜻이 있는 게로구나!"

한다.

그러나 조운은 말하기를,

---

8) 당양의 장판언덕에서[當陽長坂坡] : 유비가 조조에게 패한 곳. 이때 조운이 단신으로 적중에 들어가 감부인(甘夫人)과 아두(阿斗)를 구출해 내었음. [三國志 蜀志 張飛傳]「先主奔江南 曹公追之 及於**當陽之長坂** 先主棄妻子走 使飛將 二十騎拒後 飛拒水斷橋 瞋目橫矛 敵無敢近者」.

"만약에 소주인을 남겨두고 가시지 않으신다면, 저는 만 번을 죽는다 해도 부인을 놓아 보내드리지 않겠습니다."

한다. 부인이 시비들을 향해 소리쳐 저를 치게 하였으나, 조운은 저들을 밀어젖히고 부인의 품 속에서 아두를 뺏어 안고 뱃머리로 나왔다. 배를 대려 하였으나 돕는 사람이 없고, 흉포를 떨려 했으나 또한 도리에 맞지 않는 것 같아서 망설이며 진퇴를 정하지 못하였다.

손부인은 시비들에게 아두를 뺏어오라고 소리쳤으나, 조운이 한 손으로 아두를 안고 다른 손으로 칼을 집고 있어 감히 접근하지 못하였다. 주선은 배의 후미에서 키를 잡고 배를 하류로 몰았다.

바람은 순하고 물결은 급해서 배가 중류로 흘러가고 있었다. 조운은 혼자서 어쩔 수 없게 되어9) 단지 아두만을 보호하고 있으니, 어찌 배를 강가에 댈 수 있겠는가?

아주 위급한 중에, 문득 하류를 보니 포구 안에서 10여 척의 배를 일자로 늘어세워 끌고 오는 것이었다. 뱃머리에는 한 장수가 기를 흔들고 북을 치며 오고 있었다. 조운은 생각하기를 '이제는 동오의 계교에 빠졌구나!' 하고 있는데, 뱃머리 위에서 한 대장이 손에 장팔 사모를 짚고 서서 큰 소리고 외치기를,

"형수님은 조카를 두고 가세요!"

한다.

원래 장비는 순찰을 돌던 중에 이 소식을 듣고 급히 유강의 애구에 왔다가, 오나라의 배와 딱 마주친 것이다. 그래서 황급히 막아선 것이

---

9) 혼자서 어쩔 수 없게 되어[孤掌難鳴]: 외손뼉은 소리가 나지 않는다는 말로, '혼자서는 일을 하지 못함'을 이름. [傳燈錄]「僧請道匡示箇入路 匡側掌示之曰 **獨掌不浪鳴**」. [戴善夫 風光好曲]「**孤掌難鳴**」. [韓非子 功名篇]「一手**獨拍 難疾無聲**」.

다. 장비는 칼을 빼어 들고 오나라 배 위로 뛰어들었다. 주선이 장비가 배에 뛰어드는 것을 보고 칼을 빼어 들고 나와 맞았다. 그러나 장비가 손에 들고 있던 칼로 쳐서 그의 머리를 손부인 앞에 던졌다.

손부인이 크게 놀라며 말하기를,

"아주버니께서는 어찌해 이리 무례한 행동을 하세요?"

하거늘, 장비가 대답하기를

"형수께서는 나의 형님을 중히 여기지 않으시고, 사가로 돌아가시니 이것이 무례한 행동입니다!"

한다.

손부인이 말하기를,

"내 어머님께서 병환이 급하시다 하여 아주 급한 지경입니다. 만약에 형님의 회보를 기다리다가는 일이 잘못될 것이오이다. 나를 놓아주지 않는다면 강에 뛰어들겠습니다!"

하였다.

장비와 조운이 상의하기를,

"만약에 부인께서 돌아가시게 한다면, 이는 신하의 도리가 아닐 것이오. 단지, 아두는 데리고 배로 가세."

하였다.

이에 손부인에게 말하기를,

"내 형님은 대 한나라의 황숙이시니, 또한 형수께 욕 되시거나 부족하지 않으시오이다. 오늘 서로 떠나셔도 형님의 은의를 잊지 마시고 속히 돌아오시기 바랍니다."

하고 말이 끝나자, 아두를 안고 조운과 함께 배로 돌아가고 손부인은 5척의 배로 돌아갔다.

후세 사람이 자룡을 예찬한 시가 있다.

전번에는 주군을 당양에서 구하더니
오늘은 대강을 향해 몸을 날리도다.
　昔年救主在當陽
　今日飛身向大江.

배 위의 오군들이 모두 간담이 찢어졌네
자룡의 영용함이여 세상에 적수 없어라!
　船上吳兵皆膽裂
　子龍英勇世無雙!

또 익덕의 행동을 예찬한 시가 있다.

장판교에서의 노기 등등함이여
한 소리에 조조의 군사들을 물리쳤네.
　長坂橋邊怒氣騰
　一聲虎嘯退曹兵.

지금은 배 위에서 위험에 처한 주군을 또 구하니
청사에 그 이름 길이길이 빛나리.
　今朝江上扶危主
　靑史應傳萬載名.

　두 사람은 기뻐하며 돌아왔다. 몇 리를 못 가자 공명이 대부대를 이
끌고 왔다. 아두를 데리고 돌아오는 것을 보고는 크게 기뻐하였다. 세
사람들은 말고삐를 나란히 하며 돌아왔다.

공명은 가맹관으로 글을 보내 이 소식을 현덕에게 알렸다.

한편 손부인은 오나라로 돌아가서 장비와 조운이 주선을 죽인 일과 강을 막고 아두를 빼앗아 간 일을 자세히 설명하자, 손권은 크게 노하며 말하기를

"이제 내 누이가 돌아왔으니 현덕은 나와 상관이 없게 되었다. 주선을 죽인 원수를 어찌하면 갚겠는가!"
하고 문무 관원들을 불러 상의하고, 병사들을 일으켜 형주를 취하려 공격하고자 하였다.

동병을 의논하고 있을 때에, 문득 조조가 40만 군사들을 이끌고 적벽대전의 원수를 갚으러 온다는 소식이 들어왔다. 손권이 크게 놀라서 형주를 취하려는 계획을 미루고 조조를 막을 방법을 의논하였다. 사람이 와서 또 보고하기를, 장사(長史) 장굉이 병으로 집에 돌아갔더니 이제 병으로 죽었다며 유서를 올렸다.

손권이 뜯어보니 편지 중에는 손권에게 말릉(秣陵)으로 옮겨 가기를 권하고, 말릉은 제왕의 기운이 있다고 말하면서 속히 그곳으로 옮겨서 만세의 기업으로 삼으라고 하고 있었다.

손권은 편지를 보고나서 크게 울면서, 여러 관리들에게 말하기를
"장굉이 나에게 말릉으로 옮겨 가기를 권하고 있는데, 내 어찌 이를 따르지 않겠소?"
하고, 곧 영을 내려 건업으로 옮겨 석두성(石頭城)을 쌓으라 하였다.

여몽이 나오며 말하기를,
"조조의 군사들이 쳐 오는데 유수(濡須)의 강어귀에 성을 쌓고서 저들을 막아야 합니다."
하자, 여러 장수들이 같이

"언덕에 올라가서 적을 공격하고 퇴군할 때에 배로 하면 될 터인데, 무엇 때문에 석성을 쌓는단 말입니까?"

한다.

여몽이 묻기를,

"병사에는 유리할 때도 있고 불리할 때도 있으며, 싸움에는 반드시 이긴다고는 할 수 없는 것입니다.10) 갑자기 적군을 만나면 보병이나 기병 모두가 뒤엉켜서 군사들이 물까지 갈 틈이 없을 터인데, 어찌 배를 타겠습니까?"

하거늘, 손권이 대답하기를

"'사람들에겐 먼 근심이 없다면 반드시 가까운 염려가 있다.'11) 하였다! 자명의 의견은 실로 고견이외다."

하고는, 곧 수만의 군사들을 시켜 수유에 성을 쌓게 하였다. 밤낮으로 쌓아서 기간 안에 준공하도록 하였다.

한편 조조는 허도에 있으면서 위복이 날로 더해 갔다.12)

장사 동소가 나서며, 말하되

"옛부터 승상과 같이 공을 세운 사람을 없었습니다. 비록 주공이나 여망이라 해도 미치지 못할 것입니다. 천신만고 속에서 지낸 지13) 30

---

10) 병사(兵事)에는 유리할 때도 있고 불리할 때도 있으며 싸움에는, 반드시 이긴다고는 할 수 없는 것입니다 : 원문에는 '兵有利鈍 戰無必勝'으로 되어 있음. [孫子兵法 形篇第四]「古之所謂善戰者 勝勝易勝者也」. [同上]「是故 勝兵 先勝而後求戰 敗兵 先戰而後求勝」.

11) 사람들에겐 먼 근심이 없다면……[人無遠慮 必有近憂] : 사람에게는 늘 근심과 걱정이 있다는 뜻. 원문도 '人無遠慮 必有近憂'로 되어 있음. [論語 衛靈公篇]「子曰 人無遠慮 必有近憂」.

12) 위복이 날로 더해 갔다[威福日甚] : 위복(벌을 주고 복을 주는 임금의 권력)이 날로 심해짐. [書經 周書篇 洪範]「臣無有作福作威」. [通俗編 政治作威福]「荀悅漢紀 作威福結私交 以立彊于世者 謂之遊俠」.

여 년에, 여러 도적들을 소탕하여 백성들에게 해로운 인물들을 모두 없애고 한실을 다시 세우셨습니다. 어찌 여러 신료들과 동렬에 계십니까? 위공의 지위를 받으시기에 합당하고, 거기에 구석을[14] 더하셔서 공덕을 빛내셔야 합니다.”

하였다. 구석이란 거마·의복·악기·주호·납폐·호분·부월·궁시·거창규찬 등을 이른다.

시중 순욱이 말하기를,

“안 됩니다. 숭상께서는 본래 의병을 일으켜서 한실을 바로 세우셨으니, 충정의 뜻을 세우고 겸양의 뜻을 지키셔야 하오이다. 군자는 백성들을 덕으로써 사랑해야 하는 것이니,[15] 이렇게 해서는 옳지 않습니다.”

하거늘, 조조는 그 말을 듣고서 대뜸 낯빛이 변한다.

동소가 다시 묻기를,

“어찌 한 사람이 여러 사람의 바람을 막을 수 있겠사옵니까?”

하고 마침내 임금에게 표를 올려, 조조를 위공으로 삼고 거기에 구석을 더하게 하였다.

---

13) 천신만고 속에서 지낸 지[櫛風沐雨] : 바람으로 머리를 빗고 빗물로 목욕을 한다는 뜻으로, '외지에서 온갖 고난을 다 겪음'의 비유. [唐書 狄仁傑傳]「狄仁傑 謂對武后曰 文皇帝**櫛風沐雨** 冒野鏑 以定天下」. [三國志 魏志 鮑勛傳]「傷生育之至理 **櫛風沐雨** 不以時隙哉」.

14) 구석(九錫) : 특별히 공로가 있는 신하에게 임금이 하사하던 아홉 가지 물품. [漢書 武帝紀]「元朔元年 有司奏古者諸侯貢士 一適謂之好德 再適謂之賢賢 三適謂之有功 乃加**九錫** (注) 九錫 一曰**車馬** 二曰**衣服** 三曰**樂器** 四曰**朱戶** 五曰**納陛** 六曰**虎賁百人** 七曰**鈇鉞** 八曰**弓矢** 九曰**秬鬯**」. [潘勗 册魏公九錫之]「今又加君**九錫**」.

15) 군자는 백성들을 덕으로써 사랑해야 하는 것이니 : 원문에는 '**君子愛人以德 不宜如此**'로 되어 있음. [禮記 檀弓]「**君子之愛人也以德**」.

순욱이 탄식하며 말하기를,

"내 오늘의 이 일은 상상도 못했소이다!"

하였다. 조조가 듣고서 마음속 깊이 한을 품었다.

그리고는 저가 자기를 돕지 않는다고 생각하게 되었다. 건안 17년 10월, 조조는 군사를 일으켜 강남을 정벌하러 가며 순욱에게 동행할 것을 명하였다.

순욱은 이미 조조가 자기를 죽이려는 것을 알고 병을 핑계대고 수춘에 머물려 하였다. 갑자기 조조가 사람을 시켜 음식 한 합을 보내왔다. 합 위에는 조조의 친필이 쓰여 있었는데, 합을 열어 보니 아무 것도 없었다. 순욱은 그 뜻을 알고 마침내 독을 마시고 죽었다. 그때 그의 나이 50이었다.

후세 사람이 이를 탄식한 시가 있다.

문약은 그 재주가 천하에 들렸건만
불쌍하도다 잘못 권문에 발을 들여 놓았구나.
　文若才華天下聞
　可憐失足在權門.

후인들 방자하게 유후에16) 비하지만
죽음에 임하여는 한군을 볼 면목 없네.

---

16) **유후(留候)** : 유후였던 장자방(張子房)을 가리킴. 장량(張良). 한 고조 유방의 모사(謀士)가 되어 항우를 무찌르고 천하를 평정하는데 큰 공을 세움. 소하(蕭何)·한신(韓信) 등과 함께 창업 삼걸(三傑)의 한 사람임. [史記 高祖紀]「高祖曰 夫**運籌策帷幄之中** 決勝於千里之外 吾不如子房 鎭國家撫百姓 給饋饟不絶糧道 吾不如蕭何 連百萬之軍 戰必勝攻必取 吾不如韓信」. [三國志 魏志 武帝紀]「**運籌演謀**」.

後人漫把留侯比

臨沒無顏見漢君.

　순욱의 아들 순휘(荀惲)는 부고를 내어 조조에게 알렸다. 조조는 깊이 후회하며 후히 장사 지내게 하고, 그에게 경후(敬候)라는 시호를 내렸다.

　이때, 조조의 대군은 유수에 이르렀다. 먼저 조홍이 3만의 철갑군마를 이끌고 강변에 가서 적의 동태를 살펴보게 했다.

　초병이 돌아와 보고하기를,

　"강남 일대를 바라보니 기번은 수없이 많으나, 병사들이 모여 있는 곳은 알 수가 없습니다."

한다. 조조는 마음을 놓지 말라 하고는 직접 군사들을 이끌고 진군하여 유수의 입구에 군사들을 배치시켰다.

　조조는 백여 명을 이끌고 산언덕 위에 올라 전선을 지켜보니, 각기 대오로 나누어 차례대로 벌여 세웠는데 오색기를 나누어 세웠으며 병기가 선명하였다. 그중 큰 배 위에 청라산을 세우고 손권이 앉아 있고, 좌우에 문무 관료가 양쪽에 시립하고 있었다.

　조조는 채찍으로 가리키며 말하기를,

　"아들을 낳으면 응당 손중모 같아야 하네. 만약에 유경승의 아들이라면 돼지나 개새끼일 뿐이지!"

하였다.

　문득 한 소리가 들리더니, 남쪽의 배들이 일제히 나는 듯이 왔다. 유수의 언덕 안쪽에 또 일지군이 나서서 조조의 병사들을 들이쳤다. 조조의 군마는 물러나다 곧 달아나니 멈추라 했지만 군사들은 멈추지 않았다. 홀연 1천 백여 기가 급히 산기슭에 이르는데 맨 앞 말 위의 한 장수가 푸른 눈에 붉은 수염이었다. 여러 군사들이 손권인줄 알아보았다.

손권이 직접 한 떼의 마군을 이끌고 조조를 공격하러 온 것이었다. 조조는 크게 놀라 급히 말을 돌리려 할 때에, 동오의 대장 한당·주태 두 사람이 곧장 말을 타고 올라왔다. 조조의 뒤에서 허저가 칼을 휘두르며 말을 몰아 내려가, 두 장수와 싸우는 동안에 조조는 빠져나와 영채로 돌아왔다. 허저는 두 장수와 더불어 30여 합을 싸우다가 겨우 돌아왔다.

조조는 영채로 돌아와서 허저를 중상하고, 다른 장수들을 꾸짖기를

"적을 만나서 먼저 달아나는 것은 우리 군사들의 예기를 꺾는 것이오! 뒤에 만약 이런 일이 또 있을 때에는 모두 참수하겠다!"

하였다.

이날 밤 2경쯤에 문득 영채 밖에서 함성이 크게 일었다. 조조가 급히 말에 올라 보니 사방에서 불길이 솟고, 오나라의 군사들이 대거 영채로 밀려드는 것이었다. 날이 밝을 때까지 싸우다가 조조의 군사들은 50여 리나 물러나와 영채를 세웠다. 조조는 마음이 울적해 병서를 보고 있었다.

정욱이 말하기를,

"승상께서는 병법을 다 아시면서, 어찌하여 병법에서는 신속함을 중히 여긴다는 것을17) 알지 못하셨습니까? 승상께서 기병하시는데 오래 시간을 지체하셨습니다. 하여 손권이 충분히 준비를 한 것입니다. 좁은 유수의 애구에서 성을 쌓아 놓고 있어서 공격에 어려움을 겪고 있는 것입니다. 만약에 이제 퇴병하여 허도로 돌아가는 것만 같

---

17) 병법에서는 신속함을 중히 여긴다는 것을[兵貴神速] : 용병에서는 신속한 결단이 중요하다는 뜻임. [三國志 魏志 郭嘉傳]「太祖將襲袁尚 嘉言 兵貴神速」.

지 못하고, 따로 좋은 계책이 없는 것 같습니다.”

하였으나, 조조는 대꾸하지 않았다. 정욱이 나가자 조조는 안석에 엎드려 누워 깜빡 잠이 들었다.

문득 바닷물 치는 소리가 흉용하게 들리거늘, 그것은 마치 수많은 말들이 다투어 달아나는 소리와 같았다. 조조가 급히 나와서 바다를 보니, 대강(大江) 한가운데에서 둥근 해가 떠올라 그 빛이 눈에 들어왔다. 조조가 하늘을 쳐다보니 또 두 개의 둥근 태양이 비쳤다. 문득 강심을 보니 그 붉은 해가 곧장 솟아올라 영채 앞 산속으로 떨어지니, 그 소리가 마치 우레와 같았다. 잠이 확 깨어 깨달으니 장중에서 꾼 꿈이었다.

그때, 장막 앞에서 군사들이 오시를 알려왔다. 조조는 말을 준비하라 이르고 50여 기만 이끌고 영채를 나왔다. 그리고 꿈 속에서 해가 떨어진 산기슭에 가 보았다. 한참 보고 있으려니까 홀연 한 떼의 인마가 지나가는데, 앞에 선 한 사람은 금갑 옷에 투구를 썼는데 바로 손권이었다.

손권은 조조가 이르는 것을 보고서도 당황하지 않고 산에서 말을 세우고 채찍으로 조조를 가리키며, 말하기를

“승상은 중원에 앉아서도 부귀가 극에 달할 터인데, 무슨 욕심이 많아서 또 강남의 나를 침범하려 하오?”

하거늘, 조조가 대답하기를

“자네는 신하가 되어서 왕실을 존중하지 않고 있지 않소이까. 나는 천자의 조서를 받들어 특히 자네를 토벌하려고 왔소이다!”

하니, 손권이 웃으면서,

“이 말이 어찌 부끄러운 줄 모르오? 천하가 어찌, 네가 천자를 끼고 제후를 호령하고 있음을18) 알지 못하겠소이까? 내가 한조를 존중하지

않음이 아니라 바로 자네 같은 자를 토벌하여 나라를 바로 세우려 함이라."

한다. 조조가 크게 노하여, 여러 장수에게 산상의 손권을 잡으라고 야단하였다. 문득 북소리가 들리더니, 산의 뒤에서 두 장수가 이끄는 군사들이 나왔다.

오른편에는 한당과 주태, 왼편에는 진무와 반장이었다. 이 네 장수들의 수하에 있는 3천의 궁노들이 일제히 화살을 쏘아대니, 마치 화살비가 오는 듯했다. 조조는 급히 여러 장수들을 이끌고 돌아서 달아났다. 그 뒤를 4명의 장수들이 쫓으니 화급하게 되었다. 급히 쫓는 군사들이 중로까지 왔을 때, 허저가 여러 호위군사들을 이끌고 와서 적을 막아 조조를 구해 돌아갔다. 동오의 군사들은 모두 개선가를 부르며 유수로 돌아갔다.

조조는 영채로 돌아와서 생각하기를,

"손권은 등한히 볼 인물이 아니오. 붉은 해를 응하였으니 머지 않아 반드시 제왕이 되리라."

하였다. 이에 마음속으로 군사를 물릴 생각을 하였으나, 한편 동오의 비웃음을 살까 두려워 진퇴를 결정하지 못하고 있었다.

양편에서 서로 한 달 정도 대치하며 몇 번 싸움이 있었으나, 서로 이기고 지고 하였다. 곧 이듬해 정월이 되자 봄비가 계속 내려, 물이 다 넘치고 군사들은 모두 진흙탕 속에서 고생이 말이 아니었다. 조조도 마음에 심히 근심하다가, 그날 영채에 있으면서 여러 모사들과 의논하였다.

혹자는 조조에게 철수하기를 권하기도 하고, 혹자는 봄이라 날씨가

---

18) 천자를 끼고 제후를 호령하고 있음을[挾天子以令諸侯] : 조조가 천자를 빙자하여 제후들을 호령했던 일. [三國志 蜀志 諸葛亮傳]「挾天子 以令諸侯」.

따뜻하여 서로 대치하기 좋으니 군사를 물려서는 안 된다기도 하였다.

조조는 머뭇거리며 결정을 못하고 있었는데, 문득 동오의 사자가 편지를 가지고 왔다고 알려 왔다.

조조가 뜯어보니, 편지의 내용은 다음과 같았다.

나와 승상은 피차간에 다 한조의 재상이었소이다. 승상께서는 나라와 백성들은 생각하지 않고, 이에 망령되이 싸움을 일으켰소이다. 백성들에게 잔학한 사람을 어찌 어진 사람이 하는 짓이라 하겠소이까? 지금 춘수(春水)가 바야흐로 생길 것이매 공은 속히 물러가시오. 그렇지 않으면 다시 적벽대전 때의 화를 입게 될 것이외다.

공은 이 점을 숙고하기 바라나이다.

곧 뒤편에 또 두 줄의 글이 있는데,

"족하가 죽지 않으면 나는 마음 편히 있지 못하오이다."[19]

라고 쓰여 있었다.

조조는 읽고 나서, 크게 웃으며 말하기를

"손중모가 나를 속이지 못하는구나!"

하고, 편지를 가지고 온 사자를 중상하였다. 그리고 마침내 군사를 돌리라고 명하였다.

여강태수 주광(朱光)으로 하여금 환성(皖城)을 지키게 하고, 자신은 직접 대군을 이끌고 허창으로 회군하였다. 손권 또한 군사를 거두어 말릉으로 돌아갔다.

손권은 여러 장수들과 의논하기를,

---

19) 나는 마음 편히 있지 못하오이다[孤不得安] : '마음이 편치 못함'의 뜻. [易林]「禹鑿龍門 通利小源 東注滄海 人民**得安**」.

"조조가 비록 북으로 철군을 하였으나, 유비가 아직도 가맹관에 있으면서 돌아오지 않았소이다. 조조를 막아낸 군사들을 데리고 형주를 취해야 하겠소이다."

한다.

장로가 계책을 드리되,

"이는 군사들을 움직이지 않아도 됩니다. 저에게 한 가지 계책이 있으니, 유비로 하여금 다시는 형주로 돌아갈 수 없게 할 수 있습니다."

한다.

이에,

조맹덕의 많은 군사들 북으로 물러갔으나
손중모는 또 남정의 뜻을 펼치는구나.
孟德雄兵方退北
仲謀壯志又圖南.

장로가 나서서 계책을 내는데, 그 계책이란 게 어떤 것인지 하회를 보라.

제62회

부관에서 양회와 고패는 머리를 드리고
낙성에서 황충과 위연은 공을 다투다.
　取涪關楊高授首
　攻雒城黃魏爭功.

한편, 장소가 계책을 드리며 말하기를,

"동병할 필요조차 없습니다. 만약에 한 번 군사를 일으키면, 조조는 반드시 다시 올 것입니다. 편지 2통을 써서 한 통은 유장에게 보내서 유비가 동오와 결연을 하고 같이 서천을 취하려 한다 하여, 유장으로 하여금 마음속에 의심을 갖게 해서 유비를 공격하게 하는 것입니다.

다른 하나는 장로에게 보내서 병사를 일으켜서 형주로 오라고 하여, 유비군의 앞뒤가 구응하지 못하게1) 하십시오. 그렇게 한 후에 병사를 일으켜서 저를 취하면, 일이 쉽게 해결될 것입니다."

하거늘, 손권이 그의 계책을 좇아서, 곧 사신을 시켜 각각 가게 하였다.

이때, 현덕은 가맹관에 있은 지 오래되고 또 민심을 얻게 되었다.

---

1) **앞뒤가 구응하지 못하게[首尾相應]** : 양 끝이 서로 응함. 「수미상위」(首尾相衛)는 상산(常山)의 뱀에는 머리가 둘 있어, 그 하나에 닿으면 또 하나의 머리가 따라오고 중간에 대면 양쪽 머리와 꼬리가 따라온다는 뜻으로 '전후좌우가 서로 응함'을 이름. [三國志 魏志 鍾會傳]「數百里中 **首尾相繼**」. [晉書 溫恭傳]「嶠重與侃書曰 僕與仁公 當如常山之蛇 **首尾相衛**」.

그러다가 갑자기 공명의 편지를 받고서야 손부인이 이미 동오로 돌아
갔다는 것을 알았다.

또 조조가 병사를 일으켜 유수를 범했다는 소식을 듣고, 이 일을 방
통과 의논하기를

"조조가 손권을 공격하여 이기면 반드시 형주를 취하려 할 것입니
다. 손권이 이기면 또한 형주를 취하려 할 것이니, 그렇게 되면 어찌
해야 하겠소이까?"

하니, 방통이 말하기를

"주공께서는 걱정 마십시오. 공명이 거기 있으니, 생각건대 동오는
절대로 형주를 치지 못할 것입니다. 주공께서는 글을 닦아 유장이 있
는 곳에 빨리 보내십시오. 그 편지에 '조조가 손권을 공격하여 손권이
형주에 구원을 청하고 있소. 나와 손권과는 아주 떼려야 떨어질 수
없는 사이이니,2) 서로가 구원하지 않을 수 없는 처지입니다.

장로는 직접 적을 막아야 하는 형편에 있으니, 결코 쳐오지 못할 것
이오. 나는 지금 병사들을 점검하고 형주로 가서, 손권과 함께 조조를
치려 하오이다. 그러나 군사는 적고 군량은 부족한 형편이니, 바라건
대 동종의 뜻을 생각하시어 속히 정병 3, 4만 명과 군량 10만 섬만
보내주시기 바랍니다. 제발 착오가 없기만 바라외다.' 만약에 군사와
전량을 얻기만 한다면 그때 가서 또, 다른 의논을 드릴 것이외다."
하였다.

현덕은 방통의 말대로 사람을 성도로 보냈다. 사자가 관 앞에 이르

---

2) 떼려야 떨어질 수 없는 사이이니[脣齒之邦] : 순치지국(脣齒之國). 이해관계
가 깊은 두 나라. [左傳 僖公五年] 「晉侯復假道於虞以伐虢 宮之奇諫曰 虢 虞之
表也 虢亡 虞必從之 諺所謂輔車相依 **脣亡齒寒**者 其虞虢之謂也」. [戰國策]「趙之
於齊楚也 隱蔽也 猶齒之有脣也 **脣亡**則**齒寒** 今日亡趙 則明日及齊楚」.

자 양회와 고패가 이 일을 들어 알고 마침내 고패에게 관을 지키게 하고, 양회는 사자를 데리고 성도로 들어가 유장에게 편지를 드리게 했다.

유장은 편지를 보고 나서, 양회에게 묻기를

"어찌해서 함께 오게 되었느냐?"

했다.

양회가 대답하기를,

"순전히 이 편지 때문에 오게 되었나이다. 유비는 서천에 들어온 뒤부터 널리 은덕을 베풀고 민심을 얻게 되었나이다. 그의 생각이 아주 불측합니다. 이제 군사와 전량을 요구하고 있는데 일절 주어서는 안 됩니다. 만약에 저를 도울 것 같으면, 이는 마치 섶을 지고 불구덩이에 뛰어드는 격이3) 될 것입니다."

하거늘, 유장이 말하기를

"나와 현덕공은 형제나 다름없는 사이이다. 어찌 저를 돕지 않겠느냐?"

한다.

이때, 한 사람이 나서며 말한다.

"유비는 효웅입니다.4) 오랫동안 촉나라에 머물게 해서 보내지 않으면, 그는 호랑이가 되어 굴속에 들어올 것입니다. 이제 곧 저에게 군마

---

3) 마치 섶을 지고 불구덩이에 뛰어드는 격[把薪助火] : 섶을 지고 불에 뛰어 듦. 삼으로 만든 옷을 입고 불을 끄려한다는 뜻으로, '그릇된 짓을 하여 화를 키움'의 비유임. 「부신구화」(負薪救火), [漢書 朱買臣傳]「其後買臣獨行歌道中 **負薪** 墓閒」. [禮記 月令篇]「收秩**薪柴** (注) 大者可析謂之**薪** 小者合束謂之**柴**. 「피마구화」(披馬救火).

4) 효웅(梟雄) : 사납고 용맹한 영웅의 모습. [後漢書 袁紹傳]「除忠害善 專爲**梟雄**」. [三國志 吳志 周瑜傳]「劉備以**梟雄之姿** 而有關羽 張飛 能虎之將 必非久屈爲人用者」.

와 전량을 보냄으로써 어찌 호랑이에게 날개를 달아주려 하십니까?"5)
한다. 사람들이 저를 보니 영릉 증양(烝陽) 사람으로 성은 유(劉)씨고
이름은 파(巴), 자는 자초(子初)라 했다.

　유장은 유파의 말을 듣고서도 머뭇거리며 결단을 내리지 못하였다.
황권이 나서서 자꾸 권한다. 그제서야 유장은 노약군(老弱軍) 4천과 쌀
1만 섬을 내기로 하고, 편지를 써서 사신을 현덕에게 보냈다. 그리고
양회와 고패에게 명하여 관액을 굳게 지키라 하였다. 유장의 사자가
가맹관에 와서 현덕을 만나 편지를 드렸다.

　현덕은 크게 노하여 묻기를,

　"내가 저의 적을 막기 위해 애쓰고 있는데 저가 이제 재물을 쌓아두
고 인색하게 굴고 있으니, 어찌 병사들이 명을 따르겠느냐?"
하고는, 드디어 회서를 찢어버리고 크게 꾸짖으며 일어났다. 사자는
도망하다시피 성도로 돌아갔다.

　방통이 말하기를,

　"주공께서는 인의를 중히 여기시다가 오늘 편지를 찢어버리고 노여
워하시는데, 전날의 정의는 다 버리시는 것이 되었습니다."
하거늘, 현덕이 또 묻는다.

　"이렇게 되었으니 어찌해야 하겠소이까?"
한다.

　방통이 대답하기를,

　"저에게 3가지 계책이 있습니다. 청컨대 주공께서는 이 세 가지 중
에서 하나를 택해 실행하셔야 합니다."

---

5) 어찌 호랑이에게 날개를 달아주려 하십니까?[與虎添翼] : '더 좋은 여건을 만
　들어 줌'의 뜻. 「위호부익」(爲虎傅翼)은 '나쁜 사람을 도움'의 뜻임. [逸周書
　寤儆]「無爲虎傅翼 將飛入宮 擇人而食」.

한다.

현덕이 묻기를,

"그 세 가지 조건이란 게 무엇이오이까?"

하니, 방통이 대답한다.

"지금 곧 정병을 뽑아서 밤낮 그리고, 가장 빠른 길을 택하셔서 성도를 기습하십시오. 이 계책이 가장 좋은 것입니다. 양회와 고패는 촉나라 명장들이니 각기 강병을 데리고 관액을 지키고 있을 것입니다. 이제 주공께서는 거짓 형주로 돌아간다는 것으로써 명분을 삼으시면, 두 장수는 이 소식을 듣고 틀림없이 나와서 전송을 할 것입니다.

전송을 하러 나온 곳에서 저들을 잡아 죽이고 관액을 빼앗고, 먼저 부성을 취하고는 빨리 성도로 가십시오. 이것은 중책입니다. 또 하나는 백제성으로 돌아와 밤을 도와 형주로 가서, 천천히 나서 취하시면 됩니다. 이것은 아주 하책입니다. 만약에 가만히 있으며 가지 않으면, 앞으로 아주 큰 험한 일을 겪게 될 것이며 구하기 어렵습니다."

하거늘, 현덕이 권유하기를

"군사의 상책은 너무 급하고 하책은 너무 느슨하외다. 중책이야말로 너무 느슨하지도 급하지도 않으니 이를 써 보십시다."

하였다.

이에 유장에게 편지를 써서,

조조가 부장 악진에게 군사들을 이끌고 청니진(青泥鎭)을 진격하라 하였소이다. 여러 장수들이 나가 막았으나 끝내 막지 못하고 있으므로, 내가 직접 가서 조조의 군사들을 막으려 하오. 직접 만나지는 못할 것이어서 편지를 보내 하직 인사를 하는 것이외다.

하였다. 편지가 성도에 이르렀다.

장송은 유현덕이 형주에서 돌아가려 한다는 말을 듣고 이 말을 진심인 줄 알고, 한 통의 편지를 써서 사람을 시켜 현덕에게 보내려 하였다. 그런데 마침 친형인 광한(廣漢)태수 장숙(張肅)이 거기 왔다. 장송은 급히 편지를 소매 속에 감추고 장숙과 이야기를 하였는데, 장숙은 장송이 정신없이 허둥대는 것을 보고 심중에 의아하게 생각하고 있었다.

장송은 장숙과 같이 술을 마셨다. 술을 권하다가 문득 편지가 땅에 떨어지자, 장숙의 종인이 이를 주었다. 술자리가 파한 뒤에 종인이 편지를 장숙에게 드렸다. 장숙이 편지를 보니 편지의 내용은 대강 다음과 같았다.

제가 어제 황숙에게 드린 말씀은 결단코 허언이 아니온데, 어찌해서 지체하시며 나오지 않으십니까? 역으로 취해서 순리로 지키심은 고인들이 귀히 여기는 것입니다. 이제 대사가 이미 이 손 안에 있사온데, 무슨 연유로 이를 버리시고 형주로 돌아가시려 합니까? 장송은 이 소식을 듣고서 잃은 것이 있는 듯합니다. 편지를 드리오니 편지가 당도하거든 속히 진병해 주시기 바랍니다.

장송은 내응할 것이오니 절대 착오가 없으시기 바라나이다.

장숙이 보고 나서 크게 놀라며,

"내 아우가 멸문지환을[6] 당하려고 일을 꾸미고 있구나. 이 일을 고

---

6) 멸문지환[滅門之事]: 「멸문지화」(滅門之禍). 온 가문이 다 죽임을 당하는 큰 재앙. 「멸문지환」(滅門之患). 「멸문」(滅門). [史記 龜策傳]「因公行誅 恣意所傷 以破族滅門者 不可勝數」. [潛夫論 實邊]「類多滅門 少能還者」.

변하지 않을 수 없다."

하고 밤을 도와 가서 편지를 유장에게 보이고, 아우 장송과 유비가 함께 계책을 써서 서천을 취하려 한다는 사실을 자세히 말하였다.

유장이 크게 노하여 말하기를,

"내 평소에 저를 박대한 일이 없거늘, 무슨 연고로 모반을 하려 하는가!"

하고, 마침내 명을 내려 장송의 온 가족을 저자에서 참하라 하였다.

후세 사람이 이 일을 한탄한 시가 있다.

한 번 보고 외우기는[7] 예부터도 드문 일인데
편지가 밝혀져 천기 누설할 줄 뉘 알았나.
一覽無遺自古稀
誰知書信泄天機.

현덕이 왕업을 일으킴을 못 보고서
장송은 성도에서 핏물로 옷을 적셨네.
未觀玄德興王業
先向成都血染衣.

유장은 이미 장송을 참하고 나서, 문무 관료들을 모아놓고 의논을 하며 묻기를,

"유비가 내 나라를 뺏으려 하는데 이를 어찌하면 좋겠소?"

하자, 황권이 대답한다.

---

7) **한 번 보고 외우기는**[一覽無遺] : 한 번 보면 잊지 않음. 「일람불망」(一覽不忘). [釋氏通鑑] 「僧一行 凡經籍 一覽 畢世不忘」.

"일을 더 지체해서는 안 됩니다. 곧 사람을 시켜 각처를 지키는 관애에8) 알리고 병사들을 추가하여 지키게 하되, 형주 사람은 한 사람이라도 입관하지 못하게 하십시오."

하거늘, 유장이 그 말을 따라 밤을 도와 각처의 관액에 격문을 보내게 하였다.

한편 현덕은 군사를 부성으로 물리고 먼저 영을 내려 부수의 관애에 알리기를, 양회와 고패에게 관에서 나와 작별하기를 청하였다.

양회와 고패 두 장수가 이 보고를 듣고, 서로 의논하기를

"현덕이 돌아가려는 것은 무엇 때문이겠소이까?"

하니 고패가 말하기를

"현덕은 이제 죽었습니다. 우리들이 각기 몸에 날카로운 칼을 감추고 헤어지는 곳에서 저를 찔러 죽이면, 우리 주군의 근심이 없어질 것입니다."

한다.

양회가 권유하며 대답하기를,

"그 계책이 아주 좋소이다."

하고, 두 사람은 2백여 명의 수행원들을 데리고 관을 나서 배웅하러 가고 그 나머지는 관에 남겨 두었다.

현덕은 대군을 다 진발하여 앞선 군사들이 부수관에 이르자, 방통이 말 위에서 현덕에게 이르기를

"양회와 고패가 이미 기꺼이 전송하러 온다면, 반드시 저들을 막을 태세를 취하고 있어야 합니다. 만약에 저들이 오지 않는다면 곧 군사

---

8) 관애(關隘) : 요충지. [齊書 肅景先傳]「先惠朗依山築城 斷塞關隘 討天蓋黨與」. [吳澄 雪谷早行詩]「路絕人踪失關隘 槎枒老樹森矛介」.

들을 일으켜 관을 빼앗되 지체해서는 안 됩니다."

하고 말하고 있는데, 홀연히 먼지바람이 일면서 앞에 선 '수'자 기가 넘어진다.

현덕이 방통에게 묻기를,

"이게 무슨 징조이오까?"

하니, 방통이 대답하기를

"이는 경고입니다. 양회와 고패 두 사람이 필시 자객의 생각을 가지고 올 것이니, 마땅히 그에 대한 방비를 해야 할 것입니다."

하거늘, 현덕은 몸에 두꺼운 갑옷을 입고 직접 보검을 차고 대비를 하였다. 사람들이 양회와 고패 두 장수가 전송하러 왔다고 알려 왔다. 현덕은 군마를 잠시 쉬게 하였다.

방통이 위연과 황충에게 말하기를,

"관에서 오는 군사들이 많고 적든 간에, 마보병들은 한 사람도 놓아보내서는 아니 될 것이오."

하니, 두 장수가 명을 듣고 물러갔다.

한편, 양회와 고패 두 사람은 몸에 각기 비수를 감추고, 2백여 명의 군사들을 데리고 양을 끌고 술을 운반해 군전에 이르렀다. 저들이 현덕 쪽에서 아무런 준비가 없는 것을 보고 속으로 기뻐하면서, 저희들의 계책이 들어맞고 있다고 기뻐하였다. 장막에 들어가 보니, 현덕과 방통이 장막의 중앙에 앉아 있었다.

두 장수는 공손한 소리로 말하기를,

"듣기에 황숙께서 먼 길을 돌아가신다 하여, 변변치 않지만 특별히 예물을 가지고 왔습니다."

하며, 현덕에게 술을 권하였다.

현덕이 대답하기를,

"두 분 장수께서 관문을 지키시기 쉽지 않으실 터이니, 먼저 이 잔을 받으시구려!"

하며, 술을 권한다.

두 장수가 술을 마시자 현덕이 말하기를,

"내 특별히 두 분에게 의논할 일이 있으니 모두들 물러가거라."

한다. 마침내 2백여 군사들을 다 급히 중군장에서 나가게 한 다음, 현덕이 명하기를

"여봐라. 이 두 장수들을 잡아라!"

하니, 장막 뒤에 있던 유봉과 관평이 소리를 듣자 나온다. 양회와 고패 두 사람은 급히 싸우려 하였으나, 저들에게 한 사람씩 잡히고 말았다.

현덕이 묻기를,

"나와 너희 주군은 동족 형제 간인데, 너희 두 놈이 함께 공모하여 나를 죽이고 이간시키려 하느냐?"

하고 꾸짖는다.

방통이 좌우에게 저들의 몸수색을 하게 하니, 과연 각각 비수가 한 자루씩 나왔다. 방통은 곧 두 장수를 끌어내어 참하라 하였으나, 현덕은 결단을 내리지 못하였다.

방통이 말하기를,

"두 사람은 각기 주군을 죽이려 하였으니, 그 죄는 죽어도 오히려 부족합니다."

하며, 도부수를 꾸짖어 양회와 고패를 장막 앞에서 참하게 하였다.

황충·위연 두 장수가 2백여 종인들을 잡아놓고 있어서, 한 사람도 달아난 자가 없었다. 현덕은 저들을 불러들여서 각자에게 술을 주며 놀라움을 진정시켰다.

그리고 현덕은 말하기를,

"양회와 고패 두 사람은 우리 사이를 이간시키고 또 품속에 비수를 감추었다가, 나를 찌르려 했기 때문에 저들을 죽인 것이다. 너희들은 죄가 없으니 놀라고 의심할 것이 없느니라."

하니, 모두 절하며 사례하였다.

방통이 말하기를,

"내 지금 즉시 너희들에게 길을 안내하게 할 터이니, 우리 군사들을 데리고 관을 취하거라. 그리하면 각자에게 중상하리라."

하니, 모두가 응낙하였다.

그날 밤으로 2백여 명이 먼저 가고 대군이 그 뒤를 따랐다.

앞선 군사들이 관하에 이르러 소리치되,

"두 장군께서 급한 일이 있어서 돌아오셨으니 속히 관의 문을 열어라."

하자, 성 위에서 보니 이는 자기들의 군사들이라 곧 관의 문을 열었다. 즉시 대군들이 따라 들어가 병사들은 칼에 피를 묻히지도 않고 부관을 접수하였다. 촉군들은 모두 항복하고 현덕은 각각 후한 상을 내렸다. 곧 병사들을 전후로 나누어 지키게 하고, 다음 날 군사들을 위로하기 위한 잔치를 공청에서 베풀었다.

현덕은 술을 마시며, 방통을 돌아보고

"오늘 이 모임이 즐겁다 할 만하오이다!"

하자, 방통이 말하기를

"남의 나라를 치고서 즐거워함은 인자가 할 일이 아닙니다."

한다.

현덕이 말하기를,

"내 들기로는 옛날 무왕이 주왕을 칠 때[9] 노래를 지어 전공을 표시

---

9) 무왕이 주왕을 칠 때[武王伐紂] : 주의 무왕이 상의 주왕을 죽인 일. 「백이숙제」(伯夷叔齊). 은나라 고죽군(孤竹君)의 큰 아들과 막내 아들. 주 무왕의 벌주

했다 하오. 이 또한 인자의 도가 아니라 하겠소이까? 당신의 말은 도리에 맞지 않소. 물러가시구려!"

하자, 방통이 큰 소리로 웃으며 일어났다. 좌우 또한 현덕을 부축해서 후당에 들어갔다.

현덕은 자다가 밤중에서야 술이 깨었다. 좌우가 방통을 쫓아낸 말을 하자 현덕은 크게 후회했다.

다음날 아침에 옷을 입고 당에 올라서 방통에게 사죄하며,

"어제는 술에 취해서 말이 지나쳤소이다. 마음에 두지 마시구려."

하거늘, 방통이 이야길 하면서도 태연했다.

현덕이 또 말하기를,

"어제 한 말은 내 실수외다."

하거늘, 방통이 대답하기를,

"군신이 다 실수를 했지 어찌 유독 주공께서만 했겠습니까?"

한다. 현덕 또한 크게 웃으면서 즐거움이 처음과 같았다.

한편, 유장은 현덕이 양회와 고패 두 장수를 죽이고 부관을 접수했다는 소식을 듣고, 크게 놀랐다.

그리고 말하기를,

"오늘과 같은 일이 생길 줄은 미처 생각지 못했구려!"

하고는, 문무 관료들을 모아 형주군사들을 물리칠 방책을 물었다.

(伐紂)를 옳지 않게 여겨, 수양산(首陽山) 남쪽에 들어가 주나라의 곡식을 먹지 않고 그곳에서 굶어 죽었다 함. [史記 伯夷傳]「武王伐紂 **伯夷叔齊** 叩馬而諫曰 父死不葬 爰及干戈 可謂孝乎 以臣弑君 可謂仁乎 左右欲兵之 太公曰 此義人也 扶而去之 武王已平殷亂 天下宗周 而**伯夷叔齊**恥之 義不食周粟 隱於首陽山 采薇而食之 遂餓死於首陽山」. [論語 述而篇]「入曰 **伯夷叔齊**何人也 曰古之賢人也」.

황권이 나서서 대답하기를,

"밤을 도와 군사를 보내 낙현에 주둔시키고, 들어오는 중요한 길목을 막게 하십시오. 그러면 제아무리 유비라 해도 정예병과 맹장들이 지키고 있으면 지나지 못할 것입니다."

하니, 유장이 마침내 유궤·냉포·장임·등현들에게 명을 내려 5만 대군을 이끌고 밤을 도와 가서 낙현을 지켜 유비를 막으라 하였다.

네 장수가 병사들을 이끌고 행군하는 길에, 유궤가 말하기를

"내 들으매 금병산에 한 이인이 있어, 그를 자허상인(紫虛上人)이라 하는데 사람들의 생사귀천 등을 안다 하오. 우리들이 오늘 행군하면서 마침 금병산을 지나게 되니, 저에게 가서 물어보는 것이 어떻겠소?"

하자, 장임이 묻기를

"대장부가 병사들을 이끌고 적을 막으러 가는데, 어찌 산에 사는 야인에게 묻는단 말입니까?"

한다.

유궤가 말하기를,

"그렇지 않소이다. 성인의 말씀에도 '진실로 도에 이르려면 먼저 알리라.'10) 하였소이다. 우리들이 고명인에게 앞 일을 물어서 길한 일은 좇고 흉한 일을 피하려는 것이외다."11)

하였다.

이에 네 사람이 5, 60기만 이끌고 산 아래에 이르러 나무꾼에게 길

---

10) 진실로 도에 이르려면 먼저 알리라 : 원문에는 '**至誠之道 可以前知**'로 되어 있음. [中庸 第二十四章]「**至誠之道 可以前知** 國家將興 必有禎祥 國家將亡 必有妖孽」. [中庸 第二十六章]「故**至誠**無息 不息則久 久則徵 徵則悠遠 悠久則博厚」.

11) 길한 일은 좇고 흉한 일을 피하려는 것이외다[**趨吉避凶**] :「피흉추길」(避凶趨吉). 나쁜 일은 피하고 좋은 일에만 나아감.

을 물으니, 높은 산꼭대기를 가르쳐 주며 그곳에 자허상인이 산다고
가르쳐 주었다. 네 사람이 산꼭대기에 있는 암자 앞에 이르니, 한 동
자가 나와서 맞는다. 그들의 이름을 묻고는 암자 안으로 안내하거늘,
들어가니 자허상인이 방석 위에 앉아 있었다. 네 사람이 절을 하고
나서 앞일을 물었다.

자허상인이 묻기를,

"빈도12) 또한 산야에 묻혀 사는 폐인인데, 어찌 남의 길흉을 알겠
습니까?"

한다.

유궤가 재삼 절하며 물으니, 자허상인은 마침내 동자에게 필묵을
가져오라 하여 8구 시를 써서 유궤에게 주었다.

그 글의 내용은 다음과 같다.

왼쪽의 용과 오른쪽 봉황이
서천으로 날아든다.
봉의 새끼 땅에 떨어지고
와룡은 승천하네.
　左龍右鳳
　飛入西川.
　雛鳳墜地
　臥龍升天.

---

12) **빈도(貧道)**: 중이나 도사가 '자기'를 겸손하게 일컫는 말. [世說新語 言語
中]「竺法深在簡在文坐 劉尹問道人 何以遊朱門 答曰 君自見其朱門 **貧道**如遊蓬
戶」. [石林燕語]「晉宋閒 佛教初行 未有僧稱 通曰道人 自稱則曰**貧道**」.

하나를 얻고 다른 하나 잃으니
천수는 당연한 일.
기회를 알아서
구천으로 가지 말게나.
　一得一失
　天數當然.
　見機而作
　勿喪九泉.

　유궤가 또 묻기를
"우리 네 사람의 기수(氣數)는 어떻습니까?"
하니, 자허상인이 묻기를
"정수(定數)는 피하기 어려운 것이니 어찌 다시 묻는 게요?"
한다. 유궤가 또 물려 할 때에 상인은 눈썹을 내리깔고 눈을 감고
있었는데, 그것은 흡사 잠이 든 듯하며 대답이 없었다. 네 사람은 산
을 내려왔다.
　유궤가 말하기를,
"선인의 말씀을 믿지 않을 수 없소이다."
하거늘, 장임이 도리어 묻기를
"그는 미친 늙은이일 뿐이오. 그의 말을 들어 무슨 도움이 되겠습니까?"
하고, 마침내 말에 올라 행군하였다. 낙현에 이르러 각각 인마를 나누
어 각 처의 요충지를 지켰다.
　유궤가 말하기를,
"낙성은 곧 성도의 보루이니, 이를 잃게 되면 곧 성도를 지키기 어
려울 것이외다. 우리 네 사람은 두 사람씩 나누어 성을 지키고, 두 사

람은 나가서 낙현의 앞면 산을 낀 험지에 두 개의 영채를 세우도록
하고 적병들이 절대 성에 오지 못하게 합시다."

하니, 냉포와 등현이 함께 대답하기를

"우리가 나가서 영채를 세우겠소이다."

한다. 유궤가 크게 기뻐하며 군사 2만을 나누어서 냉포와 등현 두 사
람에게 주고, 성에서 60리 떨어진 곳에 영채를 세우게 하였다. 유궤
와 장임 두 사람은 남아서 낙성을 지키기로 하였다.

이때, 현덕은 이미 부수관을 접수하고, 다시 방통과 함께 낙성으로
전군할 일을 논의하고 있었다. 그때 보고가 들어오기를 유장은 네 장
수를 먼저 보내어 그날로 냉포·등현 두 장수가 2만여 군사를 이끌고
낙성에서 60여 리 떨어진 곳에 주둔시키고, 두 개의 큰 영채를 세웠다
한다.

현덕은 장수들에게 묻기를,

"누가 먼저 가서 두 장수들의 영채로 취하겠소이까?"

하자, 노장 황충이 나서며 말하기를

"저를 보내주십시오."

하거늘, 현덕이 말하되

"노장군께서는 본부 인마를 거느리고 냉포와 등현의 영채를 취하시
오. 그러면 중상을 내리겠소이다."

한다. 황충이 크게 기뻐하며, 본부 병사를 이끌고 하직하고 떠나려 하
였다.

그때, 갑자기 한 사람이 나서며,

"노장군께서는 연세가 이미 높으신데13) 어떻게 취하겠습니까? 소

---

13) 노장군께서는 연세가 이미 높으신데 : 원문에는 '老將軍年紀高大 如何去得'으
로 되어 있음. 「연기」(年紀). [後漢書 光武帝紀]「檢覈墾田頃畝及戶口年紀」.

장이 비록 재주는 없사오나 갔으면 합니다."

하거늘, 현덕이 저를 보니 이에 위연이었다.

황충이 묻기를,

"내 이미 영을 받았는데 네가 어찌 감히 나서느냐?"[14]

하니, 위연이 대답하기를

"노인의 힘을 가지고는 능하지 못합니다. 내 들으매 냉포와 등현 등은 촉나라의 명장이라 하며 혈기가 방장하다합니다. 노장군께서 저들을 가까이 하여 잡지 못할까 걱정됩니다. 어찌 주공의 큰 일을 그르치려 하십니까? 그래서 제가 가겠다는 것이니 본래 호의일 뿐입니다."

하거늘, 황충이 크게 노하며 묻기를

"네, 내가 늙었다 하는데 나와 더불어 무예로 시험해 보겠느냐?"

하니, 위연이 다시 묻는다.

"주군 앞에서 당당히 시험해 보십시다. 이기는 사람이 가기로 하는 게 어떻겠습니까?"

한다.

황충이 드디어 계단을 내려가, 큰 소리로 소교(小校)에게

"칼을 가져 오너라!"

한다.

한편 현덕이 황급히 나서며,

"아니 됩니다. 내 지금 병사들을 보내 서천을 취하려 함에 있어 온전히 두 분 장수의 힘에 의지하려 하는데, 지금 두 분께서 싸우시면

[晋書 魯襃傳]「不許優劣 不論**年紀**」.

14) 네가 어찌 감히 나서느냐[攙越] : 차례를 지키지 않고 뛰어넘음. [淸律 吏律 職制 官員 襲廕]「不依次序 **攙越**襲廕者 杖一百 徒三年」.

필시 한 분은 다치게 될 것입니다. 그리되면 대사를 그르치게 될 것이외다. 내 두 분 장수에게 화해를 권하오니 서로 싸우지 마시구려."
한다.

이때, 방통이 나서며 말하기를,

"두 사람은 서로 싸우지 마세요. 지금 냉포와 등현이 두 개의 영채를 세웠다 하니, 두 사람이 각각 본부 군마를 이끌고 각자가 영채를 하나씩 공격하되, 먼저 취하는 자에게 공을 돌리겠소."
한다. 이에 황충은 냉포의 영채를 위연은 등현의 영채를 공격하기로 하고, 각각 명을 받고 떠났다.

방통이 말하기를,

"이제 두 사람이 떠났으나 노상에서 서로 다투지는 않을까 걱정됩니다. 주공께서 직접 군사들을 이끌고 가셔서 후응을 하시지요."
하거늘, 현덕은 방통에게 성을 지키게 하고 유봉·관평과 함께 5천 군사들을 이끌고 그 뒤를 따랐다.

한편, 황충은 영채로 돌아와서, 내일은 4경에 밥을 먹고 5경까지 집합하여 날이 밝을 무렵에 진병하라. 그리고는 왼편 산골짜기를 따라 진군한다고 영을 내렸다.

위연은 몰래 사람을 보내 황충이 기병하는 때를 탐청하게 하였는데, 와서 보고하기를

"내일 4경에 밥을 짓게 하고 5경 시분에는 기병한다 합니다."
하거늘, 위연이 속으로 기뻐하며, 군사들에게 2경에 밥을 지어 먹고 3경 시분에는 떠나서 날이 밝을 무렵에는 등현의 영채에 도착한다 하였다. 군사들은 명을 받고 모두가 배불리 먹고 준비한 다음, 말의 목에서 방울을 떼고 군사들은 각기 매를[15] 물게 하고는 기를 말고 갑옷을 싸서 몰래 기어서 겁채하러 나섰다. 3경 시분을 전후해서 영채를 떠나

전진하게 하였다.

중간에서 위연은 말 위에서 생각하기를,

"등현의 영채만 친다면 좋을 게 없지! 먼저 냉포의 영채를 쳐서 얻은 승병(勝兵)들을 이끌고 등현의 영채를 치면, 두 공이 모두 내 것이 될 게 아닌가."

하고, 말 위에서 영을 내려 군사들 모두가 왼편의 산길로 가도록 하였다. 날이 아직 밝지 않을 때에 냉포의 영채에서 멀지 않은 데까지 와서는 군사들을 잠시 쉬게 하고, 금고와 기번 창검과 기치들을 벌여 세우게 했다.

일찍이 길에 매복시켜 두었던 군사들이 보고하자, 냉포는 이미 준비를 마치고 있었다. 포향소리가 들리며 3군이 모두 말에 올라 짓쳐 나온다.

위연은 말을 몰아 칼을 빼어 들고 나가 냉포와 접전을 하였다. 두 장수들의 말이 서로 얽혀서 싸움이 30여 합에 이르자, 서천의 병사들이 길 양쪽에서 한나라 군사들을 짓쳐 왔다.

형주의 군사들은 밤새 달려오느라고 인마가 모두 피로해 있는 상태여서, 막아낼 수가 없어 뒤로 밀리며 곧 달아났다. 위연은 배후의 혼란한 소리를 듣고 냉포를 버리고 말을 돌려 달아났다.

그 뒤로 서천의 군사들이 급히 쫓아와 형주군은 대패하였다. 달아나기 5리도 못 가서 산의 뒷편에서 북소리가 지축을 울렸다.

등현이 한 떼의 군사들을 이끌고 산골짜기에서 앞을 막으며, 나서서

"위연은 속히 말에서 내려 항복하라."

---

15) 매(枚) : 행군할 때에 말이 우는 것이나 군사들이 소리를 내지 못하게 하기 위해서 입 물리는 작은 나무토막. [說文] 「枝榦也 從木攴 可爲杖也」. [徐箋] 「枚之本義爲榦 引申之 則凡物一個 謂之枚」.

며, 큰 소리로 외친다. 위연은 말에 채찍을 치며 달아나는데, 그때 갑자기 말이 앞굽을 잃어 앞으로 넘어지는 통에 위연은 땅에 떨어졌다. 등현이 급히 달려들어 창을 꽉 잡고 위연을 찌르려 하였다.

창이 미쳐 이르지 못하고 있는데 시윗 소리가 나더니, 등현이 말에서 고꾸라졌다.

뒤에서 냉포가 구하러 오려 하였으나, 한 대장이 산언덕 위에서 말을 달려 뛰어나오더니, 목소리를 가다듬고

"노장 황충이 여기 있다!"

며, 칼을 휘두르며 곧장 냉포를 취하려 하였다. 냉포는 막지 못하게 되자 뒤를 바라고 곧 달아났다. 황충이 승세를 타고 급히 추격하니 서천의 군사들은 대혼란에 빠졌다.

황충은 일지군을 거느리고 위연을 구하고 등현을 죽이고는, 곧장 급히 영채 앞에 이르렀다. 냉포는 말을 돌려 황충과 다시 싸웠다. 싸움이 10여 합이 못 되어 측면에서 군마가 일시에 몰려들자, 냉포는 왼편의 영채를 버리고 패군들을 이끌고 와서 오른편의 영채로 들어갔다.

그러나 영채의 기치들이 모두 다른 것을 보고 크게 놀랐다. 말을 세우고 살펴보니 앞에 한 대장이 금갑에 금포를 입고 있었는데, 이는 유현덕이라. 왼쪽에는 유봉, 오른쪽엔 관평이 큰 소리로 말하기를

"영채는 내가 이미 취하였노라. 네 어디에 머물려 하느냐?"

한다.

원래 현덕은 군사들을 이끌고 후웅하려 나섰는데, 곧 승세를 타고 등현의 영채를 뺏은 것이었다. 냉포는 두 곳 다 길이 막히자, 산속 궁벽진 좁은 길을 따라 낙성으로 돌아가고자 했다. 겨우 10리를 못 가 좁은 길에서 복병들이 갑자기 일어나, 일제히 갈고리를 들어 냉포를 사로잡아 버렸다.

이는 위연이 스스로 죄를 범했기 때문에 풀길이 없음을 알고, 후군을 수습하여 촉병의 인도로 여기 매복해 있었던 것이다. 끈으로 냉포를 묶어 현덕의 영채로 왔다.

한편, 현덕은 항복하면 죽이지 않겠음을 알리는 기[免死旗]를 세워 놓고 무기와 갑옷을 버린 서천의 군사들을 절대 죽이지 못하게 하고, 저들에게 상처를 입히는 자가 있으면 자신의 목숨으로 보상하게 하였다.

또 항복한 군사들에게 말하기를,

"너희 서천 사람들은 다 부모와 처자가 있을 것이니, 투항하는 자는 군사로 충원하고 원치 않는 자들은 돌려보내리라."

하였다. 이에 함성이 크게 울렸다.

황충은 영채를 안정시킨 다음에, 곧바로 현덕에게 와서 위연이 군령을 어겼으니 저를 참하라 하였다. 현덕이 급히 위연을 부르니 위연은 냉포를 압령해 왔다.

현덕이 말하기를,

"위연이 비록 죄가 있으나 이 공로로 그 죄를 속하노라."

하고는, 황충에게 목숨을 구해 준 은혜에 대하여 사죄하라 하며, 이후부터는 절대 서로 다투지 말라 하였다. 위연은 머리를 조아리며 죄를 빌었다.

현덕은 황충을 중상하고 사람을 시켜 냉포를 장하로 압령하게 하였다. 그리고는 그 묶은 것을 풀게 하고 술을 권하며 놀람을 진정시키고,

"네가 항복하겠느냐?"

하니, 냉포가 말하기를

"이미 죽음을 면하게 하셨으니 어찌 항복하지 않겠나이까. 유궤와 장임은 저와 함께 생사를 같이하기로 하였습니다. 만약에 저를 놓아

돌아가게 해 주시면, 즉시 두 사람을 데리고 와서 항복하게 하고 낙성을 드리도록 하겠습니다."

한다.

현덕이 크게 기뻐하며 곧 갑옷과 안장을 내어 주고는, 낙성으로 돌아가게 하였다.

위연이 말하기를,

"이 사람을 놓아 보내서는 아니 됩니다. 만약에 몸을 빼어 한 번 가게 되면 다시는 오지 않을 것입니다."

한다.

현덕이 대답하되,

"내가 인의로써 사람을 대하고 있으니,16) 그 사람은 나를 배반하지 않을 것이외다."

하였다.

한편, 냉포는 낙성으로 돌아가 유궤와 장임 등을 보고 사로잡혔다가 노여난 일을 말하지 않고,

"내가 10여 인을 죽이고 말을 빼앗아 돌아왔다."

고 말하자, 유궤가 급히 사람을 성도에 보내 구원해 주기를 청하였다. 유장은 등현이 전사했다는 것을 알고 크게 놀라, 황급히 여러 장수들과 의논하였다.

그의 장자 유순(劉循)이 나서며 말하기를,

"제가 군사들을 이끌고 가서 낙성을 지키겠습니다."

하거늘, 유장이 묻기를

---

16) 내가 인의로써 사람을 대하고 있으니[吾以人義待人] : 사람을 인의로 대함.
[禮 曲禮上]「道德仁義 非禮不成」. [孟子 梁惠王篇 上]「孟子 對曰 王何必曰利 亦
有仁義而已矣」.

"이미 내 아들이 가고자 하는데 누구보고 보좌하게 하면 좋겠소?"

하자, 한 사람이 앞으로 나서며 자원한다.

"원컨대 제가 가겠습니다."

하거늘, 유장이 저를 보니 그는 장인 되는 오의(吳懿)였다.

유장이 말하기를,

"장인께서 가신다니 잘 되었습니다. 누구를 부장으로 삼을까요?"

하니, 오의는 오란(吳蘭)·뇌동(雷同) 두 사람을 부장으로 삼고 2만 군마를 점고하고 낙성에 이르렀다. 유궤와 장임들이 나와 맞으며 그동안 있었던 일을 상세하게 설명하였다.

오의가 묻기를,

"적병들이 성 아래까지 와 있어서 막기 어려우니, 너희들은 무슨 좋은 생각이 없느냐?"

하니, 냉포가 대답하기를

"이 일대는 바로 부강을 끼고 있고 게다가 강물이 빠릅니다. 더구나 앞쪽의 영채는 산자락에 세우고 있어 그 지세가 아주 낮습니다. 제가 5천 군을 이끌고 가되, 각자에게 괭이와 호미를 들고 가서 부강의 물길을 터놓게 하겠습니다. 강물이 내려가면 유비의 군사들은 다 빠져 죽을 것입니다."

한다.

오의는 그 계책에 따라 곧 냉포에게 먼저 강물을 터놓게 하고, 오란과 뇌동에게는 군사들을 데리고 가서 접응하게 하였다. 냉포는 물러나와 강물을 틔울 기구들을 준비하였다.

한편, 현덕은 황충과 위연에게 명하여 각각 한 영채씩을 지키게 하고, 자신은 부성으로 돌아와 군사 방통과 의논하였다.

그때 세작들이 와서 보고하기를,

"동오의 손권이 사람을 보내 동천의 장로와 결의를 하고, 가맹관을 공격하려 한다 합니다."
하였다.
　현덕이 놀라며 묻기를,
"만약에 가맹관을 잃는다면, 뒷길이 끊겨 우리는 오도 가도 못하게 될 것이외다. 이 일을 어찌하면 좋겠소이까?"
하니, 방통이 맹달에게 이르기를
"공은 촉나라 사람이니 지리에 밝을 것이오. 가서 가맹관을 지키는 것이 어떻겠소?"
하자, 맹달이 말하기를
"제가 한 사람을 천거해서 그와 같이 가서 지킨다면, 절대 잃지 않을 것입니다."
한다.
　현덕이 그가 누구냐고 물으니 맹달이 대답한다.
"이 사람은 일찍이 형주의 유표 밑에서 부하로 있던 중랑장으로, 남군의 지강(枝江) 사람입니다. 성은 곽(霍)이고 이름은 준(峻)이라 하며, 자는 중막(仲邈)이라 합니다."
하거늘, 현덕이 크게 기뻐하며 곧 맹달과 곽준을 보내서 가맹관을 지키게 하였다.
　방통이 물러와 관사로 돌아오니, 문리가 보고하기를
"손님이 오셔서 뵙고자 합니다."
한다.
　방통이 나가 맞아들이니, 그는 신장이 8척이고 용모가 매우 훤칠하였다. 머리를 깎지 않아 목을 덮었고 의복은 단정하지 못했다.[17)]
　방통이 묻기를,

"선생은 뉘십니까?"

해도, 그 사람은 대답하지 않고 당상에 올라 침상 위에 반듯이 눕는 것이었다. 방통이 심히 의아하여 다시 물었다.

그제서야 그가 대답하기를,

"가만히 계십시오. 나는 당신에게 천하의 큰 일을 말하려 하오이다."

한다.

방통이 그 말을 듣고는 더욱 의아해하며, 좌우에게 일러 주식을 내오게 하였다. 그 사람은 일어나서 곧 음식을 먹는데, 겸사하는 태도가 전혀 없었다. 음식을 다 먹더니 곧 잠이 들었다.

방통은 의혹이 풀리지 않아서 사람을 시켜 법정을 청해 와서 저를 보게 하였다. 그리고 그가 혹시 세작이 아닐까 했다. 법정이 황급히 왔다.

방통이 그를 나가 맞으며,

"이 사람이 이러이러 했소이다."

하니, 법정이 말하기를

"이는 팽영언(彭永言)이 아닌가 합니다?"

하고, 계단을 올라 저를 보았다.

그때 그 사람이 뛰어 일어나며,

"효직께서 그간 무간하신가!"

한다.

이에,

---

17) 의복은 단정하지 못했다[衣服不甚齊整] : '입성이 단정하지 못함'을 이름. [三國志 魏志 鄭渾傳]「村落**齊整**如一」. [安氏家訓 治家]「車乘**衣服**必貴**齊整**」.

서천 사람이 옛 친구를 알아봤으니
마침내 부강의 거친 물을 막는구나.

　只爲川人逢舊識

　遂令涪水息洪流.

필경 이 사람은 누구일까? 하회를 보라.

제63회

제갈량은 방통의 죽음을 통곡하고
장익덕은 엄안을 의로 놓아주다.
　諸葛亮痛哭龐統
　張翼德義釋嚴顏.

　한편, 법정은 그 사람과 서로 보고는 손뼉을 치며 웃었다.

　방통이 물으니, 법정이 말하기를

"이 사람은 광한(廣漢) 사람으로 성은 팽(彭)이고 이름은 양(羕)이라
하는데 자는 영언(永言)이며 촉나라의 호걸이외다. 바른말을 잘하여
유장의 뜻을 거슬러서 곤겸형을[1] 받고 노예를 삼아서 그로 인해 머리
를 짧게 했답니다."

하자, 방통은 그제서야 손님으로 저를 대접하며 팽양에게 어찌해서
왔는지를 물었다.

　팽양이 말하되,

"내가 특별히 온 것은 당신들의 수많은 생명을 구하러 왔소이다. 유
장군을 뵙고 말씀드리리다."

한다. 법정은 황급히 현덕에게 보고하자, 현덕은 직접 와서 저를 보고

---

1) **곤겸형(髡鉗刑)** : 형벌의 하나로 삭발하게 하고 목을 쇠사슬로 묶는 것임.
　'곤'은 머리를 깎는 것이고 '겸'은 목에 쇠고리를 끼는 것임. [史記 張耳傳]「髡
鉗爲王家奴」. [後漢書 閻皇后傳]「減死髡鉗」.

그 까닭을 물었다.

　팽양이 또 묻기를,

"장군께서는 많은 군마들을 영채 앞에 두고 있지 않습니까?"

하거늘, 현덕이 사실대로

"황충과 위연장군이 거기 있소이다."

하니, 팽양이 또 말한다.

"장군이 된 사람이 어찌 지리를 모르십니까? 영채가 부강쪽에 붙어 있어서 만약에 부강의 물을 틔우고 앞뒤로 군사들을 막는다면, 한 사람도 도망할 수 없을 것입니다."

하자, 현덕이 그제야 크게 깨달았다.

　팽양이 당부하기를,

"강성이2) 서쪽에 있고 태백이3) 이곳에 임하고 있으매, 이는 불길한 일이 있음을 알려 주는 것이니 부디 조심해야 합니다."

한다.

　현덕은 즉시 팽양에게 인사를 하고 저를 막빈으로 삼았다. 그리고는 사람을 시켜 은밀하게 위연과 황충에게 아침·저녁으로 마을을 순찰하며 물을 틔우는 일을 막으라 하였다.

　황충과 위연 두 사람은 의논하기를,

---

2) 강성(罡星) : 북두칠성. [史記 天官書]「北斗七星 所謂琁璣玉衡 以齊七政」. [唐詩選 西鄙人 哥舒歌]「北斗七星高 哥舒夜帶刀」. 「강성」은 흉한 곳에 위치하여 길한 곳을 가리킨다고 함. [正字通]「罡 天罡 星名……八月麥生天罡據酉 因知天罡卽北斗也」.

3) 태백(太白) : 금성(金星)·장경성(長庚星). 태백이 머물러 있는 곳은 전쟁과 죽음이 따른다고 하여 '불길함'을 상징함. [爾雅 釋天]「明星 謂之啓明 (注) 長庚星也 晨見東方 爲啓明 昏見西方爲長庚星」. [韓愈 詩]「東方未明大星沒 惟有太白配殘月」.

"각각 하루에 한 번씩 순찰을 하되, 적군이 오면 서로 알려 주기로 하였다."

한편, 냉포는 그날 밤 비바람이 크게 일어나자 군사 5천을 이끌고 와서 강변의 강물을 틔우려 하는데, 뒤에서 함성이 어지럽게 일어났다. 냉포는 적군이 이미 준비하고 있음을 알고 황급히 회군하였다. 후면의 위연이 군사들을 이끌고 빨리 와서 치자, 서천 군사들은 서로 밟고 밟히며 혼란에 빠졌다.

냉포가 막 달아나려는 찰나에 위연과 맞닥뜨렸다. 두 사람이 서로 어우러져 불과 몇 합이 못 되어 위연에게 사로잡히고 말았다. 뒤따라 오란과 뇌동이 접응하려 할 즈음에, 황충의 군사들이 짓쳐 와 물리쳤다. 위연은 냉포를 압령하여 부관으로 갔다.

현덕이 저를 꾸짖기를,

"내가 인의로써 너를 대해 놓아주고 돌아가게 하였는데, 너는 어찌해서 나를 배신하였느냐! 이제는 너를 살려두기 어렵게 되었다!"

하고, 냉포를 끌어내어 참하게 하고 위연을 중상하였다.

현덕은 잔치를 베풀어 팽양을 환대하였다. 갑자기 보고하기를, 형주에서 제갈량 군사가 마량(馬良)을 시켜 편지를 보내 왔다 하였다.

현덕이 저를 불러들여 묻는다.

마량이 인사가 끝나자,

"형주는 평안하오니 주공께서는 염려하지 마십시오."

라며, 군사의 편지를 드렸다.

현덕이 그 편지를 보니, 편지의 내용은 다음과 같다.

제가 태을수를4) 계산해 보니 금년이 계사년이어서 강성이 서쪽에 있습니다. 또 건상(乾象)을 보니 태백성이 낙성5) 분야에 이르렀

나이다. 아마도 주장수의 신상에 흉한 일이 있을 것이오니 일절의
행동을 삼가 주시기 바랍니다.

현덕이 편지를 보고 나서 곧 마량에게 먼저 돌아가게 하였다.
현덕이 말하기를,
"내 곧 형주로 돌아가서 이 일을 의논하겠소이다."
하였다.
방통은 속으로 생각하기를,
'공명은 내가 서주를 취하여 공을 세우는 것을 두려워하여, 일부러
편지를 보내 이를 막으려 한다.'
고 생각하고는, 현덕에게 말하기를
"나 또한 태을수를 헤아려 보고 이미 강성이 서쪽에 있음을 알았습
니다. 주공께서 서천을 취하는 것이 합당하며, 특별히 흉사가 있는 것
이 아니옵니다. 태백이 낙성에 임하고 있음은, 먼저 촉장 냉포를 참하
신 것으로 이미 흉조를 막았습니다. 주공께서는 의심하지 마시고 속
히 진병하시옵소서."
하였다.
현덕은 방통이 거듭 재촉하는 것을 보고는 군사를 이끌고 진군하였
다. 황충과 위연은 현덕을 영채로 맞아들였다.
방통이 법정에게 묻기를,

---

4) 태을수(太乙數) : 주(周)대의 술수가(術數家)가 저술한 책으로, 재복(財福)과
   치란(治亂)을 점치는 법을 적어 놓은 것임. 본래 '태을수'는 '추산한다'는 의미
   임. [中文辭典]「古占術之一……又有計神與太乙合之爲八將 猶易之八卦 而以歲
   月日 時爲綱 三基五福 十精爲經」. 「술수」(術數). [管子]「人主務學術數 務行正
   理 則變化日進」.
5) 낙성(雒城) : 성의 이름. [中文辭典]「城名 漢置雒縣」.

"낙성에 가려면 길이 몇이나 되오?"

하자, 법정이 땅에 지도를 그려 주었다. 현덕은 장송에게서 받은 것과 대조해보니 전혀 다르지 않았다.

법정이 말하기를,

"산의 북쪽으로 한 길이 있는데 낙성의 동문과 만나게 되어 있고, 산의 남쪽에 있는 소로는 곧장 낙성의 서문과 닿아 있는데, 이 두 길은 다 진병할 수 있습니다."

하였다.

방통이 현덕에게 말하기를,

"제가 위연을 선봉으로 삼아서 남쪽 길로 진병할 터이니, 주공께서는 황충을 선봉으로 삼으시고 산 북쪽의 큰 길로 진군하십시오. 그래서 낙성에 가서 단번에 취하시지요."

하였다.

현덕이 말하기를,

"나는 어려서부터 궁마에 익숙해서 여러 길을 가 보았소이다. 군사께서 큰 길을 따라 가서 동문을 취하시면 나는 서문을 취하겠소이다."

하니 방통이 대답한다.

"큰 길에는 반드시 막는 군사들이 있을 것이니, 주공께서 병사들을 이끌고 가서 저들을 막으시면 저는 소로로 가겠습니다."

하거늘, 현덕이 말하기를

"군사는 안 됩니다. 내 어제 밤에 꿈에 한 신인이 나타나셔서 손에 철봉을 들고 나의 오른쪽 어깨를 치거늘, 깨어보니 오히려 어깨가 아픕디다. 이번 행군은 좋은 것이 못 되오이다."

하니, 방통이 묻기를

"장수가 싸움에 임해서 죽지 않고 부상을 입는 것은 그 이치가 자연스러운 것입니다. 어찌 꿈에 있었던 일로 해서 의심을 하십니까?"

하거늘, 현덕이

"내가 의심하는 것은 공명의 편지 때문이외다. 군사께서는 돌아가서 부관을 지키시는 게 어떻소이까?"

하니, 방통이 크게 웃으면서

"주공께서는 공명에게 미혹되었습니다. 공명은 제가 혼자서만 큰 공을 세우는 것을 바라지 않기 때문에, 이런 말을 만들어서 주공을 의심하게 하는 것입니다. 마음에 의심이 들면 그것이 꿈이 되는 것인데, 어찌 흉사가 있겠습니까? 저는 나라 일에 이 몸을 바치고자[6] 하는 것이 저의 본심입니다. 주공께서는 다시 말씀 마시고 빨리 진군하시옵소서."

하였다.

그래서 그날 명령을 내려, 군사들을 5경 시분에 밥을 지어 먹이고 날이 밝으면서 말에 올랐다. 황충과 위연은 군사들을 이끌고 먼저 가게 하였다. 현덕은 다시 방통과 만나기로 약속을 정하는데, 갑자기 말이 앞을 보지 못하고 주저앉아 방통은 하마터면 떨어질 뻔하였다. 현덕은 말에서 뛰어내려 직접 그 말을 일으켜 세웠다.

현덕이 묻기를,

"군사는 어찌해 이런 비루말을 타시는 게요?"

하니. 방통이 대답하기를,

"이 말을 탄 지 오래되었으나 일찍이 이런 일이 없었습니다."

한다.

---

6) 나라 일에 이 몸을 바치고자[肝腦塗地] : 아주 참혹한 죽임을 당한다는 뜻. [史記 劉敬傳]「使天下之民肝腦塗地 父子暴骨中野」. [漢書 蘇武傳]「常願肝腦塗地」. [戰國策 燕策]「擊代王殺之 肝腦塗地」.

현덕이 말하기를,

"전장에서 앞을 못 보면 생명을 잃게 되는 것이외다. 내가 타던 백마가 있는데 성질이 아주 유순하오. 군사께서 타실 수 있을 터이니 만에 하나도 실수가 없을 것이외다. 그 비루말은 내가 타겠소."

하고는, 마침내 방통으로 하여금 곧 말을 바꿔 타게 하였다.

방통이 사례하며 말하기를,

"주공의 은혜에 깊이 감사합니다. 비록 만 번 죽더라도 다 갚지 못할 것입니다."

하고, 드디어 각자 말을 타고 길을 따라 진군하였다.

현덕은 방통이 가고 나니, 마음속에 좋지 않은 생각이 들어서 앙앙한 마음으로 길을 갔다.

한편, 낙성에서는 오의·유궤 등이 냉포가 죽었다는 소식을 듣고, 여러 관료들과 의논하였다.

장임이 말하기를,

"성의 동남쪽 산속에 한 소로가 있는데 가장 요긴한 곳입니다. 제가 직접 군사들을 이끌고 가서 그 길을 지키겠습니다. 제공들은 낙성을 잘 지켜 절대로 이 성을 잃어서는 안 됩니다."

하였다.

그때 문득 형주의 군사들이 두 길로 나누어서 성을 공격해 온다고 알려 왔다. 장임은 급히 3천 군을 이끌고 먼저 가서 소로에 매복하였다. 그때 위연이 지나가는 것을 보고 있다가, 다 지나갈 때까지 기다리게 하며 놀라 움직이지 못하게 하였다. 그 뒤를 이어 방통의 군사가 오는 것이 보였다.

장임의 군사 중에서 손짓을 하며 "백마를 탄 자가 필시 유비일 것입니다." 하자, 장임은 크게 기뻐하며 영을 내려 이리이리 하라고 일러 주었다. 이때, 방통은 앞으로 전진하며 앞을 바라보았다. 양쪽 산길의 폭이 좁고 나무가 우거져서 있으며, 여름이 끝나고 가을의 초입이어서 나무 가지가 무성하였다.

방통은 속으로 걱정을 하면서 말고삐를 쳐서 세우며, 묻기를
"여기가 어디냐?"
하니, 군사들 속에서 새로 항복한 군사가 말하기를
"이곳의 지명이 낙봉파(落鳳坡)입니다."
한다.

방통이 놀라며 말하기를,
"내 도호가 봉추인데 이곳의 이름이 낙봉파라면 나에게는 이롭지 않구나."
하며, 후군에게 빨리 물러나게 하려 하였다.

바로 그때 산언덕에서 호포소리가 크게 나더니, 화살이 마치 메뚜기 떼가[7] 나는 듯하는데 백마를 탄 사람에게만 쏠렸다. 불쌍하게도 방통이 난전에 맞아 죽으니, 그때 그의 나이 36세였다.

후세 사람이 이 일을 한탄한 시가 있다.

옛날 현산 푸른 언덕이 연이은 곳
방사원의 집이 산기슭에 있었지.
　古峴相連紫翠堆
　士元有宅傍山隈.

아이들의 비둘기 부르는 소리 늘 들리던 곳

---

7) 메뚜기 떼[蝗蟲] : 누리. 메뚜깃과에 딸린 곤충. [禮記 月令]「孟夏行春令 則 蝗蟲爲災」. [史記 秦始皇記]「十月庚寅 蝗蟲從東方來蔽天」.

항간에선 그 재주를 일찍이 알았었지.

> 兒童慣識呼鳩曲
>
> 閭巷曾聞展驥才.

세상이 삼분천하됨을 미리 알고[8]
만리 먼 길에 말 달리며 홀로 배회하였구나.

> 預計三分平刻削
>
> 長驅萬里獨徘徊.

누가 천구성이[9] 떨어져서
장군이 금의환향을 보지 못하게 할 줄 알았을까.

> 誰知天狗流星墜
>
> 不使將軍衣錦回.

그 전에부터 동남지방에선, 다음과 같은 동요가 불렸다.

봉황 한 마리와 용 한 마리가(一鳳幷一龍)
서로 도우며 서촉으로 들어가네.(相將到蜀中)

---

8) 세상이 삼분천하됨을 미리 알고[豫計三分] : 한(漢)나라가 위·오·촉으로 나
뉘어 세 나라가 될 것임을 미리 알고 있음. 「삼분천하유기이」(三分天下有其
二). [史記 太師公自敍]「楚人追我京索 而信拔魏趙 定燕齊 使漢三分天下有其二
以滅項籍 作准陰侯列傳第三十二」. [文選 諸葛亮 出師表]「今天下三分 益州罷弊
此誠危急存亡之秋」.
9) 천구성(天狗星) : 운성(隕星). 「천구성」은 유성이나 혜성의 형태를 지니며,
흉한 일을 나타내는 흉성임. [史記 天官書]「天狗 狀如大奔星 有聲 其下止地類狗
所墮及炎火 望之如火光 炎炎衝天」. [晋書 天文志]「狼北七星 曰天狗 主守財」.

겨우 반쯤 와서는(纔到半路裏)
봉황이 낙파의 동쪽에서 죽었다네.(鳳死落坡東)

바람은 비를 보내고(風送雨)
비는 바람을 따르네.(雨隨風)

한나라를 일으키려면 촉도를 열어야 하거늘(隆漢興時蜀道通)
촉도가 열렸을 때엔 용만 홀로 남았네.(蜀道通時只有龍)

그날 장임은 방통을 쏘아 죽이니, 형주의 군사들은 진퇴할 길이 없어 거의 태반이나 죽었다. 전군을 이끌던 위연에게 이 소식이 급히 전해졌다. 위연은 황망히 군사들을 멈추고 돌아가려 하였으나, 그 산길이 워낙 좁아서 시살을 면치 못하였다. 또 장임이 퇴로를 끊고 높은 곳에서 강궁과 경노로 쏘아댔다.

위연은 심중에 당황하고 있으니, 새로 항복한 촉병이

"차라리 낙성 쪽으로 짓쳐 들어가 큰 길로 가느니만 못합니다."

하거늘, 위연이 그 말을 따라 앞에 서서 길을 열고 낙성으로 짓쳐 갔다.

바로 그때 먼지가 일고 한 떼의 군사들이 달려오니, 낙성을 지키던 오란과 뇌동이었다. 뒤에서는 장임이 또 군사들을 이끌고 추격해 왔다. 앞과 뒤에서 협공을 받게 되어 위연은 포위망에 들게 되었다.

위연은 죽기로 싸웠으나 포위망을 벗어날 수가 없었다. 단지 오란과 뇌동의 후군이 어지러워지자 두 장수들이 급히 말을 돌려 구하려고 갔다.

위연은 틈을 타고 급히 달아나는데 앞선 한 장수가 칼을 휘두르며 말을 박차고 달려오며, 크게 부르짖으며

"문장아, 내 너를 구하러 왔다!"

한다. 보니 바로 노장 황충이었다.

두 장수가 양쪽에서 공격하여 오란과 뇌동을 물리치고, 곧장 낙성 밑에 이르렀다. 유궤가 병사들을 이끌고 짓쳐 나오자 현덕이 뒤에 있다가 곧 접응하였다. 황충과 위연은 몸을 피하며 달아났다. 현덕의 군마가 급히 영채에 이르렀을 때에, 장임의 군마 또한 소로를 따라 길을 막고 나섰다. 유궤·오란, 그리고 뇌동이 앞장 서서 급히 달려왔다.

현덕은 두 영채를 지켜내지 못하고 싸우면서 부관까지 달아났다. 촉병들은 싸움에 이기자 급히 추격해 왔다. 현덕은 군사와 말들이 모두 피곤해 있고 적과 싸울 마음이 없어 그저 달아날 수밖에 없다. 부관에 가까워지자 장임이 거느리는 일군이 급히 추격해 왔다.

그때, 다행이도 좌편에는 유봉, 우편에는 관평 두 장수가 3만여 생력병들을[10] 이끌고 길을 막고 나서서 장임을 물리치고, 20여 리나 추격하여 무수한 전마를 빼앗았다. 현덕 일행의 군마는 다시 부관으로 들어가 방통의 소식을 물었다.

군사 중에 도망하여 살아난 군사가,

"군사께서는 말을 타신 채 난전에 맞아 낙봉파에서 돌아가셨습니다."

한다.

현덕은 그 말을 듣고는 서쪽을 바라보고 통곡해 마지않으며 그를 위해 초혼제(招魂祭)를 지내니, 여러 장수들이 모두 통곡하였다.

황충이 묻기를,

"이번에 방통군사께서 죽었으니 반드시 부관을 공격할 터인데, 이를 어찌하면 좋겠습니까? 만약에 사람을 형주에 보내서, 제갈군사를

---

10) **생력병(生力兵)** : 전선에 새로 투입된 병사. 「생력군」(生力軍). [中文辭典]「生力謂力之儀而未用者 因謂甫加入戰線之軍隊曰 **生力軍**」.

오시게 하고 서천을 칠 계획을 세우는 것이 어떻겠습니까?”

하며 의논하고 있을 때에, 한 군사가 와서 장임이 군사들을 이끌고 성 아래에 와서 싸움을 돋운다고 알려 왔다. 그 말을 듣고 황충과 위연이 나가 싸우고자 하였다.

현덕이 말하기를,

“이제 예기가 꺾였으니, 마땅히 성을 굳게 지키며 군사께서 올 때까지 기다려야 하오이다.”

하거늘, 황충과 위연이 영을 받고 성지를 지키기로 하였다.

현덕은 한 통의 편지를 써서 관평에게 주며,

“네가 형주로 가서 군사를 청해 오너라.”

하였다. 관평이 편지를 가지고 밤을 도와 형주로 갔다. 현덕은 부관을 지키며 나가 싸우지 않았다.

한편, 공명은 형주에 있었는데 때마침 칠석가절11)이었다. 모든 관료들이 모여서 밤새 연회를 하며 같이 서천을 떨어뜨릴 일들을 이야기 하고 있었다. 그런데 서쪽의 정방에서 말[斗]만한 유성이 떨어지며 그 빛이 사방으로 흩어졌다. 공명은 놀라서 잔을 땅에 떨어뜨리고 얼굴을 가리고 울며 말한다.

“슬프다. 통재라!”

하거늘, 여러 관료들이 그 까닭을 물었다.

공명이 말하기를,

---

11) **칠석가절[七夕名節]**: 칠석날. 명절의 하나로 음력 7월 초이렛날임. 이날 서안에 있는 직녀성과 동안에 있는 견우성이 오작교(烏鵲橋)를 타고 1년에 한 번씩 만난다 함. [荊楚 歲時記]「七月七日 爲牽牛織女 聚會之夜 時夕 人家婦女 結綵縷」. [故事成語考 歲時]「七夕 牛女渡河 家家穿乞巧之針」.

"내가 이전에 강성이 서방에 있어서 군사에게[12] 불리하고, 천구가 우리 군사들을 범하고 또 태백이 낙성에 임하였기에, 이미 글을 보내 주공께 그 일을 막으시도록 알려드렸는데, 누가 오늘 저녁 서방의 별 이 떨어질 것을 생각이나 하였겠소. 방사원이 필시 죽었을 것이오."

하며 말을 마치고, 크게 울면서

"오늘 주군께서 한 팔을 잃었소이다."

하거늘, 여러 관료들이 다 놀라면서도 그 말을 믿지 않았다.

공명이 또 말하기를,

"며칠 안에 반드시 소식이 있으리다."

하고, 그날 저녁은 술자리가 다 하지 않아 헤어졌다.

며칠 뒤에 공명이 운장 등과 앉아 이야기하고 있는데, 관평이 왔다 는 보고가 들어왔다. 여러 관료들이 모두 놀랐다. 관평이 들어와서 현 덕의 서신을 올렸다.

공명이 편지를 보니, 그 속에는

"올해 7월 7일 방통군사가 장임의 피습을 받아, 낙봉파에서 화살에 맞아 죽었소이다."

고 쓰여 있었다. 공명이 목 놓아 우니 관료들도 모두가 눈물을 흘렸다.

공명이 말하기를,

"이미 주공께서 부관에 있으면서 진퇴양난에[13] 처해 계시니, 제가 가봐야겠소이다."

---

12) **군사(軍師)**: 전략을 짜는 소임을 맡은 사람. [禮記 檀弓 上]「君子曰 謀人之 **軍師**」. [後漢書 岑彭傳]「彭因言韓歆 南陽大人可以用 乃貰歆以爲鄧禹**軍師**」.

13) **진퇴양난(進退兩難)**: 이러지도 저러지도 못함. [左傳 僖公十五年]「慶鄭曰 今 乘異座 以從戎事 **進退不可** 周旋不能」.「진퇴유곡」(進退維谷). 앞으로 나아가 도 못하고 뒤로 물러서지도 못하여 어찌할 수 없음. [詩經 大雅篇 蕩桑]「人亦有 言 **進退維谷**」. [董仲舒 士不遇賦]「雖日三省於吾身兮 猶懷進**退**之**維谷**」.

하니, 운장이 말하기를

"군사께서 가시면 누가 형주를 지키겠습니까? 형주는 요지이오니 가볍게 생각할 수 없습니다."

한다.

공명이 이르기를,

"주공께서 편지에서는 비록 그 사람에 대해 명시하지 않으셨으나, 나는 이미 그 속을 알고 있소이다."

하고, 현덕의 편지를 관료들에게 보이며

"주공의 편지 속에는 형주를 내게 부탁하고 내 재량으로 인재를 골라 부탁하라 하신 것이외다. 비록 그렇다 하나 지금 관평이 편지를 가지고 왔으니, 그 뜻은 운장공에게 당연히 이 중책을 맡기시려는 것이외다. 운장공은 도원결의의 뜻을14) 생각하시어, 힘을 다해 이 땅을 지키시오. 그 책임이 가볍지 않으니 공은 마땅히 그 일에 힘을 쓰셔야 합니다."

한다. 운장은 더 이상 사양하지 않고 개연히 영을 받들었다.

공명은 술자리를 만들어 인수를15) 넘겨주니 운장이 두 손으로 받았다.

공명은 인수를 넘기면서 말하기를,

"이 중책이 모두 장군에게 있소이다."

하니, 운장이 대답하기를

---

14) **도원결의의 뜻을[桃源結義之情]** : 유비·관우·장비 세 사람이 의형제를 맺은 정의. [中文辭典]「三國蜀 **劉備關羽張飛三人結義於桃園也**」.

15) **인수(印綬)** : 인끈. 이는 '기패(旗牌)'와 함께 신분과 권능을 증명하는 도구임. [史記 項羽紀]「項梁持守頭佩其**印綬** 門下大驚擾亂. [漢書 百官公卿表]「相國丞相 皆**金印紫綬**」.

"대장부가 중임을 맡았으니 죽음도 막지 못할 것입니다."

한다. 공명은 운장에게 '죽는다' 말이 나오자 짐짓 마음속이 기쁘지
않았다. 인수를 주지 말까도 생각하였으나, 이미 말을 하고 난 뒤여서
공명은

"조조가 군사들을 이끌고 온다면 어찌하겠소이까?"

하니, 운장이 대답하기를

"힘들을 다해 막겠습니다."

한다.

공명은 또 묻기를,

"만약에 조조와 손권이 군사들을 일으켜 온다면 어찌하겠소이까?"

하니, 운장이 대답하되

"군사들을 나누어 각각 막겠습니다."

하니, 공명이 대답하기를

"그러면 형주는 위험에 빠지게 됩니다. 내가 장군에게 꼭 말해 두겠
으니 장군께서는 기억해 두시기 바랍니다. 그렇게만 하시면 형주는
지킬 수 있습니다."

하거늘, 운장이 묻기를

"꼭 지켜야 할 일이 무엇입니까?"

한다.

공명이 대답하기를,

"북쪽으로는 조조를 막고 동쪽으로는 손권과 화해를 해야 합니다[北
拒曹操 東和孫權]."

하거늘, 운장이 말하기를

"군사의 말씀을 폐부에 새기겠습니다."

하였다.

공명은 마침내 인수를 주고 문관 마량·이적·향랑(向郞)·미축 등과 무장 미방·요화·관평·주창 등에게 운장을 보좌해서 같이 형주를 지키라고 명하였다.

한편, 직접 군사들을 이끌고 서천으로 들어갔다. 먼저 정예병 1만을 장비에게 주어 큰 길로 해서 파주와 낙성의 서쪽을 짓쳐 들어가게 하고, 먼저 도착하는 사람에게 선공을 주기로 하였다. 또 일지병을 내어 조운을 선봉으로 삼고 강을 거슬러 올라가 낙성에서 만나자고 하였다. 공명은 뒤에서 간옹·장완(蔣琬) 등을 따라 가기로 하였다.

장완의 자는 공염(公琰)이고 영릉의 상향(湘鄉) 사람인데, 형양의 명사로서 지금은 서기로 있었다. 그날 공명은 1만 5천의 병사들을 이끌고 장비와 함께 같은 날 떠났다.

장비가 떠날 때에 공명이 당부하기를,

"서천에는 호걸들이 많으니 가볍게 대해서는 아니 되오. 가는 도중에 군사들을 잘 단속하고 백성들의 물건을 약탈하여, 민심을 잃지 않도록 하시오. 또한 마땅히 긍휼을 베풀 것이며 채찍으로 군사들을 쳐서는 아니 되오이다. 장군을 일찍 낙성에서 만날 수 있기 바라니, 절대 착오가 있어서는 아니 되오."

한다.

장비가 기꺼이 승낙하고 말에 올라 급히 앞으로 달려갔다. 그는 이르는 곳마다에서 항복하는 병사들을 털끝만치도 범하지 않았다.

곧바로 한중·서천길을 따라 파군(巴郡)까지 이르렀는데, 세작이 다시 보고하기를

"파군태수 엄안(嚴顔)은 촉나라의 명장으로 나이가 많지만은 힘이 쇠하지 않아서 활을 잘 쓰며, 큰 칼을 사용하여 만부부당지용이 있다 합니다. 성곽에 머물면서 항기를 내걸지 않고 있습니다."

하거늘, 장비는 성에서 10리 밖에 영채를 세웠다. 그리고는 사람을 시켜,

　"성에 들어가서 노장군에게 빨리 항복하라 권하되, 너에게 수많은 백성들의 생명줄이 달려 있다. 만약에 귀순하지 않는다면, 즉시 성곽을 허물어 버려 노유를 가리지 않고 죽이리라."

고 전하게 하였다.

　한편, 엄안은 파군에 있었는데 유장이 법정을 시켜, 현덕을 서천으로 청한다는 소식을 듣고 가슴을 치면서

　"이를 두고 빈 산에 앉아서 호랑이더러 지켜달라는 격이구나!"[16] 하였다.

　뒤에 현덕이 부관에 머물러 있다는 소식을 듣고는, 크게 노하여 여러 번 군사들을 이끌고 가서 싸워보려 하면서도, 한편으로는 가는 도중에 복병이라도 있을까 두려워하였다. 그날 장비가 병사들을 이끌고 이르렀다는 말을 듣고 본부병 5, 6천 인마에게 적과 싸울 준비를 시켰다.

　그때 누가 계책을 드리기를,

　"장비는 당양의 장판에 있을 때, 한 번 크게 소리쳐 조조의 병사 백만을 물리친 인물입니다. 조조 또한 이름만 듣고도 저를 피한다 하니, 절대 가벼이 대할 인물이 아닙니다. 지금은 해자를 깊이 파고 보루를 높게 하여 굳게 지키고 나가서는 안 됩니다. 저들은 군량이 없으니 채 한 달을 버티지 못하고 자연히 물러갈 것입니다.

　또한 장비는 성질이 불같아서 늘 군사들을 채찍으로 치는 인물이라 우리가 나가 싸우지 않으면, 그 노여움이 필시 흉포해져서 대기하고

---

16) 이를 두고 빈 산에 앉아서 호랑이더러 지켜달라는 격이구나! : '일이 이치에 맞지 않고 화를 자초함'의 뜻임. 원문에는 '此所謂獨坐窮山 引虎自衛者也'로 되어 있음. [後漢書 單超傳]「其後 四候轉橫 天下爲之語曰 左回天 具獨坐 徐臥虎 唐兩憧 (注) 獨坐謂驕貴無偶也」.

있는 군사들을 칠 것입니다. 군심이 한 번 변하면 그때 틈을 타서 저를 치면 장비를 사로잡을 수 있습니다."

한다. 엄안은 그의 말을 좇아서, 군사들에게 성에 올라가 지키게 하였다.

문득 한 군사가 큰 소리로,

"문을 열어라!"

하거늘, 엄안이 불러들여 물었다. 그 군사는 장장군이 보냈다면서 장비가 일러준 대로 말하였다.

엄안이 크게 노하여 그를 꾸짖으며, 말하기를

"못난 필부놈이[17] 이토록 무례할 수 있나! 나 엄안장군이 어찌 적에게 항복할 수 있겠느냐! 네가 장비에게 그렇게 말하거라."

하고, 무사를 불러 그 군사의 귀와 코를 베고 영채로 놓아 보냈다. 그 군사가 돌아가 장비를 보고 울며 엄안이 나를 이렇게 만들었다고 말하자, 장비는 크게 노하여 이를 악물고 눈을 부릅뜨며, 갑옷과 투구를 쓰고 말에 올라 수백 기를 이끌고 파군의 성 아래 이르러서 싸움을 돋우었다. 성 위에서는 군사들 수백 명이 나와서 심하게 꾸짖었다.

장비는 성질이 급한지라 몇 번을 적교까지 짓쳐 나가 성 아래 물을 건너고자 하였으나, 어지럽게 날아드는 화살 때문에 돌아왔다. 날이 저물도록 한 사람도 나오지 않았다. 장비는 노기를 참고 영채로 돌아왔다.

다음 날 일찍부터 군사들을 이끌고 가서 싸움을 돋우었으나, 엄안은 성의 적루 위에서 활로 장비의 투구를 쏘았다.

장비는 손가락질을 하면서,

---

17) 필부(匹夫) : 평범한 사내. 「필부필부」(匹夫匹婦). [孟子 萬章篇 下]「思天下之民 **匹夫匹婦** 有不與被堯舜之澤者 若己推而內之溝中 其自任天下之重也.」

"만약에 네 놈을 사로잡기만 하면 내 직접 네 고기를 씹어 먹겠다!" 하였으나, 그날도 그냥 돌아오고 말았다. 제 3일째 되는 날에 장비는 군사들을 이끌고 성 주위를 돌며 욕을 해댔다.

원래 이 성은 산성이어서 주위가 모두 산이었다. 장비는 말을 타고 산 위에 올라가 성을 내려다보니, 군사들이 다 갑옷을 입고 대오가 정연한데 성중에 있으면서 나오려 하지 않는다.

또 백성들이 오고 가며 벽돌과 돌을 운반하며 성을 지키는 일을 돕고 있는 것이 보였다. 장비는 마군들은 말에서 내리게 하고 보군들은 다 땅에 앉도록 해서, 저들을 끌어내려 하였으나 전혀 동정이 없었다. 또 하루는 욕만 퍼붓다가 전날처럼 소득 없이 돌아오고 말았다.

장비가 영채에 있으면서, 혼자서 생각하기를

"종일토록 큰 소리로 욕을 해도 저들이 나오지 않으니, 저를 어찌해야 할까?"

하고 골똘히 계책을 생각해 내고는, 여러 군사들은 나가서 싸우게 하지 않고 영채 안에 기다리고 있게 하였다. 그리고는 4, 50명의 군사들만 가서 성 아래에서 욕을 하게 하였다. 그래서 엄안의 군사들이 나오면 곧 짓쳐 나가려 하였다.

장비는 주먹을 쥐었다 폈다 하면서 적들이 나오기만 기다렸다. 적은 군사들만이 나가 욕을 퍼부은 지 3일이 되어도 전혀 나오질 않았다. 장비가 눈썹을 찡그리더니 한 계책을 생각해 내었다.

여러 군사들에게 사방으로 흩어져서 나무와 솔들을 베어내게 하고, 지름길을 찾아보게 하며 싸움을 돋우지 않았다.

엄안은 성중에 있으면서 계속해서 살펴보았으나, 장비의 동정을 볼 수가 없었다. 그래 마음속으로 이상히 생각하고, 10명의 군사들에게 장비가 나무를 베고 있는 군사로 분장시켜, 몰래 성을 나가서 군사들

속에 섞여 탐청하게 하였다. 그날 나무하러 갔던 군사들이 영채로 돌아왔다.

　장비는 영채에 앉아서 발을 구르면서 말하기를,

　"엄안 그 늙은 놈이 나를 애태워 죽이려 하는구나!"

한다.

　그러자 단지 장막 앞의 서너 명 군사들이 나서며,

　"장군께서는 너무 조바심을 내지 마십시오. 저희들이 며칠간 일하는 중에 아주 작은 소로를 발견하였습니다. 그 길로 해서 몰래 파군으로 숨어들 수 있을 것입니다."

한다.

　그때, 장비가 일부러 큰 소리로 말하기를,

　"이미 그런 길이 있었으면 왜 미리 말하지 않았느냐?"

하거늘, 군사가 대답하기를

　"요 며칠 사이에서야 겨우 찾아낸 것입니다."

한다.

　장비가 말하기를,

　"일이 더 지체되어서는 안 되겠다. 오늘 2경시부터 밥을 지어 먹고 3경쯤 달이 떠오르면 영채를 모두 철거하고, 군사들은 매(枚)를 물고 말의 방울을 떼고 천천히 진군하라. 내가 앞에서 길을 낼 터이니 너희들은 차례로 뒤따라오라."

했다. 그 영은 곧 영채의 모든 군사들에게 전해졌다. 세작들이 이 소식을 듣고는 모두 성중으로 돌아가서 엄안에게 보고하였다.

　엄안이 크게 기뻐하며, 말하기를

　"내 생각에는 저 놈이 더 이상 참지 못하는 것 같다! 저놈이 몰래 샛길을 지나가면, 아마도 양초를 실은 치중들이 그 뒤를 따를 것이다.

내가 저들의 퇴로를 막아 버린다면, 저놈들이 어떻게 지나가겠는가? 참 계책도 없는 놈이니 내 계책에 빠지고 말 것이다!"

하고는, 즉시 영을 내려 군사들에게 적과 싸우러 나갈 준비를 시키기를

"오늘 밤 2경에 밥을 지어 먹고, 3경쯤에 성을 나가 나무와 풀 속에 숨어 있어라. 그때, 장비가 소로로 길목을 지나가고 나서 수레가 지나갈 때에, 포향을 울리고 일제히 나가서 저들을 죽이거라."

하였다.

영을 전하고 나서 밤이 가까워지자, 엄안의 전군(全軍)은 배불리 먹고 나서, 갑옷을 입고 몰래 성을 빠져나가 사방으로 흩어져 매복하고 북이 울리기만 기다렸다. 엄안은 직접 십수명의 비장만 거느리고, 말에서 내려 수풀 속에 엎드려 기다리고 있었다.

약 3경이 지나서야 멀리 보니, 장비가 앞에 서서 장팔사모를 비껴들고 말을 몰아 군사들을 이끌고 천천히 지나갔다. 그가 지나간 지 3, 4리가 못 되어 뒤를 의장과 인마들이 꼬리를 물고[18] 지나간다. 엄안은 자세히 보고 나서[19] 일제히 북을 치자 사방에서 복병들이 다 뛰쳐나왔다! 그리고 거장을 뺏으려 할 때에 배후에서 포향 소리가 울리고 일표군이 엄습해 오며, 큰 소리로

"노적은 달아나지 말아라. 우리들이 예서 너를 기다리고 있었다!"

한다.

엄안이 머리를 돌려 보려 할 때, 말 앞에 선 한 대장은 표범의 머리에 고리 눈을 하고 있고 제비 턱에 호랑이 수염을 하고, 장팔사모를

---

18) 꼬리를 물고[陸續] : 연달아 계속하는 모양. [陸游 詩]「截竹作馬走不休 小車 駕羊聲陸續」.

19) 자세히 보고 나서[分曉] : 새벽·동틀 무렵. [樊晦 鶯巢賦]「霖光分曉出 虛竇 以變飛」.

쓰며 검은 털의 말을 타고 있었다. 바로 장비였다. 사방에서 북소리가
진동하더니 수많은 군사들이 짓쳐 왔다.

엄안은 장비를 보자 어찌할 바를 몰랐다. 두 마리의 말이 엇갈리기
단지 한 합만에 장비가 일부러 허점을 보였다. 엄안은 단칼에 찍었으
나 장비는 빨리 피하면서, 달려들어. 엄안의 갑옷자락을 낚아채서 산
채로 땅에 떨어뜨렸다. 여러 군사들이 앞으로 나가 포박해 버렸다.

원래 앞에 지나간 장비는 가짜였다. 엄안이 북을 치는 것을 신호로
삼을 것이라 생각하고, 장비는 징을 치는 것을 신호로 삼았다. 징소리
가 울리자 군사들이 일제히 내달은 것이었다. 서천의 병사들은 태반
이 갑옷을 버리고 무기를 거꾸로 잡고 투항하였다.

장비는 파군성 아래에까지 짓쳐 가니 후군들이 이미 입성하였다.
장비는 백성들을 죽이지 않고 안전하도록 방을 내걸었다. 그리고는
여러 도부수들에게 엄안을 끌어내라 하였다. 정비는 청상에 앉아 있
었다. 엄안은 무릎을 꿇지 않았다.

장비가 눈을 부라리고 어금니를 깨물면서 꾸짖기를,

"대장으로서 이 지경에 이르렀는데도 어찌하여 항복하지 않고 거역
하느냐?"

하자, 엄안은 전혀 두려운 기색이 없이 도리어 장비를 꾸짖기를

"너희들은 의리도 없이 우리의 주군(州郡)을 침범하는 게냐! 나는 목
이 잘릴지언정 항장은 되지 않겠다!"

하거늘, 장비가 크게 노하여 좌우에게 끌어내어 참하라 하였다.

엄안이 꾸짖으며 말하기를,

"이 필부놈아! 목을 자르려면20) 자를 것이지 왜 화를 내느냐?"

---

20) **목을 자르려면[斫頭]** : 작참(斫斬). 칼로 목을 벰. [枚乘]「**斫斬**以爲琴」.

하거늘, 장비는 엄안의 목소리가 우렁차고 얼굴빛이 변하지 않음을 보고, 노함을 돌리어 기쁜 낯으로 뜰 아래 좌우들을 물리고 직접 그의 결박을 풀고 옷을 다시 입히고는 부축해서 당상에 올려 앉혔다.

그리고는 머리를 숙여 절을 하고,

"방금 전에 모욕적인 말을 한 것을 너무 꾸짖지 마시구려. 내가 평소부터 노장께서 호걸지사임을 알고 있었소이다."

하니, 엄안이 그 은의에 감동해서 이에 항복하였다.

후세 사람이 엄안을 예찬한 시가 있다.

백발이 되도록 서촉에 살면서
청명이 온 나라에 떨쳤네.
　白髮居西蜀
　清名震大邦.

충성된 마음은 밝은 달과 같고
호탕한 그 기개 장강을 휩쓸었네
　忠心如皎日
　浩氣捲長江.

차라리 목이 잘려 죽을지언정
어찌 무릎을 꿇고 항복하겠나.
　寧可斷頭死
　安能屈膝降.

파주의 나이 많은 노장이여

천하에 짝이 없으리라.

　巴州年老將

　天下更無雙.

또 장비를 예찬한 시도 있다.

　산 채로 엄안 잡은 그 용기 절륜하도다

　오직 의기로써 군민을 항복받았네.

　　生獲嚴顔勇絕倫

　　惟憑義氣服軍民.

　지금도 그 모습이 파촉의 묘당에 남았으니

　사주와21) 고기 안주로 매해 봄 제사를 지내네.

　　至今廟貌留巴蜀

　　社酒雞豚日日春.

　장비가 서천에 돌아갈 계획을 엄안에게 물었다.

　엄안이 말하기를,

　"패군지장이 후은을 입었으나 갚을 길이 없더니, 제가 작은 힘이나
마22) 실행할 수 있게 해주시기 바랍니다. 굳이 장궁(張弓)과 쌍전(雙箭)

---

21) **사주(社酒)** : 사일주(社日酒). 일종의 제사 음식. [正字通]「時令有社日 立春
　　後五戊爲春社 祭后土也 立秋後逢五戊爲秋社 漢王修事母孝 母以社日亡 來歲隣
　　里聚社 修念母哀甚 星中爲之罷社. [李文正公 談錄]「吾爲翰林學士 月給內醞 兵
　　部李相好滑稽 嘗因春社寄此詩 蓋俗社日酒 喫治耳聾」.
22) **작은 힘이나마[犬馬之勞]** : 아주 작은 힘. 남에게 '자기가 바치는 노력'을 아
　　주 겸손하게 일컫는 말. '견마'는 개나 말과 같이 천하고 보잘 것 없다는 뜻으

을 쏘지 않고도 성도까지 갈 방법이 있습니다."
한다.
 이에,

    다만 한 장수가 마음을 돌리매
    여러 성들 다투어 항복하네.
      只因一將傾心後
      致使連城唾手降.

그 계책이란 게 어떤 것인지, 하회를 보라.

로 '자기'를 아주 낮추어 일컫는 말임. 「犬馬心」.[史記 三王世家]「臣竊不勝犬
馬心」.[漢書 汲黯傳]「常有犬馬之心」.

제64회

공명은 장임을 사로잡을 계책을 세우고
양부는 군사들을 빌려 마초를 깨뜨리다.
　孔明定計捉張任
　楊阜借兵破馬超.

한편, 장비가 엄안에게 계책을 물으니, 엄안이 대답하기를

"여기서부터 낙성까지 관애를1) 지키는 장수들은 노장 소관의 관군들이 나가 지키고 있어서 모두가 이 손안에 있소이다.2) 이제 장군의 은혜에 감사하나 갚을 길이 없었는데, 제가 전부를 맡아 가는 곳마다 다 불러내어 항복을 드리게 하겠소이다."

하거늘, 장비가 감사해 마지않았다. 이에 엄안을 전부로 삼고 장비는 군사들을 이끌고 뒤를 따랐다. 가는 곳마다 다 엄안이 관리하는 곳이라 모두 불러내어 항복을 시키는데, 머뭇거리며 결정을 못하는 자에게는 엄안이 큰 소리로

"내가 투항하였는데 하물며 어찌 항차 너이겠느냐?"

했다. 이로부터 모두 귀순하여 일찍이 싸움 한 번 없었다.

---

1) 관애(關隘): 긴 한목·요해처. [齊書 肅景先傳]「先惠朗依山築城 斷塞關隘 討天蓋黨與」. [吳澄 雪谷早行詩]「路絕人踪失關隘 槎枒老樹森矛介」.
2) 이 손안에 있소이다[掌握之中]: 손안에 잡아 쥐었다는 뜻으로 '수중에 있음'을 이름. [宋書 恩帝傳]「出納王命 出其掌握」. [漢書 張敞傳]「海內之命 斷于掌握」.

한편, 공명은 이미 떠날 일정을 현덕에게 알리고, 낙성에서 만나자고 하였다.

현덕은 여러 관료들을 모아 놓고, 의논하기를

"이제 공명 군사와 장익덕이 양쪽으로 나누어 진격하여 낙성에서 모이자고 하니, 우리도 같이 입성하여야 하겠소이다. 수륙으로 배와 수레를 진발시켜 이미 7월 20일에 떠났다고 하니, 이에 맞춰 도착해야 할 것이외다. 이제 우리들도 곧 진병하십시다."

하니, 황충이 말하기를

"장임이 매일 와서 싸움을 돋우고 있지만 우리가 아무도 나가지 않으니까, 저들의 마음이 해이해져서 방비가 되지 않은 듯합니다. 오늘 밤에 군사들을 보내 영채를 급습하면, 백주에 싸우는 것보다 나을 듯합니다."

하거늘, 현덕이 그의 말대로 황충에게 병사를 이끌고 왼쪽을 취하게 하고, 위연에게는 오른쪽을 치게 하며 자신은 중로로 가기로 하였다. 그날 2경 시분에 3로를 따라 군마들이 일제히 출발하였다. 장임은 과연 준비가 없었다. 한군이 영채를 에워싸고 불을 놓으니 불길이 하늘로 치솟았다. 촉병들은 바삐 달아나, 그날 밤을 도와 급히 낙성에 이르니 성 안에 있던 병사들이 접응해 입성하였다.

현덕은 중로로 돌아와 영채를 세웠다. 다음날 군사들을 이끌고 곧장 낙성에 도착하여 성을 에워싸고 공격하였다. 장임은 안병부동[3]하였다. 공격한 지 4일 만에 현덕은 직접 일군을 이끌고 서문을 공격하였다. 황충과 위연에게는 동문을 공격하라 하고, 남문과 북문은 남겨

---

3) 안병부동(按兵不動) : 병사들을 한 곳에 머무르게 하고 움직이지 않음. [穀梁傳]「江人黃人 各守其境 按兵不動」. [武備志]「儂智高守邕州 狄青懼崑崙關險阨爲所據 乃按兵不動」.

두어 군사들이 달아나게 하였다. 원래 남문 일대에는 모두가 산길뿐이고 북문 쪽에는 부수가 있어서, 포위를 하지 않았던 것이다.

장임은 현덕이 서문을 공격해 오는 것을 보고 말을 타고 달려 왔다. 그리고는 성을 공격하는 것을 오가며 보고 있었는데, 진시로부터 미시경에 이르자 인마가 점점 힘이 줄어들고 있었다. 장임은 오란과 뇌동 두 장수에게 군사들을 이끌고 북문으로 나가서, 동문으로 돌아 황충과 위연을 공격하라 하였다. 자신은 군사들을 이끌고 남문으로 나가, 서문으로 돌아가서 혼자서 현덕을 맡겠다고 하였다. 성내에는 민병(民兵)들을 징발하여 성에 올라가 북을 울리며 고함을 치게 하였다.

한편, 현덕은 해가 지는 것을 보고 후군에게 먼저 후퇴하게 하였다. 군사들이 막 돌아서려 하는데 성 위에서 함성이 일어나며 남문 안의 군마들이 뛰쳐나왔다. 장임은 말을 달려와서 현덕을 잡으려 하였다. 현덕의 군사들은 대혼란에 빠졌는데, 황충과 위연은 오란과 뇌동의 공격을 받아 저들을 막느라고 서로가 돌아볼 사이도 없었다.

현덕은 장임을 막지 못하고 말을 돌려 산중의 소로로 달아났다. 장임이 뒤에서 급히 추격해 와서 점점 가까워지고 있었다. 현덕은 혼자서 말을 타고 달리고 있는데, 장임은 여러 장수와 병사들을 데리고 쫓아왔다. 현덕은 앞쪽을 바라보고 힘을 다해 채찍을 치며 달렸다.

그때 갑자기 산길에서 일군이 뛰쳐나오거늘, 현덕이 말 위에서

"앞에는 복병이 있고 뒤에는 추격병이 있으니, 하늘이 나를 망하게 하시는구나."4)

---

4) 하늘이 나를 망하게 하시는구나[天亡我] : 천지망아(天之亡我). 하늘이 나를 버렸다는 뜻으로, '나는 잘못이 없는데 저절로 망함'을 탄식할 때 쓰는 말. [史記 項羽紀]「**天亡我** 非用兵之罪也」. [後漢書 齊武王縯傳]「王莽暴虐 白姓分崩 今故旱連年 兵革竝起 此亦**天亡之時**」.

하며 비명을 올렸다. 그러면서 오는 군사를 보니 앞선 장수는 장비였다.

원래 장비와 엄안은 마침 이 길을 따라오고 있었다. 그런데 멀리서 흙먼지가 이는 것을 보고 서천의 군사들과 교전하고 있음을 알고, 장비가 앞장서 달려오다가 장임과 맞닥뜨렸던 것이다. 두 말이 서로 어울려 싸움이 10여 합에 이르자, 뒤에서 엄안이 군사들을 이끌고 달려왔다. 장임은 급히 몸을 돌렸고 장비는 곧바로 성 아래까지 추격했다. 장임은 군사들을 물려 성 안으로 들어가서 적교를 끌어 올렸다.

장비가 돌아가 현덕을 뵙고 말하기를,

"군사께서 강을 거슬러 오시는데, 아직 도착하지 못하였고 오히려 내가 첫째 공을 세우게 되었습니다."

하자, 현덕이 대답하기를

"산길이 험할 터인데, 어찌해서 저항하는 군사들이 없이 이처럼 승승장구해 먼저 도착했느냐?"

한다.

장비가 말하기를,

"오는 도중 관애 45곳을 지났는데 다 노장 엄안의 공이 컸습니다. 이로 인해 오는 도중에는 조금도 힘들이지 않았습니다."

하며, 마침내 엄안을 놓아 주었던 일을 처음부터 설명하고, 엄안을 데리고 가 현덕을 뵙게 하였다.

현덕이 사례하며 말하기를,

"노장군이 아니었다면, 내 아우가 어찌 여기에 도착했겠소이까?"

하고는, 곧 몸에 입고 있던 황금쇄자갑을[5] 벗어서 엄안에게 주었다.

---

5) 황금쇄자갑(黃金鎖子甲): 황금 도금을 한 쇄자갑. 여러 개의 미늘을 작은 쇠고리로 꿰어서 만든 갑옷으로, 아주 정교하게 만들어서 화살이 뚫지 못하게 되어 있음. [正家通]「鎭 鎭子甲 五環相互一環受鐵 諸環拱議 故箭不能入」.

엄안은 배사하며 받았다.

막 주연을 기다리고 있을 때 문득 초마가 와서, 아뢰기를

"황충과 위연이 서천의 장수 오란·뇌동과 어울려 싸우고 있는데, 성 안에 있던 오의와 유궤가 또 병사들을 이끌고 도우러 와 협공을 하고 있어서, 우리 군사들이 막아내지 못하고 황충과 위연 두 장수가 패하여 동쪽에 가서 진을 치고 있답니다."

한다. 장비가 듣고 곧 현덕에게 군사들을 두 길로 나누어서 구하러 가겠다고 청하였다.

이에 장비는 왼쪽에 현덕은 오른쪽에서 짓쳐 나갔다. 오의와 유궤 등은 후면에서 함성이 이는 것을 보고 황급히 성중으로 들어갔다. 오란과 뇌동은 병사들을 이끌고 급히 쫓다가, 문득 현덕과 장비에게 퇴로가 끊겨 버렸다.

이때, 황충과 위연은 말을 돌려 공격에 나섰다. 오란과 뇌동은 적을 막아낼 수 없다 생각하고, 본부 군마들을 이끌고 와서 항복하였다. 현덕은 저들의 항복을 받아들이고, 병사들을 수습하여 성 가까이에 영채를 세웠다.

한편, 장임은 두 장수들을 잃고서 마음속에 근심이 많았다.

오의와 유궤가 말하기를,

"군세가 심히 위험한 상태입니다. 죽기로서 싸워서는 안 되겠으니 군사들을 물리는 것이 어떻겠소? 한편으로는 사람을 성도에 보내서 주공에게 급히 알리고, 한편으로는 적들에게 계책을 내십시다."

하니, 장임이 대답하기를,

"내 내일 일지군을 이끌고 가서 싸움을 돋우다가 거짓 패해, 군사들

[唐六典]「甲之制有十三曰 **鎖子甲** 鐵甲也」.

을 이끌고 성 북쪽으로 돌겠소이다. 그때, 성 안에서 일지군을 끌고 나와 저들의 길을 끊는다면 이길 수 있을 것이오."

하거늘, 오의가 발하기를,

"유장군은 공자[劉循]를 도와 성을 지키시오. 내가 병사들을 이끌고 나가거든 싸움을 돕겠소."

하고 서로 약속을 하였다.

다음 날 장임이 수천의 인마를 이끌고 기를 휘두르며 함성을 지르고 나가 싸움을 돋우니, 장비가 말을 타고 나가 맞았다. 장비와 장임은 서로 말도 없이 싸웠다. 싸움이 10여 합이 못 되어 장임이 거짓 패주하여 성을 싸고 달아났다. 장비는 힘을 다해 저를 추격하였다.

그때, 오의가 일지군을 이끌고 뛰쳐나가 장비의 군사들을 막고, 장임은 다시 군사들을 돌려 장비의 군사들을 에워쌌다. 그래서 장비는 진퇴양난에6) 빠지고 말았다. 바로 그 시간에 한 떼의 군사들이 강을 따라 짓쳐 오는데, 앞선 대장은 창을 꺼내 들고 오의를 상대해 1합이 못 되어 사로잡고는 적을 물리친 다음 와서 장비를 구하였다. 그는 조운이었다.

장비가 묻기를,

"군사께서는 어디 계시오?"

하니, 조운이 대답하기를

"군사께서는 벌써 오셔서 지금쯤은 이미 주공과 만나시고 계실 것

---

6) 진퇴양난[進退不得] : 「진퇴양난」(進退兩難). 이러지도 저러지도 못함. [左傳 僖公十五年] 「慶鄭曰 今乘異座 以從戎事 進退不可 周旋不能」. 「진퇴유곡」(進退維谷). 앞으로 나아가지도 못하고 뒤로 물러서지도 못하여 어찌할 수 없음. [詩經 大雅篇 蕩桑] 「人亦有言 進退維谷」. [董仲舒 士不遇賦] 「雖日三省於吾身兮 猶懷進退之維谷」.

입니다."

하였다. 두 장수가 오의를 생포하여 영채로 돌아왔다. 장임은 군사를 물려 동문으로 들어가 버렸다. 장비와 조운이 영채로 돌아왔을 때, 공명·간옹·장완 등은 이미 장중에 있었다.

　장비가 말에서 내려 군사를 뵈니, 공명은 놀라며 말하기를,

　"어찌해서 장군이 먼저 오셨소."

하자, 현덕이 엄안을 놓아 주었던 일을 자세히 말해 주었다.

　공명은 치하하며 말하기를,

　"장 장군이 계책을 쓰셨으니 그것은 다 주공의 홍복입니다."7)

하였다.

　조운은 오의를 풀어 주고 현덕을 뵙게 하자, 현덕이 묻기를

　"너는 왜 항복하지 않느냐?"

고 물으니, 오의가 말하기를

　"이미 사로잡혔는데 어찌 항복하지 않겠습니까?"

하거늘 현덕이 크게 기뻐하며, 직접 그의 결박을 풀어 주었다.

　공명이 말하기를,

　"성 안에는 몇 사람이나 지키고 있느냐?"

하니, 오의가 대답한다.

　"유계옥의 아들 유순을 보좌하는 유궤와 장임이 있습니다. 유궤는 주요한 인물이 못 되지만, 장임은 촉국 사람으로 담략이 있어서 가벼이 대할 인물이 아닙니다."

한다. 공명이 말하기를

---

7) **홍복(洪福)**: 큰 복. 홍복(鴻福). [金史 顯宗后徒單氏傳]「皇后陰德至厚 而有今
　日 社稷之**洪福**也」. 「홍복제천」(洪福齊天). [通俗編 祝誦]「**洪福齊天**」. [元曲選]
　「抱粧盒 劇有此語……**洪福與齊天**」.

"먼저 장임을 잡아야 낙성을 취할 수 있겠구나."

하며

"성의 동쪽에 있는 저 다리의 이름이 무엇이오?"

하니, 오의가 대답하기를

"금안교(金雁橋)라 합니다."

하니, 공명이 말을 타고 다리의 주변에 이르러 강변을 두루 살핀 후에 영채로 돌아와서, 황충과 위연을 불러

"금안교에서 남쪽으로 5, 6리 떨어진 곳을 보니, 양쪽이 모두 갈대 밭이라서 매복하기 좋소이다. 위연은 1천의 창수(鎗手)들을 왼편에 매복시키고 있다가 단지, 말 위의 사람만 창으로 찌르도록 하시오. 황충은 1천의 도수(刀手)들을 데리고 오른편에 매복했다가 말의 다리만 찍어 넘기도록 하시구려. 그랬다가 적군들이 흩어지면 장임은 틀림없이 산의 동쪽 소로로 올 것이외다. 그때 장익덕은 1천 군사들을 그 속에 매복시키고 있다가, 그곳에서 장임을 생포할 수 있을 것이오."

또, 조운을 불러서 부탁하기를,

"금안교 북쪽에 매복하고 있으면 내가 장임을 유인하여 다리를 지나갈 터이니, 이때 나와서 다리를 끊고 곧 군사들을 이끌고 다리 북쪽에서 위세를 과시하시오. 그래야 장임으로 하여금 북쪽으로 달아나지 못하게 하여 남쪽으로 가게 하면, 우리의 계책에 빠질 것이외다."

한다. 조정이 끝나자 공명은 직접 적을 유인하기 위해 떠났다.

한편, 유장은 탁응(卓膺)·장익(張翼) 두 장수에게 낙성에 가서 싸움을 돕게 하였다. 장임은 장익과 유궤에게 성을 지키게 하고, 자신은 탁응과 같이 전후로 두 대를 만들었다. 즉 장임은 전대를 맡고 탁응에게 후대가 되어 성을 나와 적들과 싸웠다.

이때, 공명은 정리되지 않은 부제군(不齊軍)을 데리고 금안교를 건너

와서 장임의 군사들과 대진하였다. 공명이 사륜거를 타고 윤건은 쓰고 부채를 들고 나오니, 양쪽에서 백여 기가 말을 타고 호휘하였다.

장임을 가리키며 묻기를,

"조조는 백만의 대군으로도 내 이름을 듣고서 달아났다. 네 도대체 어떤 놈이기에 항복하지 않느냐?"

하니, 장임이 공명의 군사들이 정제되지 못한 것을 보고는 말 위에서 비웃으며 말하기를,

"사람들이 제갈량은 용병이 귀신같다던데, 이는 모두가 다 헛소리 이구나!"8)

하고는 창을 들어 부르니, 대소 군교들이 한꺼번에 짓쳐 나왔다.

공명은 사륜거를 버리고 말에 올라 다리 건너로 퇴군하였다. 장임은 그 뒤를 급히 쫓았다. 금안교를 지나자 현덕의 군사가 왼편에 있고, 엄안의 군사는 오른쪽에 있다가 짓쳐 나왔다.

장임은 그제서야 계책에 든 것을 알아차리고, 급히 회군하려 하는데 다리는 이미 끊겨 버렸다. 북쪽으로 가려 하나 조운이 일지군을 이끌고 강 언덕 저쪽에서 군사들이 벌려 세우고 있어 갈 수가 없게 되자, 남쪽으로 강을 끼고 달아났다. 불과 5, 6리를 못 가서 갈대숲 우거진 곳에 이르렀다. 그곳에는 위연이 이끄는 군사들이 숲 속에서 갑자기 일어나, 모두가 긴 창을 이용해 마구 찔러댔다.

황충의 일군은 갈대숲 속에 숨어 있다가 긴 칼을 사용하여 말의 다리만 찍어댔다. 마군들이 넘어지자 달려들어 그들을 모두 포박하니 보군들은 감히 오지도 못하였다. 장임은 수십 기만을 이끌고 산길을

---

8) 이는 모두가 다 헛소리이구나[有名無實]: 이름만 있고 실체가 없음. '빈 이름만 있음'을 가리키는 말임. [漢書 黃覇傳]「澆淳散樸 竝行僞貌 有名無實」. [三國志 吳志 趙達傳]「但有名無實 其精微若是」.

따라 달아나다가 장비와 정면으로 맞닥뜨렸다. 장임이 막 달아나려 하는데 장비가 크게 호통을 치자, 군사들이 일제히 달려들어 장임을 생포하였다.

이에 탁응은 장임이 계교에 빠진 것을 알고는, 조운의 군사들 앞에 나가서 항복해 버리니 모두가 다 본부의 영채로 돌아갔다. 현덕은 탁응에게 상을 내리고 장비도 장임을 압령해 왔다. 공명 또한 장중에 앉아 있었다.

현덕이 묻기를,

"촉나라의 여러 장수들이 풍문만 듣고서도 항복하였는데, 너는 어찌해서 일찍이 항복하지 않았느냐?"

하니, 장임이 눈을 부라리며, 성난 목소리로

"충신이 어찌 두 주군을 섬기겠소?"[9]

한다.

현덕이 말하기를,

"너는 천시를 알지 못하고 있구나. 항복하면 죽음을 면할 수 있다."

하니, 장임이 큰 소리로 부르짖기를,

"오늘 당장은 항복한다 해도 속으로는 항복하지 않을 터이니, 나를 빨리 죽이거라!"

하거늘, 현덕이 차마 저를 죽이지 못하고 보는데 장임이 목소리를 높여 꾸짖는다. 공명은 저를 참하되 그 이름을 온전하게 하여 주었다.

후세 사람이 이를 예찬한 시가 있다.

---

9) 충신이 어찌 두 주군을 섬기겠소? : 원문에는 '忠臣豈肯事二主乎?'로 되어 있음. [史記 田單傳] 「王蠋曰 忠臣不事二君 貞女不更二夫 吾與其生而無義 固不如烹」.

열사가 어찌 두 주군을 따르겠는가
장임의 충용은 죽어서도 오히려 사네.

　烈士豈甘從二主
　張君忠勇死猶生.

고명함이여, 마치 하늘에 뜬 달과 같으니
밤마다 빛을 발해 낙성을 지키리라.

　高明正似天邊月
　夜夜流光照雒城.

　현덕은 감탄을 금하지 못하며 그의 머리를 수습해 금안교 옆에 장사 지내게 해서, 그의 충성심을 표하게 하였다.

　다음날 엄안과 오의 등에게 명하여, 다른 촉군의 항장들을 전부로 삼고 곧바로 낙성에 이르렀다.

　큰 소리로 외치기를,

　"빨리 문을 열고 항복을 드려라. 그렇지 않으면 한 성의 백성들이 고통을 받으리라!"

하자, 유궤가 성에 있다가 꾸짖는다.

　엄안이 활에 화살을 먹여 쏘려 하고 있는데, 갑자기 성 위에서 한 장수가 보이더니 칼을 빼서 유궤를 찔러 죽이고 문을 열고 투항하였다. 현덕의 군마들이 낙성으로 들어가자, 유순이 서문을 열고 도망하여 성도로 달아났다. 현덕은 백성들을 안심시키는 방을 내어 걸었다. 유궤를 죽인 사람은 바로 무양(武陽)사람 장익이었다. 현덕은 낙성을 얻고 나서 제장들을 중상하였다.

　공명이 말하기를,

"낙성은 이미 수중에 넣었지만 성도가 눈앞에 있습니다. 아마도 밖의 주군(州郡)들이 불안해 할까 걱정됩니다. 장익과 오의에게 명하여 조운을 데리고 외수(外水)의 강양(江陽)·건위(犍爲) 등의 주군에 속한 백성들을 위무하게 하고, 엄안·탁응에게는 장비를 데리고 가서 하서·덕양 등의 백성들을 위무하고 관원을 임명해서 치안을 유지하게 하시지요. 그런 다음에 병사들을 모두 성도에 모이게 하시는 것이 좋을 듯합니다."

한다. 장비와 조운 등이 명을 받고 각자 군사들을 이끌고 떠났다.

공명이 묻기를,

"이제 더 앞으로 가면 관액이 또 어디에 있느냐?"

하니, 촉나라의 항장들이 말하기를

"오직 면죽(綿竹)에 많은 병사들이 성을 지키고 있습니다. 만약에 면죽만 손에 넣으면 성도는 타수가득일10) 것입니다."

한다.

공명이 곧 진병을 상의하는데, 법정이 말하기를

"낙성이 이미 떨어졌으니 촉나라에선 위협을 느낄 것이외다. 주공께서 인의로써 백성들을 따르게 하고자 하시니, 더 이상 진병은 하지 마십시오. 저에게 유장에게 보내는 편지를 써 주세요. 이해 관계를 들어 설명한다면 유장은 자연히 항복할 것입니다."

한다.

공명이 말하기를,

---

10) 타수가득(唾手可得) : 어렵지 않게 일이 잘 되기를 기약할 수 있음. '타수'는 손에 침을 뱉으며 힘을 낸다는 말로, '힘을 내면 얻을 수 있다'의 뜻임. 「타수가결」(唾手可決)은 쉽게 승부를 낼 수 있음을 이름. [後漢書 公孫瓚傳]「瓚曰 始天下兵起 我謂唾手可決」.

"효직의 말씀이 지당합니다."

하매, 법정에게 편지를 써서 사람을 성도로 보냈다.

한편, 유순은 도망하여 아버지를 뵙고 낙성이 이미 무너진 일을 설명하자, 유장은 당황하여 관료들을 모아놓고 의논하였다.

종사 정도(鄭度)가 계략을 드리기를,

"이제 유비가 비록 성지를 공격하여 땅을 빼앗았다 하지만 병사들이 많지 않습니다. 또, 군사들과 백성들이 따르지 않고 있습니다. 게다가 저들이 들녘에 있는 곡식을 생각하지만 군사들에게는 치중이 전무합니다. 파서(巴西)와 재동(梓潼)의 백성들을 모두 부강의 서쪽으로 옮기게 하십시오. 그 창고와 들곡식들을 모두 태워 버리고, 해자를 깊이 파며 보루를 높게 하고 조용히 기다리면 됩니다.

저들이 싸움을 청해 와도 절대 나가지 말아야 합니다. 그리되면 얼마 안 되어 저들은 먹을 게 없어져서, 백여 일을 못 견디고 스스로 물러갈 것입니다. 우리가 그때를 틈타서 저들을 치면, 유비를 사로잡을 수 있을 것입니다."

하거늘, 유장이 말하기를

"그렇지 않소. 내 듣기로는 저들은 대항하던 백성들을 안심시키고 있어서, 백성들이 들고 일어나 유비에게 싸운다는 소릴 듣지 못했소이다. 이 말은 보전지계가[11] 안 되는 것 같소."

한다.

그러는 사이에, 사람이 와서 법정이 보낸 편지가 왔다고 알려 왔다. 유장이 불러들이니 편지를 올리거늘 열어보니, 편지의 내용은 대강 아래와 같다.

---

11) 보전지계(保全之計) : 목숨을 보호하여 유지하려는 계책. [後漢書 龐公傳]「夫 **保全一身** 孰若**保全天下**」. [六韜 龍韜 王翼]「**保全民命**」.

전번에 제가 가서 형주에서 좋은 결의를 맺었는데, 뜻밖에 주공께서 좌우에 사람을 얻지 못해 이 지경에까지 이르렀습니다. 지금 형주는 옛정을 생각하고[12] 동족의 정의를 잊지 않고 계십니다. 주공께서 만약에 마음을 바꿔 귀순하신다면, 그 뜻을 헤아려 박대하지 않으실 것입니다.

바라건대 신중하게 생각하셔서 결정해 주시옵소서.

유장이 크게 노하여 그 편지를 찢어버리고, 꾸짖기를

"법정은 주군을 팔아 영화를 얻고자 하는,[13] 은덕을 잊고 의를 배반한 도적이로다!"[14]

하고 사자를 성에서 쫓아냈다. 그리고는 즉각 처남 비관(費觀)에게 병사를 데리고 가게 하는 동시에, 면죽을 굳게 지키게 하였다.

비관은 남양 사람으로 성은 이(李)요 이름은 엄(嚴)이며, 자는 정방(正方)이라 하는 장수를 천거해서 함께 병사를 이끌었다. 그때, 비관과 이엄은 3만 군을 이끌고 와서 면죽을 지키고 있었다. 익주태수 동화(董和)는 자를 유재(幼宰)라 하며 남군의 지강(枝江) 사람으로 유장에게 글을 올려, 한중에 가서 차병(借兵)하기를 청하였다.

유장이 묻기를,

---

12) 옛정을 생각하고[眷念舊情] : 옛정을 돌아보고 생각함. 「권연」(眷然)은 '돌아보는 모양'의 뜻임. [文選 潘岳 在懷縣作詩]「眷然顧鞏洛 山川邈離異」. [三國志 魏志 高堂臨傳]「上天不覊 眷然回顧」.

13) 주군을 팔아 영화를 얻고자 하는[賣主求榮] : 주군을 팔아 영화를 얻음. 「매주」. [資治通鑑 唐記]「臣光曰 始則勸人爲亂 終則賣主規利 其死固有餘罪」.

14) 은덕을 잊고 의를 배반한 도적이로다[忘恩背義] : 은혜를 잊고 의리로 배반함. 「배은망덕」(背恩忘德)은 '남의 은덕을 잊고 저버림'을 뜻함. [警世通言 第三十卷]「褚公道 小女蒙活命之恩 豈敢背恩忘義 所論敢不如命」.

"장로와 나는 원수지간인데 어찌 구원을 청하겠소?"
하였다.

동화가 대답하기를,

"비록 그렇다지만 유비의 군사들이 낙성에 있고 지금은 형세가 아주 위급한 상황이며, 우리가 무너지면 저들도 망하게 될 것입니다.15) 만약에 이해관계를 들어 저를 설득한다면 틀림없이 저도 따를 것입니다."
하자, 유장이 이에 글을 닦아 서신을 한중으로 보냈다.

한편, 마초는 조조에게 패하여 강(羌)으로 들어간 뒤 2년이 지나자, 강병들과 관계가 좋아져 농서의 여러 고을을 취하여, 가는 곳마다 모두 항복해 왔다. 그러나 오직 기주만은 취하지 못하고 있었다. 기주자사 위강(韋康)은 여러 번 사람을 보내 하후연에게 구해주기를 청했으나, 그는 조조의 허락을 듣지 못해 병력을 움직이지 않았다.

위강은 구원병이 오지 않음을 보고, 여러 사람들과 의논하기를
"마초에게 투항할 수밖에 없소이다."
한다.

참군 양부가 울면서 간하기를,

"마초 등은 반군의 무리입니다. 어찌 저들에게 항복한단 말입니까?"
하거늘, 위강이 대답하기를

"형편이 여기에 이르렀으니 항복하지 않고 더 무엇을 기다리겠소?"

---

15) 우리가 무너지면 저들도 망하게 될 것입니다[脣亡則齒寒] : 가까운 두 사람 중 한 사람이 망하면 다른 한 사람도 그 영향을 받음. [左傳 僖公五年]「晉侯復假道於虞以伐虢 宮之奇諫曰 虢 虞之表也 虢亡 虞必從之 諺所謂輔車相依 **脣亡齒寒**者 其虞虢之謂也」. [戰國策]「趙之於齊楚也 隱蔽也 猶齒之有脣也 **脣亡則齒寒** 今日亡趙 則明日及齊楚」.

하며, 양부의 간함을 받아들이지 않았다. 위강은 성문을 활짝 열고 마초를 받아들였다.

그러나 마초는 크게 노하며 말하기를,

"네가 이제 일이 급해지니 항복하는 것이지 진심은 아니렸다!"

하며, 위강 이하 40여 명을 다 참하고 한 사람도 살려두지 않았다.

사람들이 말하기를,

"양부가 위강에게 항복하지 말라고 권하였기 때문에 모두 죽여야 합니다."

하고 말하였으나, 마초가 대답하기를

"이 사람은 의를 지켰으니 죽여서는 안 되오이다."

하고 다시 양부를 참군으로 썼다.

양부는 양관(梁寬)과 조구(趙衢) 두 사람을 추천하였는데, 마초는 두 사람을 다 군관으로 일하게 하였다.

양부가 마초에게 말하기를,

"제 처가 임조(臨洮)에서 죽었습니다. 두 달여 말미를 주신다면 돌아가 처의 장례를 치르고 곧 돌아오겠습니다."

하고 간청하니, 마초가 저의 말을 따랐다. 양부가 역성(歷城)을 지나서 무이장군 강서(姜敍)를 찾았다. 강서와 양부는 내외종간이었다.[16] 강서의 어머니가 양부의 고모였는데 그때 나이 82세였다. 그날 양부는 강서의 집에 들어가 고모에게 절하고 뵈었다.

울면서 말하기를,

"제가 성을 지키지 못하고 주군마저 죽게 했으니, 부끄러워 고모님을 뵈올 면목이 없습니다. 마초 같은 놈은 임금을 배반하고 망령되이

---

16) 내외종간이었다[姑表兄弟] : 중표형제(中表兄弟). 내외종(內外從). [中文辭典] 「姑母之子女 與己爲姑表」. [晋書 山濤傳] 「與宣穆后有中表親」.

군수를 죽이고, 한 주의 군사들과 백성들을 차지하고 있으니 원망하지 않는 자가 없습니다. 이제 제 형님은 역성에 있으면서 적을 토벌할 마음이 없으니, 어찌 그것이 신하된 도리이겠습니까?”

하고, 말을 마치고는 피눈물을 흘렸다.

강서의 어머니가 듣고 강서를 불러들여, 꾸짖기를

“위사군이 해를 입었으니 이는 또한 너의 죄이다.”

하고, 또 양부에게 묻기를

“너는 이미 항복한 사람으로 그의 녹을 먹고 있으면서, 어찌해서 마음속에 저를 토벌할 생각을 하느냐?”

한다.

양부가 대답하기를,

“내가 적을 따르는 것은 남은 목숨을 유지하려 함이 아니고, 주군의 원수를 갚고자 하는 것입니다.”

하니, 강서가 말하기를

“마초는 영용한 사람이니 쉽게 저를 도모하기는 어려울 것이다.”

하거늘, 양부가 대답하기를

“용맹은 하지만 지모가 없으니 도모하기는 쉽습니다. 내가 이미 양관과 조형에게 밀약을 해 두었으니, 형님이 군사를 움직이시기만 하면 그 두 사람이 틀림없이 내응할 것입니다.”

한다.

강서의 어머니가 묻기를,

“네가 일찍 도모하지 않고 또 어느 때를 기다리려느냐? 누군들 죽지 않겠느냐? 충의를 위해 죽는다는 것은 죽을 곳을 얻는 것이다. 나를 걱정하지는 말아라. 네가 만약에 의산(義山)의 말을 듣지 않는다면, 나는 마땅히 먼저 죽을 것이니 너는 걱정할 것이 없다.”

하였다.

　강서는 이에 통병교위 윤봉(尹奉)·조앙(趙昻) 등과 의논하였다. 원래 조앙의 아들 조월(趙月)은 마초를 따르던 비장이었다.[17]

　조앙은 그날 허락하고 돌아와서, 아내 왕씨에게

　"내 어제 강서·양부·윤봉 등과 같이 의논하였는데, 모두 위강의 원수를 갚고자 하였소이다. 내 생각에 아들 조월(趙月)은 마초를 따랐으니 이제 내가 병사를 동원한다면, 마초가 필시 먼저 내 자식을 죽일 터인데 이를 어찌하면 좋겠소?"

하니, 그의 아내가 소리를 가다듬으며

　"군부의 큰 부끄러움을 씻을 수만 있다면, 비록 내가 죽는다 한들 아깝지 않을 터인데 항차 아들이겠습니까? 당신이 만약에 아들을 생각해서 행동하지 않는다면, 내가 마땅히 먼저 죽겠나이다."

하거늘, 조앙이 결심을 굳히고 다음 날 함께 기병하였다.

　강서와 양부는 역성에 군사들을 주둔시키고, 윤봉과 조앙은 군사들을 기산(祁山)에 주둔시켰다. 왕씨는 재물과 곡식 등을 다 챙기고 직접 기산의 군중에 가서, 수고하는 군사들에게 상을 주며 격려하였다.

　이때, 마초는 강서가 양부·윤봉·조앙 등과 모여, 거사를 꾀한다는 소식을 듣고는 크게 노하였다. 즉시 장수 조월을 참하고 방덕과 마대에게 명을 내려 군사들을 일으켜 역성으로 짓쳐 왔다. 강서와 양부는 병사들을 이끌고 나섰다.

　양군이 둥글게 진을 치자 강서와 양부는 흰 옷을 입고 나와, 크게 꾸짖으면서

　"주군을 배반한 의리 없는 도적놈아!"

---

17) **비장(裨將)** : 부장(副將)·편비(偏裨). [史記 衛將軍 驃騎傳]「覇曰 自大將軍出 未嘗斬**裨將**」. [稱謂錄 兵頭 裨將]「李光弼專任之將曰**裨將** 又曰**偏將**」.

하니, 마초가 크게 노하여 짓쳐 나와 양군이 혼전하였다.

강서와 양부가 어찌 마초를 막을 수 있겠는가. 결국 대패하고 달아나니 마초는 병사들을 몰아 급히 쫓아갔다. 그 배후에서 함성이 크게 이는 곳에서 윤봉과 조앙이 짓쳐 왔다. 마초가 급히 돌아서려 할 때 양쪽에서 협공을 받자, 앞뒤가 서로 협력할 방법이 없게 되었다. 한참 싸우고 있을 때에 옆에서 많은 군사들이 짓쳐 왔다.

원래 이는 하후연의 군사로 조조의 군령을 받아 군사들을 거느리고 마초를 치러 왔던 것이다. 마초라 해도 어찌 세 곳에서 공격해 오는 군사들을 당해낼 수 있겠는가. 마초는 크게 패하여 달아났다. 밤새 도망하다가 날이 밝을 무렵에서야[18] 기성에 이르렀으나, 성 위에서 화살이 어지럽게 날아왔다. 양관과 조구가 성 위에서 크게 마초를 꾸짖었다. 그리고는 마초의 처 양씨를 성 위로 끌고 나와, 칼로 찍어 시신과 수급을 아래로 떨어뜨렸다. 또 마초의 어린 세 아들과 친척 10명을 한 칼에 한 사람씩 죽여 성 아래로 던졌다.

마초는 기가 질리고 가슴이 막혀 몇 번이나 말에서 떨어질 뻔하였다. 뒤에서는 하후연이 군사들을 이끌고 급히 추격해 오자, 마초는 그 세력이 큰 것을 보고 같이 싸울 엄두를 못 내고 방덕·마대와 같이 죽기로 길을 열어 달아났다. 그런데 숲에서 또 강서와 양부의 짓쳐 오는 군사들과 만나 충돌하며 겨우 지났다.

다시 윤봉과 조앙의 군사들과 만나게 되어 한바탕 싸우고 나니, 연락하여 5, 60기만 남게 되자 밤을 도와 달아났다.[19] 4경 시분 전후해

---

18) 날이 밝을 무렵에서야[平明]: 해 뜰 무렵. 날이 밝음. [史記 留候世家]「後五日 平明 與我會社」. [史記 叔孫通傳]「先平明 謁者治禮 引以次入殿門 (注) 未明之前」.

19) 밤을 도와 달아났다[零零落落]: 뿔뿔이 흩어짐. 패하여 흩어짐. 영락·조락 (凋落). 권세나 살림이 줄어 보잘 것 없이 됨. [白居易 琵琶行]「暮去朝來顏色

서 역성 아래에 이르니 성문을 지키는 자가 강서가 군사를 이끌고 돌아온 줄 알고서, 성문을 활짝 열고 맞아들였다. 마초는 성의 남문을 따라가며 성중의 백성들을 모두 죽였다. 강서의 집에 와서 그 노모를 끌어내었으나, 그 어미는 전혀 두려워하는 기색이 없이 마초를 가리키며 크게 꾸짖었다.

　마초는 크게 노하여 직접 칼로 베어 죽이고, 윤봉과 조앙의 집 식구도 노유할 것 없이 죽였다. 조앙의 처 왕씨는 군중에 있었기 때문에 겨우 죽음을 면했다. 다음날 하후연의 대군이 이르자 마초는 성을 버리고 나와 서쪽으로 달아났다. 달아나기 20여 리를 채 못하여 앞쪽에서 일지군이 벌여 있는데 양부가 맨 앞에 서 있었다. 마초는 이를 갈고 말을 박차 나가며 창을 들고 저를 찔렀다. 양부의 형제 일곱 사람이 일제히 달려들어 싸움을 도왔다. 마대와 방덕은 뒤에서 오는 군사를 막으며 싸웠다.

　양부의 형제들은 다 마초에게 죽고 양부는 다섯 군데나 창에 찔렸으면서도 오히려 죽기로써 싸웠다. 뒤에서 하후연의 대군이 급히 오자 마초는 그때서야 달아났다. 방덕과 마대 등 5, 6기만이 마초를 뒤따랐다. 하후연은 직접 농서 제군의 백성들을 안무하고 강서 등에게 각각 나누어 지키게 하고, 양부를 수레에 싣고 허도로 돌아가 조조를 만나게 하였다.

　조조는 양부를 봉하여 관내후를 삼았으나 양부가 말하기를,

　"저는 아무런 공이 없고 또 국난을 당해 죽지도 못했으며 법에 의하면 마땅히 죽어야 하는데, 무슨 낯으로 벼슬을 받겠습니까?"

하였다. 조조는 그를 가상히 여겨 끝끝내 관작을 주었다.

故 門前零落鞍馬稀」. [楚辭 離騷] 「惟草木之零落兮」.

한편, 마초와 방덕·마대는 의논하고 그 길로 한중의 장로에게 투항하기로 하였다. 장로는 크게 기뻐하며, 마초를 얻기만 하면 서쪽으로 익주를 병탄하고 동쪽으로는 조조를 막을 수 있다고 생각했다.

이에, 의논하여 딸을 불러 마초를 사위로 삼고자 하였다.

이때, 대장 양백(楊栢)이 간하여 말하기를,

"마초는 처자가 다 참화를 입었는데 이는 모두 마초 때문입니다. 주공께서는 따님을 저에게 주려 하십니까?"

하자, 장로가 그 말에 따라 마초를 사위로 삼으려던 논의를 그만두었다. 어떤 사람이 양백의 말을 마초에게 해주니, 마초가 크게 노하여 양백을 죽일 생각을 하였다. 양백도 그것을 알고 형 양송과 의논하여 또한 마초를 죽이려고 마음 먹었다.

마침 그때, 유장은 사신을 보내어 장로에게 구원을 청하였는데 장로가 따르지 않았다. 문득 유장이 또 황권을 보내왔다는 보고가 들어왔다.

황권은 먼저 와서 양송에게 말하기를,

"동서 양천은 실제로 이와 입술의 관계에 있소이다. 서천이 무너지면 동천 또한 지키기 어렵소. 지금 만약에 기꺼이 도와주신다면, 마땅히 20주를 사례로 드리겠소."

하자, 양송이 크게 기뻐하며 곧 황권을 데리고 와서 장로를 만나게 하였다.

황권이 순치의 이해를 이야기하고 20주를 떼어 주겠다고 하자, 장로는 이익이 될 것을 생각하고 그의 말을 좇기로 하였다.

파서의 염포(閻圃)가 간하기를,

"유장과 주공은 여러 해 원수지간인데, 이제 일이 급해졌다 하여 저를 구원하는 것은 아니 됩니다. 거짓으로 땅을 나눠 주겠다 하고 후에 좇지 않을 수도 있습니다."

하니, 문득 계하에서 한 사람이 나오면서

"제가 비록 재주가 없사오나 원컨대 일여지사를[20] 주시면, 유비를 생포해 오겠나이다. 그리고 땅을 베어 돌아오겠습니다."

한다.

이에,

이제 막 진주(眞主)가 서촉에서 들어오니

또 정예병이 한중에서 나옴을 보겠구나.

方看眞主來西蜀

又見精兵出漢中.

그 사람이 대체 누구인가는 하회를 보라.

---

20) 일여지사(一旅之師) : 얼마간의 군사. 약간의 군사를 가리키며, '일려'(一旅)는 약 5백여 명을 이름. [左氏 哀元]「有田一成 有象一旅 (注) 五百人爲旅」.

제65회

마초는 가맹관에서 크게 싸우고
유비는 스스로 익주목을 거느리다.
  馬超大戰葭萌關
  劉備自領益州牧.

이때, 염포가 장로에게 유장을 돕지 말라고 권하였다.

마초가 몸을 빼서 나오며 말하기를,

"제가 주공의 은혜를 감읍하고 있으나 갚을 길이 없었습니다. 일지
군을 이끌고 가서 가맹관을 빼앗고 유비를 생포해서, 유장으로 하여
금 20주를 떼어 주공에게 돌리게 하겠습니다."

하였다. 장로가 크게 기뻐하며 먼저 황권을 소로를 따라 돌아가게 하
고는, 곧 병사 2만을 마초에게 주고 따라가게 하였다.

이때 방덕은 병으로 자리에 누워 가지 못하고 한중에 남아 있었다.
장로는 양백에게 마초가 데리고 떠난 군사들을 감찰하게 하였다. 마
초는 아우 마대와 같이 날짜를 가려 떠났다.

한편, 현덕의 군마들은 낙성에 있었다.

법정의 편지를 가지고 갔던 사람이 돌아와서,

"정도(鄭度)가 유장에게 야곡을 다 태워 버리고, 또한 각처의 창고에
비축되어 있는 곡식들을 파서의 백성들을 시켜 부수의 서쪽으로 옮기

게 하고는, 해자를 깊이 파고 보루를 높혀 싸우지 말라."

하였다고 보고하였다.

　현덕과 공명은 이 이야기를 듣고 다 놀라며,

　"만약에 말대로 한다면 우리가 수세에 몰리게 되리다!"

하였다.

　법정이 웃으며 말하기를,

　"주공께서는 염려하지 마십시오. 이 계책이 비록 우리에게 나쁘다고는 하나, 유장은 반드시 이 계책을 쓰지는 않을 것입니다."

하였다.

　하루가 지나지 않아서 보고가 들어왔는데 유장은 백성들을 움직이는 것을 좋아하지 않기 때문에, 정도의 말을 따르지 않기로 했다는 것이었다. 유비는 그 말을 듣고는 겨우 마음을 놓았다.

　공명이 말하기를,

　"속히 진병하여 면죽을 취하면 이곳을 얻었듯이, 성도를 쉽게 취할 수 있을 것입니다."

한다. 마침내 황충과 위연에게 병사들을 이끌고 전진하게 하였다.

　비관은 현덕의 군사들이 온다는 소식을 듣고는, 이엄을 시켜 나가 맞게 하였다. 이엄은 3천 군사들을 이끌고 나가서 각각 진을 쳤다. 황충은 말을 타고 나가서 이엄과 4, 50여 합을 싸웠으나 승부가 갈리지 않았다. 공명이 장중에 있으면서 징을 쳐 군사들을 수습하였다.

　황충이 돌아와 묻는다.

　"막 이엄을 생포하려 했는데, 군사께서는 무엇 때문에 군사들을 수습하셨습니까?"

하자, 공명이 대답하기를

　"내 이미 이엄의 무예를 보니 싸워서 사로잡을 인물이 아니외다. 내일 다시 싸울 때에는 장군께서 짐짓 패하여 저를 산골짜기에 들어오게 하시면, 기병들을 내어서 이길 수 있소이다."

하니, 황충이 그 계책을 따르기로 했다.

다음 날 이엄이 다시 군사를 이끌고 나오자 황충이 또 나가 싸웠다. 싸움이 10여 합이 못 되어 황충은 짐짓 군사들을 이끌고 달아났다. 이엄이 급히 쫓아 산골짜기를 달리다가 홀연히 깨닫고 급히 군사를 돌리려 할 때에, 앞에서 위연이 병사들을 벌여 세우고 막는다.

공명은 직접 산꼭대기에 있으면서, 이엄을 부르며

"공이 항복하지 않으면, 양쪽에 매복해 있는 군사들이 강궁을 쏘아서 방사원의 원수를 갚으려 하노라."

하니, 이에 이엄이 당황하며 말에서 내려 갑옷을 벗고 항복하였다. 군사들은 한 사람도 상하지 않았다. 공명이 이엄을 인도하여 현덕을 만나게 하였다. 현덕은 그를 아주 후하게 대했다.

이엄이 말하기를,

"비관은 비록 유익주의 친척이긴 하지만 나와는 아주 친밀하게 지내고 있으니, 가서 저를 설득했으면 합니다."

하거늘, 현덕은 곧 이엄에게 성으로 돌아가 비관을 항복시켜 데리고 오게 하였다.

이엄은 면죽성에 들어가 비관에게 현덕의 인의가 이러 이러하니, 지금 항복하지 않으면 필시 큰 화가 있을 것이라고 설득하였다. 비관은 그의 말을 따라 성문을 열고 투항하였다.

현덕은 드디어 면죽에 입성한 후 군사들을 나누어 성도를 취한 일을 의논하였다. 갑자기 유성마가 와서 보고하기를 맹달과 곽준이 가맹관을 지키고 있는데, 지금 동천의 장로가 보낸 마초와 양백·마대 등이 군사들을 이끌고 공격하고 있어서, 구원병이 늦으면 관액을 지킬 수 없을 것이라 하였다.

공명이 말하기를,

"모름지기 장비와 조운 두 장수가 가면 적수가 될 것입니다."

하거늘, 현덕이 대답하기를

"자룡은 군사들을 이끌고 나가 밖에 있어 돌아오지 않았고, 장비는 이곳에 있으니 급히 저를 보내십시오."

하니, 공명이 말하기를

"주공께서 말씀하시지요. 제가 저를 격동시켜 보겠습니다."

하였다.

한편, 장비는 마초가 가맹관을 공격해 온다는 소식을 듣고 들어와서, 큰 소리로 말하기를

"형님께 인사드리러 왔습니다. 곧 가서 마초와 싸우겠습니다!"

한다.

공명이 짐짓 듣지 못한 체하며, 현덕에게

"이제 마초가 관액을 침범하고 있으나 저를 막을 만한 장수가 없습니다. 형주에 가 있는 관운장을 오게 하지 않으면 적을 막을 사람이 없습니다."

하니, 장비가 묻기를

"군사께서는 어찌 그리 사람을 업신여기시오? 내 일찍이 혼자서 조조의 백만 대군과 싸웠는데, 어찌 마초 따위의 필부를 걱정하십니까?"

하였다.

공명이 말하되,

"익덕이 다리를 끊었을 때에는¹⁾ 조조가 그 허실을 알지 못했을 뿐이외다. 만약에 그가 그 허실을 알았다면 장군께서 어찌 무사했겠소?

지금 마초의 용맹은 천하가 다 아는 일이외다. 위교의 여러 번 싸움에서 조조가 수염을 깎고 전포를 벗어버려 겨우 목숨을 부지했으니 쉽게 다룰 인물이 아니오. 운장이 나선다 해도 꼭 이긴다고는 볼 수 없소이다."

한다.

장비가 말하기를,

"내 지금 곧 가서, 마초를 이기지 못한다면 군령을 달게 받겠소이다!"

하거늘, 공명이 대답하기를,

"장군께서 군령장을 쓰신다면 곧 선봉을 삼을 것이외다. 주공을 한 번 직접 만나고 가시지요. 저는 남아서 면죽을 지키고 있겠소이다. 자룡이 오는 것을 기다려 곧 의논하겠소."

한다.

위연이 나서면서 말하기를,

"저 또한 가겠습니다."

하거늘, 공명이 위연에게 5백의 초마병(哨馬兵)을 데리고 먼저 가게 하고 장비를 제 2선에, 유비를 후대에 배치하게 하고 가맹관을 향해 발진하게 하였다.

위연은 초마병을 데리고 먼저 가맹관에 도착하였는데, 양백과 맞닥뜨렸다. 위연과 양백의 교전이 10합이 못 되어서 양백이 도주하였다. 위연은 장비에게 첫 번째 공을2) 빼앗기 위해 승세를 타고 급히 쫓아

---

1) 다리를 끊었을 때에는[拒水斷橋] : 위수교의 큰 싸움. 「위교」(渭橋)는 조조가 위수에서 배와 뗏목을 이어 놓았던 부교임. [三國志 蜀志 張飛傳]「飛拒水斷橋 瞋目橫矛曰 身足張翼德也 可來共決死」. 「위천천묘죽」(渭川千畝竹)은 위수가에 대나무가 많이 나는 땅이 있음을 이름. [史記 貨殖傳]「渭川千畝竹 其人與千戶侯等」. [水經 渭水]「渭水 出隴西 首陽縣渭谷亭南 鳥鼠山」.

2) 첫 번째 공[頭功] : 수공(首功). [燕子箋 兵鬨]「拿得去獻頭功」.

갔다. 앞에서 일지군이 벌여 섰는데 수장은 마대였다.

위연은 이를 마초로 생각하고 칼을 흔들며 말을 몰아 나가서 싸웠다. 마대와 더불어 10합이 못 되게 싸웠는데, 마대가 패주하자 위연이 급히 쫓았다. 마대가 몸을 돌려 활을 쏘았는데 그것이 위연의 왼쪽 어깨에 맞았다. 위연은 급히 말을 돌려 달아났다. 마대가 쫓아 가맹관 앞에 이르렀을 때 한 장수가 벼락같은 소리를 지르는 것이 보이더니, 관의 뒤쪽에서 나는 듯이 달려왔다. 원래 장비는 막 관상에 이르렀는데 관 앞에서 싸움이 있는 것을 보다가 위연이 화살을 맞는 것을 보고, 말을 몰아 관 아래로 내려와 위연을 구한 것이었다.

장비는 마대에게 소리치며 말하기를,

"네가 누구냐! 먼저 통성명이나 하고 그 후에 싸우자!"

하니, 마대가 대답하되

"나는 서량의 마대이다."

하거늘, 장비가 대답하기를,

"너는 마초가 아니구나! 돌아가거라, 나의 적수가 못된다! 마초에게 오라 해라! 연나라 사람 장비가 여기 있다 하거라."

하자, 마대가 크게 노하여

"네 감히 나를 우습게 보느냐!"

하며, 창을 꼬나잡고 말을 몰아 나오며 곧장 장비를 취하려 하였다. 싸움이 10합이 못 되어 마대가 패주하였다.

장비가 쫓으려 할 때에, 관상에서 말 한 필이 달려오며 외치기를

"아우님은 가지 마시오."

하거늘, 장비가 돌아서서 보니, 현덕이 오고 있었다.

장비는 마대를 쫓지 않고 현덕과 같이 관에 올랐다.

현덕이 말하기를,

"아우님의 성미 급한 것이 걱정되어 내가 뒤를 따라서 여기에 온 것이네. 이미 마대를 이겼으니, 하룻밤 쉬고 내일 마초와 싸우시게."
한다.

다음 날 날이 밝자, 가맹관 아래에서 북소리가 크게 울리고 마초가 병사들을 이끌고 왔다. 현덕이 가맹관 위에서 보고 있을 때에, 문기의 그림자 속으로 마초가 말을 몰며 창을 들고 나왔다. 사자머리 모양을 새긴 투구와 괴수 모양을 새긴 넓은 띠에다 은갑백포를 입었는데, 첫째 인물이 비범하고 둘째로는 재주가 뛰어나 보였다.

현덕이 탄식하며 말하기를,

"사람들이 '금마초(錦馬超)'라 하더니 그 이름이 헛되이 전하지 않았구나!"3)

하였다. 장비가 곧 관 아래로 내려갔다.

현덕이 급히 저를 제지하며,

"출전하지 말거라. 먼저 저의 예기를 피해야 하네."
하였다.

관하의 마초는 혼자 나서서 장비의 약을 올렸다. 관 위에서 장비는 마초를 잡지 못해 안달을 하며 너댓 번은 나가려 하였으나, 현덕이 주저앉혔다. 오후가 되자 현덕은 마초와 진의 군사들이 나태해진 것을 보고는, 마침내 5백여 기를 뽑아 장비에게 주며 나가 싸우게 하였다.

마초는 장비의 군사들이 나오는 것을 보고 창을 잡고 한 번 뒤를

---

3) 그 이름이 헛되이 전하지 않았구나[名不虛傳] : 이름과 실상이 같음. 명성이 헛되이 퍼진 것이 아니라 마땅히 전해질 만한 까닭이 있어서 전해진 것임. 「명불허위」(名不虛謂)는 '이름이 헛되이 전하지 않음'의 뜻. [唐書 魏元忠傳]「元忠始名眞宰 …… 然名不虛謂 眞宰相才也」. [後漢書 仲長統傳]「欲以立身揚明耳 而名不常存」.

쳐다보더니, 군사들을 일전지지쯤4) 뒤로 물렸다. 장비의 군마들이 일제히 멈추어 서자, 관 위에서 군마들이 계속 관 아래로 내려왔다.

장비는 창을 꼬나들고 나오며 큰 소리로,

"연나라 사람 장익덕을 네가 아느냐!"

하니, 마초가 대답하되

"우리 집안은 대대로 공후의 집안인데, 내 어찌 시골의 필부를 알겠느냐!"

하거늘, 장비가 크게 노한다. 두 말들이 일제히 어울려서 창들이 맞닥뜨린다. 싸움이 거의 백여 합에 이르러도 승부가 갈리지 않는다.

현덕이 저들을 보고 말하기를,

"진짜 호랑이구나!"

하고, 장비가 실수를 하지나 않을까 걱정되어 급히 징을 쳐 군사들을 거두었다.

두 장수들이 각기 진중으로 돌아갔다. 장비도 군중으로 돌아와서 잠시 말들을 쉬게 하고 이번에는 투구도 쓰지 않고 두건만 쓰고 말에 올라, 또 출진하여 마초에게 나오라며 싸움을 돋우었다. 마초 또한 나와서 두 장수가 다시 싸웠다. 현덕은 장비가 실수가 있을까 걱정되어, 직접 갑옷을 입고 관에서 내려와 곧장 진 앞에 이르렀다. 장비와 마초가 다시 싸우길 백여 합에 이르렀으나, 두 장수들은 오히려 정신이 배가 된 듯하였다.

현덕은 징을 치게 하여 군사들을 수습하라 하였다. 두 장수들은 떨어져 각기 본진으로 돌아갔다. 그날 이미 날이 저물었다.

현덕은 장비에게 이르기를,

---

4) 일전지지(一箭之地) : 화살이 닿을 수 있는 곳. 아주 가까운 곳. [紅樓夢 第三回]「走了 **一箭之地** 將轉彎時 便歇下」.

"마초의 용맹함은 가벼이 대해서는 안 되오. 관상으로 물러나 있다
가 내일 다시 싸우시게."

하니, 장비가 성질을 부리며 큰 소리로

"내가 죽더라도 돌아가지 않겠소이다!"

하거늘, 현덕이 대답하기를

"오늘은 이미 날이 어두워졌으니 더 싸울 수가 없네."

하니, 장비가 묻기를

"불을 밝히고 야전을 할 수 있지 않습니까!"

한다.

마초 또한 말을 바꿔타고 또 다시 진전에 나서며 크게 외치기를,

"장비야 야전을 할 수 있겠느냐?"

라고 하였다.

장비가 성질이 나서 현덕에게 말을 바꿔 달라 하고 창을 들고 진
앞으로 나서며, 큰 소리로

"내 너를 잡지 못하면 맹세코 관에 돌아가지 않으리라!"

하자, 마초가 말하기를,

"내가 널 이기지 못하면 맹세코 영채로 돌아가지 않겠다."

하였다.

양군이 함성을 지르며 수천 개의 횃불을 들고 나와 그 밝기가 마치
대낮과 같았다. 두 장수들이 진전에서 죽기로 싸운다. 싸움이 20여
합에 이르자 마초가 말을 돌려 달아났다.

장비가 큰 소리로 묻기를,

"달아나면 어디로 가려느냐!"

고 외쳤다.

원래 마초는 장비를 이길 수 없음을 알고 속으로 한 꾀를 내어, 거

짓 패한 채 달아나다가 뒤따라오는 것을 보고 몰래 손에 쇠뭉치를 들고 있다가 몸을 돌려 내리치려 했다. 장비는 마초가 달아나는 것을 보고, 마음속에 방비를 하고 있었기 때문에 동추로[5] 칠 때에 빨리 피하니 귓전을 스치고 지나갔다. 장비가 말을 돌려 돌아오려 할 때에 마초가 또 급히 쫓아왔다. 장비는 말을 세우고 활에 화살을 먹여 돌아서서 마초를 쏘았으나, 마초가 재빨리 피했다. 두 장수들은 각기 진으로 돌아왔다.

현덕은 진 앞에서 큰 소리로 외치기를,

"내 인의로써 사람을 대하였지 간교하게 기만하는 일은 하지 않았다.[6] 마맹기야, 네가 병사를 거두고 쉬어라. 나는 승세를 타고도 너를 쫓지 않겠다."

하였다.

마초가 이 말을 듣고 직접 뒤를 끊고 군사들을 물렸다. 현덕 또한 군사들을 거두어 가맹관으로 돌아왔다.

다음 날, 장비는 또 하관하여 마초와 싸우고자 하였다. 그때 군사께서 왔다고 알려 왔다. 현덕이 나가서 공명을 맞아들였다.

공명이 말하기를,

"제가 듣기에 맹기는 당대의 호장이라 합니다. 행여 장비와 죽기로써 싸우면 필시 한쪽은 부상을 당할 것입니다. 그래서 자룡과 황충에게 면죽을 지키게 하고 제가 밤을 도와 왔습니다. 작은 계책을 써서

---

5) **동추(銅鎚)** : 살상용 망치. 구리로 만드는 원구(圓球)로 나무자루를 박아 만듦. [元史 奸臣傳]「人心憤怨 密鑄大**銅鎚** 自誓願擊阿合馬首 以所袖**銅鎚**碎其腦 立斃」.

6) **간교하게 기만하는 일은 하지 않았다[不施譎詐]** : 사람을 간교하게 속이지 않음. [晉書 羊祜傳]「將帥有欲進**譎詐**之策者」. [六韜 龍韜 王翼]「爲**譎詐** 依託鬼神」.

마초로 하여금 주공께 투항하게 하겠습니다."

한다.

현덕이 묻기를,

"내 보기에 마초는 매우 용감하여 감탄하고 있소이다. 어찌 저를 항복하게 할 수 있겠소이까?"

하니, 공명이 말하기를

"제가 듣기에 동천의 장로는 한녕왕이 되고 싶어 한답니다. 그 수하에 모사 양송이란 자가 있는데 심히 뇌물을 탐낸다 들었습니다. 사람을 시켜 소로로 해서 한중에 들어가게 하여, 먼저 금은보화를 써서 양송과 관계를 맺어 놓은 후에, 장로에게 편지를 보내되 '내가 유장과 서천을 두고 싸우고 있는데 이는 너로 하여금 원수를 갚는 것이니, 남의 이간하는 말을 들어서는 안 된다. 일이 끝난 후에 너에게 '한녕왕'을 보장하려 한다 하십시오. 그가 마초에게 철병토록 한 후 철군할 때를 기다렸다가, 다시 마초를 항복하게 할 계책을 쓸 것입니다."

하거늘, 현덕이 크게 기뻐하며 곧 글을 닦아 손건에게 금은주옥과 함께 소로를 통해 한중에 가게 하여, 먼저 양송을 만나서 이 일을 알리고 금은보주를 주게 하였다. 양송이 크게 기뻐하며 먼저 손건을 데리고 가서 장로를 만나게 해 주었다. 그리고 여러 가지로 편의를 보아주었다.

장로가 묻기를,

"현덕은 좌장군인데 어찌 나에게 '한녕왕'을 보장한다 하오?"

하거늘, 양송이 말하기를

"저는 대한의 황숙이시니 책임지고 아뢸 수 있을[7] 것입니다."

7) 책임지고 아뢸 수 있을[保奏] : 보주(保主). 관리를 임용할 때 책임지고 보거
(保擧)하던 사람. [淸會典事例 吏部 滿洲銓選]「其保奏人員 亦應定於次月截限以

하였다.

장로가 크게 기뻐하며 곧 사람을 시켜 마초에게 군사들을 파하라 하였다. 손건은 양송의 집에 있으며 회보를 기다렸다.

하루가 못되어 사자가 보고하기를,

"마초는 공을 이루지 못해 회병하지 않겠다고 합니다."

하였다. 장로가 또 사람을 보내 불렀으나 돌아오지 않았다. 계속 세 번 불렀으나 오지 않았다.

양송이 말하기를,

"이 사람은 평소부터 신의가 없었습니다. 파병을 않겠다 하는 그 뜻은 모반하려는 것입니다."

하거늘, 드디어 사람들을 시켜 말을 퍼뜨리기를

"마초는 서천을 뺏고 제가 주인이 되어 아비의 원수를 갚으려 하니, 한중의 신하이기를 거부하고 있다."

하였다. 장로가 그 소리를 듣고 양송에게 물으니, 양송이

"한편으로는 사람을 보내 마초에게 '네가 공을 이루려 한다면 내 한 달간의 기한을 줄 터이니 내가 말하는 세 가지 일을 해 놓아라. 만약에 그렇게 한다면 상을 내릴 것이고, 그렇지 못하면 반드시 죽이리라. 첫째는 서천을 빼앗고, 둘째 유장의 수급을 가져와야 하며, 셋째는 형주에 있는 병사들을 물리는 것이다.

이 세 가지 일을 이루지 못한다면 네 머리를 가져 오너라.' 하십시오. 그리고는 한편으로 장위(張衛)에게 군사를 점고하게 한 후, 관애를 지켜 마초의 변을 막도록 하오."

하였다.

前 卽行**保奏** 如所題之人」. [還魂記 圍釋]「杜寶攵已**保奏**大宋」.

장로가 이를 좇아 사람을 마초의 영채에 보내어 이 세 가지 일을
전하게 하였다.

마초는 크게 놀라면서 말하기를,

"어찌 이렇게 할 수 있단 말인가!"

하고 마대와 의논하니, 마대가 대답하기를

"군사들을 물려야 할 것 같습니다."

하였다.

양송이 또 말을 퍼뜨리기를,

"마초가 회병해 오니 반드시 딴 마음을 품은 것이다."

하였다. 이에 장위가 군사들을 7로 나누어 굳게 애구를 지키면서, 마
초의 병사들을 들이지 않았다. 마초는 진퇴양난이었으나8) 사용할 계
책이 없었다.

공명이 현덕에게 말하기를,

"지금 마초는 실로 진퇴양이에 빠져 있으니, 제가 세 치의 혀끝으
로9) 저의 영채로 가 마초를 설득해 항복하게 하겠습니다."

하거늘

"선생은 나의 고굉이고10) 심복인데 무슨 일이 있으면 이를 어찌하오?"

---

8) **진퇴양난(進退兩難)** :「진퇴유곡」(進退維谷). 앞으로 나아가지도 못하고 뒤로
   물러서지도 못하여 어찌할 수 없음. [詩經 大雅篇 蕩桑]「人亦有言 **進退維谷**」.
   [董仲舒 士不遇賦]「雖日三省於吾身兮 猶懷**進退**之維谷」.

9) **세 치의 혀끝으로[三寸不爛之舌]** : 말을 아주 현란하게 함. 삼촌설(三寸舌)
   은 '세 치의 길이에 지나지 아니하는 사람의 혀'를 가리킴. [史記 平元君傳]「今
   以**三寸舌** 爲帝者師 又毛先生以**三寸之舌** 强於易萬之師」.

10) **고굉(股肱)** :「고굉지신」(股肱之臣). 임금이 믿고 의지할 만한 힘. [史記 太
    史公 自序]「輔拂**股肱之臣**配焉 忠信行道 以奉主上」. [書經 禹書篇 益稷]「帝曰
    臣作朕**股肱**耳目」.

하나, 공명이 굳이 가겠다고 우겼다. 현덕은 재삼 보내지 않으려 하였다.

이렇게 머뭇거리고 있는 사이에, 문득 조운이 천거하는 글을 가지고 서천에서 한 사람이 항복해 왔다는 편지를 보내왔다. 현덕이 불러들여 물으니, 그 사람은 건영(建寧)의 유원(俞元) 사람으로 성은 이(李) 이름은 회(恢), 자는 덕앙(德昻)이었다.

현덕이 묻기를,

"내 전에 공이 유장에게 간하였다는 말을 들었는데, 이제 어찌해서 나에게 귀순하시는 게요?"

하니, 회가 말하기를

"제가 듣기에는 '약은 새는 나무를 가려서 둥지를 틀고, 어진 신하는 주군을 가려서 섬긴다.'11) 하였습니다. 전에 유장에게 간했던 것은 저의 진심이었으나 쓰지 않았으니 반드시 패하게 될 것이며, 지금 장군께서 촉중에 인덕을 펴시고 계시니 반드시 성공할 것을 알 수 있습니다. 그래서 귀순하였습니다."

하였다.

현덕이 말하기를,

"선생께서 여기에 오셨으니 반드시 이 유비에게 도움이 될 것입니다."

하니, 회가 대답하기를

"지금 들으니 마초가 진퇴양난에 빠져 있다 하는데, 전날 농서에 있을 때 저와는 면식이 있었사오니,12) 제가 가서 마초를 설득시켜 항복

---

11) 약은 새는 나무를 가려서 둥지를 틀고, 어진 신하는 주군을 가려서 섬긴다[良禽擇木而棲] : 어진 선비는 어진 주군을 가려서 섬김. [左傳 袁十一年]「孔文子之將攻大叔也 訪於仲尼 仲尼曰 胡簋之事 則嘗學之矣 甲兵之事 未之聞也 退命駕而行曰 **鳥則擇木 木豈能擇鳥**」. [三國志 蜀志]「**良禽擇木而棲 賢臣擇主而事**」.
12) 저와는 면식이 있었사오니[一面之交] : 「일면지분」(一面之分). 한 번 만나본 친분. 「일면여구」(一面如舊)는 '처음 만났는데도 옛 벗처럼 친한 사람'의 뜻임.

하게 하면 어떻겠습니까?"

하거늘, 공명이 말하기를

"지금 막 나를 대신해서 갈 사람을 찾던 중입니다. 가서 하실 말씀을 듣고 싶습니다."

하니, 이회가 이에 공명의 귀에 대고 이리이리 하겠다고 설명하였다. 공명이 기뻐하며 곧 그를 보냈다.

이회는 길을 따라 마초의 영채에 가서 먼저 사람을 시켜 이름을 알리니, 마초가 말하기를

"나는 이회가 변사임을 알고 있는데 지금 왔다면, 필시 나를 설득하러13) 왔을 것이다."

하고는, 먼저 20명의 도부수들을 관하에 매복시키고

"너희들에게 치라고 하거든 곧 난도질을 해서 죽여라!"

하고, 좀 있다가 이회가 앙연히 들어왔다.

마초는 장하에 단정하게 앉아서 꼼짝도 않고, 이회를 꾸짖으며 말하기를

"네가 어찌해서 여기 왔는가?"

하거늘, 회가 말하기를

"내 특히 세객 노릇을 하러 왔소이다."

하니, 마초가 대답하되

"내 갑속의 보검은14) 새로 갈아 놓았다. 너의 말을 들어보고 말이

[晉書 張華傳]「陸機兄弟 志氣高爽 自以吳之名家 初入洛 不推中國人士 見華**一面如舊** 欽華德範 如師資之禮焉 馳使諸侯」. [三國志 吳志 周俞傳注]「爲曹操爲**說客**邪」.

13) 설득하러[說客] : 말솜씨로 상대방을 설득하는 사람. 능숙한 말솜씨로 제후를 설복시켜, 자신이 얘기한 목적을 달성시키던 봉건시대의 정객(政客). [史記 酈食其傳]「酈生常爲**說客** 馳使諸侯」. [三國志 吳志 周瑜傳]「爲曹操爲**說客**耶」.

통하지 않으면 곧 이 칼을 네 머리에 쓸 것이다."

한다.

회가 웃으며 말하기를,

"장군께 화가 머지 않았소이다! 새로 벼린 칼을 내 머리에 쓸 것이
아니라, 장차 스스로에게 시험하게 될까 걱정이외다."

하니, 마초가 묻는다.

"내게 화가 올 것이라니 무슨 말이오?"

한다.

이회가 말하기를,

"내 듣기에 월나라의 서자는15) 남을 헐뜯는 자에게도 그 아름다움을
말하지 않고는 못 견디고, 제나라의 무염은16) 남을 칭찬하기 잘 하는
사람도 그 흉함을 말하지 않을 수 없다 합니다. 해도 한낮이 지나면
기울고 달도 차면 이지러지는 것이17) 천하의 이치입니다.

---

14) 내 갑속의 보검은[吾匣中寶劍] : 내 칼집 속의 보검은. [李益 夜發軍中詩]「雄
    劍匣中鳴」. [杜荀鶴 投鄭先輩詩]「匣中長劍未酬恩」.

15) 서자(西子) : 춘추시대 월(越)의 미녀「西施」.「미인계」(美人計). 월왕 구천이
    오나라와 싸워 회계(會稽)에서 패하고 나자, 국력을 기르는 한편 범여의 계획에
    따라 서시(西施)란 미녀로 미인계를 썼음. 오왕 부차가 이 계책에 빠진 것을
    알고 군사를 일으켜 오나라를 멸하였다는 고사. [拾遺記]「西施越女所謂西子也
    有絶世之美 越王句踐 獻之吳王夫差 夫差嬖之 卒至傾國」. [淮南子]「曼容皓齒形姱
    骨佳 不待傳粉 芳澤而美者 西施陽文也」. [韻語陽秋]「太平寰宇記載西施事云 施其
    姓也 是時有東施家 西施家」.

16) 무염(無鹽) : 전국시대 제(齊)나라 무염 지방에 살았던 추녀 종리춘(鍾離春).
    너무 못생겨서 시집을 못 갔으나 결국 제선왕(齊宣王)의 왕후가 되었음. 추부
    (醜婦)의 호칭. [列女傳 辯通 齊鍾離春傳]「鍾離春者 齊無鹽邑之女 宣王之正后
    也 其爲人極醜無雙 臼頭深目 長指大節……行年四十 無所容入……于是乃拂拭短
    褐 自詣宣王」. [新序 雜事]「鍾離春者 齊婦人也 極醜無雙 號日 無鹽女」.

17) 해도 한낮이 지나면 기울고 달도 차면 이지러지는 것[日中則昃 月盈則食] :
    왕성함이 극도에 이르면 곧 쇠퇴한다는 뜻. [易經 豐卦]「彖日 豐大也……日中則

지금 장군께서 조조와는 살부지수(殺父之讎)이고, 농서에서 또한 절치의 한이 있습니다. 전에는 유장을 구하지 못하고 형주의 군사를 물렸으나, 지금부터는 양송을 제압하지 못해 장로의 얼굴을 보지 못할 것입니다. 지금 사해에 몸 둘 곳이 없고 한 몸의 주군이 없소이다. 만약에 다시 위교의 패배와 기성(冀城)을 잃는 것처럼 된다면, 무슨 낯으로 천하의 사람들을 보려 하시오?"

하였다.

마초가 머리를 조아려 사죄하며,

"공의 말이 옳소이다. 그러나 이 마초는 갈 곳이 없소이다."

한다.

회가 묻기를,

"공이 이미 내 말을 듣고자 하면서 장막 밖의 도부수들은 무엇 때문이오이까?"

한다. 마초가 크게 부끄러워하여 저들을 물러가게 하였다.

회가 또 묻는다.

"유황숙은 예가 있는 선비입니다. 나는 그가 세상을 얻을 것임을 압니다. 그러니 유장을 버리고 저에게로 돌아가시면 공을 높이 대우할 것입니다. 또 전날에 일찍이 황숙과 함께 적을 토벌하기로 약속하지 않았습니까? 공은 어찌해서 어둠을 버리고 밝음을 택해, 위로는 아버지의 원수를 갚고 아래로는 공명을 세우려 아니 하시오?"

하였다.

마초가 기뻐하며 곧 양백을 불러들여 한 칼에 저를 참하고 그 수급을 가지고, 회와 함께 가맹관에 와서 현덕에게 항복하였다. 현덕은 직

昃 月盈則食 天地盈虛 與時消息 而況於人乎 於鬼況神乎」. [史記 蔡澤傳]「日中則移 月滿則虧 物盛則衰 天地常數也」. [書經 無逸篇]「自朝至于日中昃」.

접 나가서 영접해 드리고 상빈의 예로써 마초를 대했다.

마초가 머리를 조아리며 사례하기를,

"저는 이제 밝은 주군을 만났으니 구름 낀 하늘에 운무가 걷히고, 파란 하늘을 보는 것 같습니다!"

한다.

그때, 손건은 이미 돌아와 있었다. 현덕이 곽준과 맹달에게 성을 지키게 하고, 군사들을 거두어 가서 성도를 취하기로 하였다. 조운과 황충은 유비를 맞아들였다. 사람이 와서 촉장 유준(劉晙)과 마한(馬漢)이 군사를 이끌고 도착했다고 보고하였다.

조운이 말하기를,

"내가 이 두 사람을 생금해 오겠습니다!"

하며, 말을 마치고 곧 말에 올라 군사들을 이끌고 나갔다.

성 위에서 마초와 술을 마시기 위한 자리가 미처 안돈되지 않아서,[18] 자룡이 두 사람의 머리를 베어 연석 앞에 드린다. 마초는 또한 놀라서 더욱 존경심이 생겼다.

마초가 말하기를,

"굳이 주공께서 쳐들어가지 않으셔도, 이 마초가 유장을 불러내어 항복을 드리게 하겠습니다. 만약에 항복하지 않는다면, 제 아우 마대도 같이 가서 성도를 취해다가 쌍수로 봉헌하겠나이다."

하거늘, 유비가 크게 기뻐하였다. 이날 그들은 아주 즐겁게 술을 마셨다.

한편, 패병들이 익주로 돌아와서 유장에게 보고하자, 유장이 크게

---

18) 안돈되지 않아서[安席] : 연회 예절의 하나. 손님이 오는 대로 주인은 술을 따르면서 손님의 좌석을 차례차례 지정하는 일. [李白 出自薊北門行詩]「明主 不**安席** 按劍心·飛揚」. [史記 蘇秦傳]「楚王曰 寡人臥 不**安席** 飲不甘味」.

놀라서 문을 닫아걸고 나가지 않았다.19) 그때, 사람이 와서 보고하기를 성 북쪽에 마초의 구원병이 도착하였다 한다. 유장이 바야흐로 성에 올라서 바라보니, 마초와 마대가 성 아래 서 있었다.

그리고 큰 소리로 말하기를,

"유계옥은 대답하시오."

한다. 유장이 성 위에서 물으니, 마초가 말 위에서 채찍을 들어 가리키며, 말하기를

"나는 본래 장로의 병사들을 이끌고 익주를 구하러 왔는데, 장로가 양송의 참언을 믿고 도리어 나를 해하려 하였소. 이제는 유황숙에게 돌아가 항복하였소이다. 공이 땅을 바치고 항복한다면, 성 안의 백성들이 고통받는 것을 면할 수 있소이다. 혹시라도 미혹에 사로잡혀 있다면 내가 먼저 성을 공격하겠소!"

한다. 그 소리를 듣고 유장이 놀라서 얼굴이 흙빛이 되어20) 성 위에서 쓰러졌다.

여러 관리들이 구원해 깨어나자, 유장이 말하기를

"내 밝지 못하여 이 지경에 이르렀으니 후회한들 무엇하랴!21) 만약에 성문을 열고 항복하여, 성 안의 백성들은 구하는 것만 같지 못할

---

19) 문을 닫아걸고 나가지 않았다[閉門不出] : 문을 닫아걸고 나가지 않음. [漢書 王芬傳]「閉門自守」. [三國志 魏志 邴隸傳]「閉門自守」.

20) 얼굴이 흙빛이 되어[面如土色] : 「면무인색」(面無人色). 몹시 놀라거나 두려워서 흙빛으로 변한 얼굴빛. '두려움 따위로 창백해진 얼굴빛'의 비유임. [警世通言 第九卷]「李白重讀一遍 讀得聲韻鏗鏘 番使不敢則聲 面如土色 不免山呼拜舞辭朝」.

21) 후회한들 무엇하랴[悔之何及] : 후회해도 미치지 못함. 「후회막급」(後悔莫及)은 '아무리 후회하여도 다시 어쩔 수가 없음'의 뜻. 「후회」(後悔). [漢書]「官成名立 如此不去 懼有後悔」. [詩經 召南篇 江有汜]「不我以 其後也悔」. [史記 張儀傳]「懷手後悔 赦張儀 厚禮之如故」.

것이외다."

한다.

동화(董和)가 묻기를,

"성중에는 아직도 3만여 군사가 있으며 전백(錢帛)과 양초가 있으니, 1년은 버틸 수 있습니다. 어찌 그리 빨리 항복한다 하십니까?"

하거늘, 유장이 대답하기를

"우리 부자가 촉나라를 지켜오기 20여 년이 되었지만, 은덕을 백성들에게 베풀지 못하였소. 전쟁 3년 동안 많은 백성들이 초야에 목숨을 버렸으니 다 나의 죄이외다. 내 마음이 어찌 편하겠느냐? 빨리 투항해서 백성들을 평안하게 하는 것만 못하오."

한다. 관리들이 듣고 다 눈물을 흘렸다.

문득 한 사람이 나서서 말하기를,

"주공의 말씀이 하늘의 뜻에 합당합니다."

하거늘 저를 보니, 파서(巴西)의 서충국 사람이었다. 성은 초(譙)이고 이름은 주(周)라 하며 자는 윤남(允南)이었다. 이 사람은 평소 천문에 밝았다.

유장이 그에게 물으니 주가 대답하기를,

"제가 밤에 천상을 보니 여러 별들이 촉군에 모여 들었습니다. 그 중에서 큰 별은 그 빛이 달과 같았습니다. 이는 제왕의 상입니다. 하물며 1년 전 아이들의 동요에,

　　만약 새로운 밥을 먹겠으면(若要吃新飯)
　　모름지기 선주께서 오시길 기다려라(須待先主來).

했는데, 이것이 미리 나타난 징조이니 천도를 거스를 수 없습니다."

하였다.

황권과 유파가 그 말을 듣고 크게 노하여 저를 참하려 하자, 유장이 만류하였다. 그때, 갑자기 촉군의 태수 허정(許靖)이 성을 넘어 나가 투항하였다고 한다. 유장은 대성통곡하며 부중으로 돌아갔다.

다음 날, 사람들이 보고하기를 유황숙의 명을 받아 막빈 간옹이 성 아래 와서 문을 열라 한다 하였다. 유장이 명을 내려 문을 열고 맞아 들이라 하였다. 간옹이 수레에 앉아서 오만하고 자약한 태도로 둘러 보았다.

문득 한 사람이 칼을 잡고 큰 소리로,

"소인배가 득세를 하더니 방약무인22) 하는구나! 네 감히 우리 촉나라 사람들 중에는 인물이 없다고 보느냐!"

하니, 간옹이 황급히 수레에서 내려 저를 맞았다. 그는 광한(廣漢) 면죽 사람으로 성이 진(秦)이고 이름은 복(宓)이라 하며, 자는 자칙(子勅)이었다.

간옹이 웃으며 말하기를,

"현형(賢兄)을 알아뵙지 못했으니 용서하십시오."

하고, 같이 들어가 유장을 만났다. 그리고는 현덕의 관홍(寬洪)과 대도(大度)에 대해 구체적으로 말을 하고, 동시에 해칠 생각이 전혀 없음을 설명하였다. 이 말을 듣고 유장도 투항할 결심을 굳히고, 간옹을 후히 대접하였다.

다음 날 직접 인수와 문적들을 챙겨서 간옹과 같이 수레를 타고 성을 나가 투항하였다. 현덕은 영채에서 나와 영접해 들였다.

---

22) 방약무인(傍若無人) : 곁에 사람이 없는 듯이 제 세상인 것처럼 말과 행동이 어려움이 없음. [史記 刺客傳]「高漸離擊筑 荊軻和而歌 於市中相樂也 已而相泣 傍若無人者」. [晉書 謝尙傳]「尙便衣幘而舞 傍若無人」.

손을 잡고 눈물을 흘리며,

"내가 인의를 행하지 않으려 해서가 아니라, 형편이 허락하지 않아 부득이 이렇게 되었습니다!"[23]

하며, 함께 들어가 인수와 문적을 인계받고 함께 말을 타고 성으로 들어갔다. 현덕이 성도에 들어가자, 백성들이 꽃과 화촉을 밝히며 문에서 맞으며 영접하였다. 현덕이 승당에 좌정하자 군내의 여러 관리들이 다 당하에서 절하는데, 오직 황권과 유파는 문을 닫아걸고 나오지 않았다. 여러 장수들이 분노하여 가서 저들을 죽이려 하였다.

현덕은 황급히 영을 전하며,

"이 두 사람을 해할 것 같으면 저들의 삼족을 멸하리라!"

하고는, 현덕은 친히 문에 올라가 두 장수에게 나오기를 청하였다. 두 사람은 현덕의 은의에 감읍하여 곧 나왔다.

공명이 청하기를,

"이제 서천이 평정되었으니 두 주군이 있을 수 없습니다. 유장을 형주로 보내시지요."

하였다.

현덕이 말하기를,

"내 이제 겨우 촉군을 얻었으니 계옥을 멀리 보내지 마십시다."

하거늘, 공명이 대답하기를

"유장이 나라를 잃은 것은 다 그가 유약한 탓입니다. 주공께서 만약에 여자와 같은 마음으로 일을 당하여 결단을 내리지 못하시면, 이 땅을 오래 지키지 못하실까 걱정됩니다."

---

23) 내가 인의를 행하지 않으려 해서가 아니라…… : 원문에는 '非吾不行仁義 奈勢不得已也'로 되어 있음. [禮 曲禮上]「道德仁義 非禮不成」. [孟子 梁惠王篇上]「孟子 對曰 王何必曰利 亦有仁義而已矣」.

하자, 현덕이 그 말을 좇기로 하고 큰 잔치를 열어 유장을 청해 많은 재물을 챙겨 주고, 진위장군의 인수를 차고 처자와 하인들을 거느리고 남군의 공안으로 가서 편히 쉬라 하며, 그날로 그렇게 하게 하였다.

현덕은 직접 익주를 거느린 다음, 항복한 문무 관원에게 다 중상하고 각기 명의와 관직을 내렸는데, 다음과 같다.

엄안은 전장군으로 삼고 법정은 촉군태수를 삼았으며, 동화는 장군 중랑장을 삼았다. 허정을 좌장군 장사로 삼고 방의에게는 영중사마를 삼았으며, 유파를 좌장군으로 삼고 황권을 우장군으로 삼았다. 그 나머지 오의·비관·팽양·탁응·이엄·오란·뇌동·이회·장익·진복·초주·여의·곽준·등지·양홍·주군·비위·비시·맹달 등 투항한 문무 관원 60여 명을 다 등용하였다.

제갈량을 군사·관운장은 탕구장군 한수정후·장비는 정로장군 신정후·조운은 진원장군·황충은 정서장군·위연은 양무장군·마초는 평서장군을 삼았다. 손건·간옹·미축·미방·유봉·오반·관평·주창·요화·마량·마속·장완·이적 및 지난날 형양의 문무 관원들을 다 승진시키고 상도 주었다.

사자에게는 황금 5백 근·백은 1천 근·돈 5천만·촉금 1천 필을 주어서 운장에게 사읍(賜給)하게 하고, 나머지 관리들과 장수들에게는 차이에 따라 상금을 주었다. 그리고 소와 말을 잡아 군사들을 잘 먹이고 창고를 열어 백성들을 진휼(賑恤)하게 하니, 군사들과 백성 모두가 크게 기뻐하였다. 익주가 안정되자, 현덕은 성도의 유명 전택(田宅)들을 나누어 여러 관리들에게 주려 하였다.

이때 조운이 나서서 말하기를,

"익주의 백성들은 여러 번 병화를 만나서 전택이 모두 비어 있습니다. 지금 당장 돌아온 백성들이 편히 살며 생업에 복귀할 수 있어야 백성들이 마음을 열 것입니다. 그것을 빼앗아서 사사로히 상을 주는 것은 옳지 않습니다."

하니, 현덕이 기뻐하며 그 말에 따라 제갈군사로 하여금 치국조례(治國條例)를 정하게 하였다. 그 조례에는 형법을 자못 엄하게 하였다.

법정이 말하기를,

"옛날 고조의 약법삼장은24) 백성들을 다 그 덕에 감화하게 하였소이다. 원컨대 군사께서는 형벌을 너그럽게 하고 법규를 간략히 해서, 백성들의 바람을 다독거려 주시지요."

하거늘, 공명이 말하기를

"공은 하나만 아셨지 둘은 모르고 계시는구려.25) 진나라가 법규를 포학하게 하여 만 백성들이 다 원망하였소이다. 그래서 고조는 관인(寬仁)을 써서 백성들의 마음을 얻었습니다. 유장은 암약하여 덕정을 펴지 못하고 형벌을 엄하게 못하여, 군신의 도리가 점점 쇠미해진 것이외다. 자리를 높여주어 총애하고 그 자리가 지극해지면 점점 쇠잔해질 것이고, 은상(恩賞)을 베풀어 그것이 다 해질 때엔 오만해지는 것이외다. 작폐에 이르는 것은 실로 이로 말미암는 것이외다.

내가 지금 법으로 위엄을 보여 법을 행하면 은혜를 알게 하는 것이고, 관작을 제한하여 관작이 더해지면 영예로움을 알 것이외다. 이렇게 은혜와 영예가 같이 행해지면 상하가 절도(節度)가 있고, 치제의 도가 되어 그것이 드러날 것이오."

---

24) 약법삼장(約法三章) : 한 고조 유방(劉邦)이 처음 관중(關中)에 들어가서 부로들에게 했던 세 가지 약속. [史記 高祖紀]「與父老約法三章耳 殺人者死 傷人及盜抵罪」. [漢書 刑法志]「高祖初入關 約法三章曰 殺人者死 傷人及盜抵罪」.

25) 공은 하나만 아셨지 둘은 모르고 계시는구려[君知其一 未知其二] : '융통성이 없고 미련함'의 비유임. [史記 高祖紀]「上曰 公知其一 未知其二」. [莊子 天地]「子貢以濮陰丈人事告孔子 孔子曰 彼識其一 不知其二」.

하니, 법정이 승복하였다.

이로부터 군민이 편안하게 살 수 있게 되었다. 41주에 각각 군사들을 나누어 보내서 백성들을 진무하게 하니, 모두가 다 같이 평정되었다. 법정은 촉군의 태수가 되어 무릇 평소 가졌던 은덕과 하찮은 원한까지26) 다 갚지 않는 것이 없었다.

혹자가 공명에게 말하기를,

"효직이 너무 횡포를 부리니, 마땅히 저를 책하는 것이 좋겠습니다."

하거늘, 공명이 대답한다.

"옛날 주공께서 형주를 지키실 때에는 북쪽은 조조가 두렵고 동쪽에는 손권이 있어 꺼리셨는데, 효직의 도움을 받아서27) 날개를 달게 되어 훨훨 나셨지 않은가. 지금 어찌 효직을 금지시킬 수 있겠소. 저로 하여금 어느 정도 제 뜻대로 하게 두어야 하오이다."

하고 불문에 붙였다. 법정이 이 이야길 듣고서 또한 스스로 삼가게 되었다.

하루는 현덕과 공명이 마침 한담을 하고 있었는데 갑자기 보고가 들어오기를, 운장이 관평을 보내 사례하는 금백을 보내 왔다 하였다. 현덕은 불러들였다.

관평이 인사를 하고 나서 편지를 바치면서,

"아버님께서 마초의 무예가 다른 사람보다 나은 것을 아시고 서천에 오게 하여, 그 정도를 시험해 보고 싶으시답니다. 백부님께 이 일

---

26) 하찮은 원한까지[睚眦之怨]: 아주 작은 원망. 원문에는 '凡平日一餐之德 睚眦之怨'인데, '밥 한 끼 얻어먹은 은혜와 눈 한 번 흘긴 원한까지 다 갚다'의 뜻임. [史記 范睢傳]「一飯之德必償 睚眦之怨必報」. [漢書 孔光傳]「睚眦之怨 莫不誅傷」.

27) 도움을 받아서[輔翼]: 보필(輔弼). 보좌(補佐). [書經 益稷篇]「子欲左右有民 汝翼 (注) 左右輔翼也 猶孟子所謂輔之翼之 使自得之也」.

을 품하라 하셨습니다.”

하였다.

현덕이 크게 놀라면서,

“만약에 운장이 촉나라에 들어와 맹기의 무예를 시험한다면, 세가 양립하지 않겠소이까?”[28]

하자, 공명이 말하기를

“괜찮습니다. 제가 먼저 편지를 써서 보내겠습니다.”

하였다. 현덕은 단지 운장이 성급한 것을 걱정하여 곧 공명에게 편지를 보내게 하였다. 편지를 관평에게 주고 밤을 도와 형주로 가게 하였다.

관평이 형주에 이르니, 운장이 말하기를

“내가 마맹기와 무예를 겨뤄보고 싶다는 이야길 드렸느냐? 너에게 무슨 말씀이 없더냐?”

하거늘, 관평이 대답하기를

“군사께서 보낸 편지가 여기 있습니다.”

하였다.

운장이 편지를 뜯어보니, 내용은 대강 다음과 같았다.

제가 들으니 장군께서 마맹기와 무예의 고하를 가리고 싶어 하신다 하셨습니다. 제가 생각하기에는 맹기가 비록 그 재주가 뛰어나다 하나, 이는 또한 경포와[29] 팽월의[30] 무리 정도일 뿐입니다. 당

---

28) 세가 양립하지 않겠소이까[勢不兩立] : 같은 형세는 양립할 수 없음. ‘세력은 둘이 대립할 수 없다’는 뜻임. [史記 孟嘗君傳]「天下之遊士 憑軾結靷 東入齊者 無不欲彊齊而弱秦 此雄雌之國也 勢不兩立」. [三國志 吳志 周瑜傳]「孫權曰 孤與 老賊 勢不兩立」.

장 장익덕과 먼저 싸웠으나 오히려 미염공의 절륜함에는31) 채 미치지 못할 듯합니다. 이제 공께서 형주를 지키고 계신데, 이 일이 중하지 않을 것으로 생각하시고 서천에 오시려 하십니까? 만약에 형주를 잃게 된다면 그 죄가 실로 클 것입니다.

오직 밝게 생각하시기 바랍니다.

운장이 보고나서, 자신의 수염을 쓰다듬으며 웃기를
"공명이야말로 내 마음을 아는군."
하고는, 그 편지를 빈객들에게 보이고 나서 마침내 서천에 갈 뜻을 포기하였다.

한편, 동오의 손권은 현덕이 서천까지 병탄한 것과 유장이 공안으로 쫓겨 갔음을 알고는, 장소와 고옹과 의논하기를
"당초에 유비가 나에게 형주를 빌릴 때에, 서천을 취하면 곧 형주를 돌려주겠다 하였소. 지금 이미 파(巴)와 촉(蜀) 41주를 얻었으니, 모름지기 형주의 여러 군을 뺏어 와야 하오이다. 지금과 같이 돌려주지 않을 것 같으면, 어쩔 수 없이 무력을 쓸 수밖에 없지 않겠소."
하였다.

---

29) **경포(黥布)** : 한 고조의 맹장 영포(英布). [中國人名]「漢 六人 小時有客相之日 當刑而王 及壯坐法黥 因謂之黥布⋯⋯佐高祖定天下 封淮南王 後以韓信彭越見誅 催禍及己 發反兵」.

30) **팽월(彭越)** : 한 고조의 맹장. [中國人名]「昌邑人 字仲 高祖旣誅韓信 越懼誅及己 帝使使掩越 囚至洛陽 廢爲庶人 遂夷越三族 梟其首」.

31) **미염공의 절륜(美髥公 絶綸)** : 관우(關羽)의 뛰어난 경륜. '미염공'은 관우가 수염이 아름다웠기 때문에 제갈량이 붙여준 별명임. '미염은 잘난 수염'의 뜻. [莊子 列禦寇篇]「美髥長大 壯麗勇敢」. [元史 張起嚴傳]「張起嚴 面如紫瓊 美髥方頤 而眉目淸揚 可觀望 而知爲雅量君子」.

장소가 말하기를,

"동오가 바야흐로 평안한데 병력을 동원하는 것은 아니 됩니다. 저에게 한 가지 계책이 있습니다. 유비에게 형주를 두 손으로 주공에게 돌려오게 할 수 있습니다."

하였다.

이에,

서촉에는 바야흐로 새 일월이 열렸는데
동오에선 또다시 옛 산천을 찾는구나.
　西蜀方開新日月
　東吳又索舊山川.

그 계책이란 것이 어떤 것인지 알 수 없으니, 하회를 보라.

제66회

관운장은 칼 한 자루만 들고 모임에 나가고
복황후는 나라를 위하다가 목숨을 버리다.

　關雲長單刀赴會
　伏皇后爲國捐生.

　한편, 손권이 형주를 찾으려는 노력을 하자 장소가 계책을 드려,
"유비가 중요하게 의지하고 있는 것은 제갈량뿐입니다. 그의 형 제
갈근은 지금 오나라에서 벼슬을 하고 있사오니, 어찌 근의 노소 가솔
들을 잡아 가두지 않습니까. 그렇게 한 다음에 근이 서천에 들어가
아우에게 알리게 하고, 유비에게 형주를 돌려주라고 권하되 '그렇게
하지 않으면 반드시 내 노소 가솔 여러 사람을 해칠 것이라'고 하면,
제갈량이 동기의 정을 생각하여 반드시 허락할 것입니다."
하거늘, 손권이 말하기를
"제갈근은 성실한 군자인데 어찌 차마 그 가솔들을 구금하겠소이까?"
한다.
　장소가 대답하되,
"이것이 계책임을 분명히 가르쳐 주면 마음을 놓을 것입니다."
하매, 손권이 그 계책을 따르기로 하고 제갈근의 노소 가솔들을 부중
에 데려다 감금한 척하고, 한편으로는 편지를 써 가지고 서천으로 가
게 하였다. 수 일이 못 되어 성도에 이르러서 먼저 사람을 시켜 현덕

에게 알렸다.

현덕은 공명에게 묻기를,

"형님께서 무엇 때문에 여기 오셨을까요?"

하니, 공명이 말하기를

"형주를 되찾으러 온 것입니다."

한다.

현덕이 묻는다.

"어찌 답을 해야 하겠소?"

하매, 공명이 대답하기를

"모름지기 이리이리 대답하세요."

하였다. 두 사람이 약속을 하고 공명은 성곽 밖에 나가서 근을 맞아들였다. 집에 도착하기 전에 먼저 빈관에 들어갔다. 인사가 끝나자마자 제갈근이 목 놓아 크게 울었다.

제갈량이 묻기를,

"형님께서 일이 있으시면 말씀하세요. 무슨 연고로 우십니까?"

하자, 제갈근이 말하기를

"우리집 노소 가솔들이 이제 모두 죽었다네!"

한다.

제갈량이 대답하되,

"형주를 돌려주지 않았기 때문이 아닙니까? 저 때문에 형님의 가솔들이 잡히다니 제 마음이 어찌 편안하겠습니까? 형님께서는 염려하지 마십시오. 저에게 한 계획이 있으니 형주를 곧 돌려줄 수 있을 겝니다."

하자, 제갈근이 아주 기뻐한다. 곧 공명과 같이 들어가 현덕을 만나자 손권의 편지를 드렸다.

현덕이 보고 나서 노여워하며,

"손권은 누이를 내게 보냈는데, 내가 형주에 없는 틈을 타서 누이를 몰래 데려갔으니 도저히 인간의 정리로는 용납하기 어렵소! 내가 곧 서천의 병사들을 동원해서 강남을 쳐서 내 한을 갚으려던 참이었는데, 도리어 형주를 돌려달라는 겝니까?"

하자, 공명이 울며 땅에 엎드려

"오후께서 형님의 노소 가솔들을 다 잡아 가두었다 하니, 만약에 형주를 돌려주지 않으시면 형님의 전 가족을 죽일 것입니다. 형님이 죽으면 제가 어찌 혼자서만 살겠습니까? 바라건대 주공께서는 저의 낯을 보아서 형주를 동오에 돌려주셔서, 저의 형제지정을 온전하게 해주십시오!"

하니, 현덕이 좀체 수긍하지 않으매 공명이 울며 또 구하였다.

현덕이 천천히 말을 꺼내어,

"일이 이렇게 되었으니 군사의 체면을 생각해서 형주를 반으로 나누어, 장사·영릉·계양 세 군을 동오에 주겠소이다."

하거늘, 제갈량이 말하기를

"이미 허락하셨으니 곧 편지를 써서 운장에게 3군을 나누게 하여주십시오."

한다.

현덕이 대답하되,

"자유(子瑜)가 거기에 가시거든 모름지기 좋게 말해서 제 아우에게 청해보세요. 내 아우는 성질이 불같아서 나도 늘 저를 두려워한답니다. 먼저 자세히 말씀하세요."

하니, 제갈근이 편지를 받아가지고, 현덕과 하직 인사를 하고 공명과 헤어져 길에 올라 형주에 도착하였다. 운장은 그를 청해 중당에 들이고 빈주가 인사를 나누었다.

제갈근이 현덕의 편지를 보이며, 말하기를

"황숙께서 먼저 3군을 동오에 돌려주겠다고 허락하셨으니, 장군께서는 즉시 나누어서 제가 기꺼이 돌아가서 주군을 만나게 해 주시구려."

하자, 운장은 낯빛을 변하며, 말하기를

"나와 형님은 도원결의를 하면서 함께 한실을 돕자고 맹세하였소이다. 형주는 본래 한의 땅인데, 어찌 망령되게 한 치라도 남에게 주겠소이까? '싸움터에 나가 있으면 주군의 명을 받지 않을 수도 있다.'[1] 했소이다. 비록 형님의 편지를 가지고 왔다 해도 나는 절대 돌려주지 못하겠소." 한다.

제갈근이 말하기를,

"지금 오후가 우리 노소 가솔들을 잡고 있어서, 만약에 형주를 빨리 받지 못하면 필시 우리의 가족들을 다 죽일 것이오. 장군께서는 이를 불쌍히 생각해 주시구려!"

하니, 운장이 말하기를

"이는 오후의 계략입니다. 그런 속임수에 내 어찌 넘어가겠소이까?"

하거늘, 제갈근이 묻기를

"장군께서는 어찌 그리 염치가 없으십니까?"[2]

---

1) 싸움터에 나가 있으면 주군의 명을 받지 않을 수도 있다[將在外 君命有所不 受] : 장군은 싸움터에서 임금의 명령을 듣지 않을 때가 있을 수 있음. [孫子 九變篇 第八]「地有所不爭 君命有所不受」. [史記 司馬穰苴傳]「將在外 君命有所 不受」. [同書 信陵君傳]「將在外 主令有所不受」.

2) 어찌 그리 염치가 없으십니까?[無面目] : 면목이 없음. 염치가 없다는 것으로 '이치를 제대로 헤아리지 못함'의 뜻. [國語 吳語]「吾何無面目以見員」. [史 記 晉世家]「晋侯報國人 毋面目見社稷」. [史記 項羽紀]「我何面目見之」. 「면목가증 어언무미」(面目可憎 語言無味)는 얼굴의 생김새는 흉하고 말은 재미가 없다는 뜻으로 '궁(窮)하고 불쾌함'을 형용한 말. [韓愈 送窮文]「凡所以使吾 面目 可憎 語言無味者 皆子之志也」.

하매, 운장이 칼을 손에 쥐며 말하기를

"더 말하지 마시오! 이 칼이야말로 면목이 없소이다."

한다.

관평이 나서서 권하기를,

"군사의 체면을 생각하셔서 아버님께서는 부디 노여움을 푸세요."

하자, 운장이 대답하기를

"군사의 체면을 보지 않았다면, 너는 살아서 동오로 돌아가지 못할 것이외다."

한다.

제갈근이 얼굴에 부끄러움을 머금고 급히 하직하고, 배를 타고 다시 서천으로 가서 공명을 만나고자 하였으나 이미 순찰을 나가고 없었다. 근은 다시 현덕을 만나보고 울면서 운장이 죽이려 하던 일을 말하였다.

현덕이 말하기를,

"내 아우는 성질이 급해서 말을 하기 매우 어렵소이다. 자유는 돌아가 계시면 내 동천 한중의 여러 고을을 취해서 운장에게 가서 지키게 하고, 그때에 형주를 교부하게 하리다."

하였다. 제갈근은 부득이 동오로 돌아와서 손권에게 있었던 일을 상세하게 말했다.

손권이 크게 노하며, 말하기를

"자유가 이번에 가서 쓸데없이 돌아다니기만 한 것은 다 제갈량의 계책이 아닌가?"

하거늘, 근이 말하기를

"그건 아닙니다. 내 아우 또한 울면서 현덕에게 말을 했고 겨우 3군을 먼저 반환하기로 한 것이나, 운장이 고집을 부리고 듣지 않았습니다."

하였다.

손권이 또 말하기를,

"이미 유비가 먼저 3군을 반환한다 말하였으니, 곧 관리들은 장사·영릉·계양 등 3군에 부임하게 하고 어찌하나 봅시다."

하거늘, 근이

"주공의 말씀이 아주 옳습니다."

하거늘, 손권이 이내 근의 노소 가솔들을 돌려보내고, 한편으로는 관리들을 뽑아 세 군에 부임시켰다.

그러나 하루가 지나지 않아서 3군에 보낸 관리들이 다 쫓겨 돌아와, 손권에게 말하기를

"관운장이 우리를 받아들이지 않고 밤새 동오로 쫓아보내며, 지체하면 곧 죽이겠다 하였습니다."

하였다.

손권이 크게 노하여, 사람을 불러 노숙을 꾸짖으며

"자경은 전에 유비를 위해 보(保)를 서서 내가 형주를 빌려주지 않았소. 이제 유비가 이미 서천을 취하고서도 돌려주지 않는데, 자경은 어찌 앉아서 보고만 있소이까?"

하매, 노숙이 말하기를

"제가 이미 한 계책을 생각하고 있는데 그것을 주군에게 말씀드리려 하고 있었습니다."

하매, 손권이 묻기를

"어떤 계책이오?"

하였다.

노숙이 대답한다.

"지금 병사들을 육구(陸口)에 둔쳐 두고 있으니, 사람을 시켜 운장을

청해 만나자 하십시오. 만약에 운장이 기꺼이 오면 좋은 말로써 저를 설득하고, 따르지 않으면 도부수들을 매복시켰다가 저를 죽이세요. 만약에 제가 오지 않는다면, 즉시 병사들을 일으켜 승부를 내서 형주를 곧 빼앗으면 됩니다."

하거늘, 손권이 동의하며

"그거 내 마음에 드는 계책이외다. 곧 그대로 합시다."

하였다.

감택이 대답하기를,

"아니 됩니다. 관운장은 세상이 다 아는 호장이니 쉽게 다룰 인물이 아닙니다. 일이 제대로 되지 않으면 도리어 해를 입게 될 것입니다."

하매, 손권이 묻기를

"만일 그렇게 하다가는 형주를 어느 날에 돌려받겠소!"

하고, 곧 노숙에게 속히 그 계책을 시행하라 하매, 노숙이 손권에게 하직하고 육구에 돌아와서 여몽·감영 등과 의논하였다.

육구의 영채 밖 임강정(臨江亭)에 술자리를 배설하고 편지를 써서 입담이 좋은 한 사람을 뽑아 강을 건너게 하였다. 강구에서 관평이 묻고는 마침내 사신을 인도하여 형주로 들어갔다. 사자는 운장을 뵙기를 청하고, 노숙이 만나기를 원한다는 하며 노숙의 편지를 드렸다.

운장은 편지를 보고 나서, 온 사자에게 이르기를

"자경이 청하니 내 내일 곧 연회에 가겠다 해라. 그리고 자네는 먼저 가게나."

하였다.

사자가 하직한 뒤 가고 나자, 관평이 묻기를

"노숙이 만나자는 것은 필시 호의가 아닐 터인데, 아버님께서는 어찌 이를 받아들이려 하십니까?"

한다.

운장이 웃으며 말하기를,

"내 어찌 모르겠느냐? 이는 필시 제갈근이 돌아가 손권에게 내가 세 군을 반환하지 않으려 한다 하니, 노숙에게 명을 내려 육구에 병사들을 주둔하게 하고 나를 연회에 초청하여 빨리 형주를 찾으려는 게다. 만약 가지 않는다면 내가 겁을 먹었다 할 것이다. 내가 내일 혼자서 적은 배를 타고 10여 인만 데리고 단도부회3) 하겠다. 그러면 노숙이 어찌 나에게 접근하겠느냐."

하거늘, 관평이 대답하기를

"아버님께서 만금 같으신 몸으로, 어찌 직접 호랑이 굴에4) 뛰어들려 하십니까? 두렵건대 백부(유현덕)의 부탁하신 바를(寄託) 중히 여기는 까닭이5) 아닌가 합니다."

한다.

운장이 말하기를,

"나는 수많은 싸움에서 화살과 돌멩이가 나르는 때도 필마로 종횡하기를 무인지경에 들어가듯 하였는데,6) 어찌 강동의 쥐새끼 같은 무리들을 걱정하겠느냐?"

하거늘, 마량 또한 간하기를

---

3) 단도부회(單刀赴會) : 군사를 대동하지 않고 칼 한 자루만 차고 적지의 모임에 참석함. [三國志 吳志 魯肅傳]「肅邀羽相見 各駐兵馬百步上 但諸將軍**單刀俱會**」.

4) 호랑이 굴[虎狼之穴] : 적진 중에. 적의 소굴에. [三國志 吳志 呂蒙傳]「不探 **虎穴** 安得虎子」. [李白 送羽林陶將軍詩]「萬里橫戈探**虎穴** 三杯拔劍舞龍泉」.

5) 까닭[所以] : 까닭. [周禮 天官 疾醫]「死終則各書其**所以** 而入于醫師 [注] **所以** 謂治之不愈之狀也」.

6) 무인지경에 들어가듯 하였는데[如入無人之境] : 마치 아무것도 없는 곳에 들어가는 듯함. '제지하는 사람이 전혀 없음'의 비유.

"노숙이 비록 장자의 풍모가 있지마는, 지금은 일이 급한 때이니 딴 마음을 품을 수도 있습니다. 장군께서는 가벼이 가셔서는 아니 됩니다."

한다.

운장이 대답하기를,

"옛날 전국시대 조나라의 인상여(藺相如)는 닭 잡을 힘도 없으면서 민지의 모임에서7) 진나라의 신하 등을 초개같이8) 보았는데, 하물며 내 일찍이 만인적을9) 배우지 않았느냐? 이미 가기로 하였으니 신의를 잃어서는 안 될 것이다."

하거늘, 마량이 또한 말하기를

"장군께서는 가시더라도 또한 준비는 있어야 할 것입니다."

하매, 운장이 말하기를

"단지 관평에게 빠른 배 10척과 수군 5백여 명을 강상에 배치하고 기다리다가, 내 깃발을 올리거든 곧 강을 건너오게 하라."

하였다. 관평이 명을 받고 준비하러 갔다.

---

7) 민지의 모임[澠池會上] : 진(秦)의 소양왕(昭陽王)과 조(趙)의 혜문왕(惠文王)이 민지현(지금의 하남성)에서 모이게 되었다. 진왕은 강한 자신만 믿고 조왕을 욕보이려 했으나, 인상여(藺相如)가 지혜롭게 보좌하여 목적한 바를 달성하지 못하였다는 고사. [史記 六國年表]「趙惠文王 二十年 與秦會澠池」. [史記 廉頗藺相如傳]「秦王使使者 告趙惠文王 欲與王爲好 會於西河澠池……遂與秦王會澠池……藺相如亦曰 請以秦之咸陽爲趙王壽 秦王竟酒 終不能加勝於趙 趙亦盛設兵以待秦」.

8) 초개(草芥) : 지푸라기. 보잘 것 없는 것. [孟子 離婁篇]「視天下說而歸已 猶草芥也」. [文選 夏候湛 東方朔畵像讚]「視儔列如 草芥」.

9) 만인적(萬人敵) : 전술이 뛰어난 사람. 여기서는 병법(兵法)을 말함. [史記 項羽紀]「劍一人敵 不足學 學萬人敵 於是 項梁乃教籍兵法」. [三國志 魏志 張飛傳]「咸稱羽飛萬人之敵也」.

한편, 사자가 돌아가서 노숙에게 운장이 흔쾌히 받아들여, 내일 온다 하더라고 보고하였다.

노숙은 여몽과 의논하며 묻기를,

"이제 오면 어찌하겠소?"

하자, 여몽이 대답하기를

"제가 군마를 이끌고 오면, 나와 감영이 각각 일지군을 강가에 매복시켰다가 저를 죽일 준비를 하겠소이다. 만약에 군사들을 대동하지 않고 온다면 뒤뜰에 도수부 50여 명을 매복했다가, 연회가 진행될 때에 저를 죽이겠소이다."

하고, 서로가 약속을 하였다.

다음 날 노숙이 사람을 시켜 강의 어귀에서 배가 오나 보게 하였다. 진시 후에 강 위에 한 척의 배가 오는데, 사공과 키잡이 해서 모두 너댓 명이며 홍기가 바람에 펄럭이고 있었다. 깃발에는 오직 큰 글로 '관'(關)자만 있었다.

배가 점차 해안에 가까워지자, 운장이 청건에 녹포를 입은 채 배 위에 앉아 있는 것이 보였다. 그 주변에는 주창이 청룡도를 들고 모시고 있고, 8, 9명 관서(關西) 출신의 장병들이 각기 허리에 칼 한 자루씩만 차고 있었다.

노숙은 놀랍고 의아해 하면서 정자로 맞아들였다. 인사가 끝나고 술자리로 들어갔다. 술잔을 들어 서로 권하면서도 감히 올려다보지를 못하였다. 그러나 운장은 태연스레 이야길 하였다.[10]

---

10) 태연스레 이야길 하였다[談笑自若] : 「태연자약」(泰然自若). 마음에 어떤 충동을 받아도 동요 없이 천연함. 「안연자약」(晏然自若). [史記 魯仲連傳]「梁王安得晏然而已乎」. [史記 甘茂傳]「魯人有曾參同姓名者 殺人 人告其母曰 曾參殺人 其母織晏然也」.

술이 어느 정도 취하자, 노숙이 말하기를

"장군께 한 마디 드릴 말씀이 있사오니 들어 주십시오. 지난 날 형님 되시는 황숙께서 나를 보증 서게 하고 우리 주군에게, '형주를 잠시만 빌려 주시면 서천을 취한 다음에 돌려주겠다.' 하였습니다. 지금 서천을 얻었으면서도 형주를 돌려주지 않으니 신의가 없는 게 아닙니까?" 하거늘, 운장이 말하기를

"이는 국가의 일이니 술자리에서는 논하지 맙시다." 한다.

노숙이 대답하기를,

"우리 주군께서는 구구(區區)한 강동 땅을 가지고 계시면서도 기꺼이 형주를 빌려 드린 것은, 여러분들이 싸움에 패하고 멀리 오셔서 몸 둘 곳이 없었기 때문이었습니다. 이제 익주를 얻었으니, 형주는 자연스레 돌려주어야 할 것입니다. 이에 황숙께서 먼저 3군을 나누어 돌리시겠다고 하시는데, 장군께서는 이를 따르지 않으시니 도리상 맞지 않는 것입니다." 하거늘, 운장이 묻는다.

"오림(烏林)에서 싸울 때에 좌장군이었던 현덕께서 직접 시석을 무릅쓰고 죽을 힘을 다해 적을 물리쳤는데, 어찌 수고로움을 헛되게 한 채 조금의 땅도 가지셔서는 안 됩니까? 지금 족하께서는 다시 와서 그 땅을 내놓으라는 것인가요?" 한다.

노숙이 대답하기를,

"그렇지 않습니다. 장군과 황숙께서 함께 장판에서 패한 채 계책이 모자라서[11] 멀리 도망가려 할 때에, 우리 주군께서 몸 둘 곳이 없으심을 애긍히 여겨 땅을 아끼지 않으시고, 하여금 발을 붙이게 하여 뒷날

을 기약하게 하신 것입니다. 황숙께서는 그 덕을 생각지 않으시고 호의를 저버려, 이미 서천을 얻었으면서도 형주를 차지하고 계시니 욕심 때문에 의를 배신하셔서 천하에 손가락질을 받으실까 걱정됩니다. 장군께서도 이를 살펴주시기 바랍니다."

하거늘, 운장이 말하기를

"이는 다 내 형님의 일이니 내가 간여할 바가 아니외다."

한다.

노숙이 묻기를,

"제가 듣기에는 장군께서는 황숙과 도원결의를 하시고 같이 살고 같이 죽기로 맹세하셨으니 황숙은 곧 장군이 아닙니까? 어찌해 미루십니까?"

하거늘 운장이 대답하지 못하자, 주창이 계하에서 목소리를 가다듬어

"천하의 토지란 오직 덕이 있는 자가 사는 곳인데, 어찌 유독 동오에게만 해당하겠소이까?"

하니 운장이 낯빛을 변하고 일어서서, 주창의 청룡도를 뺏어 들고 뜰 한가운데 주창을 보며

"이는 나라의 일인데 네가 감히 말이 많으냐! 물러가거라!"

하자, 주창이 그의 뜻을 알고 먼저 강안의 입구에 도착해서 홍기를 한 번 휘두르니, 관평의 배가 살같이 나와 강동을 향해 달려왔다.

이때, 운장은 오른손에 청룡도를 들고 왼손에는 노숙의 손을 당겨, 거짓 취한 체하며 말하기를

---

11) 계책이 모자라서[計窮慮極] : 「계궁역진」(計窮力盡). 계책이 다했다는 뜻으로, '있는 수단과 방법을 다 써서 다시는 어찌할 도리가 없음'을 이르는 말. 「계려」(計慮)는 계략. [三國志 吳志 諸葛恪傳]「計慮先於神明」. [列女傳 仁智傳]「計慮甚妙」.

"공이 나를 연회에 청해 놓았으니 형주의 문제는 이야기하지 마십시다. 내가 지금 취해서 자칫 옛정을 상하게 할까 걱정됩니다. 다른 날 사람을 시켜 공을 형주의 연회에 청하거든 서로 의견을 나눕시다."
하였다.

노숙은 혼이 다 떨어져 나간 채12) 운장에게 손을 잡혀 강변에 이르렀다. 여몽·감영들이 각각 본부군을 이끌고 나가려 하였으나 운장의 손에 들린 청룡도를 보고, 또 노숙이 잡혀 있어서 다칠까 걱정이 되어 감히 행동하지 못하였다. 운장은 배 옆에 이르자 겨우 손을 놓고 뱃머리에서 노숙에게 작별하였는데, 노숙은 마치 얼빠진 사람 같았다. 관우의 배가 바람을 맞아 떠나는 것을 보고만 있었다.

후세 사람이 관공을 예찬한 시가 있다.

동오의 신하들을 어린애 보듯이 보고 있으니
칼 한 자루만 들고서 회연에 참석했도다.
藐視吳臣若小兒
單刀赴會敢平欺.

그 시절 영웅스런 운장의 그 기개가
민지의 인상여보다 더더욱 높구나.
當年一段英雄氣
尤勝相如在澠池.

---

12) 혼이 다 떨어져 나간 채[魂不附體] : 넋이 빠짐. 「혼비백산」(魂飛魄散). [紅樓夢 第三十二回]「襲人聽了這話 唬得魂銷魄散」. [驚世通言 第三十三卷]「二婦人見洪三已招 驚得魂不附體」. [禮記 郊特牲篇]「魂氣歸于天 形魄歸于地」.

운장은 형주로 돌아간 뒤부터, 노숙은 여몽과 상의하기를

"이번 계책이 성사되지 못하였으니 이를 어찌해야 할까요?"

하자, 여몽이 말하기를

"우선 주공께 알려야 합니다. 그리고 기병을 해서 운장과 결전을 해야 할 것입니다."

한다.

노숙은 즉시 사람을 보내 손권에게 보고하였다.

손권이 듣고는 크게 노하여, 군사력을 총동원하여[13) 형주를 취하려고 의논하고 있는데, 문득

"조조가 또 30만 대군을 이끌고 온다!"

는 보고가 들어왔다.

손권이 크게 놀라 노숙에게 형주를 치러 가지 말고, 병사들을 합비(合淝)와 유수(濡須)로 옮겨 조조를 막으라 하였다.

한편, 조조는 병사들을 일으켜 남정을 하려 하고 있는데, 참군 부간(傅幹), 그의 자는 언재(彦材)를 조조에게 편지로 간하였는데, 대략 다음과 같다.

제가 듣기에, 무를 쓰려면 먼저 위엄을 드러내고 문을 쓰려면 먼저 덕을 드러내야 한다 하였습니다. 위엄과 덕을 서로 겸비한 후에야 왕업을 이룰 수 있다 하더이다. 지난 날에 천하의 대란을 명공께서 무를 써서 가라 앉히셔서 거의 다 평정하였습니다. 이제 왕명을

---

13) **군사력을 총동원하여[傾國之兵]**: 군사력을 총동원함. 나라의 힘을 모두 기울여 병사들을 동원함. [史記 項羽傳]「天下辯士 所居**傾國**」. [論衡 非韓]「民無禮義 **傾國**危主」.

따르지 않는 자는 오와 촉뿐입니다. 오는 장강이 험준하고 촉은 높은 산들에 막혀 있어서, 위엄으로써 싸우기 어렵습니다.

저의 어리석은 생각에는 마땅히 문덕(文德)을 닦으시고, 싸움보다는 군사들을 쉬게 하며 선비들을 기르셔서 움직여야 할 때를 기다리셔야 합니다. 지금 만약에 수십만 군사들을 내어서 장강 유역을 점령하려 하신다면, 적들은 지형을 이용하여 깊이 숨어버릴 것이어서 우리 병사들의 말이 미치지 못할 것입니다. 병법의 기변(奇變)함도 그 힘을 무용하게 할 것입니다. 그렇게 된다면 천위(天威)가 꺾일 것입니다.

오직 명공께서 거듭 살펴주시기 바라나이다.

조조가 읽고 나서, 마침내 남정을 그만두고 학교를 세우고 문사들을 예로써 맞아들였다.

이에 시중 왕찬·두습·위개(衛凱)·화흡(和洽) 등 4사람이 서로 의논하여 조조의 존위를 위왕(魏王)이라 하려 하매, 중서령 순유(荀攸)가 말하기를

"아니 됩니다. 승상의 벼슬이 위공에 이르고 명예가 구석을 더하였으니 그 위가 지극한데, 이제 또 왕위에까지 나가심은 이치에 어긋납니다." 하자, 조조가 듣고 노하여 말하기를,

"이 친구가 순욱을 따르려 하는구나!"

하니, 순유가 그것을 알고 분이 나 병이 생겨 와병 10일 만에 죽으니 그때 나이 58세였다.

조조는 저를 후히 장사지내게 하고, 마침내 '위왕'의 존호에 관한 일은 없었던 일로 하였다.

하루는 조조가 칼을 차고 입궁하니 헌제가 복황후와 같이 앉아 있

었다. 복황후가 조조가 오는 것을 보고 황망히 몸을 일으킨다. 헌제가 조조를 보고 전율하여 마지않았다.

조조가 묻기를,

"손권과 유비가 각기 한 지역을 잡고 있으면서 조정을 받들지 않는다 하니, 장차 어찌했으면 좋습니까?"

하니, 헌제가 말하기를

"다 위공께서 처리하시지요."

하였다.

조조가 화를 내며 말하기를,

"폐하께서 이렇게 말씀하시면, 다른 사람들이 듣기에는 제가 기군망상한다고[14] 할 것입니다."

하였다.

헌제가 청하기를,

"공이 기꺼이 나를 보좌해 주신다면 다행이지만 그렇지 않으니, 제발 나를 폐위시켜 주시구려."

하매, 조조가 그 말을 듣고 눈을 부라리며 헌제를 보고는 한을 품고 나갔다.

좌우에서 헌제에게 말하기를,

"근자에 듣기에 위공이 제가 왕이 되려 한다 하오니, 오래지 않아서 찬탈 행위가 있을 것입니다."

하자, 황제는 복황후와 엎드려 울었다.

복황후가 대답하기를,

---

14) 기군망상한다고[道吾欺君] : 나를 보고 임금을 속인다고 말함. 「기군망상」 (欺君罔上). 임금을 속임. 원래 '속임'을 뜻하는 것은 '기망'임. 「기하망상」(欺下罔上). [中國成語]「謂欺壓在下 蒙蔽上級」.

"첩의 아비 복완(伏完)이 늘 조조를 죽이고자 하고 있으니, 제가 1통의 편지를 써서 몰래 아비에게 전해 보겠사옵니다."

하거늘, 헌제가 말하기를

"전에는 동승이 비밀리에 일을 하려다가 도리어 큰 화를 만났습니다. 이제 또 일이 누설될까 두렵소. 만약에 그렇게 된다면 짐이나 당신이나 모두가 끝장입니다."15)

하거늘, 황후가 대답하기를

"아침저녁 바늘방석에 앉아 있는 것 같은데16) 이와 같은 것이 사는 것입니까. 빨리 죽느니만 못합니다! 첩이 부리는 환관 중에는 충의를 부탁할 만한 자가 있습니다. 목순(穆順)만한 자가 없으니 마땅히 이 편지를 부탁하겠습니다."

하고는, 이내 곧 목순을 불러 병풍 뒤로 들어가서 좌우 근시들을 물렸다.

그리고는 복황후와 함께 크게 울며, 목순에게

"조조가 '위왕'이 되려 한다더니, 조만간에 틀림없이 황위를 찬탈할 것이다. 짐이 황후의 아버지 복완에게 은밀히 조조를 도모하라 하고자 하는데, 좌우의 무리들이 다 조조의 심복이어서 부탁할 사람이 없다. 네가 황후의 밀서를 가지고 가서 복완에게 줄 수 있겠느냐? 너의 충의를 헤아려 보면 필시 짐을 버리지 않을 것 같구나."

하였다.

---

15) **모두가 끝장입니다[休矣]** : 「만사휴의」(萬事休矣). '모든 일이 헛수고로 돌아감'을 일컫는 말. 「만사」 [史記 始皇記]「兼聽萬事」.

16) **아침저녁 바늘방석에 앉아 있는 것 같은데[如坐針氈]** : 「여좌침석」(如坐針席). 바늘방석에 앉아 있는 것과 같이 마음이 편안하지를 못함. [彙苑詳記]「太子怒 使人以針著錫 所坐氈中刺之」.

목순이 울며 아뢰기를,

"신이 폐하의 큰 은혜에 감읍하고 있었는데, 어찌 죽기로써 갚지 않겠습니까? 신이 곧 다녀오겠습니다."

한다. 황후는 이에 편지를 써서 목순에게 부탁하였다. 목순은 편지를 머릿속에 감추고 궁을 나가 곧바로 복완의 집에 이르러 편지를 드렸다.

복완은 황후의 친서를 보고, 이내 목순에게 말하기를

"조조의 심복들이 많아서 좀체로 쉽게 도모할 수가 없으이. 강동의 손권이나 서천의 유비가 아니면 제거할 수가 없네. 두 곳에서 병사들을 일으켜야만 조조가 직접 갈 것이오. 그때 조정의 충의지신을 구하여 함께 도모하겠네. 내외에서 함께 공격한다면 아마도 될 수 있을 것 같으이."

하니, 목순이 아뢰기를

"황장(皇丈)께서 천자와 황후께 답서를 올려 조서를 내려주시게 하고, 몰래 사람을 오나라와 촉나라에 보내서 기병할 것을 약속하면, 조조를 초멸하고 천자를 구하실 수 있을 것입니다."

하거늘, 복완이 곧 종이를 가져오게 하여 글을 써서 목순에게 주었다. 목순은 편지를 머릿속에 감추고 복완과 하직하고 궁으로 돌아왔다.

원래 사람이 있어 이 사실을 조조에게 알렸다. 조조는 먼저 궁문에서 기다리고 있었다. 목순이 돌아오다가 조조를 만났다.

조조가 또 묻기를,

"어디 갔다가 오느냐?"

하거늘, 목순이 대답하기를

"황후께서 병환이 있으셔서 의원을 구하러 갔다 옵니다."

하자, 조조는 또 묻기를

"부르려는 의원이 어디 있느냐?"

한다.

목순이 다시 대답하기를,

"아직 오지 않았습니다."

하니, 조조가 좌우를 불러 몸을 뒤지게 하고 혁대를 뒤졌으나 아무것
도 없자 놓아 보냈다.

그때, 문득 바람이 불어 모자가 떨어지자 조조가 또 불러 세우고 모
자를 살펴보았다. 그러나 아무것도 없자 모자를 돌려주라 하였다. 목
순이 두 손으로 모자를 받아쓰는데 그만 거꾸로 썼다. 조조는 속으로
의심이 들어 좌우에게 명하여 그 머리를 수색하여 복완의 편지를 찾
아내었다.

조조가 보니 편지 속에는 손권과 유비와 연계하여 대응하게 하자는
말이 있었다. 조조는 크게 노하여 목순을 밀실에 가두고 물으니, 목순
이 불지 않았다. 조조가 밤을 도와 강병 3천을 일으켜, 복완의 집을
둘러싸고 노소 가솔들을 다 잡아들이고 집안을 샅샅이 뒤져 복황후의
친필과 편지를 찾아냈다.

그리고는 복황후의 3대 가솔들을 다 옥에 가두었다. 날이 밝자 어
림장군 치려(郗慮)로 하여금 절(節)을 가지고 궁으로 들어가, 먼저 복황
후의 옥새[璽綬]를 거두게 하였다.

이날 천자는 외전에 있는데, 치려가 3백여 명의 갑병들을 데리고
들어왔다.

천자가 묻기를,

"무슨 일이 있는가?"

하자, 치려가 말하되

"위공의 명을 받들어 복황후의 새수를 거두러 왔습니다."

하거늘, 천자께서는 일이 누설된 것을 아시고 가슴이 무너지는 듯하

였다. 치려가 후궁에 이르렀을 때는 복황후가 방금 일어났다. 치려는 곧 새수를 관리하는 관리를 불러 옥새를 찾아가지고 나갔다.

복황후가 일이 드러난 줄 알고 곧 전 뒤에 있는 초방17) 안의 벽 틈에 몸을 숨겼다. 조금 있자 상서령 화흠이 군사 5백여 명을 데리고 후전에 이르렀다.

화흠은 궁인에게 묻기를,

"복황후가 어디에 있느냐?"

했으나, 궁인들은 다 알지 못한다고 대답하였다. 화흠의 갑병들이 주호를18) 열어젖히고 찾았으나 찾지 못하였다.

벽 중에 있는 것으로 생각하고 곧 갑사들을 시켜 벽을 허물고 찾게 하였다. 화흠은 직접 손을 들어 복황후의 머리채를 잡아 끌어내었다.

복황후가 말하기를,

"살려주시오!"

하거늘, 화흠이 말하기를

"네가 직접 위공을 보고 말하거라!"

했다. 복황후는 머리를 흐트러뜨리고 맨발로 두 병사들에게 끌려 나갔다.

원래 화흠은 평소에 재명이 있어서 이전에부터 병원(邴原)·관영(管寧) 등과 친하게 지냈다. 그래서 그 당시 사람들은 이 세 사람을 한 마리 용이라고 불렀다. 화흠은 용의 머리, 병원은 용의 배이고 관영은 용의 꼬리라 불렀다.

---

17) **초방(椒房)** : 후비의 궁전이나 전(轉)하여 '황후'를 이름. [文選 班固 西都賦]「後宮 則有掖庭**椒房** 后妃之室」. [後漢書 伏皇后妃]「自處**椒房**」.

18) **주호(朱戶)** : 붉은 칠을 한 문호(門戶). 「궁문」(宮門). [漢書 王莽傳]「**朱戶納陛**」. [白虎通 考黜]「民衆多者 賜以**朱戶**」.

하루는 관영과 화흠이 함께 채소밭에서 채소를 심고 있었는데, 호미로 땅을 파다가 금을 발견하였다. 관영이 호미로 땅을 파면서 돌아보지 않자, 화흠이 주어서 그것을 보다가 던져버렸다.

또 어느 날 관영과 화흠이 함께 앉아서 책을 보고 있었는데, 문 밖이 떠들썩하며 한 예쁜 여인이 가마를 타고 지나가고 있었다. 관영은 단정히 앉아서 움직이지 않았으나, 화흠은 책을 버리고 가서 구경하였다. 관영은 이로부터 화흠의 사람됨을 낮게 보았다. 마침내 자리를 따로 앉아서 다시는 그와 더불어 친구가 되지 않았다.

후에 관영은 요동에 몸을 피해 살았는데, 늘 흰 모자를 쓰고 누각에 앉았거나 누워 있고 땅을 밟지 않았다. 끝내 조조 밑에서 벼슬을 하지 않았다. 화흠은 먼저 손권을 섬기다가 뒤에 조조에게 돌아와서 복황후를 체포하는 일에 이르게 된 것이다.

후세 사람이 화흠에 대해 한탄한 시가 있다.

화흠의 그날 행동 흉측한 모습이여
벽을 허물고 모후를 끌어내다니.
　華歆當日逞兇謀
　破壁生將母后收.

역적을 위해 그에게 날개를 붙여주니
'용두' 그 이름이 두고 두고 웃음거리네!
　助虐一朝添虎翼
　罵名千載笑「龍頭」!

한편 관영을 예찬한 시도 있다.

요동에 관영루가 있었다고 전해지는데

사람 가니 누도 텅 비어 이름만 남았네.

　遼東傳有管寧樓

　人去樓空名獨留.

부귀만 탐하던 자어를 비웃나니

어찌 백두로 마음 편히 사는 것만 하리오.

　笑殺子魚貪富貴

　豈如白帽自風流.

　이때, 화흠은 복황후를 에워싸고 외전에 이르렀다. 헌제가 황후를 보고 전에서 내려와 끌어안고 울었다.

　화흠이 말하기를,

　"위공의 명이 있으니 속히 가십시다!"

하거늘, 황후가 울며 헌제에게

　"다시는 살아서 뵙지 못하겠나이다."

하거늘, 헌제가 말하기를

　"내 목숨 또한 어느 때까지 부지할지 알 수 없소이다!"

한다. 갑사들이 황후를 애워싸고 가자 헌제는 가슴을 치며 통곡하였다.

　치려가 곁에 있거늘, 헌제가 묻는다.

　"치공! 천하에 이런 일도 있소?"

하고, 울며 땅에 쓰러졌다. 치려가 좌우에게 명하여 헌제를 부축해서 입궁하였다. 화흠이 복황후를 끌고 가서 조조를 만났다.

　조조가 황후를 꾸짖으면서,

　"내가 성심으로써 그대를 대했거늘, 너는 오히려 나를 해치려 하다니! 내 이제 너를 죽이지 않더라도 너는 필시 나를 죽이렸다!"

하고는, 좌우에게 명하여 난장으로 쳐 죽였다.

그리고는 즉시 입궁하여 복황후의 두 아들을 다 짐살하고,[19] 이날 저녁에 복완·목순 등 가족 2백여 명을 다 저자에서 참하였다. 그를 보고 조야 모두 놀라지 않는 자가 없었다. 때는 건안 19년 11월이었다.

후세 사람이 이를 한탄한 시가 있다.

일찍이 조조처럼 잔악함이 또 있으랴
복완이 충의를 어찌 펼칠 수 있을까.

　曹瞞兇殘世所無
　伏完忠義欲何如.

가련한 황제와 황후가 서로 헤어짐이여
민간의 부부라도 있을 수 없는 일이리라!

　可憐帝后分離處
　不及民間婦與夫.

헌제는 황후를 잃고 난 후부터 계속 식음을 폐하였다.

조조가 들어가 말하기를,

"폐하께서는 걱정 마십시오. 제게는 딴 마음이 없습니다. 신의 딸이

---

19) **짐살(酖殺)** : 짐살(鴆殺). 짐주를 마시게 하여 죽임. 짐해(鴆害). 원래 '짐'은 새의 이름인데 깃에 독이 있어 그것을 술잔에 담가두면 사람이 먹고 곧 죽는 다고 함. [漢書 高五王傳]「酌兩巵鴆酒置前」. 「짐해」(鴆害). [三國遺事 卷一 太宗春秋公]「又新羅古傳云 定方旣討麗濟二國 又謀伐新羅而留連 於是庾信知其謀 饗唐兵鴆之 皆死坑之」.

폐하의 귀인(貴人)이 되었사오니, 크게 어질어 효성을 다할 것입니다. 마땅히 정궁으로[20] 하시는 것이 좋을 것입니다."

하거늘, 헌제가 어찌 따르지 않고 견디겠는가.

이에 건안 20년 정월 초하룻날, 명절을 경하하는 뜻에서 조조의 딸 조귀인을 정궁황후로 삼았다. 많은 신하들도 감히 말을 하지 못하였다.

한편, 조조는 그 위세가 날로 더해가, 대신들을 모아 놓고 오를 거 두고 촉을 멸할 일을 의논하였다.

가후가 말하기를,

"모름지기 하후돈과 조인 등을 불러서 이 일을 의논하는 게 좋을 것 입니다."

하거늘, 조조가 즉시 사자를 보내어 밤을 도와 오게 하였다.

하후돈이 이르기 전에 조인이 먼저 도착하였다. 밤을 도와 곧 부중 에 들어가서 조조를 뵈려 하였다. 조조는 바야흐로 술에 취해 누웠고, 허저가 칼을 잡고 문에 서 있었다. 조인이 들어가려 하니 허저가 막아 섰다.

조인이 크게 노하여 말하기를,

"나는 조씨 가문인데 네가 어찌 나를 막느냐?"

하자, 허저가 대답하기를

"장군께서는 비록 친척이시지만 이에 외번으로서[21] 관을 지키고 있 는 관원이고, 이 허저는 비록 친척은 아니나 현재 내시의 소임을 하고

---

20) **정궁(正宮)** : 임금의 정실(正室). 곧 왕비나 황후. 「정비」(正妃). [漢書 五行 志]「黃龍元年 宣帝崩太子立……明其占在**正宮**也」. [孫疏]「**正宮** 曰嫡」.

21) **외번(外藩)** : 자기 나라에 딸린 국경 밖의 나라. 또는 먼 데 있으면서 어떤 나라에 딸린 제후국. [北史 魏袁飜傳]「卽是我之**外藩**」. [三國志 魏志 陳矯傳]「若 蒙救援 使爲**外藩**」.

있습니다. 지금은 주공께서 취하셔서 당상에 누워 계시기 때문에, 누구도 들여보낼 수 없습니다."

한다. 이에 조인이 들어갈 수가 없었다.

조조가 그 말을 듣고 탄식하며,

"허저는 진짜 충신이로구나!"

하였다. 며칠이 지나서 하후돈 역시 도착하여 함께 촉나라를 칠 계책을 의논하였다.

하후돈이 말하기를,

"오와 촉은 쉽게 공격할 수 없습니다. 마땅히 먼저 한중의 장로를 취하고 승리한 병사들로서 촉나라를 치면, 한 번 북을 쳐서 평정할 수 있는 것입니다."

한다.

조조가 동의하며 말하기를,

"내 생각도 그렇소."

하고, 마침내 군사들을 일으켜 서정(西征)에 나섰다.

이에,

> 흉악한 모의로 암약한 주인을 속이더니
> 또 군사들을 몰아 이웃 나라를 치려드네.
> 方逞凶謀欺弱主
> 又驅勁卒掃偏邦.

그 뒤의 일이 어찌 되었는지 알 수가 없다. 하회를 보라.

제67회

조조는 한중의 땅을 평정하고
장료는 소요진에서 위세를 떨치다.
　曹操平定漢中地
　張遼威震逍遙津.

　한편, 조조는 서정을 위해 군사를 일으키는데 세 대로 나누었다. 전부는 선봉 하후연과 장합이고, 조조는 여러 장수들을 거느리고 중앙에 있으며, 후부에는 조인과 하후돈 등이 양초를 운반하게 되었다. 벌써 세작들이 이를 한중에 보고해 왔다. 장로는 동생 장위와 적을 물리칠 계책을 의논하였다.

　장위가 말하기를,

　"한중에서 가장 험하기로는 양평관(陽平關) 만한 곳이 없습니다. 관의 좌우에는 산이고 곁에 숲이 있으며 그 아래에 영채가 10채나 되어서, 조병을 맞아 싸우기에 알맞습니다. 형은 한녕에 있으면서 많은 양초를 보내 부응할 수 있을 것입니다."

하였다. 장로가 그 말대로, 대장 양앙(楊昻)·양임(楊任)과 그의 아우를 곧 떠나게 했다. 군마가 양평관에 이르러 영채를 세웠다.

　하후연과 장합의 전군이 잇따라 도착해서, 양평관에 이미 준비하고 있어서 관에서 십오 리쯤 떨어진 곳에다가 하채하였다. 이날 밤 군사들은 모두 피곤해서 각자가 쉬고 있었다. 문득 영채의 뒷편에서 불길이 일고 양앙·양임이 두 길로 나누어 영채를 짓쳐 왔다. 하후연과 장합이 급히 말에 오르는데, 사방에서 대병이 둘러싸서 조조의 군사들은 크게 패하여 물러가 조조를 뵈었다.

조조는 크게 노하여 말하기를,

"너희 두 사람이 군사를 이끈 지 여러 해가 되었으면서도, 어찌 '병사들이 멀리 이동해 피곤할 것 같으면, 영채를 튼튼히 방비하라'는[1] 병법의 말을 모르느냐? 어찌해서 그토록 준비를 하지 않았느냐?"

하고, 두 사람을 참하여 군법을 밝히려 하였으나, 여러 관리들이 간하여 겨우 목숨을 부지하였다.

조조는 다음날 직접 군사들을 이끌고 전대가 되어 나가는데, 산세가 험악하고 수풀이 우거져서 길을 알 수 없는데 복병이 있을까 걱정되었다.

즉시 군사를 거느려 영채로 돌아와, 허저와 서황 두 장수에게 이르기를

"내 만약에 이곳이 이토록 험준한 것을 알았더라면, 반드시 군사를 오게 하지 않았을 것이다."

하니, 허저가 말하기를

"군사들이 이미 이곳에 왔으니 주공께서는 너무 걱정하지 마옵소서."

한다. 다음 날 조조가 말에 올라 단지 허저와 서황 등 두 장수만 데리고 와서 장위의 영채를 살펴보았다. 세 필의 말이 산언덕을 돌아가자 곧 장위의 영채가 보였다.

---

1) 병사들이 멀리 이동해 피곤할 것 같으면…… : 원문에는 '**兵若遠行疲困 可防劫寨**'로 되어 있음. 「이일대로」(以佚待勞). 군사들을 편히 쉬게 했다가 적들이 피로해지기를 기다려 공격함. [孫子兵法 軍爭篇 第七]「以近待遠 **以佚待勞** 以食待飢 此治力者也」. [後漢書 馮異傳]「**以逸待勞** 非所以爭也 按逸亦作佚」.

조조는 채찍을 들어 가리키며, 두 장수에게

"이렇게 지형이 견고한 곳이라면 급히 도모하기란 어렵겠다!"

하는 말이 끝나기도 전에, 등 뒤에서 큰 함성이 들리며 화살이 비 오 듯했다. 양앙·양임 등이 두 길로 나뉘어 짓쳐 온다. 조조는 크게 놀랐다.

허저가 나서며, 큰 소리로 외치기를

"내 적들과 싸우겠소! 서공은 주공을 잘 보호하시오!"

하며, 말이 끝나자, 칼을 휘두르며 말을 몰아 나가서 두 장수와 힘을 다해 싸웠다. 양앙과 양임 등은 허저의 용맹을 당해내지 못하고 말을 돌려 달아났다. 그 나머지 군사들도 감히 앞으로 나오지 못하였다.

서황은 조조를 보호하고 산언덕으로 달아나는데, 앞에서 또 한 떼 의 군사들이 도착한다. 저들을 보니 하후연과 장합 두 장수였다. 그들 은 함성을 듣고 군사들을 이끌고 접응해 온 것이었다.

이에 양앙과 양임 등을 물리치고 조조를 구해 영채로 돌아왔다. 조 조는 이들 4명의 장수들에게 상을 후히 내렸다. 이로부터 양쪽 진영 에서는 약 50여 일간 교전이 없었다. 조조는 명을 내려 퇴군시켰다.

이때 가후가 묻기를,

"적의 세력이 강한지 약한지 알 수 없는데, 주공께서는 무슨 연유로 스스로 퇴군하십니까?"

하자, 조조가 대답하기를

"내 생각에 적병은 매일 더 방비를 하고 있으니, 쉽게 취하기 어려 울 것 같소이다. 내 이미 퇴군을 명분삼아 적들로 하여금 해이해져 준비를 하지 않고 있을 때에, 경기(輕騎)로 저들의 배후를 기습하면 반 드시 이길 수 있을 것이오."

한다.

가후가 말하기를,

"승상의 신출귀몰하는 계책은 예측하기 어렵습니다."

한다. 이에 하후연과 장합에게 군사들을 두 길로 나누어 각기 경기병 3천을 주며, 소로를 따라 양평관의 뒤로 가게 하였다.

한편으로 조조는 대군을 이끌고 영채를 거두어 다 물러갔다. 양앙은 조조의 군사들이 물러갔다는 소식을 듣고 양임을 청해 의논하며, 승세를 타고 저들을 공격하자 하였다.

양임이 말하기를,

"조조는 위계가 많은 인물입니다. 그 진실을 알 수 없으니 섣불리 추격해서는 아니 됩니다."

하였다.

양앙이 대답하기를,

"공이 가지 않겠다면 나 혼자 가겠소이다."

하매, 양임이 간곡히 만류하였으나 따르지 않았다.

양앙은 다섯 영채의 군마들을 다 이끌고 추격하였다. 그리고는 약간의 군사들만 남겨서 영채를 지키도록 하였다. 이날은 특히 짙은 안개가 끼어서 얼굴을 보고도 서로 알아보지 못하였다. 양앙의 군사들이 반쯤 가서는 더 이상 갈 수가 없어서 군사들을 머물기로 하였다.

한편, 하후연의 일지군이 겨우 산 위쪽을 지나니 짙은 안개가 드리우기 시작했는데, 사람들의 소리, 말이 우는 소리에 복병이 있을까 걱정되어 인마가 바삐 움직였다. 그런데 짙은 안개 속이라 잘못하여 양앙의 영채 앞으로 달아나고 있었다. 영채를 지키던 군사들이 말발굽 소리를 듣고 양앙이 군사를 돌려 오는 줄 알고 문을 열고 맞아들였다. 조조의 군사들은 쏟아져 들어가서 영채가 모두 비어 있는 것을 보고, 곧 영채를 빼앗고 불을 질렀다. 다섯 영채의 군사들은 다 영채를 버리고 달아났다.

안개가 걷히자 양임이 병사들을 데리고 구하러 와서 하후연과 싸우기 얼마 안 되어, 뒤에서 장합의 군사들이 들이닥쳤다. 양임은 큰 길로 짓쳐 나가 남정(南鄭)으로 달아났다.

양앙이 돌아왔을 때에는 이미 영채가 하후연과 장합에게 점령되고 난 후였다. 뒤에서는 조조가 이끄는 대군의 군마들이 급히 달려왔다. 양쪽에서 협공을 하자 사방 달아날 길이 없었다. 양앙이 혈로를 뚫으려 하였으나 장합과 마주쳤다. 두 장수가 싸우다가 양앙은 장합에게 죽고 말았다. 패병들은 양평관으로 돌아가서 장위를 보고 패전을 알렸다.

원래 장위는 두 장수가 패한 것과 영채들을 모두 잃은 것을 알고, 한밤중에 양평관을 버리고 달아났다. 조조는 드디어 양평관과 아울러 여러 영채들을 얻게 되었다. 장위와 양임은 돌아가서 장로를 뵈었다. 장위는 두 장수가 애구를 잃고 이로 인해 양평관까지 지키지 못했다고 보고하였다. 장로는 크게 노하여 양임을 참하려 하였다.

양임이 다시 말하기를,

"제가 일찍이 양앙에게 조조의 군사들을 추격하지 말자 하였습니다. 저가 듣지 않고 추격하여 일이 이 지경에 이르렀습니다. 다시 애걸하오니 일지군을 주어 가서 싸우게 하면 조조를 잡을 수 있을 것입니다. 싸움에 이기지 못하면 군법을 달게 받겠습니다."

하거늘, 장로가 군령장을 받아 놓았다.

양임은 말에 올라 2만 군을 이끌고 남정에서 떨어진 곳에 영채를 세웠다.

한편, 조조는 군사들을 이끌고 진출하여, 먼저 하후연에게 5천 군을 이끌고 남정 노상에 가서 초탐을 하라고 하였더니, 때마침 도착한 양임의 군마를 맞아 양편의 군사들이 벌여 섰다. 양임은 부장 창기(昌奇)를 내보내 하후연과 싸우게 하였다. 싸움은 3합이 못 되어 하후연의 한 칼에 맞고 말에서 떨어졌다. 양임은 창을 꼬나들고 말을 몰고 나와, 하후연과 30여 합을 싸웠으나 승부가 갈리지 않았다.

하후연이 거짓 패주하자 양임이 뒤를 급히 추격하다가, 하후연의 타도계에2) 빠져 목이 잘려 말 아래 떨어졌다. 양임의 군사들은 크게 패하여 돌아갔다. 조조는 하후연이 양임을 벤 것을 알고 즉시 진병하여, 곧장 남정으로 내려가서 하채하였다. 장로는 황급히 문무 관료들과 의논하였다.

이때 염포(閻圃)가 이르기를,

"제가 한 사람을 천거하겠습니다. 그는 조조 수하의 장수들을 대적할 수 있을 것입니다."

하거늘, 장로가 그가 누구인가 하고 물었다.

염포가 대답하기를,

"남안(南安)의 방덕입니다. 전에 마초를 따라 주공에게 투항하였다가, 뒤에 마초가 서천으로 가자 방덕은 와병으로 따라가지 못했습니다. 이제 주공의 은의를 생각건대, 어찌 이 사람을 보내지 않으십니까?"

한다. 장로가 크게 기뻐하며 곧 방덕을 불러오게 하여, 많은 상금과 1만의 군마를 주며 출전하라 하였다.

방덕은 성에서 10여 리 떨어진 곳에서 조조의 군사들을 상대하게 되자, 말을 타고 나가 싸움을 돋우었다.

조조는 위교에 있을 때부터 방덕의 무용을 잘 알던 터여서, 제장들

---

2) 타도계(拖刀計) : 칼로 적의 등을 찍는 계책. 패한 체 달아나다가 비껴서면서 추격해 오던 적이 미처 서지 못하는 순간에, 적의 등쪽 어깨를 내리 찍는 계책.

에게 말하기를

"방덕은 서량의 용장으로 원래 마초를 따랐는데, 지금은 비록 장로에게 의탁하고 있으나 그 마음은 알 수가 없소. 나는 그 친구를 얻고 싶으니, 모름지기 천천히 싸워 하여금 저의 힘을 빼어 생포하였으면 하오."

하니, 정합이 먼저 나가서 싸우기 몇 합 만에 곧 물러났다. 하후연도 싸우다가 물러났고 서황이 또 너댓 합 싸우다가 물러났다. 그후 허저가 싸움에 나와서 50여 합을 싸우다가 역시 물러갔다. 방덕은 장수 넷과 싸웠으나 전혀 겁먹지 않았다.

네 장수가 각자 조조 앞에서 방덕의 무예가 뛰어나다고 말하자 조조가 속으로 기뻐하며, 여러 장수들과 의논하기를

"어찌하면 저를 항복시킬 수 있겠소?"

하니, 가후가 대답하기를

"제가 장로의 수하에 있는 모사 양송을 잘 알고 있습니다. 그 사람은 뇌물을 아주 좋아합니다. 이제 은밀하게 금백을 저에게 보내서, 장로에게 방덕을 참소하게 하면 저를 항복시킬 수 있을 것입니다."

하매, 조조가 묻기를

"누구를 남정으로 보내면 좋겠소이까?"

한다.

가후가 대답하기를,

"내일 싸움이 있을 때 거짓 패해 달아나면 방덕이 우리의 영채를 빼앗을 것입니다. 그때 내가 인시 분 쯤에 병사들을 이끌고 가서 겁채하면, 방덕은 필시 물러나 성으로 들어갈 것입니다. 한편, 말 잘하는 군사 한 사람을 선발하여 저들의 군사로 꾸며 진중에 섞이게 하면, 곧 성중에 들어갈 수 있을 것입니다."

하니, 조조가 그 계책을 따라 군교 한 사람을 골라서 상을 주고 금으로 만든 엄심갑3) 한 벌을 주어 맨살에 입게 하고는 겉에다가 한중 군사들의 옷을4) 입게 하고, 먼저 길 중간에서 기다리고 있게 하였다.

다음 날 하후연과 장합이 군사들을 벌여 세우고 멀리 가서 매복시켰다. 서황에게는 몇 합만 싸우다가 패주하게 하매 방덕은 곧 조조의 영채를 빼앗았다. 영채에는 양초가 아주 많이 있는 것을 보고 크게 기뻐하며, 즉시 장로에게 보고하였다.

한편으로는 영채에서 잔치를 베풀고 축하하였다. 그날 밤 2경 후에, 문득 3로에서 불길이 일었는데, 정중앙에 서황·허저 등이 있고, 왼쪽에 장합, 오른쪽엔 하후연이 있었다. 3로의 군마가 일제히 겁채해 왔다. 방덕은 미처 방비를 못하고 말에 올라 짓쳐 나가 성을 바라보며 달아났다. 뒤에서는 3로의 추격군이 급히 쫓아 왔다. 방덕은 곧 성문을 열게 하고 군사들을 거느리고 입성하였다. 이때, 세작들은 이미 군사들 속에 섞여 들어갔다.

곧바로 양송의 부중에 들어가,

"위공 조승상은 오래전부터 덕이 있고 특히 저에게 금갑을 보내시어 믿게 하라 하시며, 또 밀서를 보내셨습니다."

하니, 양송이 크게 기뻐하며 편지를 읽고 나서, 세작에게

"가서 위공을 뵙고 마음 놓으시라 해라. 내게 양책이 있으니 위공의 뜻대로 하겠다고 하라."

하고, 세작 먼저 보냈다.

---

3) 엄심갑(掩心甲) : 가슴을 가리는 갑옷. [戰國策 韓策]「天下之强弓勁弩……射百發不暇止 遠者達胸 近者掩心」. [西京雜記 三]「則掩心而照之 則知病之所在」.

4) 군사들의 옷[號衣] : 군사들의 제복. [通俗編 服飾 號衣]「軍士所服也」. [高騈閨怨詩]「始今又獻征南策 早晩催縫帶號衣」.

그리고 곧 밤을 도와 들어가 장로를 보고 방덕이 조조에게서 뇌물을 받고 군사들을 팔아넘긴다고 하자, 장로가 크게 노하여 방덕을 불러서 꾸짖으며 저를 참하려 하였다. 염포가 애써 간하여 겨우 죽음을 면하였다.

장로가 말하기를,

"네가 내일 출전하여 이기지 못하면 반드시 참하겠다!"

하였다. 방덕은 한을 품고 물러 나왔다.

다음 날 조조의 군사들이 성을 공격하자, 방덕이 군사들을 이끌고 나와 싸웠다. 조조는 허저에게 나가 싸우게 하였다. 허저가 거짓 패하자 방덕이 급히 쫓아 왔다.

조조는 직접 말을 타고 산언덕에서 부르며,

"방영명은 어찌해 빨리 항복하지 않으시오?"

하니, 방덕이 깊이 생각하기를

"조조를 잡기만 하면 1천 명 장수를 잡는 것이렷다!"

하고, 마침내 나는 듯이 말을 달려 언덕으로 달려왔다.

이때, 함성이 크게 일더니 하늘이 무너지고 땅이 꺼지며 인마가 함께 함마 안으로 떨어졌다. 사방 벽에서는 쇠그물이 일제히 내려와서 방덕은 사로잡혔다. 사로잡힌 채 산언덕으로 끌려 왔다. 조조는 말에서 내려 꾸짖어 군사들을 물리고 친히 결박을 풀어주며, 방덕에게 항복하겠는가를 물었다. 방덕은 장로가 어질지 못한 것을 생각하고 진정으로 절하며 항복을 청하였다.

조조는 친히 방덕을 부축해 말에 태우고 함께 영채로 돌아왔다. 이 모습을 일부러 장로가 성 위에서 볼 수 있게 하였다. 사람들이 와서 장로에게 보고하기를, 방덕과 조조가 말고삐를 나란히 하고 가더라고 하였다. 장로는 더욱 양송의 말을 믿게 되었다.

다음 날, 조조는 성의 삼면에 튼튼한 운제를5) 걸고 포를 날려 성을 공격하였다. 장로는 그 기세가 아주 큰 것을 보고 동생 장위와 의논하였다.

장위가 말하기를,

"불이 나서 창고가 다 타 버렸으니, 남산으로 달아나 파중(巴中)을 지키는 것이 좋을 듯합니다."

하니, 양송이 건의하기를

"성문을 열고 항복하는 게 좋겠습니다."

하거늘, 장로가 머뭇거리며 결정을 못하고 있자, 장위가

"다 태워 버리고 곧 가야 합니다."

하였다.

장로가 말하기를,

"나는 본래부터 국가의 명을 받들려 하였으나 뜻대로 되지 않았다네. 이제 부득이 달아나지만 창고의 곡식들은 국가의 것이니 태울 수 없소." 하고는 모두 잠가버렸다.

이날 밤 2경에 장로는 노소 가솔들을 이끌고 남문을 열고 달아나자, 조조는 더 쫓지 말라하고 군사들을 이끌고 남정성에 들어갔다. 들어가 장로가 모든 창고를 봉쇄해 놓은 것을 보고 마음속으로 가련하게 여겨, 사람을 파중에 보내서 투항하기를 권유하였다. 장로가 투항하려 하자 장위가 듣지 않았다. 양송은 밀서를 써서 조조에게 알리고 곧 진병하게 하였다.

---

5) 운제(雲梯) : 구름사다리. 높은 사닥다리. 높은 산 위의 돌계단이나 잔도(棧道)를 이르기도 함. [事物紀原 墨子 公輸篇]「公輸般爲雲梯之械 左傳日 楚子使解楊登樓車 文王之雅日(詩經 大雅篇 皇矣) 臨衝閑閑 注云 臨車卽左氏所謂樓車也 蓋雲梯矣」. [六韜 虎韜 兵略篇]「視城中 則有雲梯飛樓」.

그리고 자신은 내응하겠다 하였다. 조조는 편지를 받고 직접 병사들을 이끌고 파중으로 갔다. 장로는 동생 장위에게 병사들을 거느리고 나가 대적하게 하였는데, 허저와 싸우다가 칼을 맞고 말에서 떨어져 죽었다. 패군들이 돌아와 장로에게 보고하자 장로는 굳게 지키려고만 하였다.

양송이 권유하기를,

"만약에 지금 나가지 않는다면, 남아서 죽기만을 기다려야 할 것이외다. 내가 성을 지킬 터이니, 주공께서는 직접 나가셔서 죽기로 싸워 결판을 내십시오."

하자, 장로가 그의 말을 따랐다.

염포가 장로에게 나가지 말기를 권했으나 장로는 듣지 않고, 마침내 군사들을 이끌고 나가 싸웠다. 그러나 싸우기도 전에 후군들이 급히 쫓아왔다. 장로가 성 아래에 이르자 양송은 성문을 잠그고 열지 않았다.

달아날 길이 끊기고 조병들은 뒤에서 급히 쫓아오며, 큰 소리로

"빨리 항복하여라!"

하였다.

장로가 말에서 내려 투항하자 조조는 크게 기뻐하였다. 그리고 그가 창고를 봉쇄한 마음을 생각하고는 예로써 저를 대해주고, 장로를 봉하여 진남장군을 삼고 염포 등에게 다 열후를 봉하였다. 이로써 한중이 모두 평정되었다.

조조는 각 군마다 태수와 도위를 설치하고 사졸들에게 큰 상을 내렸다. 오직 양송만은 주군을 팔아서 영예를 구하였다 하여, 즉시 저자에서 참하고 백성들이 보게 하였다.

후세 사람이 이를 한탄한 시가 있다.

모함하고 주인 팔아 온갖 공을 세웠지만
쌓아놓은 금은보화 모두가 헛되었구나.

妨賢賣主逞奇功

積得金銀總是空.

집안은 영화를 얻지 못하고 몸마저 죽었으니
천 년 후에도 웃음거리가 된 양송이여!

家未榮華身受戮

令人千載笑楊松!

조조는 이미 동천을 얻자, 주부 사마의가 진언하기를

"유비는 거짓으로써 유장을 취하였으므로 촉나라 사람들의 민심은 아직 돌아서지 않았습니다. 이제 주공께서 한중을 얻으셨으니 익주가 진동하였습니다. 속히 진병하시어 공격하신다면, 적의 세력은 틀림없이 와해될 것입니다. 지자는 때를 잘 타는 자이며 때를 잃어서는 아니 됩니다."

한다.

조조가 탄식하며 말하기를,

"사람이란 지족함을 알지 못하는 동물이구려.6) 이미 농을 얻었는데 또 다시 촉을 바라겠소이까?"7)

---

6) 사람이란 지족함을 알지 못하는 동물이구려[知足] : 분수를 지키어 마음에 불만함이 없음. 무엇이든 족한 줄 앎. [老子 三十三]「自勝者强 **知足者富**」. [老子 四十四]「**知足不辱 知止不殆**」. 「지족지계」(知足之計)는 '스스로 만족할 줄 아는 임기응변의 처세'를 뜻함. [漢書 强德傳]「德常持老子**知足之計**」.

7) 이미 농을 얻었는데 또 다시 촉을 바라겠소이까 : 원문에는 '**旣得隴 復望蜀耶?**'로 되어 있음. 후한(後漢)의 광무제가 한 말로 '농'지방을 얻었는데 또다시 '촉'

한다.

유엽이 말하기를,

"사마중달의 말이 맞습니다. 만약에 조금이라도 늦으면, 치국에 밝은 제갈공명이 재상이 되고 관우와 장비 등 삼군에서 용맹이 으뜸인 자가 장군이 될 것입니다. 이렇게 하면 촉나라 백성들은 안정되고 관액을 지키게 되면, 좀처럼 공격하기 어려울 것입니다."
한다.

조조가 대답하기를,

"군사들이 멀리와 수고가 많은데 좀 쉬게 해주어야겠소이다."
하고, 병사들을 안돈시키고 동병하지 않았다.

한편, 서천의 백성들은 조조가 이미 동천을 취했다는 소식을 들어 알고 있었으며, 속으로 필시 서천을 취하러 올 것이라 생각하며 겁을 먹고 있었다. 그래서 하루에도 몇 번씩 놀라곤 하고 있었다. 현덕은 군사를 청해 의논하였다.

그때 공명이 말하기를,

"저에게 한 가지 계책이 있습니다. 그리되면 조조는 스스로 물러날 것입니다."
하거늘, 현덕이 무슨 계책이냐고 물었다.

공명이 대답하기를,

"조조는 군사를 나누어 합비를 지키게 하고 있는데, 이는 손권을 두려워하기 때문입니다. 지금 우리들이 만약에 강하·장사·계양의 세 고을을 나누어 오에 돌려주고, 말솜씨가 좋은 사람을 보내서 이해관

을 바라본다는 것으로 '인간의 욕심은 끝이 없음'을 비유한 것임. [禮記 雜記下]「旣得之 而又失之」. [孟子 告子篇 上]「旣得人爵 而棄其天爵」.

계를 잘 따지게 해서 오로 하여금 군사를 일으켜서 합비를 급습하게
하여 조조의 세력을 견제한다면, 조조는 틀림없이 병사들을 이끌고
남쪽으로 갈 것입니다."
한다.

　현덕이 또 묻기를,
　"누구를 사신으로 보내면 좋겠소이까?"
하니, 이적이 나서며 대답하기를,
　"제가 가겠습니다."
한다. 현덕이 크게 기뻐하며 편지를 쓰고 예를 갖추어서, 이적에게 먼
저 형주에 가서 운장과 만나 이해시키고 난 후에 오나라에 들어가라
하였다. 이적이 말릉에 이르러 손권을 만났다. 먼저 통성명을 하고 나
자 손권은 이적을 불러들였다.

　이적이 손권과 인사가 끝나자, 손권이 묻기를
　"당신이 여기에는 무엇 때문에 오셨소이까?"
하거늘, 이적이 대답하기를
　"일전에 제갈자유가 장사 등 세군을 받으러 왔을 때에는, 군사께서
부재중이어서 나누어 드리지 못하였습니다. 지금에서야 송환하겠다
는 서신을 가지고 왔습니다. 그리고 형주·남군·영릉 등도 돌려드리
려 합니다.

　그러나 조조가 동천을 취하는 통에 관우장군께서 용신할 곳이 없
는8) 형편입니다. 지금 합비가 비어 있으니 군후께서 동병하여 이를
치시면, 조조는 군사들을 거두어 남쪽으로 돌아갈 것입니다. 우리 주
공께서 동천을 취하면 곧 형주 전부를 반환하겠습니다."

---

8) 용신할 곳이 없는[無容身之處]: 몸 둘 곳이 없음. [三國志 魏志 杜畿傳]「立朝
　於容身」. [淮南子 精神訓]「容身而遊 適情而行」.

하자, 손권이 말하기를

"그대는 객관에 돌아가 있으시오. 내 의논해 보리다."

하거늘, 이적이 돌아가자 손권은 여러 군사들과 의논한다.

장소가 말하기를,

"이는 유비가 조조의 서천 공략이 두려워서 낸 계책입니다. 비록 이같으나 조조는 한중에 있으니, 승세를 타서 합비를 취하는 것은 좋은 생각입니다."

하거늘 손권은 그의 말을 좇기로 하고, 이적을 촉으로 돌아가게 하였다. 그리고는 곧 기병할 것을 의논하고 조조를 치기로 하였다. 노숙에게 장사·강하·계양 등 3군을 찾아 육구에 군사들을 주둔시키고는, 여몽과 감녕을 돌아오게 하는 한편 여항(餘杭)을 보내 능통을 불러오게 하였다. 하루가 못 되어 여몽과 감녕이 먼저 도착하였다.

여몽이 계책을 드리기를,

"지금 조조가 여강태수 주광에게 완성에 군사들을 주둔시키고, 크게 논을 풀어서9) 합비에 군량을 충당하고 있습니다. 지금 먼저 완성을 취하고 그 후에 합비를 공격하는 게 좋을 듯합니다."

하니, 손권이 크게 기뻐하며 말하기를

"그 계책이 아주 좋소이다."

하며, 마침내 여몽과 감녕에게 선봉이 되어 장흠·반장과 합세하라 하고, 자신은 직접 주태·진무·동습·서성 등을 거느리고 중군이 되었다. 그때 정보·황개·한당 등은 각각 있는 곳에서 진수(鎭守)를 하고 있어서, 모두 정벌에 나서지는 못했다.

한편, 군마들이 강을 건너 화주(和州)를 취하고 곧바로 완성에 이르

---

9) 크게 논을 풀어서[大開稻田] : 논을 만들어서. [詩經 小雅篇 白華]「彪池北流 浸彼稻田」. [水經 怙河注]「開稻田 教民種殖」.

렀다. 완성태수 주광은 사람을 합비로 보내 구원을 청하는 한편, 성지를 굳게 지키며 나오려 하지 않았다. 손권이 성 아래 이르러 보니, 성 위에서 화살이 비 오듯 하면서 손권의 휘개(麾蓋)를 쏘았다.

손권이 영채로 돌아와서, 여러 장수들에게 묻기를

"어찌하면 완성을 취할 수 있겠소이까?"

하니, 동습이 대답하기를

"군사들을 차출해서 토산을 쌓게 하여 공격하면 좋을 듯합니다."

한다.

서성이 말하기를,

"운제를 걸고 홍교를 만들면, 성을 내려다보면서 공격할 수 있을 것입니다."

하니, 여몽이 계책을 내어 말하기를

"이 방법들은 모두 시간이 걸려야 되는 것입니다. 합비에서 구원군이 이르게 되면 쓸 수가 없는 방법입니다. 지금 저의 군대가 처음 왔기 때문에 사기가 아주 높습니다. 이 예기를 타서 전력을 다해 공격하면 될 것입니다. 내일 날이 밝아 진병하면 오시쯤에는 곧 성이 떨어질 것입니다."

하거늘, 손권이 그의 계책을 따르기로 하였다.

다음 날 5경 시분에 밥을 지어 먹고 삼군이 일시에 진군하였다. 성 위에서는 시석이 쏟아져 내렸다. 감녕은 손에 철련을[10] 잡고 시석을 무릅쓰고 올라갔다. 주광은 궁노수들에게 일제히 활을 쏘게 하고, 감녕은 화살의 숲[箭林]을 뚫고 올라가며 단번에 주광을 쳐 쓰러뜨렸다.

---

10) **철련**(鐵練) : 추가 달린 쇠사슬. 쇠도리깨[鐵連枷]. 「철간」(鐵簡)은 '쇠로 만든 네모난 채찍'임. [宋史 兵志]「所製神盾劈陳刀手刀 **鐵連**撾**鐵簡**」. [武備志 鐵鞭 鐵簡圖說]「**鐵鞭鐵簡**兩色……謂之**鐵簡**」.

여몽이 직접 북을 치니, 사졸들이 다 성 위로 밀고 올라가서 칼로 주광을 찍어 죽였다. 많은 군사들이 항복하였고 마침내 완성을 빼앗았다. 그때가 겨우 진시밖에 되지 않았다. 장료는 군사들을 이끌고 오다가 초마병에게서 완성이 이미 함락되었음을 듣고, 군사들을 돌려 합비로 돌아갔다.

손권이 완성에 입성하자 능통 또한 군사들을 이끌고 이르렀다. 손권은 군사들을 위로하며 삼군을 크게 호군하고,11) 여몽과 감녕 등 제장들에게 연회를 베풀어 공을 치하하였다. 여몽은 감녕에게 윗자리를 사양하며 그 공로를 매우 칭송하였다.

술자리가 무르익었을 때12) 능통은 감녕이 아버지를 죽인 원수임을 생각해 내었다. 또 여몽이 지나치게 저를 칭송하는 것을 보고 마음속으로 크게 화가 났다.

그래서 눈을 부라리며 한참동안 노려보다가, 갑자기 칼을 뽑아들고 연회석상에 올라서

"술자리가 즐겁지 않으니 내 검무를 보시구려."

하며 나선다.

감녕이 그 의중을 알고는 과탁(果桌)을 밀치고 몸을 일으켜, 두 손에 각기 창을 들고 걸어 나온다. 그리고는 말하기를,

"연회석에서 내 군무를 좀 보시구려."

한다.

---

11) **호군(犒軍)** : 호궤(犒饋). 군사들을 배불리 먹임. [柳宗元 嶺南節度饗軍堂記] 「軍有**犒饋**宴饗 勞旋勤歸」.

12) **술이 무르익었을 때[酒至半酣]** : 술자리의 흥취가 무르익어 감. 「주지」(酒至). [唐書 陽惠元傳] 「帝御望春樓誓師 因勞遣諸將 **酒至**神策將士不敢飲」. 「반감」. [孟浩然 醉後贈馬四詩] 「秦城遊俠客 相待**半酣**時」. [白居易 琴酒詩] 「耳根得聽琴初暢 心地忘機**酒半酣**」.

여몽이 보니 두 사람이 다 호의적이 아니거늘, 곧 방패와 칼을 들고 그 중간에 끼어들면서,

"두 분께서 비록 무예가 능하다 해도 다 내 재주만은 못할 것이외다."

하며, 말을 마치고 춤추며 칼과 방패들로 두 장수들을 양쪽에 갈라놓았다.

이때, 누가 손권에게 이 일을 알렸다. 손권은 당황하여 말을 타고 연회장에 이르렀다. 여러 사람들이 손권이 이른 것을 보고 각기 무기들을 내려놓았다.

손권이 말하기를,

"내 항상 두 분 장수에게 지난날의 원한을 갖지 말라고 하지 않았소이까? 오늘 또 어찌된 일이오?"

하매, 능통이 땅에 엎드려 운다. 손권은 그를 만류하였다.

다음 날이 되자 군사들을 일으켜 합비를 취하기 위해 삼군이 다 진격하였다. 장료는 완성을 잃게 되자 합비로 돌아가 번민에 잠겨 있었다.

그때, 문득 조조가 설제(薛悌)를 시켜 목갑 한 개를 보내왔다. 보니 목갑의 위에 조조가 보낸 친봉(親封)이 있고 그 곁에 쓰여 있기를 '도적이 오거든 열어보라.' 하였다. 이날 손권이 10만 대군을 이끌고 합비를 공격하러 온다는 소식이 들어왔다.

장료가 곧 목갑을 열어보니, 그 속에는

"만약에 손권이 오거든 장·이 두 장군이 나가 싸우되 악장군은 성을 지키시오."

고 쓰여 있었다. 장료는 그 교첩을[13] 이전과 악진에게 보여주었다.

악진이 보고 말하기를,

---

13) 교첩(教帖) : 서신. 공후나 대신에게서 온 명령서.

"장군의 생각은 어떠시오?"

하니, 장료가 말하기를

"주공은 멀리 원정 가서 밖에 계신데 오병이 꼭 우리를 깨뜨릴 수 있다고 생각한 것이오. 지금 우리가 발병하여 나가 힘을 다해 싸워 저들의 예봉을 꺾기만 한다면, 백성들을 안심시키고 그런 뒤에 성을 지킬 수 있을 것이외다."

하거늘, 이전은 평소부터 장료와 반목하고 있던 터여서, 장료의 이 말을 듣고도 아무 대답이 없었다.

악진은 이전이 말이 없는 것을 보고, 곧 다시 말하기를

"적은 수가 많고 우리는 군사가 적은데 맞아 싸우긴 어려울 것이오. 굳게 성을 지키십시다."

하니, 장료가 나서며 대답하기를

"공 등은 다 사사로운 의견뿐이고 공사를 돌아보지 않는구려. 나는 지금 나가 적을 맞아서 죽기로써 싸우겠소이다."

하고는, 곧 부하들에게 말을 준비시켰다.

이전이 개연히 일어나며 말하기를,

"장군께서 이렇게 한다면, 이전이 어찌 사사로운 감정으로써 공적인 일을 잊겠소이까? 나도 장군의 지휘를 받겠소이다."

한다.

장료가 크게 기뻐하며 말하기를,

"이제 만성(曼成)이 기꺼이 돕겠다 하니, 내일 일지군을 소요진(逍遙津)에 매복시키고 오병이 지나가기를 기다렸다가 먼저 소사교(小師橋)를 끊도록 하시지요. 나는 악문겸(樂文謙)과 같이 저들을 공격하겠소이다."

한다. 이전이 명을 띠고 직접 군사들을 점검하고 매복시켰다.

한편, 손권은 여몽과 감녕에게 명하여 전대를 삼고, 자신은 능통과 같이 중군에 있었다. 그리고 나머지 장수들에게는 잇달아 진병케 하고 합비를 향해 짓쳐 왔다. 여몽과 감녕은 전대에서 병사들을 진병시켜 가다가 악진과 맞닥뜨렸다. 감녕은 말을 타고 나가 악진과 교전하였으나, 싸움이 수합이 못 되어서 악진이 거짓 패하여 달아나기 시작하였다. 감녕은 여몽을 불러 함께 급히 쫓아갔다.

손권은 제 2대에 있다가 전군이 승리하고 있다는 소식을 듣고, 군사들을 재촉해 소요진의 북쪽에 이르렀다. 그때, 갑자기 연주포(連珠礮)가 울리면서 왼편에서 장료의 군사들이 짓쳐 오고, 오른편에서는 이전의 군사들이 짓쳐 왔다. 손권은 크게 놀라서, 급히 여몽과 감녕을 불러 구하게 하였으나 이미 장료가 도착했다. 능통은 겨우 군사 3백여 기로, 이 산이 무너지는 것 같은 조조군의 기세는 도저히 막을 수가 없었다.

능통이 큰 소리로 묻기를,

"주공께서는 어찌해서 빨리 소사교를 건너지 않으십니까?"

하고 있는데, 말이 끝나기도 전에 장료가 2천여 기를 이끌고 먼저 이르러 짓쳐 왔다. 능통은 몸을 뒤채며 죽기로써 싸웠다.

손권은 말을 몰아 다리 위에 올랐으나, 다리 남쪽이 이미 한 장이나 끊어져 나무 조각하나 남지 않았다. 손권이 놀라서 손발을 움직일 수조차14) 없게 되었다.

그때 아장 곡리(谷利)가 크게 소리치기를,

---

14) 손발을 움직일 수조차[手足無措] : 몸을 굽힐 수조차 없게 됨. '손을 댈 수가 없음'의 뜻. [禮記 仲尼燕居]「若無禮則 手足無所錯」. 「조수불급」(措手不及)은 '일이 썩 급해서 손을 댈 나위가 없음'을 이름. [史記 孔子世家]「有司加法焉 手足無處」.

"주공께서는 말을 뒤로 물렸다가 다시 앞으로 가게 하시면, 다리를 뛰어넘을 수 있을 것입니다."

한다.

손권은 말머리를 돌려 세 길쯤 멀리 갔다가, 다시 고삐를 잡고 채찍을 치니 그 말이 날듯이 다리 남쪽으로 건너뛰었다.

후세 사람의 시가 남아 있다.

적로가 그날 단계를 건너뛰더니
또한 합비에서 오후가 패했구나.
　的盧當日跳檀溪
　又見吳侯敗合淝.

물러 났다 다시 채찍을 쳐 준마를 모니
소요진 위쪽엔 옥룡이 나는구나.
　退後着鞭馳駿騎
　逍遙津上玉龍飛.

손권이 남교를 건너오자, 서성과 동습이 배를 저어 나와 맞았다. 능통과 곡리는 장료를 막아내고, 감녕과 여몽은 군사를 데리고 손권을 구하러 왔다.

그러나 그때 악진이 뒤에서 추격해 오고 이전 또한 길을 막고 시살해 오는 통에, 오나라는 군사들을 태반이나 잃었다. 능통이 이끌던 3백여 명은 기는 다 죽고 능통은 몸에 여러 군데 창을 맞고 다리 모퉁이까지 짓쳐 왔으나, 다리가 이미 끊어진 상태여서 강을 돌아 도망하였다.

손권은 배에 있으면서 보고 있다가, 급히 동습에게 가서 저를 데려 오라 하여 겨우 건너오게 하였다. 여몽과 감녕 등은 죽을 힘을 다해 겨우 강을 건넜다. 이번 싸움에서 강남 사람들 모두가 두려워하고, 장료의 이름만 듣고도 어린아이들이 밤에 울음을 그치게¹⁵⁾ 되었다.

여러 장수들이 손권을 보호하여 병영으로 돌아왔다. 손권은 능통과 곡리를 중상하고는 군사들을 유수로 돌려 배를 정돈하고 수륙 양편으로 진군하는 방법을 의논하였다. 또 한편으로는 사람을 강남에 보내, 다시 인마를 일으켜서 싸움을 돕게 하였다.

한편, 장료는 손권이 유수에 있다는 소식을 듣고 흥병하여 공격할 방법을 의논하였으나, 합비는 군사가 적어서 적을 대적하기 어려울 것을 염려하였다. 그래서 급히 명을 내려 설제를 시켜 밤을 도와 한중에 가서, 조조에게 알리게 하고 구원병을 청하게 하였다.

조조가 여러 관료들과 의논하기를,

"지금 서천을 점령할 수 있겠소이까?"

하자, 유엽이 말하기를

"지금 촉나라가 어느 정도 안정되어 가기 때문에 칠 수가 없습니다. 병사들을 철수하여 급한 합비를 구하는 것이 좋을 듯싶습니다. 그리고 강남으로 내려가시지요."

한다. 조조는 이에 한후연을 남겨서 한중의 정군산의 애구를 지키게 하고, 장합을 남겨 두어 몽두암(蒙頭巖)의 입구를 지키도록 하였다.

그리고 그 나머지 군사들은 모두 영채를 빼서 유수의 언덕을 바라고 짓쳐 갔다.

---

15) 어린아이들이 밤에 울음을 그치게[小兒也不敢夜啼] : 어린아이가 무서워 밤에는 울지도 못함.「소아」. [史記 淮陰候傳]「王素嫚無禮 今拜大將如呼小兒耳」.「야곡」(夜哭). [李商隱 重有感詩]「晝號夜哭兼幽顯 早晚星關 雲涕收」.

이에,

　　철기(鐵騎)가 겨우 농우를 평정하니
　　전기(戰旗)는 또한 다시 강남을 향하네.
　　　鐵騎甫能平隴右
　　　旌旄又復指江南.

그 승부가 어찌 되었는지는 알 수가 없다. 하회를 보라.

제68회

감녕은 일백 기로 위군의 영채를 겁략하고
좌자는 술잔을 던져 조조를 희롱하다.
　甘寧百騎劫魏營
　左慈擲盃戲曹操.

　한편, 손권이 유수의 애구에서 군마를 수습하고 있는데, 갑자기 조조가 한중으로부터 군사 40만을 이끌고 합비를 구하러 온다는 보고를 들었다. 손권은 곧 모사들과 의논하고, 먼저 동습과 서성 두 사람에게 50여 척의 큰 배를 이끌고 유수의 입구에 매복하게 하였다. 그리고 진무에게는 인마를 이끌고 강안을 순찰하라 하였다.
　장소가 말하기를,
　"지금 조조는 멀리서 왔으니 반드시 먼저 그 예기를 꺾어야 합니다."
하거늘, 손권은 장하(帳下)에 묻기를
　"조조가 멀리서 군사들을 이끌고 왔는데, 누가 먼저 나가 적과 싸워서 그 예기를 꺾어 놓겠소?"
하니, 능통이 나서며
　"제가 가겠습니다."
한다.
　손권이 묻기를,
　"어느 정도 군사를 이끌고 가겠소이까?"

하니, 능통이 대답하기를

"3천 명이면 됩니다."

하거늘, 감녕이 묻기를

"백여 기면 곧 적을 깨뜨릴 수 있습니다. 뭐하러 3천씩이나 필요합니까?"

하거늘, 능통이 크게 노한다.

두 장수가 손권의 면전에서 계속 다투고 있자, 손권이 말하기를

"조조의 군은 그 세력이 커서 가벼이 대적하지 못할 것이오."

하고, 능통에게 3천 군사들을 데리고 유수의 애구에 가서 초탐하라 하고, 조조의 군사들을 만나거든 곧 교전하라 일렀다. 능통이 명을 받고 3천여 인마를 거느리고 유수구를 떠났다.

앞에서 먼지가 일며 조조의 군사들이 도착하였다. 먼저 장료와 능통이 교전하였으나, 싸움이 50여 합에 이르러도 승부가 나지 않았다. 손권은 능통이 실수나 하지 않을까 걱정이 되어서, 여몽에게 접응하여 영채로 돌아오게 하였다.

감녕은 능통이 돌아오는 것을 보고, 곧 손권에게

"제가 오늘 밤 1백여 인마를 이끌고 가서 조조의 영채를 겁략하겠습니다. 만약에 일인일기라도 잃게 되면 공으로 치지 않겠습니다."

하거늘, 손권이 이것을 장하게 여겨 그에게 장하에 있는 마군 중에서 1백 정예 마병을 주고, 술 50병·양고기 50근으로 군사들에게 상을 내렸다.

감녕은 영채로 돌아와서 백여 군사들을 다 앉게 하고 먼저 은잔에 술을 가득 따라 마시고는, 군사들에게

"오늘 밤 오후의 명을 받고 조조의 영채를 겁략하러 갈 것이니, 여러분들은 각자가 실컷 마시고 힘써 싸우거라."

하자, 여러 군사들이 그 말을 듣고 서로 얼굴만 쳐다본다.[1]

감녕이 여러 군사들의 얼굴에 어려워하는 기색이 보이자, 칼을 빼서 들고 노하며

"내가 상장이 되었어도 목숨을 아끼지 않는데, 너희들이 어찌 머뭇거리느냐!"

하매, 여러 군사들이 감녕의 낯빛을 보고 다 일어나 절하며

"죽기로써 싸우겠습니다."

하거늘, 감녕이 술과 고기를 백여 군사들과 함께 막았다.

다 먹고 나서 2경이 될 때까지 감녕은 백아령[2] 1백 개를 가져다가 투구 위에 꽂는 것을 신호로 하여, 모두 말에 올라타고 조조의 영채 주변으로 달렸다. 방어 목책[鹿角]을 뽑아 들고 큰 소리를 지르면서, 조조의 영채 안으로 짓쳐 중군으로 들어가 조조를 사로잡을 듯이 짓쳐 갔다.

원래 중군의 인마들은 거장(車仗)으로써 길을 연이어 그 주위를 철통과 같이 막고 있기에 쉽게 들어갈 수가 없었다. 감녕은 다만 1백여 기만 가지고 좌충우돌하고[3] 있었다. 조조는 놀라고 당황하여 적병의 수가 많고 적은지 알지 못하여 스스로 혼란에 빠졌다.

이때, 감녕의 1백여 기는 영내를 종횡으로 휘젖고 다니면서 만나는 대로 죽였다. 각 영채에서 북이 울리며 불빛이 별과 같고 함성이 진동

---

1) 서로 얼굴만 쳐다본다[面面相覷] : 말없이 서로 얼굴만 물끄러미 바라봄. 크게 놀라서 어찌해야 좋을지 몰라 쳐다봄. 「면면시처」(面面廝覷). [警世通言 第八卷]「崔寧聽得說渾家是鬼. 到家中間丈人丈母 兩個面面廝覷走出門」.

2) 백아령(白鵝翎) : 흰 거위의 깃털. 「거위」(家雁). [正字通]「鵝同鵞」. [玉篇] 「鶩亦作鵝」.

3) 좌충우돌(左衝右突) : 동충서돌(東衝西突). 이리저리 닥치는 대로 마구 찌르고 치고받고 함. [桃花扇 修札]「隨機應辯的口頭 **左衝右擋的**膂力」.

하였다. 감녕은 영채를 따라 남문으로 짓쳐 나갔으나, 누구 한 사람 나서서 막는 자가 없었다.

손권은 주태에게 일지병을 이끌고 가서 감녕을 접응하라 하였다. 감녕의 1백여 기는 유수로 돌아왔다. 그러나 조조의 군사들은 매복이 있을까 걱정되어 감히 추습(追襲)하지 못하였다.

후세 사람이 이 일을 예찬한 시가 있다.

북소리는 둥둥 함성은 진동치듯 울리는데
오나라 군사들 이르는 곳마다 귀신도 곡하네.
鼕鼓聲喧震地來
吳師到處鬼神哀!

백 명의 거위깃 병사들 조조의 영채를 뚫으니
감녕을 호장이라며 다들 혀를 내두르네.
百翎直貫曹家寨
盡說甘寧虎將才.

감녕의 1백 기가 영채로 돌아왔으나 한 사람도 죽나지 않았다.

영문에 이르러서 백인의 군사들에게 다 북을 치며 피리를 불게 하고 함께 '만세'를 외치니, 그 소리가 크게 떨쳤다. 손권이 직접 나와 영접하자 감녕은 말에서 내려 땅에 엎드려 절했다.

손권이 그를 일으키며 감녕의 손을 잡고,

"장군의 이번 쾌거는 족히 도적을 놀래줄 만하였소이다. 내가 장군을 버려둔 것이 아니라, 장군의 간담을 보고자 하였소."

하고, 곧 비단 천 필과 칼 백 자루를 내렸다. 감녕이 이를 받아 백 명의 군사들에게 상으로 주었다.

손권은 여러 장수들에게 말하기를,

"조조에게 장료가 있다면 나에게는 감흥패가 있으니, 족히 상대가 될 만하외다."

하였다.

다음 날, 장료가 군사들을 이끌고 와서 싸움을 돋우었다.

능통은 감녕이 공을 세운 것을 보고, 분연히 나서며

"제가 가서 장료를 물리치겠습니다."

하거늘, 손권이 이를 허락하였다. 능통은 5천 명을 이끌고 유수를 떠났다.

손권은 직접 감녕을 데리고 진 앞에서 싸움을 보았다. 두 진영이 둥글게 진을 치자 장료가 출마하는데, 왼편에는 이전이 오른편에는 악진이 있었다. 능통이 말을 몰며 칼을 들고 진 앞으로 나섰다. 장료는 악진에게 나가 맞으라 했다. 두 사람이 싸워 50합에 이르렀지만 승패가 나지 않았다.

조조가 듣고 친히 말을 채찍질하여 문기 아래 와서 보았다. 장수가 싸우는 것을 보고 이에 조휴(曹休)에게 몰래 냉전을 쏘게 하였다.

조휴는 번개 같이 장료의 뒤에서 활에 화살을 걸어 능통이 탄 말을 쏘니, 그 말이 발을 곧추세워 능통을 땅에 떨어뜨렸다. 악진이 곧 창을 들고 쫓아와서 찌르려 하였다. 창끝이 미치기 전에 시윗 소리가 들리더니, 한 화살이 악진의 얼굴에 맞았다. 그는 몸을 뒤채며 말에서 떨어졌다.

양군이 일제히 나서서 각각 장수들을 구하여 들어가고 징소리는 더 이상 울리지 않았다. 능통은 영채로 돌아와 손권에게 절하였다. 손권이

"화살이 그대의 말에 맞았을 때 자네를 구한 것은 감녕일세."

하자, 능통은 이에 머리를 숙이고 절하며,

"공이 이 같은 은혜를 주시리라고는 미쳐 생각지 못했나이다!"
하였다. 이로부터 감녕과 생사를 같이하기로 결의를 하고, 다시는 감녕을 미워하지 않았다.

이때, 조조는 악진이 화살을 맞은 것을 보고, 장중에 와서 치료를 하게 하였다. 다음 날 군사들을 5로에 나누어 유수를 엄습하였는데 조조는 직접 중로에 서고, 좌편 제 1로에는 장료 제 2로에는 이전을 세우고, 우편 1로에는 서황 제 2로에는 방덕이 서게 하였다. 각 길마다 1만의 인마를 주고 강변부터 짓쳐 왔다. 한편, 동습과 서성 두 장수는 배 위에서 조조의 5로군이 오는 것을 보고 있는데, 여러 장수들이 다 겁을 내었다.

서성이 묻기를,

"임금의 녹을 먹고서 군주를 위한 일에 어찌 겁을 내는가?"
하고는, 드디어 용맹한 군사 수백 명을 데리고 작은 배로 이동해 강변을 지나가서 이전의 군중으로 짓쳐 들어갔다. 동습은 배 위에 있다가 군사들에게 뇌고를 치고 함성을 질러 돕게 하였다.

문득 강 위에서 사나운 바람이 일더니, 물결이 하늘로 치솟으며 파도가 흉용하였다. 군사들은 큰 배가 엎어지는 것을 보고 다투어 각함으로4) 도망쳤다.

이 모습을 보자 동습은 칼을 집고, 큰 소리로 꾸짖기를

"장수가 임금의 명을 받고 여기 있으면서 적을 막을 것이지, 어찌 감히 배를 버리고 갈 수 있느냐?"
하며, 배에서 내리는 군사들을 참하였다.

얼마 있자 바람이 더욱 거세져 배가 뒤집히거늘, 동습은 끝내 강어

---

4) 각함(脚艦) : 큰 배에 딸린 작은 배. 「각선」(脚船) [通俗編 器用 脚船]「施肩吾贈鹽官主人詩 出路船爲脚 供官木是奴」.

귀의 물속에서 빠져 죽었다. 서성은 이전의 군중에 있으면서 오가며 좌충우돌하고 있었다.

한편, 진무가 강변에서 싸움이 일어나는 것을 보고, 군사들을 이끌고 오다가 방덕과 마주쳐 양군이 혼전하고 있었다. 손권은 유수성에 있다가 조병이 강변으로 쇄도해 온다는 소릴 듣고, 직접 주태와 같이 군사들을 이끌고 와서 싸움을 도왔다.

그때, 마침 서성은 이전의 군중에서 싸우고 있어서 곧 군사들을 휘갑하여 접응하며 들어갔다. 그러다가 장료와 서황 양지군(兩枝軍)에게 손권이 포위되었다.5)

조조는 높은 언덕에서 손권이 포위된 것을 보고 급히 허저에게 명하여, 말을 몰아 칼을 들고 진중에 들어가 손권 군의 중간을 쳐서 갈라 놓아 피차간에 서로 돕지 못하게 하라 하였다.

이때, 주태는 군사들 중에서 겨우 살아나와 강변에 도착하였는데 손권이 보이지 않자, 말고삐를 돌려 다시 밖으로 나가 진중으로 짓쳐 들어가며, 본부군에게 묻기를

"주군께서는 어디 계시느냐?"

하자, 그 군인은 손으로써 병마가 많은 곳을 가리키며

"주공께서는 포위되어 위험합니다!"

하였다. 주태가 몸을 돌려 짓쳐 들어가며 손권을 찾았다.

주태가 말하기를,

"주공께서는 제 뒤를 따르십시오."

---

5) 포위되었다[困在垓心] : 적의 포위망 속에 듦. [水滸傳 第八三回]「徐寧与何里奇搶到垓心交战 兩馬相逢 兵器幷擧」. [東周列國志 第三回]「鄭伯困在垓心 …… 全无俱怯」. [中文辭典]「謂在圍困之中也 項羽被圍垓下 說部中所用困在垓心語 或卽本此」.

하며, 앞에 서고 손권은 뒤에 따라 죽기로써 싸워 나갔다. 강가에 도착해서 돌아다보니, 또 손권이 보이지 않았다. 주태는 다시 몸을 돌려 포위망 속으로 짓쳐 들어가서 손권을 찾았다.

손권이 묻기를,

"저 궁노놈들이 일제히 쏘아 나갈 수가 없으니 어찌해야 하오?"

하거늘,

"주공께서 앞에 서십시오. 제가 뒤에 있으면서 포위망을 뚫고 나갈 수 있습니다."

하니, 손권이 말을 앞으로 몰아 나갔다.

주태는 좌우로 손권을 보호하며 나오느라고, 몸에 여러 군데 창에 찔리고 두터운 갑옷이 화살에 뚫렸으나 손권을 구할 수 있었다. 강가에 이르자 여몽이 일지 수군을 이끌고 와 접응하여 배에 올랐다.

손권이 다시 묻기를,

"나는 주태가 세 번씩이나 짓쳐 와서 겨우 포위망을 벗어났소. 그러나 서성이 포위 속에 있으니 어찌하면 벗어날 수 있겠소?"

하니, 주태가 나서며 말하기를

"제가 가서 구원하겠습니다."

하고, 마침내 창을 휘두르며 다시 몸을 뒤채 포위망 속으로 짓쳐 들어가 서성을 구출하였으나, 두 장수는 각기 중상을 입었다.

여몽은 군사들에게 강안으로 어지러이 활을 쏘게 하고, 병사들을 올려 보내고는 두 장수를 구해 배에 태웠다.

한편, 진무는 방덕과 싸우고 있는데, 뒤에서 후응하는 군사들이 없어 방덕을 피해 산골짜기에 이르렀다. 그곳은 나무가 빽빽하였다. 진무는 다시 몸을 돌려 싸우려 하였으나, 나뭇가지들이 전포의 자락에 걸려 싸울 수가 없어 결국에는 방덕에게 죽고 말았다. 조조는 손권이 탈주하는 것을 보고 집적 말에 채찍을 하고, 군사들을 몰아 급히 강가에 이르러 응사하게 하였다.

여몽은 화살이 다하자 당황해 하고 있던 차에, 문득 강에서 한 배가 오는데 보니 앞에선 장수는 손책의 사위 육손(陸遜)이다. 육손은 10만 대군을 이끌고 이르러 조조군들을 물리치고, 승세를 타고 해안에 상륙하여 군사들을 추격하여 전마 수천 필을 빼앗았다. 조조 군사들 중 부상자는 그 수를 헤아릴 수 없고 크게 패하고 돌아갔다. 이때 난군 속에서 진무의 시신을 찾았다.

손권은 진무가 죽고 동습 또한 강에 빠져 죽은 것을 알자 애통함이 처절했다. 사람을 시켜 물 속에 들어가 동습의 시신을 찾게 하여, 진무와 함께 장례를 치르게 하였다. 또 한편 주태가 자신을 구한 공에 감동하여 잔치를 베풀어 저를 대접하였다.

손권은 친히 잔을 잡고 주태의 등을 어루만지며, 얼굴에 눈물이 가득하면서 말하기를,

"경이 두 번씩이나 나를 구했는데 그때는 자신의 생명을 아까워하지 않고, 또 여러 군데 창에 찔려 살이 새긴 것 같이 되었소. 나 또한 어찌 골육의 은혜로써 대하지 않을 수 있으며, 병마의 중임을 맡기지 않을 수 있소이까? 경은 곧 나의 공신이니6) 내 마땅히 경과 함께 영욕을 같이 할 것이며 휴척을7) 함께 하겠소."

하고 말을 마치자, 주태에게 명하여 옷을 벗으라 하여 여러 장수들이

---

6) 나의 공신이니[孤之功臣] : 나의 공신. 「고굉지신」(股肱之臣). 임금이 가장 믿을 만한 신하. [史記 太史公 自序]「輔拂股肱之臣配焉 忠信行道 以奉主上」. [書經 禹書篇 益稷]「帝曰 臣作朕股肱耳目」.
7) 휴척(休戚) : 안락함과 근심 걱정. [國語 周語 下]「爲晉休戚 不背本也」. [梁武帝 移京邑檄]「荷眷前朝 義均休戚」.

보게 하였다. 주태의 몸을 보니 살갗이 칼로 그은 것 같이 상처투성이였다. 손권은 손으로 그 흔적을 만지며 하나하나 물었다. 주태는 싸우면서 상처를 입은 정황을 자세히 말하였다. 상처 한 곳 한 곳마다 큰 술잔을 마시게 하였다.

이날 주태는 대취하고 손권은 청라산(靑羅傘)을 그에게 주며, 출입할 때에 펴서 쓰게 하여 그의 공을 빛나게 하였다. 손권은 유수에 있으면서 조조와 한 달여간 대치하였으나, 끝내 싸움에서 이기지 못하였다.

이때, 장소와 고옹이 진언하기를,

"조조의 군세가 크니 힘으로 이길 수는 없습니다. 만약에 싸움이 오래 간다면 많은 군사들을 잃게 될 것이외다. 화친을 구해서 백성들을 안정시키시는 것이 좋을 듯합니다."

하자, 손권이 그 말을 따라 보즐을 조조의 진영에 보내, 화친을 청하게 하고 해마다 세공을 드리겠다 하였다. 조조는 강남을 빨리 얻을 수 없음을 알고 그 제안을 따르게 하였다.

그리고 영을 내려 말하기를,

"손권이 먼저 인마를 철수하면, 나는 그 뒤에 군사들을 물리겠다."

하고, 보즐을 돌려보냈다.

손권은 장흠과 주태를 남겨 유수의 애구를 지키게 하고, 대병을 배에 태우고 말릉으로 돌아가도록 하였다.

조조는 조인과 장료를 남겨 합비를 지키게 하고 허창으로 돌아갔다.

문무 관료들이 다 의논하여 조조를 '위왕'으로 추대하기로 하였다.

그때 상서 최염(崔琰)이 불가하다고 말하였으나, 여러 관료들이

"자네가 혼자서만 불가하다 하니 순문약의 일을 보지 못하였소?"

하거늘, 최염이 말하기를

"아, 이 세상이여!8) 틀림없이 일이 있을 것이니 각자가 그것을 생각해 보시오!"

하였다.

최염과 사이가 좋지 않은 이가 있어서 조조에게 이를 고해 바쳤다. 조조가 크게 노하여 하옥시키게 하고 그에게 그 이유를 물었다. 최염은 범의 눈을 뜨고 용의 나룻을 거스리며, 조조가 임금을 속이고 있는 간적임을 크게 꾸짖었다. 정위(廷尉)가 조조에게 그대로 고하니, 조조는 명을 내려 최염은 끝내 옥중에서 장살되었다.

후세 사람이 이를 예찬한 시가 있다.

청하 최염이여! 천성이 강직도 하이
용의 나룻 호랑이의 눈 심장은 철석이네.
　淸河崔琰 天性堅剛
　虬髯虎目 鐵石心腸.

간사도 벽역도9) 성절을 더욱 드러내며
한실에의 충성심은 천고에 전하리라!
　奸邪辟易 聲節顯昂
　忠心漢主 千古名揚!

건안 21년, 여름 5월에 군신들이 헌제에게 표문을 올려 위공 조조의 공덕을 예찬함이 하늘과 땅에 가득 찼다. 이윤과 주공도 미칠 수

---

8) 아, 이 세상이여![時乎] : 시간이여! [史記 淮陰候傳]「功者難成而易敗 時者難
　得而易失也 **時乎 時不再來**」. [中文辭典]「卽俗謂**時間啊** 嗟歎語」.

9) 벽역(辟易) : 미침[狂疾]·놀라서 물러남. [國語 吳語]「員不忍稱疾**辟易** (注)
　辟易狂疾」. [史記 項羽記]「項王瞋目而叱之 赤泉候人馬俱驚 **辟易**數里」.

없게 되니, 마땅히 작을 올려 왕이 되게 하소서 하였다.

헌제는 곧 종요(鍾繇)에게 조서를 초해서 조조를 책립하여 '위왕'을 삼게 하였다. 조조는 거짓 자신의 뜻을 써 올려 세 번씩이나 사양하였다.

조서를 세 번을 내려 허락하지 않으매, 조조는 이에 절하고 '위왕'이란 관작을 받았다. 그리고 12류의 왕관을 쓰며 금수레를10) 타고 여섯필의 말로 끌게 하며 천자가 사용하는 거복난의를11) 써서 출경입필하고,12) 업군에는 위왕궁을 짓고 세자 세울 일들을 의논하였다.

조조는 정실 아내 정부인(丁夫人)에게선 소생이 없었고, 첩 유씨(劉氏) 소생으로 조앙을 낳았으나 장수를 정복하러 갔을 때 완성에서 죽었다. 변씨(卞氏)는 아들 넷을 두었는데, 장자는 비(丕), 둘째가 창(彰), 셋째는 식(植)이고 넷째가 웅(熊)이었다. 이에 정부인을 내치고 변씨를 위왕의 비로 삼았다. 셋째 아들 조식은 자를 자건(子建)이라 했는데 아주 총명하며 글씨를 잘 써서, 조조도 후사를 이으려 하였다.

장자 조비는 세자의 자리를 얻지 못할까 두려워하며 이에 중대부 가후에게 물었다. 가후는 이리 이리 하라고 일러 주었다. 이로부터 조조가 출정할 때에는 여러 아들들이 배웅하러 나왔는데, 조식은 조조의 공덕을 칭송해서 글을 지었으나, 유독 조비는 아버지에게 눈물을 흘리며 절을 하매 좌우가 다 슬퍼하였다.

---

10) **금수레[金根車]** : 천자의 수레. 태황태후·황태후·황후가 모두 이를 탈 수 있음. [後漢書 輿服志]「太皇太后 皇太后 法駕皆御**金根** 非法駕 則乘紫罽骍車」. [三國志 魏志 武帝紀]「乘**金根車** 駕六馬」.

11) **거복난의(車服鑾儀)** : 임금이 타는 수레·옷과 그리고 거둥에 따른 의장(儀狀). [史記 梁孝王世家]「植其財貨 廣宮室 **車服**擬於天子 然亦僭矣」. [齊書 王儉傳]「**車服**塵素 財無遺財」.

12) **출경입필(出警入蹕)** : 임금이 거둥할 때에 통행을 금지하는 일. '경'은 경계 '필'은 통행금지를 뜻함. [書言故事]「御駕出入**警蹕**止行」. [周禮 天官冢宰]「宮正 掌凡邦之事**蹕**」. [漢書 文三王傳]「從千乘萬騎 **出**稱**警 入**言**蹕** 儗於天子」.

이로 인해 조조는 조식이 재주는 있으나, 성심으로 섬김은 비에게 미치지 못한다며 의심하기 시작하였다. 조비는 또 사람을 시켜 가까운 내시들을 매수하여 다 조비의 덕을 말하게 하였다.

조조는 후사를 세우려고 하다가 주저하며 마음을 정하지 못하였다.

이에 가후에게 묻기를,

"내가 후사를 세우려 하는데 마땅히 누구를 세워야 하겠소?"

하거늘, 가후가 대답을 하지 않으니 조조가 그 까닭을 물었다.

가후가 말하기를,

"따로 곧 생각하는 바가 있어서 대답을 못할 뿐입니다."

한다.

조조가 다시 묻기를,

"생각하는 것이 무엇이오이까?"

하자, 가후가 대답하기를

"원본초와 유경승 부자입니다."

하니 조조가 크게 웃으면서, 드디어 장자 조비를 세워 왕세자를 삼았다.

겨울 10월, 위왕은 궁성이 이루어지자 사람을 각 처에 보내, 기화이과(奇花異果)를 수습하여 후원에 심게 하였다. 한 사자가 오나라 땅에 이르러 손권을 보고 위왕의 교지를 전하며 다시 온주에 가서 감자(柑子)를 가져가는데, 그때 손권은 위왕을 존경하는 뜻으로, 본성에서 선발한 큰 귤 40여 상자를 밤을 도와 업군에 보냈다.

중도에서 짐을 지고 가던 역부들이 피곤해서 산자락에서 쉬니, 한 선생이 한 눈과 한 발로 걸으며 머리에는 백등관을 쓰고 몸에는 청라의를 입은 채, 짐꾼들에게 와서 예를 올리며

"자네들은 짐을 지고 가기에 수고가 많소이다. 내가 자네들을 대신해서 한 어깨에 지고 가면 어떻겠소이까?"

하거늘, 그들이 기뻐하였다. 이에 선생은 짐마다 각각 5리씩 져다 주었는데, 이 선생이 지고 난 다음에는 짐이 모두 가벼워졌다. 짐꾼들이 놀라고 의아해 했다.

그 선생은 감귤을 검사하던 관료에게,

"빈도는13) 곧 위왕의 고향 친구외다. 성은 좌(左)이고, 이름은 자(慈)라 하며, 자는 원방(元放)이라 하고 도호를 오각선생(烏角先生)이라 하외다. 자네가 업군에 도착하면 좌자가 문안하더라고 전해 주게나."

하고는, 소맷자락을 날리며 가버렸다.

귤을 가지고 업군에 온 사람들이 조조를 보고 귤을 바치니, 조조가 친히 귤을 쪼개보니 속이 모두 비어 있고 안에 들어 있던 과육이 없었다. 조조는 크게 놀라 귤을 가져온 사람들에게 물었다. 귤을 지고 왔던 사람들이 좌자의 일에 대해 아뢰었으나 조조는 믿지 않았다.

그때 문득 문리가 와서 보고하기를,

"한 선생이 와서 스스로 좌자라며 대왕을 뵙고자 합니다."

하거늘, 조조가 불러들였다.

귤을 지고 오던 사람들이,

"이 사람이 중도에서 보았던 사람입니다."

하거늘, 조조가 저를 꾸짖으며 말하기를

"네가 무슨 요술을 부려 내 과일의 과육을 가져갔느냐?"

하매, 좌자가 웃으면서

"어찌 그런 일이 있을 수 있습니까?"

하며 귤을 쪼개보니, 과육이 다 있고 그 맛이 아주 달았다. 다만 조조

---

13) 빈도(貧道) : 빈승(貧僧). 중이나 도사가 '자기'를 겸손하게 일컫는 말. [世說新語 言語 中]「竺法深在簡在文坐 劉尹問道人 何以遊朱門 答曰 君自見其朱門 貧道如遊蓬戶」. [石林燕語]「晉宋開 佛教初行 未有僧稱 通曰道人 自稱則曰貧道」.

가 직접 까서 보니 다 비어 있었다.

조조는 더욱 놀라서 이에 좌자에게 자리를 주고 앉아서 물었다. 좌자가 주육을 찾으니 조조가 그것을 좌자에게 주게 하였다. 술 닷 말을 마시고도 취하지 않고 양고기 한 마리를 다 먹고도 배불러 하지 않았다.

조조가 묻기를,

"네가 무슨 요술이 있기에 이에까지 이르렀느냐?"

하니, 좌자가 말하기를

"빈도는 서천 가릉의 아미산에서14) 30년간 도를 배우다가, 문득 석벽 속에서 내 이름을 부르는 것을 듣고 보니 아무 것도 보이지 않았습니다. 이렇게 며칠이 나서야 갑자기 하늘에서 뇌성이 진동하고 석벽이 깨지더니 천서 3권을 얻게 되었는데, 그 책은 '둔갑천서'(遁甲天書)였습니다.

상권의 이름은 '천둔(天遁)'·중권은 '지둔(地遁)', 그리고 하권은 '인둔(人遁)'이었습니다. 천둔은 구름을 타고 바람 위를 걸을 수 있고 공중을 날아다닐 수 있습니다. 지둔은 산을 뚫고 돌을 투사할 수 있고, 인둔은 구름을 타고 사해에 노닐며15) 몸을 숨길 수 있으며, 칼을 날리고 던져서 사람의 수급을 취할 수 있습니다.

대왕은 사람으로서 가장 높은 자리에 오른 것이니, 어찌 물러나 빈도를 따라 아미산에 들어가 수행하지 않으십니까? 그리하여 세 권의 천서를 받지 않으시렵니까?"

---

14) 아미산(峨嵋山) : 중국 사천성 가정부 아미현에 있는 명산의 이름. 산의 모양이 아미(蛾眉)와 비슷하여 그렇게 이름지었다 함. [名山記]「兩山相對如蛾眉 故名 又閬之歸化泰寧 雩之太平 豫之郟縣 皆有**峨嵋山** 名同而地別」.「아미산월 반륜추(峨嵋山月半輪秋). 이백(李白)의 시구(詩句). [李白 峨嵋山月歌]「**峨嵋山 月半輪秋** 影入平羌江水流 夜發清溪向三陜 思君不見下渝州」.

15) **구름을 타고 사해에 노닐며[雲遊]** : 구름처럼 사방 떠돌아다니면서 노님. [宣和畵報]「豊筋多力 有**雲遊**雨驟之勢」. [法書要錄]「張弘飛白飄若**雲遊**」.

한다.

조조가 말하기를,

"나 또한 급유용퇴를[16] 오랫동안 생각해 보았으나, 조정을 돌볼 만한 사람을 찾지 못하였소."

하니, 좌자가 웃으며 묻기를,

"익주의 유현덕은 황실의 후손인데, 어찌 저에게 왕위를 양도하지 않으십니까? 그렇지 않다면 빈도는 당장에라도 칼을 날려 당신의 목을 거둘 수도 있습니다."

한다. 조조가 크게 노하며 말하기를,

"이놈이 정작 유비의 세작이로구나!"

하며 좌우에게 잡아들이라 하였다. 좌자는 큰 웃음을 그치지 않았다.

조조는 수십 명 옥졸들에게 묶어 저를 고문하게 하였으나, 옥졸들이 힘을 다해 아프게 치면서 보면 코를 골면서 깊이 자고 있어 전혀 아파하는 기색이 없었다. 조조는 노하여 큰 칼을 씌우고 쇠줄로 묶어서 감옥에 보내 수감하고는, 군사들을 시켜 지키게 하였다.

그리고 보면 가쇄는 다 떨어지고 좌자는 땅에 누워 있으면서도, 전혀 상처가 나지 않고 있었다. 7일 동안 음식을 주지 않기도 하였으나, 볼 때마다 좌자는 단정히 앉아 있으면서 얼굴이 붉은색을 띠고 있었다. 옥졸이 조조에게 보고하거늘 조조가 나가서 저에게 물었다.

좌자가 말하기를,

"나는 수십 년을 먹지 않아도 괜찮소이다. 또 하루에 천 마리의 양을 먹는다 해도, 또한 다 먹을 수 있소이다."

---

16) **급류용퇴(急流勇退)** : 용단을 내려 벼슬자리에서 흔쾌히 물러남. [名臣言行錄]「一僧謂錢若水日 公**急流中勇退**也」. [戴復古 詩]「日暮倒行非我事 **急流勇退有**何難」.

하거늘, 조조는 더 이상 어찌해 볼 수가 없었다.

　이날, 여러 관료들이 다 왕궁의 잔치에 참석하였다. 그때 술을 마시고들 있는데 좌자가 나막신을 신고 연회석 앞에 서 있거늘, 관료들이 놀라며 괴이해 하였다.

　좌자가 다시 말하기를,

　"대왕께서는 이제 수륙진미를 모두 갖추었고 크게 잔치를 벌여 군신들을 위로하시니, 그 가운데 빠진 것이 어떤 것인지 제가 가져다 드릴 수 있습니다."

하니, 조조가 묻는다.

　"나는 용의 간으로 만든 국을 먹었으면 하는데, 그대는 그걸 가져올 수 있느냐?"

한다.

　좌자가 대답하되

　"그게 어찌 어렵겠습니까!"

하고는 묵필을 들어, 장벽 위에 한 마리 용을 그리고 소매로서 감싸고 한 번 흔드니 용의 배가 저절로 갈라졌다. 좌자는 용의 뱃속에서 간의 일부를 꺼내더니 선혈이 뚝뚝 흘렀다.

　조조가 믿지 않고 저를 꾸짖기를,

　"네가 먼저 소매 속에 감추었던 게 아니냐!"

한다.

　좌자가 말하기를,

　"지금 겨울이어서 초목들이 모두 말라 죽었습니다. 대왕께서는 아주 꽃을 좋아하시니 뜻하시는 대로 대령하겠나이다."

하거늘, 조조가 대답한다.

　"나는 단지 모란꽃이 보고 싶다."

하니, 좌자가 대답하기를

"쉬운 일입니다."

하고는, 큰 화분을 연회자리 앞에 놓게 하고는 물을 뿜자, 곧 모란 한 포기가 나오더니 두 송이 꽃이 피었다. 여러 관료들이 크게 놀라서 좌자를 자리에 앉게 하고 같이 음식을 먹었다. 조금 있자 요리사가 물고기회를 내놓았다.

좌자가 또 말하기를,

"회란 반드시 송강의 농어회가 제격입니다."[17]

하거늘, 조조가 묻기를

"여기서 천 리나 떨어져 있는데 어찌 농어를 가져오겠느냐?"

하매, 좌자가 대답하기를

"그 또한 뭐 어렵겠습니까!"

하고는, 낚싯대를 가져오라 하더니 뜰 아래에서 연못에 낚시를 드리우고 고기를 낚았다. 잠시 후에 수십 마리의 큰 농어를 잡아서 전각 위에 올려놓았다.

조조가 말하기를,

"내 연못 가운데에는 이 물고기가 본래 있었다."

하거늘, 좌자가 대답하기를

"대왕께서는 어찌 속임수를 쓰려 하십니까? 천하에 농어는 단지 아가미가 둘이나 오직 송강의 농어만은 그것이 넷이옵니다. 이것으로 분별할 수 있습니다."

---

17) 송강의 농어회가 제격입니다[松江鱸魚者方美] : 태호(太湖)의 지류인 오송강 (吳松江)에서 나는 농어회의 참맛. [搜神記]「公(曹操)笑顧衆賓曰 今日高會 珍 羞略備 所小者 吳松江鱸魚爲膾」. [蘇軾 後赤壁賦]「客曰 今者薄暮 擧網得魚 巨 口細鱗 狀如松江之鱸」.

한다. 여러 관료들이 그 농어를 보니 과연 아가미가 넷이었다.

좌사가 다시 말하기를,

"송강의 농어를 삶을 때에는 모름지기 자아강이18) 들어가야 합니다."

하거늘, 조조가 묻기를

"네가 그것을 가져올 수 있느냐?"

하니, 좌자가 대답한다.

"쉽습니다."

하고, 금분 한 개를 가져오게 하더니 그것을 옷으로 덮어 놓았다. 얼마 안 되어 금분에 자아강이 가득하매 그것을 조조 앞에 바치거늘, 조조가 손으로 집어드니 갑자기 화분 안에 문득 한 권의 책이었는데, 그 제목이 '맹덕신서'였다. 조조가 그것을 보니 한자도 어긋나지 않았다. 조조는 아주 의아하게 생각하였다.

좌자는 탁상의 옥잔을 취해 가득히 술을 부어 조조에게 드리면서,

"대왕께서는 이 잔을 마시시면 천 년 수를 누릴 것입니다."

하니, 조조가 명하기를

"네가 먼저 마셔보아라."

하매, 좌자는 마침내 관 위에 있는 옥잠을19) 뽑아 술잔의 가운데를 한 번 긋고 나니, 술잔의 술이 둘로 갈라졌다. 한쪽 반은 자기가 마시고 나머지 반을 조조에게 드렸다.

조조가 저를 꾸짖으매, 좌자가 술잔을 공중으로 던지니 한 마리 흰 비둘기가 되어 전각을 휘돌고 날아갔다. 여러 관료들이 그것을 쳐다보았는데 좌자는 간 곳이 없었다.

---

18) **자아강(紫芽薑)** : 잎과 줄기가 보랏빛인 생강.

19) **옥잠(玉簪)** : 옥비녀. [西京雜記]「武帝過李夫人 就取**玉簪**搔頭 自此後宮人搔頭 皆用玉 玉價倍貴焉」. [韓非子 內儲說 上]「周主亡**玉簪** 商太帝論牛失」.

좌우가 문득 아뢰기를,

"좌자가 궁문으로 나가버렸습니다."

하거늘, 조조가 말하기를

"그와 같은 요인을 반드시 당장 없애버려야 한다. 그렇지 않으면 필시 장차 해가 될 것이다."

하고는, 드디어 허저에게 3백 철갑군을 주어 추격해 생포해 오라 하였다. 허저가 말에 올라 군사들을 이끌고 성문에 이르니, 좌자가 나막신을 신고 천천히 걸어가는 것이 보였다. 허저가 말을 몰아 급히 추격하였으나 따라잡을 수가 없었다.

곧 어느 산중까지 쫓아가니 양을 치는 소동이 있고 양떼들이 몰려나오거늘 좌자가 양떼 속으로 들어가 버렸다. 허저가 활을 쏘려 하였으나 좌자는 보이지 않았다. 허저가 그 양떼들을 다 죽이고 돌아왔다. 양을 치던 소년이 양떼를 지키며 울었다.

문득 땅에 쓰러져 있던 양의 머리가 사람이 되어, 양치는 소년을 부르며

"너는 양의 머리를 모두 죽은 양의 몸통에 붙여라."

하거늘 소동이 놀라 얼굴을 가리고 달아났다.

그때, 어떤 사람이 부르는 소리가 들리면서,

"놀랄 것 없다. 너의 양은 살아날 것이다."

하였다. 목동이 되돌아보니 좌자가 땅 위에 죽은 양들을 살려 놓고 따라온다. 목동이 묻고자 할 때에 좌자는 이미 소매를 흔들며 가버렸다. 그 걸음이 마치 나는 듯해서 곧 보이지 않았다.

아이가 돌아와 주인에게 말하니, 주인은 감히 숨기지 못하고 이를 조조에게 보고하였다. 조조는 그 모습을 그려서 각처에 뿌리고 좌자를 잡게 하였다. 사흘 안에 성 안팎에서, 눈 하나가 멀고 한쪽 다리를 절며 백등관에 청라의를 입고 나막신 신은 선생을 잡아들였다. 이런 모

양을 한 자들이 3, 4백 명에 달하였으며 온 시가와 거리가 들끓었다.

조조는 여러 장수들에게 돼지와 양의 피를 뿌리고 성남 교장(城南敎場)으로 압송하게 하였다. 조조는 직접 갑병 5백여 명으로 둘러싸고 저들을 다 참하였다. 잘린 목구멍 속에서 각기 한 줄기 푸른 기운이 일어나더니 하늘로 날아오르고, 한 곳에 모여 한 사람의 좌자가 되었다.

그러더니 한 마리 백학을 공중에서 불러 타고 손벽을 치고, 크게 웃으면서

"흙쥐가 금호랑이를 따르니20) 간특한 영웅이 하루 아침에 죽으리라!"

하였다.

조조는 여러 장수들에게 명하여 활로써 그를 쏘게 하였다. 그때, 홀연 바람이 미친 듯이 불고 돌이 날리고 모래가 날리더니, 참수 당한 시신들이 다 뛰어 일어나서 손에 머리를 들고는 연무청(演武廳) 위로 몰려 올라와 조조의 목을 죈다. 문무 관료와 장수들이 얼굴을 가리며 놀라 쓰러져서 서로 쳐다보지 못하였다.

이에,

간웅의 권세가 나라를 기울게 하더니
도사의 그 선기(仙機)가 사람과 다르네.
奸雄權勢能傾國
道士仙機更異人.

조조의 목숨이 어찌 되었는지 알 수가 없다. 하회를 보라.

---

20) 흙쥐[土鼠]가 금호랑이[金虎]를 따르니 : 경자년(庚子年) 무인월(戊寅月)이되니. (庚=金·子=鼠·戊=土·寅=虎임).

제69회

주역을 점쳐서 관노는 천기를 알아내고
한적을 토벌하다가 다섯 신하는 충의에 죽다.
　卜周易管輅知機
　　討漢賊五臣死節.

　한편, 그날 조조는 흑풍 속에서, 여러 시신들이 다 일어나는 것을
보고는 놀라 땅에 쓰러졌다. 얼마 있다가 바람이 잦아들자 시신들은
보이지 않았다. 좌우가 조조를 부축해서 궁으로 돌아왔으나, 그 놀라
움은 병이 되었다.
　후세 사람이 좌자를 예찬한 시가 있다.

　　날랜 발걸음 구름 타고 구주를 두루 다녀
　　홀로 둔갑술을 써서 유유히 떠도는구려.
　　　飛步凌雲遍九州
　　　獨憑遁甲自邀遊.

　　한 때 장난삼아 신선술을 시험하매
　　조조는 넋이 빠져 다시 머리를 못 드네.
　　　等閒施設神仙術
　　　點悟曹瞞不轉頭.

조조는 병이 들었으나 복약이 효험이 없었다. 때마침 태사승 허지 (許芝)가 허창에서 와 조조를 뵈었다.

조조는 허지에게 점을 치게 하니, 허지가 말하기를

"대왕께서는 일찍이 유명한 점쟁이 관노(管輅)를 아십니까?"

하거늘, 조조가 말하기를

"그의 이름을 들은 듯하오. 그러나 그의 재주는 알지 못하는데 그대 가 자세히 말해 주시게나."

하자, 허지가 대답하기를

"관노의 자는 공명(公明)이며 평원 사람입니다. 용모가 아주 비루하 지만 술을 좋아하고 드문 재주를 가지고 있었는데, 그 아비는 일찍이 낭야 즉구(即丘)의 현령이었답니다. 관노는 어려서부터 천체 보기를 좋아하여 밤에도 잠을 자지 않았다 합니다. 그래서 부모님도 그 일을 금하지 못하였답니다."

그러나 그는 항상 말하기를,

"집에 있는 닭과 따오기들이 오히려 시간을 아는데, 어찌하여 항차 사람이 되어서 시간을 모르겠는가?"

하며, 이웃 아이들과 함께 놀 때에도 땅에다 천문도(天文圖)를 그렸는데, 거기에 일월과 성신을 그려 넣었다 합니다. 장차 자라면서 주역을 통달 하고1) 풍각을2) 말하며, 수학에 신통하고 관상도 아주 잘 보았답니다.

---

1) 장차 자라면서 주역을 통달하고[天文·地理] : 원문에는 '仰觀'으로 되어 있 음. 「앙관부찰」(仰觀俯察)은 하늘을 쳐다보며 천문을 보고 땅을 굽어보고 지리 를 살핌의 뜻. 「앙관천문 부찰지리」(仰觀天文 俯察地理). 위로는 하늘의 일원 성신을 쳐다보고 아래로는 땅의 산천초목을 굽어본다는 말. [易經 繫辭上傳]「 易與天地準 故能彌綸天地之道 仰以觀於天文 俯以察於地理」. [張蘊古 大寶傳]「 今來古往 俯察仰視」.

2) 풍각(風角) : 사방에서 불어오는 바람을 감별하여 길흉을 점치는 방술(方

낭야태수 단자춘(單子春)이 그의 이름을 듣고 만나 보았는데, 그때 그 자리에는 백여 명이 있었으며 저들 모두가 말을 잘하는 선비였답니다.

관노가 자춘에게 말하기를,

"저는 어려서 담력이 크지 못해, 먼저 술 서 말을 청해 마신 다음에 말을 하겠습니다."

하거늘, 자춘이 기이하게 여겼답니다.

술 세 말을 마시고 나서야 관노가 자춘에게,

"오늘 저와 대화할 분들이 부군의 곁에 계신 선비님들이십니까?"

하매, 자춘이 말하기를

"나만이 자네와 이야길 할 것일세."

하였답니다.

이에 관노와 역리(易理)를 논해 보니 그는 전혀 곤란해 하지 않으며, 말 한 마디 한 마디가 정치하고 오묘했답니다. 자춘이 계속 어려운 것을 물었으나 관노의 말은 마치 물 흐르듯 해, 아침부터 저녁까지 주식도 먹지 않고 이야길 했답니다. 자춘과 여러 빈객들이 탄복하지 않은 사람이 없었고 이에 그를 천하의 '신동(神童)'이라 불렀답니다.

그 뒤에 고을 사는 곽은(郭恩)이란 이가 형제 세 사람을 두었는데 다 절름발이여서, 관노에게 점을 쳐 달라 했더니,

"점괘에 당신네 분묘 가운데 여귀가 있는데 자네의 백모가 아니면 숙모일 것일세. 옛날 흉년이 들 때에 몇 되의 쌀을 얻기 위해서 식구들이 모의하여, 그녀를 우물에 밀어 넣고 큰 돌로써 그 머리를 눌러 놓았으므로 그 넋이 고통스러워 하늘에 하소하였다네. 그래서 자네의 형제

術). 〔三國志 魏志 管輅傳注〕「輅年八九歲 便喜仰視星辰 及成人明周易 仰觀**風角** 占相之道 無不精微」. 〔後漢書 張衡傳〕「律歷卦候九宮**風角** 數有徵效」.

들이 이 업보를 받고 있는 것이니 이 재앙을 없애는 것은 불가하네."
하고 말하니, 곽은 등이 눈물을 뿌리며 엎드려 복죄를 했다 합니다.

　안평태수 왕기(王基)가 곽노의 점이 신통하다는 것을 알고 그를 집으로 청했는데, 마침 신도현령의 처가 늘 두통을 앓고 그 아들 또한 가슴앓이로 인하여, 곽노를 청해 그에게 점을 치게 했답니다.

　곽노가 말하기를,

　"이 집의 서쪽 모서리에 두 구의 시체가 있는데, 시체 중 한 남자는 창을 가지고 있고 한 남자는 활과 화살을 가지고 있으며, 머리는 벽의 안쪽에 있고 다리는 벽 밖에 있는데, 창을 가진 자가 머리를 찌르고 있기 때문에 머리가 아픈 것입니다. 또 활을 가진 자가 가슴을 찌르고 있어서 가슴앓이를 하는 것입니다."

하였답니다.

　이에 땅속 8자를 파니 과연 관이 두 개 있었으며, 한 개의 관 속에는 창이 있고 다른 한 개의 관에는 활과 화살이 있었는데 나무는 모두 썩었더랍니다. 관노가 해골을 성 밖 10리 지경에 옮겨 묻었더니 그 처와 아들이 모두 평강(平康)했다 합니다.

　관도(館陶)의 현령 제갈원(諸葛原)이 신흥태수로 옮겨 왔는데, 관노가 전송하러 갔답니다.

　그때, 손님 중에서 관노가 감춰 둔 물건을 잘 알아낸다고[3] 말하자, 제갈원이 믿지 않으며 몰래 제비알과 벌집, 그리고 거미 세 가지를 각기 세 개의 합 속에 감춰두고 관노에게 점을 치게 했답니다.

　점을 치자 각각 합뚜껑에 4구씩 써 놓았는데,

---

3) 감춰 둔 물건을 잘 알아낸다고 : 원문에는 '射覆'으로 되어 있음. '사복'은 본래 '그릇 속에 숨겨둔 것이 무엇인지 알아맞히는 놀이'인데, '점쟁이'를 뜻하는 것으로 쓰임. [漢書 東方朔傳]「上嘗使諸數家射覆 置守宮盂下射之 皆不能中」.

첫째는 "머금고 있는 기가 점점 변해서 처마 밑에서 자웅이 갈려 진다. 날개가 점점 펴지니 이는 곧 제비알이다."

둘째는 "집이 거꾸로 달려 있는데 문이 아주 많다. 정(精)을 저장하고 독을 기르다가 가을이 되면 화하니 곧 벌집이라."

셋째 합에는 "다리가 길고 실을 토해 내서 그물을 짓는다. 그 그물로 먹이를 찾는데 먹이는 밤에 얻으니 이는 거미다."

하거늘, 거기 앉아 있던 손님들이 다 놀라더랍니다.

또 하루는 시골에 한 노파가 소를 잃고 찾게 해달라며 점을 치러 왔더랍니다.

관노가 말하기를,

"북쪽 시냇가에 가면 일곱 사람이 그 소를 삶아 먹고 있는데, 빨리 가서 찾으면 가죽과 고기가 아직 있을 것이다."

하거늘, 노파가 가서 찾아보니 과연 일곱 사람이 띠집 뒤에서 삶아 먹고 있는데, 아직 피육은 남았더랍니다.

그 아내가 본부태수 유빈(劉邠)에게 고하여 7인의 죄인을 잡고서 노부에게 묻기를

"자네는 어찌 저들을 알았는가?"

하니, 노파가 관노에게 점을 쳐서 알았다 했답니다.

유빈이 믿기지 않아서 관노를 관부로 청해, 관인 주머니와 산닭의 깃을 합 속에 감추고 점을 쳐서 찾아내라 하였답니다.

곽노가 점을 치고 나서 말하기를,

그 하나는

"안은 모가 지고 겉은 둥글며 오색의 무늬가 찬란한데, 신(信)을 지키는 보물로 꺼내면 도장이 있으니 이는 도장주머니"

이고, 다른 하나는

"높은 절벽에 새가 있으니 찬란한 몸에 붉은 옷을 입었구나. 깃털은 검고 누르며 새벽마다 우니 이는 산닭의 깃입니다."

하더랍니다.

유빈이 크게 놀라서 마침내 상빈으로 대접했답니다.

하루는 관노가 교외에 나가 한가롭게 거닐고 있는데, 밭을 가는 한 젊은이를 길가에 서서 한참동안 쳐다보다가

"젊은이의 성씨가 무엇이며 지금 나이가4) 얼마나 되셨소?"

하니, 그 젊은이 대답하기를

"성은 조(趙)가 이옵고 명은 안(顔)이라 하오며, 나이는 올해 열아홉이옵니다. 선생께서는 뉘시오이까?"

하더랍니다.

관노가 말하기를,

"나는 관노란 사람이오. 내가 보니 자네의 미간에 사기(死氣)가 있어, 사흘 안에 틀림없이 죽게 될 것이오. 자네는 수려한 용모이나 수가 짧으니 애석한 일이외다."

하더랍니다.

조안이 급히 집에 돌아가 아버지께 고하니, 그의 아비가 듣고 급히 관노를 따라와서 울며, 땅에 엎드려

"저의 집에 오셔서 자식을 구해주소서!"

하거늘, 관노가 말하기를

"이는 천명이니 어찌 피할 수 있겠소이까?"

하매, 그 아비가 말하기를

"늙은이에게 오직 하나뿐인 자식이오니 구해주시기를 애걸합니다!"

---

4) 나이[貴庚] : '남의 나이'의 높임말. [中文辭典]「問他人年齡之敬辭」.

하고, 조안 또한 울며 구해주기를 간청했답니다.

관노는 그 부자의 정성이 애절한 것을 보고, 이에 조안에게

"자네가 깨끗한 술 한 병과 녹포(鹿脯) 한 덩이를 마련해 가지고 내일 남산에 가면, 큰 나무 아래에 반석이 보일 것이야. 그 위에 두 사람이 바둑을 두고 있을 것이니, 그 중 한 사람은 남쪽에 앉아 있는데 백포를 입었고 그 용모가 아주 악하게 생겼을 것이고, 다른 한 사람은 북쪽에 앉아 있는데 홍포를 입고 그 용모가 아주 수려할 것일세.

자네는 저들이 바둑을 놓고 흥겨워할 때에, 무릎을 꿇고 술과 녹포를 드리게. 술을 마시고 녹포를 먹기 기다려, 울며 절하고 살려달라고 빌면 필시 도움을 받을 것이네. 다만 일절 내가 이르더란 말은 하지 말고."

하더랍니다. 노인은 관노를 집에 데리고 가 머물게 하였다.

다음 날 조안이 주포(酒脯)와 배반(盃盤)을 들고 남산 속으로 들어가서 약 5, 6리쯤 된 곳에 이르니, 과연 두 사람이 큰 나무 아래 반석에 앉아 바둑을 두고 있었으나 전혀 돌아보지도 않았다. 조안은 무릎을 꿇고 주포를 드렸다. 두 사람은 바둑에 정신이 팔려 자기들도 모르는 사이에 술을 다 마셔 버렸더랍니다.

조안이 울며 땅에 엎드려 명을 비니 그제서야 두 사람은 크게 놀라더랍니다.

홍포를 입은 사람이 말하기를,

"이는 필시 관자(管子)가 말해 주었을 것이오. 우리 두 사람이 이미 술을 얻어먹었으니, 반드시 저를 불쌍히 여겨야 할 것 같소이다."

하니, 백포를 입은 사람이 이에 몸 속에서 명부를 내어서 살펴본 뒤에, 조안에게 말하기를

"네 나이 지금 열아홉에 죽기로 되어 있다. 내가 십 자에 획을 더해

구 자를 만들어 주겠다. 그러면 너는 99세까지 살 것이다."
하더랍니다.

　돌아가 관노를 만나거든,
　"절대로 천기를 누설하지 말라고 해라.5) 그렇지 않으면 천벌을 받
게 되지."
라고 말하더랍니다.

　그리고 홍포를 입은 사람이 붓을 꺼내어 첨기를 끝내자, 한 줄기 향
풍이 불더니 두 마리 백학이 되어서 하늘로 날아갔다.

　조안이 돌아와 관노에게 물으니, 관노가 대답하기를
　"홍포를 입은 이는 남두이고6) 백포를 입은 이는 북두일세."
하거늘, 조안이 묻기를
　"북두에는 구성이7) 있다 하던데 어째서 한 사람뿐이오니까?"
하니, 관노가 말하기를
　"흩어지면 아홉이 되고 합해지면 하나가 되는 것이다. 북두성은 죽
음을 주관하고 남두성은 삶을 주관한다. 이제 이미 수를 더 하였으니
자네는 다시 더 무슨 걱정을 하겠는가?"
하니, 그 부자가 배사했답니다.

　"이때부터 관노는 천기를 누설할까 두려워서, 다시는 사람들 앞에

---

　5) 절대로 천기를 누설하지 말라고 해라[泄漏天機] : 천기누설(天機漏泄). 큰 기
　　밀(天意)이 새어나감을 이르는 말. '기밀이 새어나가지 않게 하라'는 비유.
　　[淮南子 原道訓]「則內有以通于 天氣 (注) 機發也」. [集仙傳]「黃帝天機之書 非奇
　　人不可忘傳」.
　6) 남두(南斗) : 남두성[斗宿]. 이십팔 수의 열째 별자리의 별들. [史記 大官書]「南
　　斗爲廟 其北建星建星者 旗也 (注) 正義曰 南斗六星 在南也」.
　7) 구성(九星) : 둔갑술[遁甲式用法]에서 쓰는 용어임. 본래는 북두칠성 · 구운
　　성. [素問 天元紀大論]「九星顯朗 七曜周旋 [注] 九星上古之時也……九星謂天蓬
　　天內 天衝 天輔 天心……今猶用焉」.

서 점을 치지 않았답니다. 이 사람이 지금 평원에 있으니 대왕께서는 허물하지 마시고, 저를 불러 보시지 않으십니까?"
하였다.

조조는 크게 기뻐하며, 곧 사람을 평원으로 보내 관노를 불러오게 하였다. 관노가 인사를 끝내자 조조가 점을 쳐보라 하였다.

관노가 말하기를,

"이것은 환술(幻術)일 뿐인데 어찌 그리 근심하십니까?"
하니, 조조가 안심하고 병이 점점 나아졌다.

조조는 천하의 일을 점쳐 보라 하니, 관노가 점을 쳐보고

삼팔이 종횡이요 누런 돼지가 범을 만나니8)
정군의 남쪽에서 부상을 입어 팔이 부러지네.
　三八縱橫　黃猪遇虎
　　定軍之南　傷折一股.

라고 써 놓는다.

조조가 또 위왕부의 수명을 점치게 하였다.

관노가 점을 치고 나서 말하기를,

사자궁 중에 신위를 모셨으니
왕도는 새로워지나 자손이 귀하리.
　獅子宮中　以安神位
　　王道鼎新　子孫極貴.

---

8) 삼팔이 종횡이요 누런 돼지가 범을 만나니 : 원문에는 '三八縱橫 黃猪遇虎'로 되어 있음. 건안(建安) 24년(己亥年) 인월(寅月), 즉 정월을 말함.

라고 써 놓았다.

　조조가 좀 더 자세하게 설명하라 하니, 관노는 또 말하기를

"천수를 미리 알 수는 없습니다. 기다려보면 스스로 징험할 수 있을 것입니다."

하거늘, 조조는 관노를 봉하여 태사를 삼고자 했다.

　관노가 대답하기를,

"박명하고 상궁(相窮)한 제가 이런 직분을 맡는 것은 합당하지 않습니다."

하거늘, 조조가 그 연유를 물으니

"저는 이마에 주골(主骨)이 없고 눈에는 동자가 없으며, 코에는 양주(梁柱)가 없고 다리에는 천근(天根)이 없습니다. 등에는 삼갑이9) 없고 배에는 삼임이10) 없습니다. 단지 태산에서 귀신을 다스릴 수 있사옵고11) 사람을 다스릴 수는 없습니다."

하였다. 조조가 묻기를

"자네, 내 상은 어떤가?"

하거늘, 관노가 대답하기를

"인신으로 지극한 지위인데 또 무슨 상을 보려 하십니까?"

---

9) 삼갑(三甲): 주술가의 용어로 '등의 삼갑지형(三甲之形)을 이르는데, 이는 수명이 길다(壽相)'는 뜻임. [魏志 管輅傳]「背無三甲 腹無三壬 此皆不壽之驗」.

10) 삼임(三壬): 술수나 불가의 용어로 '장수(長壽)하지 못함을 증험(證驗)하는 관상의 특징'을 뜻함. [魏志 管輅傳]「輅曰 吾額上無生骨 眼中無守精 鼻無梁柱 脚無天根 背無三甲 腹無三壬 此皆不壽之驗」. [劉禹錫 白樂天詩]「鹽容稱四皓 捫腹有三壬」.

11) 단지 태산에서 귀신을 다스릴 수 있사옵고: 원문에는 '只可泰山治鬼 不能治生人也'으로 되어있음. [孟子 滕文公篇 上]「或勞心 或勞力 勞心者治人 勞力者治於人」. [淮南子 說林訓]「人莫於學御龍 而皆欲學御馬 莫欲學治鬼 而皆欲學治人 急所用也」.

하니, 조조가 재삼 묻거늘 관노가 웃기만 할 뿐 대답을 하지 않았다.[12] 조조는 관노에게 문무 관료들의 상을 보게 하였다.

관노가 말하기를,

"다 치세의 능신(能臣)들입니다."

하니, 조조는 또 저들의 길흉 화복을 물었으나 대답하지 않았다.

후세 사람이 관노를 예찬한 시가 있다.

평원의 점술가 관공명 점술도 뛰어나
능히 남진 북두성을 헤아릴 수 있구나.
平明神卜管公明
能算南辰北斗星.

팔괘의 유미함은 귀규에 통달하고
육효의 오묘함과 천정을 깊이 아네.
八卦幽微通鬼竅
六爻玄奧究天庭.

상법의 수 없음을 미리 알아내고
심원을 깨쳤으니 신령함도 그지없다.
預知相法應無壽
自覺心源極有靈.

애석하다, 당년의 그 기이한 술법들이

---

12) 웃기만 할 뿐 대답을 하지 않았다[笑而不答] : '묻는 내용은 알고 있으나 구태여 대답할 필요가 없음'을 뜻함. [李白 山中問答詩]「問余何意栖碧山 **笑而不答**心自閑 桃花流水杳然去 別有天地非人間」.

후인들 전수하여 전하는 이 없음이여!

可惜當年奇異術

後人無復授遺經.

조조는 관노에게 동오와 서촉 두 곳을 점치게 하였는데, 점괘에서 이르기를

"동오에서는 한 대장이 죽고 서촉에서는 병사들이 경계를 범하리라."

하거늘, 조조는 이를 믿지 않았다.

문득 합비에서 보고가 들어왔는데,

"동오의 육구를 지키던 장수 노숙이 죽었다."

하거늘, 조조가 크게 놀라서 곧 사람을 보내 한중에 가서 소식을 알아오게 하였다. 며칠이 지나지 않아서, 유현덕이 장비와 마초를 보내서 군사들을 하변에 주둔시키고 관을 취하려 한다는 첩보가 날아들었다. 조조는 크게 노하여 곧 직접 대병을 이끌고 다시 한중으로 가려 하면서, 관노에게 점을 쳐보게 하였다.

관노가 대답하기를,

"대왕께서는 경거망동을 하지 마십시오. 내년 봄에 허도에 반드시 화재가 있을 것입니다."

하거늘, 조조는 관노의 말이 여러 번 맞은 것을 보고, 업군에 그대로 머물러 있게 하였다.

조홍을 시켜 군사 5만 명을 거느리고 가서 하후연 장합과 함께 동천을 지키게 하였다. 또 하후돈에게는 병사 3만을 이끌고 허도를 순찰하여 불의에 대비하라 하였다. 또 장사 왕필에게는 어림군마를 총독하게 하였다.

주부 사마의가 말하기를,

"왕필은 술을 좋아하고 성품이 관후하여 이 직분을 감당하지 못할 것입니다."

하매, 조조가 말하기를

"왕필은 내가 어렵고 가난한 때에 나를 따르던 인물로, 충성되고 또한 부지런하며 마음 또한 철석과 같아서 가장 알맞은 인물이오."

하고는, 어림군마를 맡기고 허도의 동화문 밖에 주둔하게 하였다.

그때, 한 사람이 있었는데 성은 경(耿), 이름은 기(紀)라 했고, 자는 계행(季行)으로 낙양사람이었다. 전에는 승상부연으로 있었으며 뒤에는 시중소부로 옮겼는데, 사직 위황(韋晃)과 매우 가까웠다. 조조가 왕의 작위에 나가게 되어, 천자의 거복을 쓰고 출입하는 것을 보고 마음에 불평이 심했다.

때는 건안 23년, 봄 정월. 경기는 위황과 비밀리에 의논하기를

"조적의 간악함이 날로 심해지고 있어서 반드시 찬역지사(篡逆之事)를 볼 것입니다. 우리들이 한나라 신하가 되어가지고 어찌 악한 일에 함께 하겠소이까?"

하자, 위황이 말하기를

"내가 심복하는 인물이 있는데, 성이 김씨(金氏)이고 이름은 위(褘)라 하며, 한나라 때 재상이었던 김일제(金日磾)의 후손이오. 평소부터 조조를 토벌해야 한다는 마음을 가지고 있었고, 게다가 왕필과는 신의가 아주 두터운 인물이다. 만약에 저와 같이 꾀한다면 대사가 순조로울 것이오."

하거늘, 경기가 묻기를

"저가 왕필과 교분이 두텁다면 어찌 우리들과 공모를 하겠소이까?"

하자, 위황이 대답한다.

"가서 저에게 말을 해보고 어떤지 봅시다."

하였다.

이에 두 사람이 같이 김위의 집에 갔다. 위가 저들을 후당으로 맞아들이고 자리에 앉았다.

위황이 말하기를,

"덕위(德褘)께서는 왕장사와 교분이 두텁지요. 우리 세 사람이 특히 청할 게 있어서 왔소이다."

하니, 김위가 묻기를

"청할 게 무엇이오?"

한다.

위황이 대답하기를,

"내 들으니 위왕이 조만간 선위를 받을 것이라 하는데, 장차 대보에 오르면 공과 왕장사도 필시 높은 자리로 옮겨질 게 아니겠소. 바라건대 우리를 버리지 말고 벼슬길에 붙들어 주시면, 은덕에 감읍함이 얕지 않을 것이오이다."

하니, 김위가 옷소매를 떨치고 일어났다. 마침 종자가 차를 가지고 오다가 쳐서 찻잔을 땅에 쏟아 버렸다.

위황이 짐짓 놀라며 말하기를,

"덕위는 친구에게 어찌 이리 박정하시오?"

하니, 김위가 대답하기를

"내가 자네와 교분이 두텁지만 자네들이 한조의 재상들의 후예이면서, 지금 본조에 갚을 생각은 않고 한조에 반하는 사람을 도우려 하고 있으니, 내 무슨 낯으로 자네들과 친구라 하겠는가!"

한다.

이때, 경기가 대답하기를,

"어찌하여 천수가 이에 이르렀는가. 부득이 해서 하는 것뿐이오!"[13]

하자, 김위가 크게 노한다.

경기와 위황은 김위가 과연 충성심이 있구나하고, 이에 사실대로 고하며

"우리들은 본래 도적을 토벌하고자 하여, 족하(足下)에게 구원을 청하러 왔소이다. 앞에 한 말들은 자네를 시험해 본 것이네."

하니, 김위가 묻기를

"내 수대에 걸쳐 한신이면서 어찌 조조를 따르겠소! 공 등이 한실을 붙들어 세울 양이면 뭐 좋은 생각이라도 있소이까?"

하거늘, 위황이 대답하기를

"비록 보국지심[忠義之心]은 있다 하지만, 도적을 토벌할 계책은 없소이다."

하니, 김위가 말하기를

"내가 안에서 호응하고 밖에서 합세하여, 왕필을 죽이고 그의 병권을 빼앗아 천자를 호위하려 하오이다. 그리고는 유황숙과 연계하여 밖에서 돕는다면 도적을 멸할 수 있을 것이오."

한다. 두 사람이 그 말을 듣고 손뼉을 치면서 좋아하였다.

김위가 말하기를,

"나에겐 심복 두 사람이 있으니 그들은 도적과는 살부지수인데, 지금 성 밖에 살고 있으니 저들을 날개로 쓸 수 있소이다."

하거늘, 경기가 저들이 누구인가를 물었다.

김위가 대답하기를,

"태의(太醫) 길평(吉平)의 아들인데 큰 아들의 이름은 길막(吉邈)이니,

---

13) 부득이 해서 하는 것뿐이오![不得不爲耳] : 아니 할 수가 없어서 함. 「부득이」 (不得已). 마지못하여·하는 수 없이. [孟子 滕文公篇 下]「孟子曰 子豈好辯乎 子·**不得已也**」.

자를 문연(文然)이라 하고, 둘째는 길목(吉穆)으로 자는 사연(思然)이외다. 조조가 전에 동승의 의대조 사건 때에 일찍이 그 아비를 죽였는데, 두 아들들은 멀리 도망가서 난을 면했다오. 이제 허도에 숨어 들어와 있어, 만약에 도적을 치는데 도움이 된다면 좇지 않을 바가 없소이다." 하였다. 경기와 위황이 크게 기뻐하였다.

김위가 곧 밤중에 은밀히 사람을 보내 두 형제를 부르자 두 사람이 왔다. 김위가 그 일을 자세히 말하니 두 사람은 감읍하여 눈물을 흘리고, 원통한 기운이 충천하며 국적을 죽일 것을 서약하였다.

김위가 말하기를,

"정월 보름날 야간에는 성중에서 큰 연등을 켜고 설날을 경축하게 되오이다. 경소부와 위사직 두 분께서 저들 두 사람과 가동들을 데리고 왕필의 진영 앞에 이르러 있다가, 영중에서 불길이 치솟으면 양쪽에서 짓쳐 들어오시구려. 그래서 왕필을 죽이고 곧 내 뒤를 따라 안으로 들어오면, 천자를 뫼시고 오봉루(五鳳樓)에 올라서 백관들에게 토적을 유시하게 할 것이외다.

길문연 형제는 성 밖에서 짓쳐 들어와서 방화를 신호로 삼아 각 부군에서 소리를 지르면, 백성들이 국적을 죽이라고 외치면서 성내의 구원군을 막고 천자가 조서를 내리고 초안(招安)이 끝나면 곧 안정이 될 것이오. 그때 진병하여 업군으로 들어가 조조를 생포하고 곧, 사신을 보내 유황숙을 부르는 조서를 보내면 됩니다. 오늘 약속을 정해 놓고 기일이 되면 2경에 거사를 하되, 동승과 같이 해서 화를 부르지 않도록 하십시다."

하며, 다섯 사람들이 하늘에 맹세하며 삽혈동맹을[14] 하고 각자 집으로

---

14) **삽혈동맹[歃血爲盟]** : 희생의 피를 입에 바르고 맹세함. 옛날 서약을 지키겠다고 신에게 맹세하던 일. 서로가 맹세할 때에 희생(犧牲 : 소나 말)을 잡아

돌아가서, 군마와 무기들을 정돈하고 기약한 날이 되기를 기다렸다.

한편, 경기와 위황 두 사람은 각기 가동 3,4백 명과 무기들이 있었고, 길막 형제들은 3백여 명을 모아 사냥을 핑계로 준비를 하고 있었다.

김위는 기일보다 먼저 왕필을 만나서,

"바야흐로 지금 해내가 평안하고 위왕의 위세가 천하에 진동하고 있으니, 금년 정초에는[15] 불가불 등화를 켜서 태평기상을 보이게 하십시오."

하니, 왕필은 그 말이 조리있다고 여겨 성내 백성들에게 알려서, 모두 장등결채를[16] 하고 가절을 경축하라 하였다.

정월 보름이 되자 날씨는 맑고 별과 달은 밝았다. 번화한 거리에는[17] 화등이 경쟁이나 하듯이 내어 걸렸다. 금오에서도 막지 않았으며 옥루도 재촉하지 않았다.[18] 왕필은 어림장군들과 함께 영중에서

그 피를 나누어 마셨던 일을 이름.「삽혈지맹」(歃血之盟). [戰國策 魏策]「今趙不救魏 魏歃盟於秦 是趙與强秦爲界也」. [三國遺事 卷一 太宗春秋公]「刑白馬而盟 先祀天神及山川之靈 然後歃血爲文而盟曰 往者百濟先王 迷於逆順 云云」.

15) 금년 정초[元宵佳節] : 정월 보름 명절. [東京夢華錄]「正月十五日元宵 大內前絞縛山棚 遊人集御街兩廊下 歌舞百戲」.

16) 장등결채(張燈結彩) : 귀한 손님을 맞기 위해 등불을 켜놓고, 색깔이 있는 종이나 헝겊 따위를 문과 다리에 내걸어 장식함.「장등결채」(長燈結綵). [宋史 禮志]「上元前後各一日 城中長燈大內正門結綵 爲山樓影燈」. [楊允孚 灤京詩]「結綵爲樓不用局 角聲扶上日初明」.

17) 번화한 거리에는[六街三市] : 번화한 도성의 거리.「강구」(康衢). 강은 오달(五達)의 도(道), 구는 사달(四達)의 도로 번화한 네거리. [列子 仲尼篇]「堯治天下五十年 不知天下治歟 不治歟……乃微服遊於康衢 聞兒童謠」. [後漢書 馬融傳]「目曬鼎俎 耳聽康衢」.

18) 금오에서도 막지 않았으며 옥루도 재촉하지 않았다[金吾不禁 玉漏不催] : 금오에서는 통금을 막지 않고 옥루(물시계)도 재촉하지 않음의 뜻임. 정월 대보름 밤의 풍경을 묘사한 것인데 한나라 때의 무관의 이름으로 집금오(執金吾)의 약칭임. [西京雜記]「西都京城街衛 有金吾曉暝傳呼 以禁止夜行 惟正月十五

술을 마시며 연회를 하고 있었다. 2경 시분에 문득 함성이 들리더니, 부하들이 와서 병영의 뒤에서 불이 났다고 보고하였다.

왕필은 황망히 장막을 나가서 보니 불길이 넘실거리는 것이 보였다. 또 함성이 하늘에까지 충천하는 것을 보고 영중에 변고가 있음을 알았다. 황급히 말에 올라 남문으로 가려다 바로 경기를 만났다. 한 화살이 그의 어깨를 맞히니 하마터면 말에서 떨어질 뻔하면서, 서문 쪽으로 달아났다. 뒤에서는 군사들이 급히 쫓아오매 왕필은 말을 버리고 걸어서 달아났다. 김위문 앞에 이르자 급히 문을 두드렸다.

원래 김위는 한편으로는 사람들을 시켜 영중에 불을 지르게 하고, 또 한편으로는 직접 가동들을 거느리고 뒤를 따르면서 싸움을 돕기로 하고 부녀자들만 집에 남겨 두었다. 그 집에서 왕필이 문을 두드리는 소리를 듣고 김위가 돌아온 줄만 알았다.

김위의 처가 문을 사이에 두고 묻기를,

"왕필이 죽었소이까?"

하거늘, 왕필이 크게 놀라며 그제서야 김위가 함께 모의를 한 줄 알고 곧, 조휴의 집에 가서 김위와 경기 등이 도모하여 모반을 하였다 하고 알렸다.

조휴는 급히 갑옷을 입고 말에 올라 1천여 명을 거느리고 성중에서 저항하였다. 성 안의 사방에서 불길이 치솟고 오봉루에 불이 붙어서, 황제께서 심궁(深宮)으로 피하게 조치하였다. 조씨의 심복 조아들이[19]

夜敕 **金吾**弛禁 前後各一日 謂之放夜」. [樂志]「良夜永 **玉漏**正遲遲」.

19) 조아(爪牙) : 손톱과 어금니의 뜻으로 '매우 쓸모 있는 사람이나 물건'의 비유임. 「조아지사」(爪牙之士)는 국가를 보필하는 신하에 비유. [詩經 小雅篇 祈父]「祈父 予王之**爪牙**」. [國語]「謀臣與**爪牙之士** 不可不養而擇」. [漢書 李廣傳]「將軍者 **國之爪牙**也」.

죽기로써 궁문을 지켰다.

그때, 성중에서 한 사람이 소리치기를,

"도적들을 죽여라. 한나라를 붙들어 세우자!"

하였다.

원래 하후돈은 조조의 명을 받들어 허창을 순시하느라, 3만의 군사들을 이끌고 성에서 5리 떨어진 곳에 주둔하고 있었다. 이날 밤 성중에서 불길이 치솟는 것을 보고 곧, 대군을 이끌고 와서 허도를 포위하며, 일지군으로 하여금 입성하여 조휴를 돕게 하였다. 그러구러 날이 밝았다.

경기와 위황은 돕는 사람이 없고 사람들이 김위와 두 길막 형제들마저 다 죽었다고 알려왔다. 경기와 위황 등은 길을 뚫고 성문을 나가다가, 하후돈의 대군에게 포위되어 산 채로 잡히고 말았다. 수하 백여 명들도 모두 피살되었다. 하후돈은 입성하여 불길을 잡고, 다섯 사람들의 가족을 모두 잡아 놓고 조조에게 보고하였다.

조조는 영을 내려 경기와 위황 두 사람과 그들의 가솔 노소들을 다 저자에 끌어내어 참하라 하였다. 아울러 조정에 있던 대소백관들을 모두 업군으로 보내게 하고 처분을 기다리게 하였다. 하후돈은 경기와 위황 두 사람을 압령해 나가다가 저자에서 서로 만났다.

경기가 목소리를 가다듬고 큰 소리로 부르짖기를,

"조아만아, 내 살아서 너를 죽이지는 못한다만 죽어서라도 악귀가 되어 역적들을 죽이겠다!"

하였다. 도부수들이 칼로써 그의 입을 찍어서 유혈이 땅에 흘러 떨어지는데도, 큰 소리로 꾸짖으며 죽었다.

위황은 얼굴을 땅바닥에 찧으며,

"분하구나 분해!"

하며, 이를 갈아 이빨이 다 부서지며 죽었다.

후세 사람이 이들은 예찬한 시가 있다.

경기의 충성과 위황의 현명함이여
빈 손인 채 하늘을 떠받치려 하였구려.
    耿紀精忠韋晃賢
    各持空手欲扶天.

누가 한나라가 장차 다함을 알았으랴
한을 가슴에 가득 품은 채 구천으로 갔구려.
    誰知漢祚相將盡
    恨滿心胸喪九泉.

하후돈은 다섯 사람들의 노소 가솔과 일족을 모두 죽이고, 문부 백관들을 업군으로 압송하였다.

조조는 마당에 왼쪽에는 홍기, 오른쪽에는 백기를 세우게 하고, 명을 내리기를,

"경기와 위황 등이 모반을 일으켜 허도에 불을 질렀다. 너희들은 불을 끄러 나갔거나 또는 문을 닫아걸고 나오지 않았다. 불을 끄러 나간 자는 홍기 아래에 서고 불을 끄러 나가지 않은 자는 백기 아래에 모여라."

하니, 무릇 백관들이 생각하기를 불을 끄려한 자들은 필시 죄가 없다고 생각하고, 모두들 홍기 아래에 섰다. 셋 중에서 하나만이 백기 아래에 가서 섰다. 조조는 홍기 아래에 선 자들을 다 잡아 내리라고 하였다.

여러 사람들이 다 죄가 없다고 말하거늘, 조조가

"너희들이 당시의 마음이 불을 끄려는 것이 아니라, 기실은 저들을 도우려 한 것이다."

하고, 다 장하의 강가에서 참수하였다. 이때 죽은 자가 3백여 명에 이르렀다. 백기 아래에 선 자들은 다 상을 내리고 허도로 돌아가게 하였다.

그때, 왕필은 이미 화살을 맞은 상처 때문에 죽었다. 조조는 그를 후히 장사지내게 하고 조휴에게 어림군마를 총독하게 하였다. 종요를 상국으로 삼고 화흠을 어사대부로 삼았다.

그리고는 후작을 6등에서 18등급으로 정하고, 관중후작(關中侯爵)을 17등급으로 하여 금인자수를20) 내리고, 또 관내외후 16등급에게는 거북손잡이가 달린 은도장을 내리며, 5대부 15등급들에게는 각기 거북손잡이가 달린 구리도장을 내렸다. 작을 정하고 급수를 정하는 데는 조정 또한 일반인들도 같이 하였다.

조조는 관노가 불이 날 것이란 말을 생각해 내고 관노를 중상하였으나, 그는 끝내 받지 않았다.

한편, 조홍은 군사들을 거느리고 한중에 도착하여 장합과 하후연에게 각각 험한 요새를 지키게 하였다. 그때 장비는 뇌동과 함께 파서(巴西)를 지키고 있었다. 마초의 군사들이 하변에 이르러 오란을 선봉으로 삼고 군사를 이끌고 나가 초탐하러 보냈는데, 조홍의 군사들과 마주쳤다.

오란은 물러가려 하였으나 부장 임기(任夔)가 묻기를,

"적들은 처음 왔으니 만약에 저들의 예기를 먼저 꺾지 않으면, 무슨 낯으로 맹기를 보시겠습니까?"

---

20) **금인자수(金印紫綬)** : 금으로 만든 인장과 인끈. 이는 '기패(旗牌)'와 함께 신분과 권능을 증명하는 도구임. [史記 項羽紀]「項梁持守頭佩其**印綬** 門下大驚 擾亂」. [漢書 百官公卿表]「相國丞相 皆**金印紫綬**」.

한다. 이에 말을 몰아나가 창을 꼬나들고 조홍에게 싸움을 걸었다. 조홍이 칼을 들고 말을 몰며 나왔다. 교전 3합만에 조홍이 임기의 목을 베어 말 아래 떨어뜨리고 승세를 타고 엄살해 왔다.

오란이 대패하고 돌아와 마초를 보니, 마초가 저를 꾸짖기를

"너는 내 명을 듣지 않고 무엇 때문에 가벼이 적과 싸워 대패하였으냐?"

하니, 오란이 말하기를

"임기가 제 말을 듣지 않고 싸워 이렇게 패하였습니다."

하거늘, 마초가 대답하기를

"애구를 잘 지키고 싸우러 나가지 말아라."

하고, 한편으로는 성도에 보고하고 명령을 기다리고 행동하지 않았다. 조홍은 마초가 연일 나오지 않은 것을 보고, 무슨 꾀를 낼까 두려워서 군사들을 이끌고 남정으로 퇴각하였다.

장합이 조홍을 보고 묻기를,

"장군께서 이겨 적장의 목을 베었는데, 어찌해서 병사들을 물리셨습니까?"

하거늘, 조홍이 대답하기를

"내 보기에 마초가 싸우러 나오지 않는 것을 보고, 특별한 모사가 있을까 두려웠소. 내가 업군에 있을 때에 관노가 신복(神卜)에서 이곳에서 장수 한 명이 죽을 것이라 하는 소릴 들었는데, 나는 이 말을 의심하여 감히 가벼이 나가지 못했소이다."

한다.

장합이 크게 웃으며 말하기를,

"장군께서는 반평생 전장을 누비셨는데, 지금 와서 어찌해 한낱 점술쟁이의 말을 믿고 그걸 마음에 두고 계십니까! 제가 비록 재주는 없사오나, 본부병을 이끌고 나가서 파서를 빼앗겠습니다. 만약에 파

서만 얻게 된다면 서촉을 취하기는 쉬울 겝니다."

하거늘, 조홍이 말하기를

"파서는 장비가 지키고 있어 쉽게 취할 수 없으니, 경거망동해서는

아니 될 것이오."

한다.

장합이 대답하기를,

"사람들이 다 장비를 두려워하지만 나는 한낱 어린아이로 봅니다!

내 가서 반드시 생포해 오겠습니다!"

하매, 조홍이 당부하기를

"조금이라도 실수가 있어선 아니 되오이다. 만약에 실수라도 있다

면 어찌하겠소?"

하니, 장합이 대답한다.

"군령을 달게 받겠습니다."

한다. 조홍이 군령장을 받아 놓고 장합을 진병하게 하였다.

이에,

옛부터 교만한 군사는[21] 늘 패전하였으며

종래부터 적을 업신여기는 자 다 성공 못했도다.

自古驕兵多致敗

從來輕敵少成功.

그 승부는 어찌 되었을까. 하회를 보라.

---

21) **교만한 군사[驕兵]** : 싸움에 이겼다고 자만에 빠진 병사. 「교병」. [漢書 魏相
傳]「相曰 恃國家之大 矜人庶之衆 欲見威于敵者 謂之**驕兵** 兵驕者滅」.

제70회

맹장 장비는 지혜롭게 와구관을 취하고
노장 황충은 계책으로 천탕산을 빼앗다.
　　猛張飛智取瓦口隘
　　老黃忠計奪天蕩山.

　한편, 장합은 병사 3만을 산속 험한 곳 곁에 세 영채를 세웠는데,
각각이 탕거채(宕渠寨)·몽두채(蒙頭寨)·탕석채(蕩石寨)였다. 그날 장합
이 이 세 개의 영채 중에서 각기 군사 반을 나누어 파서를 취하려 가
고, 반은 남겨 영채를 지키게 하였다.

　이 소식이 탐마들에 의해 파서에 전해져, 장합이 군사들을 이끌고
온다 하였다. 장비는 급히 뇌동을 불러서 의논하였다.

　뇌동이 말하기를,

　"낭중은 지형이 험난하여 매복하기 좋습니다. 장군께서는 군사들을
이끌고 출전하시고, 저는 기병들을[1] 이끌고 가서 도우면 장합을 생포
할 수 있을 것입니다."

하거늘, 장비가 정예병 5천을 뇌동에게 주어 보냈다.

　그리고 자신은 병사 1만을 이끌고 낭중에서 30리 떨어진 곳에서 군

---

1) 기병(奇兵) : 적을 기습하는 병사. [漢書 藝文志]「權謀十三家 權謀者 以正守
國 以奇用兵 先計而後戰 兼形勢 包陰陽 用技巧者也」. [史記 趙奢傳]「趙括旣代
廉頗 秦將白起聞之 縱奇兵 佯敗走」.

사들을 벌여 세웠다. 장비는 말을 타고 나가서 혼자서 장합에게 싸움을 걸었다. 장합이 창을 꼬나들고 말을 몰아 나왔다. 싸움이 20여 합에 이르자 장합의 뒤에서 홀연히 함성이 일었다.

원래 산의 배후에 촉병의 깃발이 있는 걸 보고, 장합의 군사들이 동요한 것이다. 장합은 감히 더 싸울 생각을 못하고 말을 돌려 달아났다. 장비가 뒤를 쫓으며 엄살을 하는데 앞에서 뇌동이 군사들을 이끌고 짓쳐 왔다. 양쪽에서 공격을 받고 장합은 크게 패하였다.

장비와 뇌동은 계속 밤까지 추습하며 곧장 탕거산으로 쫓아갔다. 장합은 먼저대로 병사들을 세 개의 영채에 나누어 지키게 하고, 수많은 나무와2) 포석을3) 쌓아 놓고 굳게 지키며 나오지 않았다. 장비는 탕거채(宕渠寨)에서 십리 떨어진 곳에 하채하고, 다음날 병사를 이끌고 싸움을 돋웠다.

장합은 산 위에서 나발과 북을 크게 치며 술을 마시고 끝내 산에서 내려오지 않았다. 장비는 군사로 하여금 큰 소리로 욕하게 했으나 장합은 나오지 않았다. 장비는 어쩔 수 없이 병영으로 돌아왔다. 다음날 뇌동이 또 산 밑에 가서 싸움을 돋우었다.

그러나 장합은 역시 나오지 않았다. 뇌동이 군사들을 몰아 산에 오르려 하자, 산 위에서는 나무와 돌을 아래로 굴려 날렸다. 뇌동은 할 수 없이 급히 군사들을 물렸다. 탕석·몽두 두 영채에서 병사들이 나와 뇌동을 물리쳤다. 다음날, 장비가 또 나와서 싸움을 걸었으나 장합은 나오지 않았다.

---

2) **수많은 나무[擂木]** : 곰방메. 교토기(攪土器). 흙덩이를 깨뜨리고 씨를 묻는데 쓰는 농기구. [字彙]「檑與礧同 隊重也」. [唐書 李光弼傳]「乃撤民屋爲**擂石**軍」.

3) **포석(礮石)** : 바짓돌(옛날 전쟁에서 적에게 쏘던 돌). [唐書]「以機發石 爲攻城具號將軍**礮**」.

장비는 군사들을 시켜 여러 가지로 능욕하고 꾸짖었지만, 장합 또한 산 위에서 욕만 해댔다. 장비는 아무리 생각해도 뾰족한 계책이 없었다. 서로 대치하기 50여 일이 되자, 장비는 산 앞에 큰 영채를 세우고 매일 술을 마시며 크게 취하여 산 앞에 앉아서 욕하고 꾸짖기만 했다.

현덕이 호군하러[4] 사람을 보냈는데 장비가 온종일 술을 마시고 있는 것을 보고, 사자가 돌아가서 현덕에게 고하였다. 현덕을 크게 놀라서 급히 공명을 불러 물었다.

공명은 웃으면서 말하기를,

"그렇답니까! 군중에 좋은 술이 없는데 성도에는 좋은 술이 많으니, 세 개의 수레에 술 50여 독을 실어 장군에게 보내 마시게 하십시오."

하거늘, 현덕이 말하기를

"내 아우가 술을 마시면 늘 실수를 하는데, 군사께서는 어찌하여 오히려 저에게 술을 보내주라 하시는 게요?"

하자, 공명이 대답하기를

"주공께서는 장비와 함께 여러 해 동안 형제로 지내오시면서, 그의 사람됨을 모르십니까? 익덕은 원래 성질이 강파르기만 했으나 앞서 서천을 취할 때에는 엄안을 놓아 보내었으니,[5] 이는 일개 용부(勇夫)의 한 바가 아니었습니다.

지금 장합과 대치하기 50여 일이 되었지만, 술이 취한 뒤에 곧 산

---

4) 호군(犒軍) : 군사들을 배불리 먹임. 「호궤」(犒饋). [柳宗元 嶺南節度饗軍堂記]「軍有**犒饋**宴饗 勞旋勤歸」.

5) 엄안을 놓아 보내었으니[**義釋嚴顔**] : 장비가 서천을 취할 때 의리로서 엄안을 놓아 보낸 일. [三國志 蜀志 張飛傳]「至江州 破蜀郡太守**嚴顔** 生獲顔 飛呵顔曰大軍至 何以不降而敢拒戰 顔答曰 卿等無狀 侵奪我州 我州惟斷頭將軍 而無有降將軍也」.

앞에 나가 방약무인한6) 태도로 적을 꾸짖고 있습니다. 이는 결코 술을 탐해서가7) 아닙니다. 장합을 패퇴시키려는 계략입니다."

하거늘, 현덕이 대답하기를

"비록 그렇다고는 하지만 저만 믿을 수 없으니, 위연을 보내 도우면 어떻겠소?"

한다.

공명이 위연에게 명하여 술을 군명으로 가지고 가는데, 수레에다 각기 황기를 꽂되 '군사들에게 보내는 좋은 술[軍前公用美酒]'이라 크게 써 달게 하였다. 위연은 명을 받고 술을 싣고 영채에 이르러 장비를 보자, 주공께서 술을 하사한 이야기를 전했다.

장비는 절하여 받고나서 위연에게 부탁하기를,

"뇌동과 각각 일지 군마를 이끌고 좌우의 날개가 되어 군중에서 홍기가 일어나는 것을 보고 곧 진병하시오."

자기는 술을 장하에 벌여 놓고, 군사들에게는 깃발과 북을 크게 벌리어 놓고 술을 마셨다.

이때, 세작들이 산에 올라가 보고하니 장합은 산 정상에서 이를 바라보았다. 장비는 장막 아래서 술을 마시고 두 명의 병사들이 씨름을 하면서 놀고 있는 것이 보였다.

장합이 말하기를,

"장비가 나를 기롱함이 너무 심하구나!"

---

6) **방약무인(傍若無人)** : 곁에 사람이 없이 제 세상인 것처럼 행동함. [史記 刺客傳]「高漸離擊筑 荊軻和而歌 於市中相樂也 已而相泣 **傍若無人**者」. [晉書 謝尙傳]「尙便衣幘而舞 **傍若無人**」.

7) **탐해서[貪盃]** : 탐면(眈湎). 지나치게 마음이 쏠리어 빠짐. 「탐닉」(眈溺). [唐書 元德秀傳]「人情所**眈溺**」. [顔氏家訓 養生]「以**眈溺**取禍」.

하고, 명을 내려 오늘 밤 산에서 내려가 장비의 영채를 겁략하겠다
하였다. 영을 전해들은 몽두와 탕석의 두 영채는 다 좌우가 되어 출병
하여 돕기로 하였다.

그날 밤 장합은 달빛이 희미하게 비칠 때 군사들을 이끌고 산기슭
을 따라 내려가서, 곧 장비의 영채 앞에 이르렀다. 멀리서 보니 장비
는 큰 등불을 밝히고 홀로 앉아서 장막에서 술을 마시고 있었다.

장합은 곧 먼저 큰 소리를 지르며 들어가고, 산 앞에서는 북을 치고
싸움을 도우며 곧장 중군으로 들어갔다. 어인 일인지 장비는 단정하
게 앉아서 움직이질 않았다. 장합은 말을 몰아 앞에 이르러 창으로
찔러 넘어뜨렸다. 그것은 인형이었다. 급히 말머리를 돌리려 할 때,
장막 뒤에서 연주포가 일어나며 한 장수가 나서서 퇴로를 막았다.

그 장수는 고리눈을 부릅뜨고 벽력같이 소리치며 나서는데 장비였
다. 장팔사모를 꼬나들고 말을 몰아 직접 장합을 취하려 하였다. 두
장수가 불빛 속에서 어우러져 싸움이 50여 합에 이르렀다. 장합은 양
쪽 영채에서 구원병이 오기를 기다리는데 누가 알았으랴. 두 영채의
구원병들은 이미 위연과 뇌동 두 장수가 물리쳐 죽이고 그 기세를 타
서 영채를 빼앗아 버렸을 줄을.

장합은 구원병이 오지 않는 것을 보고는, 정말 어찌할 줄을 몰랐다.
또 산 위에서 불길이 치솟는 것을 보니 이미 장비의 후군에게 자신의
채책마저 빼앗긴 듯하였다.

장합은 세 영채를 모두 잃고 와구관(瓦口關)으로 달아나 버렸다. 장
비가 대승하였다는 소식이 성도에 전해졌다. 현덕은 크게 기뻐하며
바야흐로 익덕이 술을 마시던 것이 계책으로, 장합을 산에서 내려오
도록 유인한 것이었음을 비로소 알게 되었다.

이때, 장합은 와구관으로 쫓겨와 지키고는 있었지만 3만의 군사들 중 2만을 잃었으므로, 사람을 보내서 조홍에게 구원병을 청하였다.

조홍이 크게 노하며 말하기를,

"네 놈이 내 말을 듣지 않고 기어이 진병하더니, 중요한 애구를 잃고 또 와서 구원병을 청하다니!"

하고는, 마침내 원병을 보내지 않고 사람을 보내 장합에게 출병을 재촉하였다.

장합은 마음속으로 당황하여 한 계책을 정하고, 군사들을 둘로 나누어 관의 어귀로 진병하여 매복하고, 분부하기를

"내가 거짓 패한 척하고 달아나면 장비는 반드시 급히 쫓아올 것이다. 너희들은 그때 저들의 퇴로를 막아라."

하였다. 그날, 장합은 군사들을 이끌고 나와 전진하다가 마침 뇌동과 맞닥뜨렸다. 싸움이 몇 합 못 되어서 장합이 패주하거늘 뇌동이 급히 쫓아왔다.

그때, 양쪽에 있던 군사들이 일제히 나와 퇴로를 막았다. 달아나던 장합이 다시 돌아서서 뇌동을 찔러 말에서 떨어지게 하였다. 뇌동의 패군 소식이 장비에게 전해지자 장비는 직접 와서 장합과 싸웠다. 장합이 또 거짓 패한 척하며 달아나자 장비는 쫓지 않았다. 장합은 또 돌아서서 싸웠으나 몇 합이 되지 않아서 또 패주하였다.

장비는 저의 계책을 알고 병사들을 거두고 돌아와서, 위연과 의논하며 말하기를

"장합이 매복계를 써서 뇌동을 죽였는데, 또 나를 그렇게 하려 하고 있으니 아무래도 장계취계해야[8] 하겠소?"

---

8) **장계취계(將計就計)** : 상대방의 계책을 역이용하는 계책. [中文辭典]「謂就人之計以行之也」. [中國成語]「謂故意依照敵人的計劃來設計 引誘敵人入自己的圈套」.

하니, 위연이 묻기를

"무슨 계책을 쓰려 하시오?"

한다.

장비가 대답하기를,

"내 내일 먼저 일지군을 이끌고 앞서 갈 것이니, 자네는 곧 정예병을 이끌고 뒤에 있다가 매복병이 나오거든 분병하여 저들을 공격하게. 그리고 수레 10여 대에 시초를 싣고 소로를 막고 불을 질러 시초를 태우게. 내가 승세를 타서 장합을 생포하여 뇌동의 원수를 갚겠네." 하자, 위연은 그 계책을 따르기로 하였다.

다음 날 장비는 병사들을 이끌고 나아갔다. 장합의 병사들이 또 나와 장비와 맞섰다. 싸움이 10여 합에 이르자 거짓 패하는 척하고 달아났다. 장비가 마보군을 이끌고 급히 쫓으니, 장합이 싸우다가 또 달아나곤 하였다.

장비가 군사들을 이끌고 산골짜기를 지나자 장합의 후군들이 전군이 되어 다시 진을 치고는, 또 장비와 싸웠다. 그러면서 양쪽의 복병들이 나와서 장비의 군사들을 포위하기만 바라고 있었다.

그러나 복병들은 위연의 정병이 이르자 급히 산골짜기로 들어간 꿈을 생각지 못했다. 수레들이 산들을 막고 불을 질러 태우니, 산골짜기의 초목들이 같이 타 연기가 지름길을 막아서 병사들이 나가지 못하였다. 장비가 군사들을 돌려서 짓치니 장합이 또 대패하고, 죽기로써 길을 뚫고 와구관으로 달아나 굳게 지키며 나오지 않았다.

장비와 위연은 연일 관액을 공격하였으나 함락시키지 못하였다. 장비는 일이 풀리지 않자 군사들을 20리쯤 물리고, 위연과 함께 수십 기만을 이끌고 양쪽 가의 소로들을 초탐하였다. 그때 문득 남녀 몇 사람들이 보이는데, 그들은 각기 작은 보따리를 지고 산골짜기 길을 칡넝쿨을 잡고 올라가고 있었다.

장비가 말 위에서 채찍을 들어 가리키면서, 위연에게 말하기를

"와구관의 공략이 저들 백성 몇 사람에게 달렸소이다."

하고, 곧 군사들을 불러 당부하기를

"저들은 놀라게 하지 말고 잘 달래서 몇 사람만 데리고 와라."

하니, 군사들이 몇 명을 불러 말 앞에 이르게 하였다. 장비는 좋은 말로 저들을 안심시키고 어디서 왔느냐고 물었다.

그 백성들이 말하기를,

"저희들은 다 한중에서 살았는데 지금 고향으로 돌아가려고 하다가, 난리가 나서 낭중의 길[官道]이 폐쇄되었습니다. 지금 냇물을 건너서 재동산(梓潼山)을 따라 회근천(檜釿川)으로 해서 한중의 집으로 돌아가는 길입니다."

하거늘 장비가 묻기를

"그 길이 와구관으로 가는데 어느 정도나 되느냐?"

하고 물으니, 그 백성들이 대답한다.

"재동산 소로를 따라가면 곧 와구관 뒤입니다."

하거늘, 장비는 크게 기뻐하며, 백성들을 데리고 영채로 돌아와서 주식을 주었다.

그리고 위연에게 말하기를,

"군사들을 이끌고 관을 공격하면, 나는 직접 경기병만 데리고 재동산으로 가서 관의 뒤를 공격하겠소."

하며 곧 백성들에게 길을 안내하게 하고, 경기병 5백을 이끌고 소로를 해서 진병하였다.

한편, 장합은 구원군이 이르지 않으매 심중에 걱정이 많았다. 이때 군사들이 와서 위연이 관 아래에 와서 공격한다고 알려 왔다. 장합은

갑옷을 입고 말에 올라 곧 산 아래로 가서 기다렸다.

그때, 다시 보고가 들어오기를,

"관의 뒤에서 너댓 개의 횃불이 일어나고 있는데, 어느 곳의 군사인지 알 수가 없습니다."

한다. 장합은 직접 군사들을 거느리고 와서 맞았다. 기가 보이는 곳에 장비가 있는 것을 보고 장합은 놀라 급히 소로를 따라 달아났다. 말이 가지 못하고 있는데 뒤에서 장비의 추격이 더 빨라지자, 장합은 말을 버리고 산에 올라 길을 찾아 달아났다.

그러나 따르는 군사들은 10여 명에 지나지 않았다. 장합은 걸어서 남정에 들어가 조홍을 만났다.

조홍은 장합이 10여 인만 데리고 온 것을 보고, 크게 노하며

"내가 너에게 가지 말라 하지 않았는데 네 굳이 군령장을 내어 놓고 가지 않았느냐. 오늘에서야 대병을 거의 다 잃고서도 오히려 자진하지 않고 살아 돌아오다니, 어쩌겠다는 게냐!"

하며, 좌우에게 명하여 끌어내어 참하려 하였다.

한편, 행군사마 곽회(郭淮)가 간하기를,

"삼군은 얻기 쉽지만 한 명의 장수는 구하기 어렵다9)는 말이 있습니다. 장합이 비록 죄가 있다 하지만 위왕께서 심히 아끼는 장수이오니, 곧 죽여서는 아니 됩니다. 다시 5천여 병사들을 주어 지름길로 가서 가맹관을 취하게 하십시오. 그리하면 한중은 자연 편안해질 것입니다. 광합이 이번에도 성공하지 못할 것 같으면 두 가지 죄를 함께

---

9) 삼군은 얻기 쉽지만 한 명의 장수는 구하기 어렵다 : 원문에는 '三軍易得 一將難求'로 되어 있음. '유능한 장수를 얻기란 어려움'의 비유. 「삼군(三軍)」. [會鞏(一說 許彦國 虞美草詩)]「三軍散盡旌旗倒 玉恨佳人坐中老」. 「일장」(一將). [張端 次韻酬馬國瑞都司詩]「才難自古入興歎 一將賢於萬里城」.

벌하십시오."

한다.

　조홍이 그 말을 따라서, 다시 장합에게 군사 5천을 주면서 가맹관을 취하라 하였다. 장합은 군사들을 거느리고 떠났다.

　한편, 가맹관을 지키고 있던 맹달과 곽준은 장합이 군사들을 이끌고 온다는 것을 알았다. 곽준은 단지 굳게 지키자 하는데 맹달은 굳이 싸우겠다며 군사들을 이끌고 관을 내려가서, 장합을 맞아 싸우다가 대패하고 돌아왔다. 곽준이 급히 글을 써서 성도에 알렸다. 현덕이 듣고 나서 군사를 청하여 의논하였다.

　공명이 여러 장수들을 당상에 모이에 하고,

　"지금 가맹관이 아주 위급한 지경에 있소이다. 반드시 남중의 장비에게 알려서 장합을 물리치게 해야만 하겠소이까?"

하니, 법정이 말하기를

　"지금 장비는 와구에 주둔하고 있으면서 낭중을 지키고 있습니다. 이곳 또한 요지이니 저를 돌아오라 할 수는 없습니다. 여기 모인 여러 장수들 중에서 한 사람을 뽑아서 장합을 막아야 합니다."

하거늘, 공명이 웃으면서

　"장합은 위나라의 명장이어서 가볍게 생각해서는 아니 되오이다. 익덕이 아니면 당할 사람이 없소."

하는데, 홀연 한 사람이 목소리를 가다듬고 나오면서

　"군사께서는 우리 여러 장수들을 경시하고 있소이다. 내 비록 재주는 없으나 장합의 수급을 가져다가 휘하에 바치겠습니다."

하거늘, 여러 장수들이 보니 노장 황충이었다.

　공명이 말하기를,

"한승(漢升)께서는 비록 용맹하시지만, 연로하셔서 장합의 적수가 될까 걱정입니다."

한다.

황충이 듣고 나서 흰 수염을 거스르며,

"제가 비록 늙었으나 양쪽 팔은 오히려 삼석궁(三石弓)을 당기며, 힘을 다하면 천 근을 들 수 있습니다. 어찌 장합같은 필부를 대적하기 부족하다 하십니까?"

하거늘, 공명이 말하기를

"장군께서는 지금 70이 다 되셨거늘 어찌 늙지 않았다 하십니까?"

한다.

황충은 당 아래로 걸어 나와서 도가(刀架)에 걸려 있는 대도를 나는 듯이 휘두르고, 벽에 걸려 있는 강궁을 계속해서 두 손으로 당겨서 두 개를 부러뜨렸다.

공명이 묻기를,

"장군께서 가신다면, 누구를 부장으로 하시겠습니까?"

하니, 황충이 말하기를

"노장 엄안이 나와 같이 가는 게 좋겠소이다. 다만 실수가 있으면 먼저 이 머리를 가져다 바치겠소."

한다. 현덕이 크게 기뻐하며, 즉시 엄안에게 명하여 황충과 함께 가서 장합과 싸우게 하였다.

이때, 조운이 나서며 말하기를

"지금 장합은 직접 가맹관을 공략하고 있는데, 군사께서는 이를 아이들의 장난으로 생각하지 마십시오. 만약에 가맹관을 잃는 날에는 익주까지 위험해집니다. 어찌하여 두 노장에게 대적을 당하라 하십니까?"

하거늘, 공명이 말하기를

"자네는 두 노장께서 일을 이루지 못할 것이라 하지만, 내 생각에는 한중은 반드시 이 두 노장의 손 안에서만 얻을 수 있는 걸세."

하거늘, 조운 등은 각각 비웃으며 물러갔다.

한편, 황충과 엄안이 관상에 도착하니, 맹달과 곽준이 보고 마음속으로 공명의 결정을 웃으면서 '여기는 아주 긴요한 곳인데 어찌하자고 두 늙은이를 보냈는가!' 한다.

황충이 엄안에게 말하기를,

"자네 저 사람들의 표정을 보았겠지? 저들은 우리 두 사람이 나이가 많은 것을 보고 비웃고 있네. 우리가 이제 기이한 공을 세워서 저들을 복종시켜야 하겠네."

하자, 엄안이 대답하기를

"장군의 명에 따르겠습니다."

한다. 두 사람이 의논하고 나서, 황충이 군사들을 이끌고 관에서 내려가 장합과 대적하였다.

장합이 말을 타고 나와 황충을 보고 웃으면서,

"네 그렇게 나이를 먹고서도 부끄러워할 줄 모르고 오히려 진 앞에 나오다니!"

하거늘, 황충이 노하며 말하기를

"어린놈이 나더러 늙었다고 한다만 내 수중의 보도는 늙지 않았느니라!"

하며, 드디어 말을 박차고 앞으로 나가 장합과 싸웠다. 두 말이 서로 어울려 싸움이 20여 합에 이르자 갑자기 등 뒤에서 함성이 일어났다.

원래 엄안은 소로를 따라서 장합 군의 뒤를 친 것이다. 양쪽에서 협공을 하자 장합은 대패하였다. 황충과 엄안이 밤을 도와 급히 쫓아가자 장합은 군사들을 8, 90리 뒤로 물렀다. 황충과 엄안은 병사들을 수습하여 영채로 들어와서, 함께 군사들을 안정시키고 움직이지 않았다. 조홍은 장합이 첫 번째 싸움에 졌다는 소식을 듣고는, 다시금 죄를 물으려 하였다.

그러나 곽회가 말하기를,

"장합을 핍박하지 마십시오. 그렇게 하면 필시 서촉으로 투항할 것입니다. 지금 장수들을 보내어 저를 도우면서 감시하여 다른 마음을 먹지 못하게 해야 합니다."

하거늘, 조홍이 그의 말을 따랐다. 곧 하후돈의 조카 하후상과 항장 한현의 동생 한호(韓浩)를 보내되, 두 사람에게 군사 5천 명을 데리고 가서 싸움을 돕게 하였다. 두 장수는 곧 떠나 영채에 와서 군사들의 동정을 물었다.

장합이 말하기를,

"노장 황충이란 자가 매우 용맹스럽고 게다가 엄안이란 자가 돕고 있어서, 가벼이 대해서는 아니 되오이다."

한다.

한호가 대답하기를,

"내가 장사에 있을 때에 그 노적과 이해관계가 있어서 압니다. 저와 위연은 성지를 바치고 내 친형님을 죽게 한 자요. 지금 다시 만나면 반드시 원수를 갚겠소이다."

하고, 마침내 하후상과 같이 새로 들어온 병사들을 이끌고 영채를 나서 전진하였다.

원래 황충은 매일 초탐을 하여 이미 그 길을 익히 알고 있었다.

엄안이 대답하기를,

"이리로 가면 천탕산(天蕩山)이란 산이 있습니다. 산 속에는 조조가 병사들을 주둔시키고 양초를 쌓아 놓았습니다. 만약에 그곳을 갈 수만 있으면 양초를 운송하는 길을 끊고 한중을 얻을 수 있을 것입니다.”

하거늘, 황충이 말하기를

“장군의 말이 내 뜻과 같소이다. 그러면 이리이리만 해 주게.”

한다. 엄안은 계책대로 직접 일지군을 이끌고 갔다.

한편, 황충은 하후상과 한호가 온다는 것을 알고 마침내 군사들을 이끌고 병영을 나섰다.

한호는 진 앞에서 황충을 심히 꾸짖으면서,

“이 의리 없는 노적아!”

하고, 말을 박차고 창을 꼬나들고 황충을 취하려 나왔다. 하후상도 곧 나서서 협공을 하였다. 황충은 두 장수와 싸우다가 싸움이 10여 합에 이르러 패주하였다. 두 장수는 20여 리까지 급히 쫓아와서 황충의 영채를 빼앗았다. 황충은 또 새로 풀로 된 영채 하나를 세웠다.

다음 날 하후상과 한호가 급히 오자 황충은 또 출전하였다. 싸움이 몇 합 못 되어 황충이 패주하였다. 두 장수는 또 급히 20여 리까지 쫓아와서 영채를 빼앗았다. 그리고는 장합을 불러 뒤에 있는 영채를 지키게 하였다.

장합은 영채 앞에 나와서 간하기를,

“황충이 계속 이틀간 물러나기만 하니 그 속에 필시 위계가 있습니다.”

한다.

하후상이 장합을 꾸짖으며,

“그대가 그렇게 담력이 없고 겁이 많으니 여러 번 패한 것 아니오! 이제부터는 말을 많이 하지 마시게. 우리 두 사람이 공을 세우는 것이나 보구려.”

하자, 장합은 부끄럽고 무안해서 물러 나왔다.

다음 날 두 장수가 출전하니 황충은 또 20여 리나 패주하였다. 두 장수가 급히 추격하였다. 다음 날은 두 장수가 병사들을 이끌고 나가자 황충이 바라만 보고 달아났다. 이렇듯 계속 패해 곧장 관으로 돌아오니 두 장수가 관 아래에 하채하고 관하의 영채를 두드렸으나, 황충은 굳게 지키기만 하고 나가지 않았다. 맹달이 몰래 편지를 보내 현덕에게 알렸다.

그 편지에 하였으되,

"황충이 여러 번 패하여 지금은 가맹관에 물러와 있습니다."

하거늘, 현덕이 공명에게 물었다.

공명이 대답하기를,

"이는 노장이 교병지계입니다."[10]

하거늘, 조운 등이 믿지 않았다. 현덕은 유봉을 관상으로 보내서 황충과 접응하게 하였다.

황충과 유봉이 서로 만나자, 유봉에게 묻기를

"소장군(小將軍)이 싸움을 도우러 오신 뜻이 무엇이오이까?"

하니, 유봉이 대답하기를

"부친께서 장군이 계속 패하신 것을 아시고 저를 보내셨습니다."

하거늘, 황충이 웃으면서 말하기를

"이는 노장의 교병지계올시다. 오늘 밤 싸움을 보시면 다시 모든 영채를 얻게 되고 저들의 양식과 마필을 빼앗을 것입니다. 이는 영채를 빌려주어 저들로 하여금 치중을 버려두게 하려는 것이외다. 오늘 밤 곽준을 남겨두어 가맹관을 지키게 하고, 맹장군이 나와 함께 양초와 마필을 빼앗을 것입니다. 소장군은 내가 적을 파하는 것을 보시지요."

---

10) **교병지계(驕兵之計)** : 상대에게 교만심을 갖게 하여 격파하려는 계책. 싸움에 이겼다 해서 교만해 하는 병사들을 다스리는 계책.「교병」. [漢書 魏相傳]「相曰 恃國家之大 矜人庶之衆 欲見威于敵者 謂之**驕兵** 兵驕者滅」.

한다.

이날 밤 2경쯤에, 황충이 5천 군사들을 이끌고 가맹관을 나가 곧장 쳐 내려갔다. 원래 하후상과 한호 두 장수는 연일 관의 군사들이 나오지 않으므로 마음이 풀어져 있었다. 황충이 영채를 깨뜨리고 곧장 들어오자 갑옷을 입지도 못하고 말에 안장도 얹지 못한 채, 각자 목숨을 구하려 도망쳤다. 군마들은 서로 밟히고 하여 죽은 자가 수를 셀 수조차 없었다. 날이 환히 밝자 계속해서 영채 셋을 빼앗았다.

영채 안에는 무기와 인마들이 수없이 많았는데 맹달은 이들을 다 가맹관으로 운반하였다. 황충은 군사들을 독촉하여 뒤를 따라 나아갔다.

유봉이 묻기를,

"군사들이 피곤할 터인데 잠시 쉬는 게 어떻겠습니까?"

하자, 황충이 대답한다.

"호랑이의 굴에 들어가지 않으면 어찌 호랑이 새끼를 잡을 수 있겠습니까?"[11]

하며, 말에 채찍을 가하며 앞장 서 간다. 병사들이 힘을 다해 앞으로 나갔다.

장합의 군사들은 도리어 자기 패병들과 충돌하는 통에, 모두가 둔친 곳에 머물러 있지 않고 뒤를 향해 달아났다. 많은 채책들을 다 버리고 곧바로 달아나 한수 곁에까지 이르렀다.

장합은 하후상과 한호를 찾아보고,

"이 천탕산은 미창산(米倉山)과 인접해 있으며, 군사들의 양초를 저장해 두는 곳이니 곧 한중 군사들의 목숨이 전부 여기에 달려 있으오

---

11) 호랑이 굴에 들어가지 않으면 호랑이 새끼를…… : 원문에는 '不入虎穴 焉得虎子'로 되어 있음. [後漢書 班超傳]「不入虎穴 焉得虎子」.

이다. 조금이라도 실수가 있게 된다면 이는 한중이 없게 되는 것이오. 마땅히 그곳을 고수할 계책을 생각해 두어야 할 것이외다."

하니, 하후상이 말하기를

"미창산에는 나의 숙부 하후연 장군께서 군사들을 배치해 굳게 지키고 있고, 그곳이 바로 정군산과 인접해 있어서 염려할 일이 아니오. 천탕산은 나의 형님 하후덕이 굳게 지키고 있으니, 우리들은 의당 거기에 가서 이 산을 지키는 것이 좋을 듯하외다."

한다. 이에 장합은 두 장수들과 함께 밤을 도와 천탕산으로 와서, 하후덕을 보고 앞서 있었던 일들을 자세하게 말하였다.

하후덕이 말하기를,

"나는 이곳에 10만 병사들을 주둔시키고 있으니, 그대는 이 군사들을 이끌고 가서 다시 원래의 영채를 취하시오."

하거늘, 장합이 대답한다.

"마땅히 굳게 지키며 경거망동해서는 아니 됩니다."

한다. 문득 산 앞쪽에서 금고가 크게 울리는 것이 들리고 군사들이 와서 보고하기를, 황충의 군사들이 이르렀다 한다.

하후덕이 크게 웃으며 말하기를,

"노적이 병법을 알지 못하고 용맹만 믿다니."

하거늘, 장합이 대답하기를

"황충은 지혜가 있는 장수로 용맹만 있는 게 아니오이다."

하니, 하후덕이 묻기를

"서천의 병사들은 먼 길을 왔고 매일 행군하여 피곤한데다가 전장에 깊이 들어왔으니, 이것이 무모한 것이 아니고 무엇이오."

하니, 장합이 대답한다.

"그러나 가벼이 대적할 인물이 아니니 굳게 지키시기만 하시오."

하니, 한호가 대답하기를

"저에게 병사 3천만 주시면 저를 공격하여 꺾어 놓겠습니다."

한다. 하후덕이 드디어 군사들을 나누어 한호와 같이 산을 내려갔다. 황충이 병사들을 정비하고 와서 맞았다.

유봉이 묻기를,

"해가 이미 서쪽으로 지고 있고 군사들이 다 멀리 와서 피곤할 터이니, 좀 쉬게 하는 게 어떻습니까?"

하거늘, 황충이 웃으면서 말하기를

"그렇지 않습니다. 이것은 하늘이 기공을[12] 주시는 것입니다. 이제 취하지 않는 것은 하늘의 뜻을 거스르는 것이외다."

하며 말을 마치자, 북을 치며 크게 앞으로 나갔다.

한호가 군사들을 이끌고 와서 맞았다. 황충은 칼을 휘두르며 곧장 한호를 취하니, 싸움이 한 합도 못 되어서 한호의 머리가 말 아래 떨어졌다. 촉병들이 함성을 지르며 산 위로 짓쳐 올라갔다.

장합과 하후상이 군사들을 이끌고 와서 맞았다. 문득 산의 뒤쪽에서 함성이 크게 일더니 불길이 하늘로 치솟고 하늘과 땅이 온통 붉게 물들었다. 하후덕이 군사들을 데리고 불을 끄러 오다가 노장 엄안과 딱 마주쳤다. 엄안은 손에 들고 있던 칼을 내리쳐 하후덕을 베어 말에서 떨어뜨렸다.

원래 황충은 미리 먼저 엄안에게 군사들을 이끌고 가서 산골짜기에 매복하고 있으면서 황충의 군사들이 오기를 기다렸다가, 급히 시초더미에 불을 붙여 산골짜기를 물들게 한 것이다. 엄안은 하후덕을 죽이고 산의 뒤에서 짓쳐 나왔다.

---

12) 기공(奇功) : 남달리 특별하게 세운 공로. [漢書 陳湯傳]「爲人多策謀 喜**奇功**」.

장합과 하후상은 앞뒤가 서로 도움하지 못하게 되자, 천탕산을 버리고 정군산을 바라고 하후연에게로 갔다. 황충과 엄안은 천탕산에 머무르면서 소식을 성도에 보냈다. 현덕이 소식을 듣고 여러 장수들을 모아 놓고 기쁜 소식을 전했다.

법정이 말하기를,

"전에 조조가 장로에게 항복을 받고 한중을 빼앗고서도 승세를 타고 파·촉을 도모하지 않고 하후연과 장합 두 장수를 남겨 주둔하여 지키게 하였고, 자기는 대군을 이끌고 북으로 돌아간 것이 이번의 실책을 낳은 것이외다.

지금 장합은 또 패해서 천탕산을 지키지 못하고 있으니, 주공께서는 만약에 이때를 틈타서 직접 대병을 이끌고 정벌에 나서신다면, 한중을 얻을 수 있을 것입니다. 한중을 얻기만 하면 그 뒤에 군사들을 조련하고 군량을 준비하면서 틈을 엿보기만 하면, 적을 토벌하고 물러가서 땅을 지킬 수 있을 것입니다. 이는 하늘이 준 기회이오니 놓치면 아니 됩니다."

하였다.

현덕과 공명은 깊이 수긍하고 드디어 영을 내려, 조운과 장비를 선봉으로 하고 현덕과 공명이 직접 10만 병사들을 이끌고 날을 골라 한중 도모에 나섰다. 그리고 격문을 각처에 보내서 방비를 더욱 강화하게 하였다.

때는 건안 23년 가을 7월이었다.

현덕의 대군이 가맹관 아래에 영채를 세우고, 황충과 엄안을 불러 저들에게 후한 상을 주었다.

현덕이 말하기를,

"사람들이 다 장군께서 나이가 많다 하였으나 오직 군사께서만 장군의 능력을 알고 있었습니다. 지금 그 결과 기공을 세웠소이다. 다만 지금 한중의 정군산은 남정의 보장이고13) 양초를 쌓아 둔 곳이외다. 만약에 정군산만 빼앗으면 양평일로(陽平一路)는 걱정할 게 없소. 장군께서 돌아가서서 정군산을 취하지 않으시렵니까?”

하였다.

황충이 개연히 응락하고 곧 병사들을 이끌고 앞서 갔다.

공명은 급히 그를 만류하면서 말하기를,

“노장군께서 비록 용맹이 있다고는 하지만, 하후연은 장합에 비할 수는 없습니다. 하후연은 육도삼략에14) 능통하고 병기에15) 능통하고 있어서, 조조가 저를 의지하여 서량의 번폐로 삼은16) 인물입니다. 전번에는 일찍이 장안에 병사들을 둔치고 마맹기를 막아냈던 인물인데, 그가 지금 병사들은 한중에 주둔하고 있습니다.

조조가 다른 장수에게 부탁하지 않고 유독 하후연에게 부탁한 것은 그에게 장재(將才)가 있기 때문입니다. 지금 장군께서 장합에게는 이겼지만, 하후연에게도 이긴다고 보장할 수 없습니다. 내 생각에는 한 사람을 형주에 보내서 관장군과 교체하여 돌아오게 한다면, 대적할 수 있을 것이라 생각됩니다.”

하거늘, 황충이 분연히 나서며

---

13) 보장(保障) : 보호하는 요새. [史記 孔子世家]「孟氏之**保障**無成」.

14) 육도삼략[韜略] : 육도삼략(六韜三略). 중국의 병법서의 고전. '육도'는 태공 망이 지었다는 문도·무도·용도·호도·표도·견도 등 60편이고, '삼략'은 상·중·하 3권으로 되어 있다 함. [耶律楚材 送王君王西征詩]「五車書史豈勞力 **六韜三略** 無不通」. [丁鶴年 客懷詩]「文章非豹隱 **韜略**豈鷹揚」.

15) 병기(兵機) : 무기(武器). 병법(兵法). 군사상의 기밀. [六韜 龍韜 王翼]「簡練 **兵器** 刺擧非法」. [周禮 地官 小司徒]「其衆寡六畜**兵器** 以待政令」.

16) 번폐로 삼은[藩蔽] : 번국(藩國). 번방(藩邦). 중앙을 지키는 지방자치 지역. [漢書 武帝紀]「於是**藩國**始分 而子第擧候國」. [新書 藩傷]「**藩國**與制 力非獨少也」.

"지난날 염파는17) 나이 80에도 오히려 말밥과 고기 10근을 먹어서, 여러 제후들이 그 용맹을 두려워하여 감히 조나라 경계를 침범하지 못 하였소이다. 하물며 이 황충이 70에도 미치지 않았소이다. 군사께서는 내가 늙었다고 하시니, 내가 부장을 쓰지 않고 본부병 3천만 데리고 가서, 선 자리에서 하후연의 수급을 취하여 바치겠소이다."

하거늘, 공명이 재삼 허락하지 않았다.

그러나 황충은 기어이 가겠다며 고집하였다.

공명이 묻기를,

"정 장군께서 가시겠다면, 내 한 사람을 시켜 감군(監軍)을 삼게 하여 가시는 것이 어떻겠습니까?"

하였다.

이에,

장수를 부리려면 격장법이 필요하네
젊은이들이 오히려 늙은이만 못하구나.
　請將須行激將法
　少年不若老年人.

보내려는 사람이 대체 누구인지 알 수가 없다. 하회를 보라.

---

17) **염파(廉頗)**: 전국시대 조(趙)나라의 대장. 만년에 조왕이 사자를 보내 싸움터에 나갈 수 있는지 알아보게 하였더니, 나이 80인데도 아직도 말밥과 열 근 고기[尙食斗米]를 먹어치우는 것을 보고 그 위풍이 젊었을 때 못지 않았다고 했다는 고사. [中國人名]「惠文王拜爲上卿……使使者之魏 相頗尙可用否 頗之仇人郭開 多與使者金 令毀之遂不召」.

제71회

대산을 점령한 황충은 편안히 적이 피로하기를 기다리고
한수에 응거한 조운은 적은 군사로 많은 군사를 이기다.

　占對山黃忠逸待勞

　據漢水趙雲寡勝衆.

한편, 공명이 황충에게 부탁하기를

"장군께서 꼭 가시겠다면 법정으로 하여금 장군을 돕게 하려 하오
니, 모든 일을 계획하고 의논해서 하시지요. 내가 언제든 뒤따라 인마
를 보내서 접응하도록 하겠습니다."

하매, 황충이 응낙하고 법정과 같이 본부병을 이끌고 떠났다.

공명이 현덕에게 말하기를,

"이 노장을 격동시키는 말을 하지 않으면 비록 간다 해도 성공하지
못할 것입니다. 제가 이제 보니 모름지기 인마를 내어 보내서 접응해
야 합니다."

하고는, 이에 조운을 불러서

"장군은 일지군을 데리고 소로를 따라 기병을 내어 황충장군을 접
응하게나. 만약에 황장군이 이기거든 나가 싸울 필요가 없고, 황장군
이 지거든 곧 인마를 이끌고 가서 구응하게."

하고, 또 유봉과 맹달에게는

"3천 병을 이끌고 산중 험한 곳에 가 있다가 되도록 많은 깃발을 꽂

아, 아군의 성세를 장하게 해서 적들이 놀라고 의아하게 하라."
하니, 세 사람이 각각 병사들을 거느리고 떠났다.

또 사람을 뽑아 하변으로 보내 마초에게 계책을 주고 이리이리 하라 하였다. 한편, 엄안을 파서로 가게 하여 낭중의 애구를 지키게 하고 장비·위연 등과 교체하여 같이 가서 한중을 취하라 하였다.

한편, 장합과 하후상은 하후연을 만나서
"천탕산을 이미 잃었고 하후덕과 한호가 전사했소이다. 지금 들으니 유비가 직접 군사들을 거느리고 한중을 취하러 온답니다. 빨리 위왕께 알려서 정병과 맹장을 뽑아오게 하고, 접응책을 모색해야 할 것입니다."
하니, 하후연은 곧 사람을 보내 조홍에게 이를 보고하게 하였다.

조홍은 밤을 도와 허창에 가서 조조에게 보고하였다. 조조는 크게 놀라서 급히 문무 관료들을 모아 놓고, 군사들을 내어서 한중을 도울 일을 의논하였다.

장사 유엽이 나서며,
"만약에 한중을 잃게 된다면 중원 전체가 요동칠 것입니다. 대왕께서는 수고로움을 아끼지 마시고 반드시 친히 가셔서 토벌해야 합니다."
하자, 조조가 후회하며 말하기를
"아깝도다. 그때, 경의 말을 듣지 않은 것이 결국 이 지경에 이르렀구려!"
하고, 황급히 명을 내려 40만을 기병하여 친정키로 하였다. 때는 건안 23년 가을 7월이었다.

조조는 군사들을 이끌고 3로에 나누어 진군하였다. 전부군의 선봉은 하후돈이고 조조는 직접 중군을 거느리며 조휴에게 후군을 맡게 하여, 삼군이 꼬리를 물고1) 나아가게 하였다.

조조는 백마금안에 옥대를 띠고 금의를 입고는 무사에게 금박을 한 진홍 비단 일산을 펴 들어서 바치게 하였다. 좌우에게는 금과(金瓜)·은월(銀鉞)·등봉2) 등 여러가지 창과 방패를 들고 늘어서게 하고 일월용봉기(日月龍鳳旗)를 날리게 하였다. 수레를 호위하는 용호관군(龍虎官軍) 2만 5천을 5대로 나누어 각기 5천씩 호위하게 하였는데, 청·황·적·백·흑 등 5색의 빛깔로 구분하였고 깃발과 갑옷 모두가 각 부대의 색을 맞추게 하니 그 장려함이 대단하였다.

군사들이 동관(潼關)을 나서자, 조조는 말 위에서 한쪽의 수목이 무성한 곳을 가리키며, 근시에게 묻기를

"여기가 어디냐?"

하니, 대답한다.

"여기 이름은 남전(藍田)이온데, 수풀 사이에는 채옹장(蔡邕莊)이 있습니다. 지금 옹녀 채염(蔡琰)이 남편 동기(董紀)와 여기 살고 있습니다."

한다.

원래 조조는 평소부터 채옹과 서로 좋아했는데, 일찍이 그의 딸 채염이 위도개(衛道玠)의 처가 되었고 후에는 북방에 잡혀가서 그곳에서 두 아들을 낳았다. 그때 호가십팔박을3) 지었는데, 이 노래가 중원에 유입된 것이다. 조조는 그녀를 불쌍히 여겨 사람을 시켜 천금을 주고

---

1) 꼬리를 물고[陸續] : 잇달아 나아감. 연달아 계속하는 모양. [陸游 詩]「截竹作馬走不休 小車駕羊聲陸續」.

2) 등봉(鐙棒) : 등장(鐙杖). 손잡이를 금동으로 꾸민 강궁. [三才圖會]「宋胡會要云 鐙棒黑漆弩柄也 金銅爲鐙狀 飾其末 紫絲條繫之」.

3) 호가십팔박(胡笳十八柏) : 거문고의 곡명(琴曲名). [樂府詩集 琴曲歌辭 胡笳十八柏]「後漢書曰 蔡琰 字文姬 邕之女也 博有才辯 又妙於音律…… 追懷悲憤 作詩二章 蔡琰別傳……後董生以琴寫 胡笳聲十八柏 今之胡笳弄 是也].

풀어주라4) 하였다.

좌현왕(左賢王)이 조조의 위세를 두려워하여 채염을 한나라로 돌려 보냈다. 조조는 이에 채염을 동기의 처가 되게 했던 것인데, 그날 채옹장 앞에 이르자 채옹의 일이 떠올랐다. 그래서 군마를 먼저 보낸 후 자신은 근시 백여 기만 이끌고 장원에 이르러 말에서 내렸다.

그때, 동기는 출타 중이고 채염만이 집에 있었는데, 조조가 이르렀다는 소식을 듣고 황망히 나가 영접하였다. 조조가 당에 이르니 채염이 일어나 인사가 끝나자 옆에 시립하고 섰다.

조조는 벽에 걸려 있는 비문 탁본 족자를 보고 몸을 일으켜 그 그림을 보았다.

채염에게 물으니 대답하기를,

"이것은 조아(曹娥)의 비입니다. 옛 화제(和帝) 때 상우에5) 한 무당이 있었는데 이름을 조우(曹旴)라 했답니다. 그녀는 사바악신의6) 춤을 잘 추어, 5월 5일이면 배 위에서 취하여 춤을 추다가 강에 떨어져 죽었답니다. 그의 딸의 나이가 열네 살이었답니다. 강가에서 7일간 밤낮으로 울다가 파도속으로 뛰어 들었는데, 5일이 지나서 그 아비의 시체를 지고 강의 수면으로 떠올라 마을 사람들이 강변에 장사를 지냈답니다.

---

4) **천금을 주고 풀어주라[贖身]** : 속량(贖良). 종을 풀어주어 양민이 되게 함. [詩經 秦風篇 黃鳥]「彼蒼者天 殲我良人 如可贖兮 人百其身 (箋) 可以他人贖之 者 人皆百其身 謂一身百死猶爲之 惜善人之甚」.
5) **상우(上虞)** : 현의 이름. 회계(會稽). [漢書 地理志 上]「會稽郡 縣二十六 上虞」. [清史稿 地理志]「浙江 紹興府 縣八 上虞」.
6) **사바악신(娑婆樂神)** : 춤의 신. '사바'는 '사바세계'의 뜻으로 '괴로움이 많은 인간세계'의 뜻임. [飜譯名義集 世界篇]「西域記 云索 訶世界三千大千國土 爲一佛之化攝也 舊曰娑婆 又日娑訶 皆訛楞迦飜能忍」.

상우의 현령 도상(度尙)이 조정에 효녀를 삼아 달라고 표주를 올렸답니다. 도상은 한단순(邯鄲淳)에게 비석에 새기려고 그 일을 글로 짓게 하였답니다.

　　이때, 한단순은 바야흐로 나이 13살이었는데 글에 가점을[7] 하지 않고 단번에 썼답니다. 돌에 새겨 문 옆에 세우니 사람들이 모두 신기해했다 합니다. 첩의 아비 채옹이 듣고 가서 보다가 이미 날이 저물어, 어둠 속에서 손으로 비문을 만지며 읽어보고 그 비석 뒤에 8자를 써 놓았는데, 후세 사람들이 이 여덟 자를 돌에 새겨 넣었다 합니다."

하거늘, 조조가 이 여덟 자를 읽으니 '황견유부 외손제구'(黃絹幼婦 外孫蕠臼)였다.

　　조조가 채염에게 묻기를,

　　"너는 이 여덟 자의 뜻을 아느냐?"

하니, 채염이 대답하기를,

　　"비록 아비의 유필이지만 첩은 실상 그 뜻을 해독하지 못합니다."

한다.

　　조조가 여러 모사들을 돌아보며,

　　"자네들도 해석할 수 없는가?"

하자, 여러 사람들이 모두 대답이 없었다.

　　그때 한 사람이 나서면서

　　"제가 그 뜻을 해독할 수 있습니다."

하거늘, 보니 주부 양수였다.

---

7) 글에 가점을[文不加點] : 문장을 이룬 후 한 글자도 보탤 필요가 없을 만큼 문장이 아름다움을 이름. [禰衡 鸚鵡賦序]「時黃祖太子射 賓客大會 有獻鸚鵡者 擧酒於衡前日 今日無用娛賓 願先生爲之賦 使四座咸共榮觀 衡因爲賦 筆不停綴 **文不加點**」. [北史 杜銓傳]」「杜正元 **文不加點**」.

조조가 말하기를,

"경은 아직 말하지 말게, 내 생각을 좀 해보겠네."

하고는, 드디어 채염에게 작별을 하고 여러 사람들을 데리고 장원을
나왔다.

말에 올라 3리쯤 가서야 문득 깨닫고 웃으면서, 양수에게

"경이 먼저 말해 보구려."

하였다.

양수가 말하기를,

"이것은 은어(隱語)입니다. '황견(黃絹)'은 곧 색실이니 색(色) 옆에 실
[絲]을 더하면 절(絶)자입니다. '유부(幼婦)'는 소녀(少女)이니 여(女)자
곁에 소(少)자는 묘(妙)자입니다. '외손(外孫)'은 딸의 자식입니다. 딸
(女) 곁에 자(子)는 호(好)자이며, '제구'는8) 다섯 가지 매운 물건9)을
받는 그릇이라, 받을 수(受) 변에 매울 신(辛)을 하면 말씀 사(辭)가 됩
니다. 모두 합치면 이 뜻은 '절묘호사',10) 넉 자입니다."

하거늘, 조조가 놀라며 대답하기를

"꼭 내 생각과 같구려."

하니, 여러 관료들이 다 양수의 재주가 명민함을 크게 찬탄하였다.11)

하루가 못 되어 군사들이 남정에 이르렀다. 조홍이 맞아들이며 장
합의 일을 자세히 아뢰었다.

---

8) 제구(齏臼) : 양념 절구. [世說新語 捷語]「齏臼曰 受辛也」.
9) 다섯 가지 매운 물건[五辛] : 매운 맛을 내는 '마늘·파·생강·겨자·후추'
   등 다섯 가지임. [風土記]「元旦楚人 上五辛盤」. [歲華記麗]「元旦盤五辛 觴稱萬
   壽」.
10) 절묘호사(絕妙好辭) : 문시(文詩)가 아주 뛰어나고 좋음을 칭찬하는 말.
11) 크게 찬탄하였다[歎羨] : 찬탄하고 크게 연모함. [文同 詩]「使人歎羨不能已
    只恨有門歸隔夜」.

조조가 말하기를,

"장합의 죄가 아니다. 승부는 병가에서 보면 늘 있을 수 있는 일이다."12)

하거늘, 조홍이 대답하기를

"지금 유비가 황충을 시켜 정군산을 공격하고 있는데 하후연은 대왕의 군사가 이르는 것을 알고 굳게 지키며, 아직 나가 싸우지 않고 있습니다."

한다.

조조가 이르기를,

"만약에 나가 싸우지 않으면 이것은 유약하게 보이게 된다."

하고, 곧 사람을 시켜 절(節)을 가지고 정군산으로 보내서 하후연에게 진병하도록 하였다.

유엽이 간하기를,

"하후연은 성격이 아주 강포하여 적의 간계에 들까 걱정됩니다."

하니, 조조는 편지를 써 보냈다. 사자가 가지고 하후연의 병영에 이르자 하후연이 사자를 맞아들였다. 사자가 편지를 내어 주었다.

하후연이 뜯어보니, 편지의 내용은 대략 다음과 같았다.

무릇 장수가 된 자는 마땅히 강함과 부드러움을 함께 가져야 하고,13) 그 용기만을 헛되이 믿어서는 아니 되오. 만약에 용기로만

---

12) 승부는 병가에서 보면, 늘 있을 수 있는 일이다[兵家常事] : 병가에서는 흔히 있을 수 있는 일. '실패는 있을 수 있는 일이므로 낙심하지 말라'는 비유로 쓰이는 말임. [唐書 裴度傳]「帝曰 一勝一負 兵家常勢」.

13) 강함과 부드러움을 함께 가져야 하고[剛柔相濟] : 강함과 부드러움을 다 갖추다는 뜻으로, '강함과 부드러움은 서로 보완한다'는 비유임. [韓非子 亡徵]「亡王之機 必其治亂 强弱相跨者也」. [戰國策 齊策]「由此觀之 則强弱大小之禍 可觀見

한다면 이는 곧 한 사람의 적일 뿐이오이다. 내 이제 대군을 남정에 주둔시키고 있으면서 경의 묘재(妙才)를 보고자 하니, 이 두 글자를 욕되게 하지 마시구려.

하후연은 편지를 보고 나서 크게 기뻐하며, 사자를 돌려보낸 후에 장합과 의논하며 말하기를,

"지금 위왕께서 대병을 이끌고 남정에서 주둔하고 있으면서, 유비를 토벌하려 하고 있소이다. 나와 그대가 오랫동안 이곳을 지키고 있는데 어떻게든 공을 세워야 할 것 아니겠소? 내일은 출전하여 황충을 생포하도록 하겠소이다."

하거늘, 장합이 말하기를

"황충은 지모와 용맹을 겸비하고 있는 장수인데, 하물며 법정까지 돕고 있소이다. 가볍게 대적할 인물이 아니며 여기 산길은 매우 험준해서 굳게 지키느니만 못할 것이외다."

한다.

하후연이 대답하기를,

"만약에 다른 사람이 공을 세운다면 나와 그대가 무슨 면목으로 위왕을 뵙겠소? 그대가 산을 굳게 지키고 있으면 나는 나가서 싸우겠소이다."

하고, 드디어 명을 내리기를

"누가 먼저 나가서 적을 유인해 오겠느냐?"

하니, 하후상이 앞으로 나서면서

"제가 가겠습니다."

前事矣」.

한다.

하후연이 말하기를,

"네가 가서 초탐을 하고 황충과 싸우되 지기만 하고 이기려 하지는 말아라. 나에게 묘계가 있으니 이리이리만 하여라."

하니, 하후상이 영을 받고 3천 군을 이끌고 정군산 대채를 떠나 진군하였다.

한편, 황충과 법정은 군사들을 이끌고 와서 정군산 입구에 주둔시키고, 여러 차례 싸움을 걸었으나 하후연은 굳게 지키고 나오지 않았다. 그러나 진공(進攻)하려 하여도 산길이 험하고, 적들이 어느 정도인지를 가늠하기도 어려워 영채를 지키고 있었다. 이날 문득, 산성 위에 있는 조조 군사들이 나와서 싸움을 돋우고 있다는 보고가 있었다. 황충은 마침 대기하고 있던 군사들을 이끌고 나가 싸우게 하였다.

부장 진식(陳式)이 권유하기를,

"장군께서는 나가지 마십시오. 제가 나가 저를 대적하겠습니다."

하거늘 황충이 기뻐하며, 마침내 진식은 군사 1천을 데리고 나가 산어귀에서 진을 벌이고 싸웠다. 싸움은 몇 합이 못 되어 하후상이 거짓 패하여 달아났다.

진식이 급히 쫓아갔는데 행군이 중로에 이르자, 양쪽 산 위에서 뇌목과 포석이 떨어져 병사들이 전진할 수 없었다. 막 돌아서려는데, 배후에서 하후연이 병사들을 이끌고 갑자기 튀어나왔다. 진식은 저항하지 못하고 하후연에게 생포되고 수많은 부졸들은 항복하고 말았다. 패한 병사들과 목숨을 구해 도망한 자들이 돌아와 황충에게 진식이 사로잡혔다 하였다. 황충은 당황하여 법정과 의논하였다.

법정이 말하기를,

"하후연은 사람이 경솔하고 성미가 급한 인물이어서 용기만 있고 지모가 없습니다. 사람들을 격동시켜서 영채를 뽑아 나가 싸웁시다. 그리고 나갈 때마다 영채를 세워 하우연을 꾀어내어 싸우다가 저를 사로잡읍시다. 이것을 일러 반객위주법[14]이라는 것입니다."

하거늘, 황충이 그 계책을 쓰기로 하고 있는 물품 등으로 삼군들을 상을 주니, 기뻐하는 소리가 산골짜기를 메우며 죽기로써 싸우기를 원했다. 황충은 그 날로 영채를 뽑아 나갈 때마다 영채를 세우고, 매 영채에서 며칠씩 머물다가 또 나가곤 했다. 하후연이 이를 알고 나와 싸우려 하였다.

장합이 권유하기를,

"이는 '반객위주의 계책'이오니, 나가 싸우면 아니 됩니다. 나가 싸우면 큰 손실을 입게 됩니다."

하였으나, 하후연은 이를 쫓지 않고 하후상에게 수천의 군사로 나가 싸우게 하였다.

하후상이 곧장 황충의 영채에 이르니, 황충이 말에 올라서 칼을 휘두르며 나와 맞았다. 하후상과 싸우기 1합이 못 되어 하후상을 생금하고 영채로 돌아왔다. 나머지 군사들은 모두 패주하고 돌아가 하후연에게 보고하였다. 하후연은 급히 사람을 황충의 영채에 보내, 진식과 하후상을 교환하자고 하였다. 황충이 내일 진 앞에서 서로 교환하기로 약정하였다.

다음 날 양군은 모두 산골짜기 넓은 곳에 모여 진을 펼쳤다. 황충과 하후연은 각각 말을 타고 본진의 문기 아래로 나왔다. 황충은 하후상

---

14) 반객위주법(反客爲主法) : 객이 도리어 주인이 되는 방법. 「주객전도」(主客顚倒)는 '객이 오히려 주인의 자리를 차지함'의 뜻임. [淸史稿 卷125~150]「或不至 議洋人獨擅其利與險 而浸至反客爲主也」. [國策 秦策]「人說惠王(秦)曰 今秦婦人 嬰兒 皆言商君之法 莫言大王之法 是商君反爲主 大王更爲臣也」.

을 대동하고 하후연은 진식을 데리고 나와서, 각기 전포와 갑옷을 주지 않고 몸을 가릴 만한 낡은 옷만을 입게 하였다. 북이 울리고 진식과 하후상이 각기 저들의 본진을 향해 돌아갔다.

하후상이 진문에 이를 즈음 황충의 화살이 그의 등을 꿰었다. 하후상은 화살을 맞은 채 돌아갔다. 하후연은 크게 노하여 말을 몰아 곧 황충을 취하려 하였다. 황충은 하후연을 격동시키며 군사들을 몰아 나가게 하였다. 두 장수들의 말이 어울려져 싸우기를 20여 합에 이르자, 조조의 영내에서 홀연 징을 쳐 군사들을 수습하였다. 하후연이 당황하여 말을 돌리는데 황충은 승세를 타 한바탕 몰아쳤다.

하후연이 진으로 돌아가 압진관에게15) 묻기를,

"어찌해서 징을 쳤는가?"

하니,

"제가 산의 우묵한 곳에서 보니 촉병들의 깃발이 여기 저기 꽂혀 있기에 복병이 있을까 걱정되어서, 급히 장군을 돌아오시게 하였습니다."

하거늘, 하후연이 그 말을 믿고 마침내는 성을 굳게 지키고 나가지 않았다. 황충은 정군산 아래까지 가 하후연을 핍박하며 법정과 상의하였다.

법정은 손으로 가리키며,

"정군산의 서쪽에는 아주 높은 산이 하나 있는데, 사방이 다 길이 험합니다. 이 산꼭대기에서 정군산의 허실을 내려다 볼 수 있으니 이 산을 손에 넣기만 하시면, 정군산은 손바닥 안에 있는 것이나 다를 게 없습니다."

---

15) 압진관(押陣官) : 지휘관. 작전이나 행군을 할 때 군사들을 감시하는 장교. 「文獻通考 官職考 殿前司」「**都指揮使** 副都指揮使……及**步騎諸指揮之名籍** 及**訓練之政**」.

하거늘, 황충이 산꼭대기를 보니 평평하고 그 산 위에 약간의 인마들이 있었다.

이날 밤 2경에 황충은 군사들을 이끌고 징을 치고 북을 울리며 공격하여, 곧장 산꼭대기로 짓쳐 나갔다. 이 산에는 하후연의 부장 두습(杜襲)이 지키고 있었는데 수백여 명이 있을 뿐이었다.

그때, 황충의 대부대가 위를 에워싸니 저들은 산을 버리고 달아났다. 황충이 산꼭대기에 올라서 보니 마침내 정군산이 건너다 보였다.

법정이 말하기를,

"장군께서는 산중턱을 지키시고 저는 산마루에 있겠습니다. 그리고 하후연의 병사가 오기를 기다리다가, 제가 백기를 드는 것을 신호로 하여 장군께서 급히 병사들을 안돈하고 움직이지 않게 하십시오. 저들이 지루해 하며 준비가 없을 때에 제가 홍기를 들겠소이다. 그때 장군께서는 곧 산 아래로 내려오며 저들을 공격하시면, 크게 싸우지 않더라도16) 반드시 빼앗을 수 있을 것입니다."

한다. 황충이 기뻐하며 그 계책을 따르기로 하였다.

한편, 두습은 군사들을 이끌고 도망가서, 하후연을 보고 황충이 대산을 점거했다는 말을 하였다.

하후연이 크게 노하며 말하기를,

"황충이 건너 산을 점령했다는데 내 나가 싸우지 않을 수 없소이다."

하거늘, 장합이 당부하기를

"이는 법정의 계책이니 장군께서 출전하지 마시고 굳게 지키셔야 합니다."

---

16) 크게 싸우지 않더라도[以逸待勞] : 군사들을 편히 쉬게 했다가 적들이 피로해지기를 기다려 공격함. [孫子兵法 軍爭篇 第七]「以近待遠 **以佚待勞** 以食待飢 此治力者也」. [後漢書 馮異傳]「**以逸待勞** 非所以爭也 按逸亦作佚」.

한다.

하후연이 묻는다.

"저가 우리 건너 산을 점령하여 나의 허실을 다 보고 있는데, 싸우지 않고 어찌하겠소이까?"

하며, 장합이 간절하게 간하여도 끝내 듣지 않았다.

하후연은 군사들을 나누어 건너 산에 머물게 하고는 크게 욕하며 도전하였다. 법정이 산에 있으면서 백기를 들어 올렸다. 황충은 하후연이 여러 가지 욕을 해도 참으며 출전하지 않았다.

오시쯤 되자 법정은 조조의 군사들이 지루해 하며 예기가 꺾여, 많은 군사들이 말에서 내려 쉬고 있었다. 이때 홍기를 펼쳐 들었다. 그리고는 고각을 일제히 울리고 함성을 크게 질렀다. 황충은 말을 타고 앞장서서 산 아래로 달려 내려갔다. 마치 하늘이 무너지고 땅이 꺼지는 것 같았다. 하후연은 미쳐 손을 쓸 틈이 없는데, 황충이 급히 휘개 아래까지 와서 큰 소리로 외치는 것이 마치 우레소리 같았다. 하후연이 미처 맞아 싸울 준비도 하기 전에 황충의 칼이 떨어져, 머리에서 어깨로 내려가며 두 동강을 내버렸다.

후세 사람이 황충을 예찬한 시가 전한다.

> 젊어서부터[17] 싸움터에서 큰 적 앞에 서더니
> 늙어서도[18] 흰 머리 날리며 신무를 떨치네.
>
> 蒼頭臨大敵

---

17) **젊어서부터[蒼頭]** : 노복(奴僕). 옛 노복들은 머리를 푸른 수건으로 싸맸기에 이르는 말. [史記 項羽紀]「**蒼頭**特起」. [集解]「**蒼頭**謂士卒阜巾」.

18) **늙어서도[晧首]** : '흰 머리'(白首)라는 뜻의 '노인'을 이름. [後漢書 宦者 呂強傳]「垂髮服戎 功成**晧首**」. [杜甫 醉爲馬墜諸公攜酒相看詩]「向來**晧首**驚萬人 自倚紅顔能騎射」.

皓首逞神威.

힘을 다해 활을 쏘니
칼끝에 바람이 맞는구나.

力趁雕弓發

風迎雪刀揮.

우렁찬 목소리는 사자후와 같고
준마는 마치 용처럼 나네.

雄聲如虎吼

駿馬似龍飛.

그 공훈 크기도 하여라
나라의 터를 열었구나.

獻馘功勳重

開疆展帝畿.

황충이 하후연을 베자, 조조의 군사들은 대패하여 각기 살려고 도
망쳤다. 황충은 승세를 타고 가서 정군산을 빼앗으려 하자 장합이 병
사들을 이끌고 나와 맞았다. 황충은 진식과 함께 양쪽에서 협공을 해
조조 진영을 혼란에 빠지게 하니, 장합마저 패하여 도망하였다. 그때
갑자기 산기슭에서 한 장군이 말을 타고 나오면서 길을 막아섰다.

앞에 선 한 장수가 큰 소리로,

"상산 조자룡이 예 있다!"

하거늘, 장합이 크게 놀라서 대군을 이끌고 길을 뚫어 정군산을 버리

고 달아났다. 그때 앞에서 일지군과 마주쳤는데 보니 두습이었다.

두습이 말하기를,

"지금 정군산은 이미 유봉과 맹달의 수중에 들어갔습니다."

한다. 장합이 크게 놀라 두습과 함께 패병을 이끌고 한수에 영채를 세우고, 한편으로는 조조에게 소식을 나는 듯이 알렸다. 조조는 하후연이 죽었다는 소식을 듣고 목 놓아 울었다.

바야흐로 관노가 말한 '삼팔종횡'이란 말의 뜻을 깨달았다. 이해가 건안 24년이고, '황저우호'는 곧 기해년 정월이었던 것이다. '정군지남'은 정군산의 남쪽이란 뜻이며 또 '한 다리가 부러지다'는 이에, 하후연과 조조는 형제와 같은 정이 있음을 가리키는 것이었다.

조조는 사람을 시켜 관노를 찾았으나 어디로 갔는지를 알 수가 없었다. 조조는 황충에게 깊은 한을 가지고 마침내 직접 군사들을 통어하며 정군산에 가서, 하후연의 원수를 갚으려 하였다. 서황으로 선봉을 삼아 한수에 이르니 장합과 두습이 나와 영접하였다.

두 장수가 말하기를,

"지금 정군산은 이미 저들의 수중에 들어갔으니, 미창산의 양초를 북산의 영채에 옮겨 쌓아둔 연후에 진병해야 할 것 같습니다."

하니, 조조가 그렇게 하기로 하였다.

한편, 황충은 하후연의 수급을 베어 가맹관에 와서 현덕에게 바쳤다. 현덕이 크게 기뻐하며 황충에게 정서대장군의 직위를 더하고 연회를 베풀어 축하하였다.

그때, 돌연 장저(張著)가 와서 보고하기를,

"조조가 친히 대군 20만을 거느리고 와서 하후연의 원수를 갚으려 합니다. 그리고 지금 장합이 미창산에 있는 양초를 한중에 있는 북산기슭으로 운반합니다."

하였다.

　공명이 대답하기를,

　"이제 조조가 이끄는 대병이 여기까지 이르렀다면, 양초가 모자랄까 걱정할 것입니다. 그렇기 때문에 병사들을 진병시키지 못하는 것입니다. 만약에 한 사람을 국경 깊숙이 들여보내서 저들의 양곡에 불을 지르고 치중을 빼앗는다면, 조조는 그 예기가 꺾일 것입니다."

하거늘, 황충이 나서며 말하기를,

　"이 노부가 그 일을 맡겠습니다."

한다.

　공명이 또 말하기를,

　"조조는 하후연과 비교해서는 아니 되오. 그러므로 가볍게 여겨서는 안 됩니다."

하매, 현덕이 대답하기를

　"하후연이 비록 총수(總帥)였다 하나 한낱 용맹한 무부일 따름이외다. 어찌 장합에 미치겠소이까? 만약에 장합을 참한다면 하후연을 베는 것보다 열배는 나을 것이외다."

하자, 황충이 분연히 말한다.

　"제가 가서 저를 베어 오겠습니다."

하거늘, 공명이 다시 말하기를

　"장군께서 조자룡과 함께 일지군을 이끌고 가시되 모든 일을 의논해서 행하세요. 누가 공을 세우나 보겠습니다."

하니, 황충이 하직하고 곧 떠나려 하였다. 공명은 장저에게 부장이 되어 같이 가게 하였다.

　조운이 황충에게 묻기를,

"지금 조조가 20만 대군을 10채의 병영에 나누어 주둔하고 있는데, 장군께서 주공 앞에서 양초를 빼앗겠다고 말씀하셨으니 이는 작은 일이 아닙니다. 장군께서는 무슨 계책을 쓰려 하십니까?"

하자, 황충이 대답한다.

"내가 먼저 가는 것이 어떤가?"

한다.

조운이 대답하기를,

"제가 먼저 가겠습니다."

하니, 황충이 묻기를,

"내가 주장이고 자네가 부장인데 어찌 먼저 가겠다고 하는가?"

하거늘, 조운이 제안하기를

"나와 장군께서는 모두 주공을 위해 싸우는 것이 같은데, 주장·부장을 따져 뭐하겠소? 우리 두 사람이 제비를 뽑아[19] 뽑힌 사람이 먼저 가도록 하십시다."

하니, 황충이 동의하였다. 그때 황충이 뽑혀 먼저 가게 되었다.

조운이 말하기를,

"이미 장군께서 먼저 가게 되었으니, 제가 마땅히 돕겠습니다. 그런데 시간을 약속해 주시는 게 어떻습니까. 장군께서 시간에 맞춰 돌아오시면, 제가 병사들을 안동하여 움직이지 못하게 하겠습니다. 만약에 장군께서 시간이 지나도록 돌아오시지 않으면, 제가 곧 군사들을 이끌고 접응하러 가겠습니다."

하거늘, 황충이 대답하기를

"공의 말이 옳소."

---

19) 제비를 뽑아[拈鬮]: 제비뽑기. [中文辭典]「有如掣籤 以憑取決 名曰拈鬮」.

하고, 이에 두 사람이 오시로 약속 시간을 정하였다.

조운이 영채로 돌아와서 부장 장익(張翼)에게,

"황한승 장군께서 약속한 기일 안에 양초를 빼앗기로 약속을 정하고 내일 떠나는데, 만약 약속 시간에 돌아오지 않으면 내가 마땅히 도우러 갈 것이다. 우리의 영채 앞은 한수이고 지세가 아주 험하니 내가 만약 갈 때에, 너는 삼가 영채를 잘 지키고 경거망동을 해서는 안 된다."

하거늘, 장익이 응락하였다.

한편, 황충은 영채로 돌아오는 도중에, 부장 장저에게 이르기를

"내 하후연을 베었으니 장합도 간담이 서늘해져 있을 것이네. 내가 내일 명을 받들어 양초를 겁략하러 가는데 단지 5백 군사들을 남겨 병영을 지키게 하려 하니 자네는 나를 도와야겠다.

오늘 밤 3경에 병사들 모두 배불리 먹게 하고 4경에는 영채를 떠나서 북산 아래로 짓쳐 나가야, 먼저 장합을 사로잡고 그 뒤에 양초를 겁략하세."

하니, 장저가 영에 따르기로 하였다.

이날 밤 황충은 인마를 이끌고 앞서고 장저는 뒤를 따랐다. 몰래 한수를 지나 곧장 북산 쪽으로 내려갔다. 동쪽에서 해가 뜨자 양초를 산같이 쌓아 놓은 것이 보였다. 불과 몇 명의 병사들이 지키고 있다가 촉병이 이르자 다 버리고 달아나 버렸다. 황충은 군사들에게 모두 말에서 내리게 하고는 양곡을 덮은 시초더미에 막 불을 지르려고 하는데, 장합의 병사들이 당도하여 황충의 군사들과 혼전을 하였다.

조조는 이를 알고는 급히 서황에게 접응하게 하였다. 서황이 병사들을 거느리고 짓쳐 나오자 황충은 포위망 속에[20] 들게 되었다. 장저는 3백 군을 이끌고 포위망 속에서 벗어나 영채로 돌아가려 하는데,

갑자기 일지군이 들이닥쳐 길을 막았다. 앞선 장수는 문빙이었다. 뒤에서 조조의 군사들이 또 이르러 장저를 에워쌌다.

한편, 조운은 병영에 있으면서 시간이 오시에 이르렀는데도 황충이 돌아오지 않자, 황급히 갑옷을 입고 3천 군을 이끌고 앞으로 나가 접응하러 가면서 장익에게 말하기를,

"너는 부디 영채를 굳게 지켜라. 양쪽 벽에 많은 궁수들을 배치해서 준비를 단단히 하게."

하고 당부하니, 장익은 예예하며 연신 대답하였다.

조운은 창을 꼬나들고 말을 몰아 나가며 곧장 짓쳐 나갔다. 앞에서 한 장수가 나와 맞으면서 길을 막아서는데, 이에 문빙의 부장 모용열(慕容烈)이었다. 말을 박차고 나와 칼을 휘두르며 조운을 막았다. 조운은 손으로 창을 들어 한 창에 찔러 죽이니 조조의 군사들은 패주하였다. 조운은 곧장 짓치며 포위망 속으로 들어가는데, 또 일지병이 나서며 막아서니 앞선 장수는 위장 초병(焦炳)이었다.

조운이 묻기를,

"촉병들은 어디 있느냐?"

하니, 초병이 대답하기를

"벌써 다 죽었소!"

하거늘, 조운이 크게 노하여 말을 몰아 한 창에 또 초병을 찔러 죽이고 남은 병사를 흩어 버렸다. 곧바로 북산의 아래로 가니 장합·서황 두 사람이 황충을 포위하고 있는데 군사들이 곤핍해 보였다.

---

20) 포위망 속에[困於垓心] : 곤재해심(困在垓心). 적의 포위망 속에 듦. [水滸傳 第八三回]「徐寧与何里奇搶到垓心交战 兩馬相逢 兵器并擧」. [東周列國志 第三回]「鄭伯困在垓心 …… 全无俱怯」. [中文辭典]「謂在圍困之中也 項羽被圍垓下 說部中所用困在垓心語 或卽本此」.

조운이 큰 소리를 치며 창을 빼고는 말을 몰아 포위망 속으로 들어가며 좌충우돌하는데,21) 마치 무인지경을 지나가는 듯했다.22) 그의 창이 상하로 움직이는 것이, 마치 배꽃이 흩날리며 떨어지는 것과 같고23) 온 몸에서 눈발이 흩날리는 것과 같았다. 장합과 서황은 마음속으로 놀라, 감히 싸울 엄두가 나지 않았다. 조운은 황충을 구출하고 싸우며 달아났다. 그가 이르는 곳마다 감히 막는 자가 없었다.

조조는 높은 곳에서 바라다보며 놀라서, 여러 장수들에게 묻기를
"저 장수가 누구인가?"
하니, 아는 자가 대답하기를
"저 장수는 상산 조자룡입니다."
한다.
조조가 말하기를,
"옛날 당양 장판의 영웅이24) 아직도 있구나!"
하고는, 영을 내려
"저가 이르는 곳에서는 가벼이 대적하지 말아라."

---

21) **좌충우돌(左衝右突)** : 동충서돌(東衝西突). 이리저리 닥치는 대로 마구 찌르고 치고받고 함. [桃花扇 修札]「隨機應辯的口頭 **左衝右擋的膂力**」.

22) **마치 무인지경을 지나가는 듯했다[如入無人之境]** : 무인지경에 들어가는 것 같음. '제지하는 사람이 전혀 없음'의 비유. [三國志 魏志 鄧艾傳]「艾自陰平道行 **無人之地**七百里」.

23) **마치 배꽃이 흩날리며 떨어지는 것과 같고[若舞梨花]** : 창법의 하나인 「이화창법」(梨花槍法)인데, 송나라 때 양업(楊業)이 창안했다고 전해짐. [三才圖會 器用 梨花槍式]「**梨花槍**者 以梨花一筒 繫於長槍之首 臨敵時用之……**梨花槍** 天下無敵手 是也 此法不傳久矣」.

24) **당양 장판의 영웅(當陽長坂英雄)** : 유비가 조조에게 대패한 곳으로 여기서 조운이 아두(阿斗)를 구해내었음. [三國志 蜀志 張飛傳]「**先主**奔江南 曹公追之 及於**當陽**之**長坂** 先主棄妻子走 使飛將二十騎拒後 飛拒水斷橋 瞋目橫矛 敵無敢近者」.

하니, 조운은 황충을 구하여 포위망을 벗어났다.

군사들이 한 곳을 가리키며 말하기를,

"동남쪽 포위망 속에 필시 부장 장저가 있습니다."

하였다.

조운은 본채로 돌아가지 않고 동남쪽을 바라고 짓쳐 나갔다. 그곳에 이르는 곳마다 '상산 조운'이란 넉 자의 기만 보면, 일찍이 당양 장판에 있었던 용장을 아는 사람들이 있어서 서로 이야기하며 다 쥐새끼들처럼 달아났다. 조운은 또 장저마저 구출해 냈다.

조조는 조운이 동에 번쩍 서에 번쩍하며 이르지 않는 곳이 없는 것을 보고 감히 맞아 싸울 수가 없었다. 그가 황충과 장저를 구해 내는 것을 보고 조조는 분연히 크게 노하며, 직접 좌우 장사들을 이끌고 급히 조운을 쫓아갔다. 그러나 조운은 이미 본채로 돌아간 뒤였다.

본부 장수 장익이 멀리 뒤쪽에서 먼지가 이는 것을 바라보고 조조가 병사들을 이끌고 추격해 오는 줄 알고, 곧 조운에게

"조조의 추격병들이 점점 가까이 오고 있으니, 군사들에게 영채의 문을 닫고 적루 위에서 막게 해야 합니다."

하거늘, 조운이 대답하기를

"영채문을 닫지 말아라! 네 어찌 내가 지난날 당양 장판에 있을 때를 알지 못하느냐. 그때 내가 단창필마로[25] 조조의 군사 83만 명을 초개같이[26] 보던 일을 모른단 말이냐! 지금 나에겐 군사와 장수들이 있는데, 하물며 뭐 두려울 것이 있느냐!"

---

25) 단창필마(單槍匹馬) : 혼자서 창을 들고 싸움터에 나감. 「필마단창」(匹馬單槍). [五燈會元]「慧覺謂皓泰曰 埋兵掉鬪未是作家 匹馬單鎗便請相見」.

26) 초개(草芥) : 지푸라기. '보잘 것 없음'의 뜻. [孟子 離妻篇]「視天下說而歸已 猶草芥也」. [文選 夏候湛 東方朔畫像讚]「視儔列如 草芥」.

하고, 마침내 궁노수들을 영채 밖 해자에 매복해 두고, 영내에는 기치 창검을 모두 쓰러뜨려 놓고 금고도 울리지 않게 하였다. 조운은 단창 필마로 영문 밖에 서 있었다.

한편, 장합과 서황은 병사들을 이끌고 추격하여 촉의 영채에 이르러 날이 저물었다. 영채에는 기를 뉘어 놓고 북이 울리지 않았다. 또 조운이 단창필마로 영채 밖에 서 있으며, 문을 크게 열어 놓고 있는 것을 보고 두 장수는 감히 전진하지 못하였다. 바로 그때 조조가 직접 이르러서 군사들에게 전진하라고 재촉하였다. 여러 군사들이 영을 듣고 크게 함성을 지르며 영채 앞으로 짓쳐 나갔다.

그러나 조운이 꼼짝 않고 있는 것을 보고 조조의 군사들은 몸을 돌려 돌아가려 하였다. 조운은 창을 잡고 한 번 흔드니, 해자에서 궁노수들이 일제히 활을 쏘았다. 그때는 하늘이 아주 어두워져서 촉병의 많고 적음을 알 수가 없었다. 조조가 말을 돌려 달아나거늘 뒤에서 함성소리가 진동하고 땅이 한꺼번에 울리며, 촉병들이 급히 쫓아왔다.

조조의 군사들은 서로 밟히면서 한수 가에 이르러, 물에 떨어져 죽는 자의 수를 헤아릴 수 없었다. 조운 · 황충 · 장저는 각기 일지병을 이끌고 추살하며 몰아쳤다. 조조가 달아나는데 마침 유봉과 맹달의 군사들이 미창산 산길을 짓쳐 오며, 불을 놓아 양초를 태우고 있었다. 조조는 북산의 양초를 버리고 황망히 남정으로 돌아가고, 서황과 장합도 견딜 수 없어서 또한 자신들 영채를 버리고 달아났다.

조운은 조조의 영채를 점령하고 황충은 남은 양초를 빼앗았는데, 한수에서 빼앗은 무기만도 무수하였다. 큰 전과를 올리고 사람을 보내 현덕에게 보고하였다.

현덕은 공명과 함께 한수까지 나가서, 조운의 부하병들에게
"자룡이 어찌 짓쳐 나가더냐?"

하니, 군사들은 자룡이 황충을 구하고 한수에서 싸웠던 일들을 자세히 설명하였다.

현덕은 크게 기뻐하며 산 앞과 뒤의 험준한 길을 보고, 흔연히 공명에게 말하기를,

"자룡은 몸이 온통 담 덩어리구려!"[27]

하였다.

후세 사람이 이를 예찬한 시가 전한다.

지난날 장판 싸움
그 위풍이 남았구려.
　昔日戰長阪
　威風猶未減.

적진서 빛낸 용기
포위망 속 용감하여라.
　突陣顯英雄
　被圍施勇敢.

귀신도 곡을 하고
천지도 다 놀라네.
　鬼哭與神號
　天驚并地慘.

---

27) 자룡은 몸이 온통 담 덩어리구려[子龍一身都是膽] : '담이 큰 사람'을 이름.
　[辭源]「三國眞定人 字子龍 先主爲曹操所追 棄妻子南走 雲爲騎將保護之 皆得免難 累遷翊軍將軍 先主嘗曰 **子龍一身都是膽** 年八十餘 卒於蜀」.

상산 조자룡은

온 몸이 온통 담 덩이여라!

　常山趙子龍

　一身都是膽!

　이에 현덕은 자룡을 불러 호위장군을 삼고 크게 병사들을 위로하
며, 늦게까지 잔치를 열어주었다. 문득 조조가 다시 대군을 보내, 야
곡(斜谷) 소로로 해서 한수를 취하러 온다는 보고가 들어왔다.

　현덕이 웃으며 말하기를,

　"조조가 이번에 오면 헛물만 켜고 돌아가게 될 것이네.28) 내 반드
시 한수를 얻을 것이외다."

하고는, 이에 병사들을 이끌고 한수의 서쪽에 나가 조조의 군사들을
맞았다. 조조는 서황에게 말하여 선봉을 삼고 와서 결전을 하려 하였다.

　그때 장막에서 한 사람이 나오며,

　"제가 이곳 지리를 자세히 알고 있으니, 서장군과 함께 가서 촉나라
를 파하게 해 주시기 바랍니다."

한다. 조조가 보니, 파서 탕거(宕渠) 사람으로 성은 왕(王)이고 명은 평
(平)이라 하며 자를 자균(子均)이라 하였다.

　그는 그때 아문장군으로 있었다. 조조가 크게 기뻐하며 왕평에게
명하여 부선봉을 삼아 서황을 돕게 하였다. 조조는 정군산의 북쪽에
군사들을 주둔시켰다. 서황과 왕평은 군사들을 이끌고 한수에 이르
자, 서황은 전군에게 강을 건너에 진을 치게 하였다.

　왕평이 묻기를,

---

28) 헛물만 켜고 돌아가게 될 것이네[無能爲] : 할 수 있는 일이 없음. [漢書 司馬
遷傳]「無能之辭」. [列子 天瑞]「無知也 **無能**也, 而無不知也, 而無**不能**也」.

"군사들이 만약에 한수를 건넜다가 급히 후퇴하게 된다면 어찌하시렵니까?"

하니, 서황이 설명하기를

"옛날 한신장군은 배수의 진을29) 쳤소. 이른바 '사지에 이르러서야 살 수 있다'는 뜻이네."

하니, 왕평이 대답하기를

"그렇지 않습니다. 지난날 한신장군은 적들이 꾀가 없음을 생각하고 이 계책을 쓴 것입니다. 지금 장군은 능히 조운과 황충의 생각하는 바를 아시겠습니까?"

하거늘, 서황이 말한다.

"자네가 보군을 이끌고 적을 막으면서 가면, 내가 마군을 이끌고 저들을 깨뜨리는 것을 보기나 하게."

하고는, 마침내 부교를30) 세우게 하고 부교를 따라 강을 건너서 촉병과 싸우러 갔다.

이에,

위나라 장수가 망령되게도 한신을31) 본받으려 하나

---

29) 배수의 진[背水爲陣] : 배수지진(背水之陣). 물을 뒤로 하고 진을 침. '물러갈 곳이 없으므로 공격해 오는 적과 결전을 하게 됨'의 뜻. [尉繚子天官篇]「按天官日 **背水陣**爲絶地 向坂陣爲廢軍 武王伐紂 背濟水 向山坂而陣 以二萬二千五百人 擊紂之億萬而滅商 豈紂不得天官之陣哉」. [後漢書 銚期傳]「時銅馬數千萬衆人 淸陽博平期與諸將迎擊之 連戰不利 乃更**背水而戰** 所殺傷甚多 會光武救至 遂大破之」.

30) 부교(浮橋) : 배다리. 부항(浮航). 배나 뗏목들을 잇대어 잡아매고 널빤지를 깔아서 만들거나, 교각 없이 임시로 강 위로 놓은 다리. [事物紀原]「春秋後傳日 周赧王五十八年 秦始作**浮橋**於河上 按詩大明云 造舟爲梁 孫炎曰 造舟 比舟 爲梁也 比舟於水 加板於上 今**浮橋**也 故杜預云 造舟爲梁 則**浮橋**之謂矣 鄭康成 以爲周制 後傳以爲秦始 疑周有事 則造舟 而秦乃擊之也」.

촉나라 재상이 자방임을32) 이 어찌 알았으랴.

　魏人妄意宗韓信

　蜀相那知是子房.

그 승부가 어찌 되었을까 알 수가 없다. 하회를 보라.

---

31) **한신(韓信)** : 한나라의 창업 공신. '한신'은 한 고조 유방의 장수. 소하(蕭
　何)·장량(張良)과 함께 한나라 창업의 삼걸 중의 한 사람임. [漢書 韓信傳]「王
　曰 吾爲公以爲將 何日雖爲將 信不留 王曰以爲大將 何日幸甚 於是王欲召信拜之
　何日 王素慢無禮 今拜大將 如召小兒 此乃信所以去也 王必欲拜之 擇日齋戒 設壇
　場具禮乃可 王許之 諸將皆喜 人人各自 以爲得大將 至拜乃**韓信**也 一軍皆驚」.
32) **자방(子房)** : 한나라의 창업 공신. 장량(張良). 한 고조 유방의 모사(謀士)가
　되어 항우를 무찌르고 천하를 평정하는데 큰 공을 세움. 소하(蕭何)·한신(韓
　信) 등과 함께 창업 삼걸(三傑)의 한 사람임. [漢書 韓信傳]「王曰 吾爲公以爲將
　何日雖爲將 信不留 王曰以爲大將 何日幸甚 於是王欲召信拜之 何日 王素慢無禮
　今拜大將 如召小兒 此乃信所以去也 王必欲拜之 擇日齋戒 設壇場具禮乃可 王許
　之 諸將皆喜 人人各自 以爲得大將 至拜乃**韓信**也 一軍皆驚」.

제72회

제갈량은 지혜로 한중을 취하고
조아만은 병사들을 야곡으로 물리다.
諸葛亮智取漢中
曹阿瞞兵退斜谷.

한편, 서황은 왕평이 간하는 것을 듣지 않고 한수를 건너서 영채를
세웠다.

황충과 조운이 현덕에게 보고하기를,

"저희들이 각기 본부병을 이끌고 가서 조조의 군사들과 싸우겠습니다."

하자, 현덕이 응락하니, 두 장수는 군사들을 이끌고 떠났다.

황충이 조운에게 이르기를,

"지금 서황은 용기만 믿고 왔으니 적과 싸우지 마시게나. 날이 저물
기를 기다려 적병이 피곤해지면, 자네와 내가 군사들을 나누어 양쪽
에서 공격하세."

하자, 조운이 그렇게 하기로 하였다. 그리고는 각기 일군을 이끌고 영
채에 머물게 하였다.

서황은 군사들을 이끌고 진시 경에 나와서 싸움을 돋우었다. 곧 신
시에 이르렀는데도 촉병은 움직이지 않았다. 서황은 궁노수들을 전면
에 배치하고는, 촉나라 군사들의 병영을 향해 쏘게 하였다.

황충이 조운에게 말하기를,

"서황이 궁노수들에게 활을 쏘게 하였으니, 이는 필시 군사들을 물러나게 하려는 것일세. 이때에 저들을 공격하세나."

하고 말이 끝나기 전에, 문득 조조 군사들이 뒤에서 물러가기 시작한다고 알려왔다.

이에, 촉의 진영에서 북소리가 크게 나고, 황충이 병사들을 이끌고 왼쪽에서 나오고 조운이 이끄는 군사들은 오른쪽에서 나왔다. 양쪽에서 협공을 하자 서황은 크게 패하였다. 한수로 쫓겨 가니 죽은 자가 수를 셀 수조차 없었다.

서황은 죽기로 싸워 몸을 빼서 진영으로 돌아와서 왕평을 꾸짖으며

"너는 우리 군사들이 위험한 것을 보고도, 어찌해 구하러 오지 않았느냐?"

하거늘, 왕평이 대답하기를

"내가 만약에 구하러 나갔다면 이 영채 또한 보전하지 못했을 것입니다. 내가 일찍이 공에게 가지 말라고 간했는데도, 공이 듣지 않고 가더니 이 지경에 이른 것입니다."

하자, 서황이 크게 노해 왕평을 죽이려 하였다.

왕평이 그날 밤에 본부군을 이끌고 나아가 영채에 불을 질러, 조조의 군사들이 대혼란에 빠지자 서황은 달아나 버렸다. 왕평은 한수를 건너 조운에게 투항하였다. 조운은 그를 데리고 가서 현덕을 만나게 하니, 왕평은 한수의 지리를 다 설명하였다.

현덕은 크게 기뻐하며, 말하기를

"내가 왕장군을 얻었으니 한중을 얻는데 거리낄 게 없을 것이외다."

하였다. 그리고는 왕평에게 명하여 편장군을 삼고 향도사를1) 시켰다.

---

1) 향도사(鄕導使) : 길을 안내하는 사람. [三國志 魏志 武帝紀]「請爲鄕導」. [列子 軍爭]「不用鄕導者 不能得地利」.

한편, 서황은 도망하여 조조를 보고 왕평이 유비에게 가서 항복하였다고 하니, 조조가 크게 노하여 직접 대군을 이끌고 와서 한수의 영채를 탈취하려 하였다. 이때, 조운은 자기의 군사들이 고립되어 버티기 어려울 것을 걱정하여, 한수의 서쪽으로 물러갔다. 양군이 한수를 사이에 두고 서로 대치하였다. 현덕과 공명은 와서 지형을 살펴보았다. 공명은 한수의 상류에 하나의 토산이 있는 것을 보고 1천여 명을 매복시켰다.

　그런 다음 병영으로 돌아와 조운을 불러서,

　"장군은 5백 명을 이끌고 모두가 고각(鼓角)을 가지고 토산 아래에 매복해 있으시오. 밤이나 저녁 때 아군 진영에서 호포나 방포소리가 울리거든, 포향을 한 번 울리고 북을 한 번만 치되 출전하지는 마시게."

하니, 자룡이 계책을 받고 갔다. 공명은 곧 높은 산 위에서 몰래 살펴보았다.

　다음 날 조조의 군사들은 또 와서 싸움을 걸었으나, 촉나라 진영에서는 한 사람도 나가지 않고 궁노 또한 쏘지 않았다. 그러자 조조의 군사들은 제풀에 물러갔다. 그날 밤이 깊어지자, 공명은 조조의 진영에 등불이 꺼지고 군사들이 잠드는 것을 보고, 마침내 호포를 울렸다. 자룡이 듣고는 고각을 일제히 울리게 하였다.

　조조의 군사들은 놀라고 당황하여, 적이 영채를 겁략하러 오는 줄 알았으나 군사들은 보이지 않았다. 장차 영채를 돌아와서 쉬려 하는데, 또 호포 소리가 나고 고각이 울리더니 함성이 지축을 흔들고 그 소리가 산골짜기에 울렸다. 조조의 군사들은 밤새 불안에 떨었다. 계속 사흘 동안 이렇게 불안 중에 지내자 조조는 겁이 나서, 영패를 뽑아 30리 밖으로 물러가 빈 터에 영채를 세웠다.

　공명이 웃으면서 말하기를,

"조조가 비록 병법은 안다하나 이 계책을 알 수 없을 것이외다."

하며, 마침내 현덕에게 직접 한수를 건너게 청하고 한수를 등지고 영채를 세우게 하였다.

현덕이 그 계책을 물으니, 공명이 대답하기를,

"이리이리 하십시오."

하였다.

조조는 현덕이 배수하고 영채를 세우자 속으로 의심이 생겨 사람을 시켜 전서를 보냈다. 공명은 내일 싸우자고 대답을 보냈다.

다음 날 양군은 중간 오계산(五界山)에서 만나 진세를 벌였다. 조조는 말을 타고 나와 문기 아래에 서서 양쪽 옆으로 용봉의 깃발을 펴고, 북을 세 번 쳐서 현덕을 불러 대화를 하자고 외쳤다. 현덕은 유봉·맹달과 서천의 장수들과 함께 나왔다.

조조가 채찍으로 가리키며 크게 꾸짖기를,

"유비, 이 은혜를 버리고 의리를 잃은 놈아. 조정을 배반하고 도적이 되었구나!"

하거늘, 현덕이 묻기를

"나는 한나라의 종친으로 황제의 조서를 받들고 도적을 토벌하려 한다. 네가 모후를 시해하고 스스로 왕이 되었으니, 참람하게도 천자의 난여를2) 쓰고 있는 네 놈이 반역이 아니고 무엇이냐?"

한다.

조조가 노하여, 서황에게 말을 내어 나가 싸우라 하니 유봉이 맞아 싸웠다. 교전을 할 때에 현덕은 먼저 진으로 들어갔다. 유봉이 서황을 대적하지 못하고 말을 돌려 곧 달아났다.

---

2) 난여(鸞輿) : 임금이 타는 가마. [班固 西都賦]「乘**鸞輿**備法駕」. [王建 宮詞]「步步金墀 上**鸞輿**」. [陳鴻 東城老父傳]「白羅繡衫 隨**鸞輿**」.

그는 영을 내리며 말하기를,

"유비를 잡는 자를 서천의 주인으로 삼으리라."

하니, 대군들이 함성을 지르며 진으로 짓쳐 나갔다. 촉병은 한수를 바라고 도망치며 영채를 버리고 달아났다. 그때에 마필과 무기들이 길가에 버려져 있어, 조조의 군사들이 서로 싸우며 챙겼다. 조조는 급히 징을 쳐 군사들을 수습하였다.

여러 장수들이 묻기를,

"저희들이 곧 유비를 잡을 수 있는데 대왕께서는 어찌해서 군사들을 거두십니까?"

하거늘, 조조가 말하기를

"내 보기에 촉병들이 한수를 등지고 영채를 세운 것이 아무래도 의심쩍은 그 하나이고, 많은 마필과 무기들을 버리고 달아난 것이 두 번째 의심쩍은 일이외다. 급히 군사들을 물리고 저들의 갑옷과 물건들을 취하지 못하게 하시오."[3]

하고, 명을 내려

"망령되게 적의 물건을 하나라도 취하는 자는 참하리라. 빨리 군사들을 물려라."

하였다.

조조의 군사들이 막 돌아서려는데 공명이 기를 들어 신호를 하자, 현덕은 중군의 병사들에게 출군하라 명하고 황충은 왼편에서, 조운은 오른쪽에서 짓쳐 나왔다. 조조의 군사들은 크게 무너져 도망하니 공명은 밤새 급히 추습하였다. 조조는 군사들을 이끌고 남정으로 돌아가려

---

3) 갑옷과 물건들을 취하지 못하게 하오[不取衣物] : 의복과 기물들을 취하지 못하게. [南史 謝靈運傳]「性豪侈 車服鮮麗 **衣物** 多改舊形制 世共宗之」. [元史 百官志]「利用監秩正三品 掌出納皮貨**衣物之事**」.

하였으나 5로에서 일제히 불길이 일어났다.

원래 위연과 장비가 엄안에게 대신 낭중을 지키게 하고는, 병사들을 나누어 짓쳐 오면서 먼저 남정을 차지했던 것이다. 조조는 마음속으로 놀라며 양평관을 바라고 달아났다. 현덕은 대병을 이끌고 추격하여 남정과 보주(褒州)까지 이르렀다.

백성을 안돈하는 일이 끝나자, 현덕은 공명에게 묻기를

"조조가 이번에는 어찌 그리 쉽게 패하게 된 것이오?"

하자, 공명이 대답하기를

"조조는 평생 의심이 많은 사람입니다. 비록 용병에 능하다 해도 의심을 하게 되면 패하는 법입니다. 우리가 이번에 의병(疑兵)을 이용해서 싸움에서 이긴 것입니다."

하였다.

현덕이 다시 묻기를,

"지금 조조가 양평관으로 물러가 있고 그 세력이 아주 위축되어 있는데, 선생께서는 앞으로 어떤 방법으로 저들을 물리치려 하오이까?"

하니, 공명이 또 대답하기를

"저에게 이미 생각해 둔 바가 있습니다."

하며, 곧 장비와 위연을 시켜 군사들을 두 길로 나누어 가서 저들의 양로를 끊으라 하고, 황충과 조운에게는 군사들을 두 길로 나누어 가서 산에 불을 놓으라 하였다. 네 장수들은 각각 향도관을 데리고 떠났다.

한편, 조조는 양평관으로 후퇴하고, 군사들에게 초탐을 철저히 하라고 명하였다.

군사들이 돌아와서 보고하기를,

"지금 촉병들은 원근 작은 길을 다 차단하고 나무를 베어 모두 불태워 버리고 있는데, 군사들이 어디에 있는지는 모두지 알 수가 없습니다."

하였다.

　조조가 의심을 하고 있는데 또 보고가 들어오기를,

　"장비와 위연이 군사들을 나누어 양초를 겁략하고 있습니다."

하였다.

　조조가 묻기를,

　"누가 나가서 장비를 대적하겠느냐?"

하니, 허저가 대답한다.

　"제가 가겠습니다!"

하였다.

　조조는 허저에게 1천의 정예병을 이끌고 양평관 길에 가서 양초를 호송하라 하였다.

　군량을 운반하여 오는 관리(解糧官)가 그것을 보고 기뻐하며,

　"만약에 장군이 여기에 오시지 않았다면, 양곡을 양평관으로 가져 갈 수 없을 것입니다."

하고는, 수레 위에서 술과 고기를 꺼내다가 허저에게 바쳤다.

　허저가 술을 마음 놓고 마시다가 자기도 모르게 크게 취하였다. 곧 술기운이 있는 채로 수레를 재촉해 갔다.

　관리가 말하기를,

　"날이 이미 저물었고 바로 앞이 보주 땅이나, 산세가 험악하여 지나가기가 어렵습니다."

하거늘, 허저가 권유하기를

　"나는 만부지용이4) 있는데, 어느 누구를 두려워하느냐! 오늘 밤은

---

　4) 만부지용(萬夫之勇) : 누구도 당해 낼 수 없는 용맹. 「만부지망」(萬夫之望).
　　[易經 繫辭 下傳]「君子知微知彰 知柔知剛 **萬夫之望**」. [後漢書 周馮虞鄭周傳論]
　　「德乏**萬夫之望**」.

달이 밝아서 양거(糧車)를 몰고 가기가 좋을 것이다."

하고는, 허저 자신이 먼저 앞장 서서 칼을 빗겨들고 말을 몰아 군사들을 이끌고 나아갔다. 2경 이후에 보주 노상까지 왔다. 길을 반쯤 왔는데, 문득 산의 움푹한 속에서 고각소리가 하늘에 울리더니 일지군이 막아선다.

앞선 대장은 장비였다. 장팔사모를 꼬나들고 말을 몰고 나오며 곧장 허저를 취하려 하였다. 허저는 칼을 흔들며 맞아 싸웠으나 술에 취해 있어서 장비를 막을 수가 없었다. 싸움이 불과 몇 합 못 되어, 장비의 장팔사모에 어깻죽지를 맞고 몸을 뒤채여 말에서 떨어졌다. 군사들이 황급히 구해 일으켜서 뒤로 도망갔다. 장비는 모든 양초 수레를 빼앗아 돌아갔다.

한편, 여러 장수들이 허저를 보호하고 돌아가 조조에게 보였다. 조조는 의원에게 금창을5) 치료하게 하고, 한편으로는 직접 병사들을 이끌고 와서 촉병과 결전을 하였다. 현덕이 군사들을 이끌고 나와 맞았다. 양 진영이 둥근 원형으로 진세를 벌이고 대치하였다. 현덕은 유봉에게 나가 싸우게 하였다.

조조가 꾸짖으며 말하기를,

"이 신발 팔던 어린 놈아.6) 얻어다 기른 놈만을 내보내느냐! 만일에 저런 어린애를 내보낼 양이라면, 네 놈이 얻어다 기른 아들은 육니가7)

---

5) 금창(金瘡) : 화살이나 창으로 인한 상처. [六韜 龍韜 王翼]「方士三人主百藥 以治金瘡」. [晉書 劉曜載記]「使金瘡醫李永療之」.

6) 신발 팔던 어린 놈아[賣履小兒 黃鬚兒] : 신발(미투리)을 팔던 어린 아이놈. '유비(劉備)'를 폄훼하는 말임. [孟子 滕文公 上]「其徒數十人 皆衣褐 捆屨織席 以爲食」. [後漢書 李恂傳]「獨與諸生 織席自給」.

7) 육니(肉泥) : 난도질함. 고기 떡. 원래는 '다진 쇠고기떡'(散炙)의 뜻임. [水滸傳 第四十六回]「把儞剁肉泥」.

될 것이다!"

한다. 유봉이 크게 노하여 창을 꼬나들고 말을 급히 몰아 곧장 조조를 취하려 하였다.

조조는 서황을 시켜 나가 싸우게 하였다. 유봉이 거짓 패해 달아나자 조조는 군사들을 이끌고 급히 쫓아 왔다. 촉병의 진영 사방에서 호포소리가 나며 고각이 일제히 울렸다. 조조는 매복이 있을까 두려워서 급히 퇴군하였다.

조조의 군사들은 서로 밟혀 죽는 자가 아주 많았다. 급히 양평관으로 돌아가서 겨우 쉬고 있는데, 촉병들이 성 밑까지 추격해 왔다. 동문에서는 불길이 일고 서문에서는 함성이 일었다. 남문에서도 불이 일더니 북문에선 북소리가 울렸다. 조조는 크게 두려워 양평관을 버리고 달아나니 촉병들이 그 뒤를 추습하였다.

조조가 달아나고 있는 중에, 앞에서 장비가 일지군을 이끌고 와서 길을 막아서고 조운은 일지군을 이끌고 뒤에서 짓쳐 오며, 황충이 또 병사들을 이끌고 보주(襄州) 쪽에서 짓쳐 와 조조는 크게 패하였다.

여러 장수들이 조조를 보호하여 길을 뚫고 달아났다. 바야흐로 야곡의 경계까지 달아났을 때, 앞에서 갑자기 먼지가 일더니 일지군이 이르렀다.

조조가 말하기를,

"이 군사들이 만약에 복병이라면 나는 망했다!"

하고 있는데, 병사들이 점점 가까워져서 보니 조조의 둘째 아들 조창(曹彰)이었다. 창의 자는 자문(子文)이라 하였는데 어려서부터 말을 잘 타고 활을 잘 쏘았다. 힘이 세어서 손으로 능히 맹수를 잡았다.

조조는 늘상 저를 경계하며 묻기를,

"너는 책을 읽지 않고 활과 말 타기만 좋아하니, 이는 필부의 용기

일 뿐인데 무엇이 귀하냐?"

하면, 창이 말하기를

　"대장부라면 마땅히 위청과 곽거병을8) 배워야 사막에서 공을 세우고 10만의 군사들을 이끌고 천하를 종횡해야 하는 것이지, 어찌 박사 (博士)가 되는 것이 능사이겠습니까?"

하였다.

　한 번은 조조가 제자백가의 뜻을 물었는데, 창이 대답하기를,

　"저는 장수가 되는 게 좋습니다."

하였다.

　조조가 다시 묻기를,

　"장수가 되려면 어찌해야 하느냐?"

고 하니, 창이 대답하기를

　"갑옷을 입고 무기를 들고 어려움을 당할 때에도 돌아보지 않고, 자신보다 병사들을 먼저 생각해야 합니다. 상은 반드시 행하고 벌은 신뢰를 갖도록 해야 합니다."

하거늘, 조조가 크게 웃은 일이 있었다.

　건안 23년. 대군(代郡)의 오환(烏桓)이 반란을 일으켜, 조조가 창에게 군사 5만을 이끌고 저를 토벌하러 보냈다.

　떠나는 날 창에게 당부하기를,

　"집에서는 부자의 관계이지만, 일을 받을 때에는 군신의 관계가 되

---

8) 위청과 곽거병(衛靑·霍去病) : 두 사람 다 한 무제 때의 장수로 여러 차례 흉노(匈奴)와 싸워 공을 세움. 「위청」. [中國人名]「漢 平陽人 字仲卿 本姓鄭 ……得幸於武帝 因以靑爲太中大夫 元光中擊匈奴有功 封民平侯……靑凡七出擊 匈奴 威震絶域 爲人仁善退讓」. 「곽거병」. [中國人名]「漢 平陽人 衛靑姊子 凡六 出擊匈奴 封狼居胥山……帝嘗欲敎人以孫吳兵法 對曰 顧方略何如耳 不必學古兵 法……匈奴未滅 何以家爲 由是益重之」.

는 것이다. 법은 사정(私情)을 돌아보지 않는 것이니 네가 마땅히 깊이 경계해야 한다.”

하였다. 창이 대북에 이르자, 자신이 먼저 적과 싸우고 곧장 짓쳐 들어가 상건(桑乾)까지 가서 북방을 모두 평정하였다.

조조가 양평에서 패전하고 있을 때, 소식을 듣고는 싸움을 도우러 왔던 것이다.

조조가 창이 오는 것을 보고, 크게 기뻐하며

“내 어린 아들이 왔으니 유비를 반드시 깨뜨릴 수 있을 것이다!”

하고, 마침내 병사들을 다시 되돌려 야곡의 경계에 영채를 세웠다. 어떤 이가 현덕에게 조창이 이르렀단 말을 하자, 현덕이 묻기를

“누가 나가서 조창과 싸우겠는가?”

하니, 유봉이 나서면서

“저를 보내 주십시오.”

한다. 맹달이 또 가기를 청한다.

현덕이 당부하기를,

“너희 두 사람이 같이 가거라. 누가 공을 세우나 보리라.”

하며, 각기 5천 병을 이끌고 가서 싸우게 하였다.

유봉이 앞서고 맹달이 뒤에 섰다. 조창은 말을 타고 나가 유봉과 교전하니, 단 3합 만에 유봉이 대패하고 돌아왔다. 맹달이 군사들을 이끌고 나가서 막 교전하려고 하는데, 조조의 병사들이 큰 혼란에 빠졌다.

원래 마초와 오란이 군사들을 이끌고 짓쳐 왔기 때문에, 조조의 군사들이 놀라 소동이 일어난 것이었다. 맹달이 군사들을 이끌고 협공을 하였다. 마초의 군사들은 예기를 길러 둔 지 오래되었기 때문에, 무위(武威)를 크게 떨쳐 그 위세를 당할 수가 없었다. 조조의 군사들은 패주하고 말았다.

조창이 오란과 마주치자 두 장수가 어울려 싸우기 몇 합이 못 되어서, 조창이 한 창에 오란을 찔러 말에서 떨어뜨렸다. 3군이 혼전하는 중에 조조는 병사들을 수습하여 야곡의 경계에 주둔하였다.

조조가 군사를 주둔시킨 지 한참 되자 진병하고자 하였다. 그러나 진군을 하자니 마초에게 가로막힐 것 같고, 군사들을 수습해 돌아가려 하나 촉병의 비웃음을 살까 두려웠다. 조조는 머뭇거리며 결정을 못하고 있었는데, 마침 그때 요리사가9) 계탕을10) 내왔다.

조조는 국대접에 계륵이11) 있는 것을 보고는 마음속에 느낀 바가 있어서 마침 침음하고 있었는데, 그때 하후돈이 들어와서 야간의 구호(口號)를 청하였다.

조조가 입에서 나오는 대로,

"계륵! 계륵!"

하였다. 하후돈이 여러 장수들에게 전하자 모두가 '계륵'이라 하였다.

이때, 행군주부 양수(楊修)가 '계륵' 두 자를 듣고, 곧 수행하는 군사에게 모두 행장을 차리게 하고 돌아갈 준비를 하게 하였다.

이 일이 하후돈에게 전해지자 크게 놀라, 양수를 장막으로 청하여 묻기를

"공은 어찌해서 행장을 수습하라 하시었소이까?"

---

9) **요리사[庖官]** : 요리를 맡은 관리. 전(轉)하여 '요리하는 사람'. 「포정」(庖丁)·「포재」(庖宰). [康熙字典]「宰屠也烹也 主膳羞者 日膳宰 亦日庖宰」. [莊子 逍遙遊]「庖人雖不治庖 尸祝不越樽俎而代之矣」.

10) **계탕(鷄湯)** : 닭국.(삼(蔘)이 없음).

11) **계륵(鷄肋)** : 닭갈비. '이익이 될 것도 없으나 버리기도 아까움'을 비유하는 말임. 원문에는 '鷄肋者 食之無肉 棄之有味'로 되어 있음. [後漢書]「楊修 字德祖 好學有俊才 爲丞相曹操注簿 操平漢中 欲因討劉備 而不得進 欲守之 又難爲功 操出令唯日 鷄肋而已」. [晉書 劉伶傳]「伶嘗醉與俗人相忤……伶徐日 鷄肋不足以安尊卷 其人笑而止」.

하니, 양수가 대답하기를

"오늘 밤 군호를 듣고 위왕께서 오래지 않아 돌아갈 줄 알았소. 계륵이란 것은 먹으려 해도 별로 고기가 없고, 그렇다고 버리려 하면 아까운 것입니다. 우리가 지금 진병한다 해도 이길 수 없고 퇴병하자니 적들에게 비웃음만 살 것입니다. 여기 있어도 이익이 될 게 없으니 일찍 돌아가느니만 못한 것이지요. 내일 위왕께서는 틀림없이 군사를 돌리실 것이외다. 그런 까닭에 먼저 행장을 챙기도록 하여, 떠날 때에 당황하게 하지 않으려는 것입니다."

하였다.

하후돈이 말하기를,

"공은 진정 위왕의 폐부까지 아시는구려!"

하고, 마침내 행장을 수습하라 시켰다. 이에 영채 안의 여러 장수들은 돌아갈 준비를 하지 않는 이가 없었다.

그날 밤 조조는 마음이 어지러워 잠을 자지 못하고 있다가, 마침내 손에 쇠도끼를 들고 영채를 순시하였다. 그때, 하후돈의 영채 안에서 군사들이 각기 행장을 준비하고 있었다. 조조가 크게 놀라 급히 장막으로 돌아와서, 하후돈을 불러 그 까닭을 물었다.

하후돈이 대답한다.

"주부 양덕조가 먼저, 대왕께서 돌아가시려는 뜻을 알고 있었습니다."

한다. 조조가 양수를 불러 물으니, 양수가 계륵의 뜻을 설명하며 대답하였다.

조조가 크게 노하며 말하기를,

"네가 말을 지어내서 군사들의 마음을 어지럽히는구나!"

하며, 도부수에게 끌어내서 참하라 하고 그 수급을 원문12) 밖에 달라고 소리쳐 명령하였다.

원래 양수는 사람됨이 재주만 믿고 너무 방자해서, 여러 번 조조의 비위를 거슬렀다. 조조가 일찍이 화원 한 곳을 조성한 일이 있었다. 다 되자 조조가 가서 보고 잘 되었다 못 되었다는 말없이, 붓으로 화원의 문 위에 한 글자 '활(活)'자만 써 놓고 갔다. 사람들은 무슨 뜻인지를 알 수가 없었다.

양수가 말하기를,

"'문(門)' 안에 '활(活)'을 넣으면 곧 '넓을 활(闊)'자가 됩니다. 승상께서는 화원의 문이 너무 넓다는 말씀이외다."

하였다.

이에 다시 담장을 고쳐 쌓았다. 고쳐 쌓고 다시 조조를 청해 보이니 조조가 기뻐하며 묻기를,

"누가 내 뜻을 알았는가?"

하니, 좌우가 말하기를

"양수입니다."

하였다. 조조가 칭찬을 하면서도 속으로는 저를 꺼리게 되었다.

또 한 번은 북쪽 변방에서 소락죽 한 합13)을 보내왔다. 조조는 직접 '일합소(一合酥)' 석 자를 써서 책상머리에 두었다. 양수가 들어와 보고, 마침내 숟가락을 들어 여러 사람들과 함께 다 먹어 버렸다.

조조가 그 까닭을 물으니, 양수가 대답하기를

"합위에 분명하게 써 있기를 '일인일구소'라14) 하셨으니, 어찌 감히

---

12) 원문(轅門) : 관아의 문. 군영·진영의 문의 뜻으로 쓰는 말. [周禮 天官掌舍]「設車宮轅門」. [穀梁 昭 八]「置旃以爲轅門」.

13) 소락죽 한 합[酥一盒] :「소락」(酥酪)은 '소나 양의 젖을 가공한 유즙(乳汁)'임. [韻會]「酥 酪屬 牛羊乳爲之」. [宋史 職官志]「牛羊司乳酪院 供造酥酪」. [杜牧 和裴傑秀才新櫻桃詩]「忍用烹酥酪 從將玩玉盤」. [宋史 職官志]「牛羊司乳酪院 供造酥酪」. [杜牧 和裴傑秀才新櫻桃詩]「忍用烹酥酪 從將玩玉盤」.

승상의 명을 위반하겠나이까!"

한다. 조조는 비록 기뻐하며 웃기는 하였으나, 속으로는 그를 미워했던 것이다.

조조는 사람들이 몰래 자기를 해칠 것이라고 두려워하여, 늘 좌우에게 말하기를

"내가 꿈 속에서 살인하기를 좋아하니 비록 내가 잠들었을 때라도, 너희들은 일절 가까이 오지 말아라."

하였다.

한 번은 장중에서 낮잠을 자다가 이불이 땅에 떨어졌다. 한 측근이 당황하여 이불을 다시 덮어주었다. 조조는 뛰어 일어나 그를 참하고는 다시 침상에 올라 잠을 잤다.

점심 때쯤에 일어나 거짓 놀라며 말하기를,

"누가 내 근시를 죽였느냐."

하거늘, 여러 사람들이 사실대로 이야기하니 조조는 통곡하며 그를 후히 장사 지내주게 하였다. 사람들이 다들 조조는 과연 꿈 속에서 살인을 한다 하였다.

그러나 유독 양수만이 그 뜻을 알고, 장례 때에 근시를 가리키며

"승상이 꿈 속에 있었던 것이 아니라 자네가 꿈 속에 있었으이!"

하였는데, 조조가 듣고 더욱 저를 미워하였다.

조조의 셋째 아들 조식이 양수의 재주를 아껴서, 늘 양수를 불러 담론하면서 밤을 새우는 일도 있었다. 조조가 여러 사람들과 의논하여 조식을 세자로 세우고자 하였으나, 조비는 그 일을 알고서 비밀리에 조가현(朝歌縣)의 현령인 오질(吳質)을 내실에 불러들여 의논하였다.

---

14) 일인일구소(一人一口酥) : 한 사람이 한 입씩만 먹을 수 있는 소락소. '一合'을 파자(破字)하면, '一人一口'가 됨.

그러나 혹시 사람들이 알까 두려워, 큰 행담 속에 오질을 숨겨 들어
오게 하면서 말하기를 비단이 들어 있다며 질을 부중에 들어오게 하
였다. 양수가 그 일을 알고서 곧 와서 조조에게 고하였다. 조조는 사
람을 시켜 조비의 부문(府門)을 감시하게 하였다.

조비가 당황하여 오질에게 말하니, 오질이 말한다.

"걱정하지 마십시오. 내일 큰 행담에 비단을 싣고 다시 들어오게 하
여, 저들을 속이면 됩니다."

하거늘, 조비가 그의 말에 따라 큰 행담에 비단을 싣고 들어왔다. 사
자가 행담을 뒤져 보았으나 과연 비단뿐이었다. 사자가 돌아가 조조
에게 사실대로 보고하였다. 조조는 이 일로 인하여 양수가 조비를 참
소한다고 의심하며 더욱 그를 미워하였다.

한 번은 조조가 조비와 조식의 재주를 시험하고자 하여 각기 업성
문(鄴城門)에 나갔다 오라 하고는, 한편으로는 몰래 사람을 시켜 문지
기에게 분부하기를 나가지 못하게 하라고 명령하였다. 조비가 먼저
이르렀는데 문지기가 저를 막자, 조비는 그냥 돌아왔다.

조식이 듣고 양수에게 물으니, 양수가 대답하기를

"공이 왕명을 받들고 나가려 하는데, 그것을 막는 자가 있다면 결국
그를 죽여야 합니다."

하니, 조식이 그러리라 생각하였다.

업성의 문에 이르자 문리가 막으니, 조식이 저를 꾸짖으며

"내가 왕명을 받들고 나가려 하는데 누가 감히 막느냐!"

하고, 그 문리를 참하였다. 이에 조조는 이 일로써 조식이 능력이 있
다고 생각하게 되었다.

그 뒤에 어떤 사람이 조조에게 말하기를,

"이는 다 양수가 가르쳐준 것입니다."

하니 조조가 크게 노하며, 이 일로 인해 또한 조식을 좋아하지 않았다.

양수는 또 일찍이 조식을 위하여 10여 조항의 답안을 만들어 주고는, 조조가 묻게 되면 조식으로 하여금 곧 이 조목에 따라 답하라 하였다. 조조는 늘 군국지사(軍國之事)를 조식에게 물었는데, 조식의 대답은 마치 물 흐르듯 하므로 조조는 마음속에 매우 의아해 했다. 뒤에 조비가 몰래 조식의 좌우를 매수하여, 양수가 지어준 답안을 훔쳐다가 조조에게 바쳤다.

조조가 보고 크게 노하며,

"필부가 어찌 감히 나를 속이느냐!"

하였다.

이때는 이미 양수를 죽일 마음이 있었는데, 후에 군심을 어지럽게 한 죄를 들어 저를 죽였던 것이다. 양수는 그때 나이 34세였다.

후세 사람의 시가 전한다.

총명한 양덕조여
대대로 명문의 자손이었지.

聰明楊德祖
世代繼簪纓.

그의 붓 끝에서 용이 날고
가슴 속은 수놓은 비단처럼 곱구나.

筆下龍蛇走
胸中錦繡成.

놀랍구나 고담준론15)

누가 그를 당할까.

  開談驚四座

  捷對冠羣英.

자신의 재주로 죽었으니
퇴병 여부가 관계 되랴.

  身死因才悞

  非關欲退兵.

 조조가 양수를 죽이고는 거짓 노하는 체하며 하후돈 역시 참하고자
하였으나, 여러 관리들이 만류하여 겨우 면하였다. 조조는 하후돈을
꾸짖어 물러가게 하고 내일 진병하라고 일렀다.

 다음 날 병사들을 이끌고 야곡의 어귀에 나가는데, 전면에 일지군
이 나와서 맞거늘 보니 앞선 대장은 위연이었다.

 조조는 위연을 불러 항복을 권하니 위연이 크게 꾸짖었다. 조조는
방덕을 시켜 나가 싸우게 하였다. 두 장수가 싸우고 있는데 조조의
영채 안에서 불길이 일어났다. 군사들이 와서 마초가 갑자기 중채와
후채 두 영채를 겁략하였다고 보고하였다.

 조조는 빼어든 칼을 손에 잡고, 말하기를
 "제장들은 물러나는 자를 모두 참하여라!"
하니, 여러 장수들이 모두 앞으로 나갔다.

 위연이 거짓 패하여 달아나자 조조는 휘하의 군사들을 돌려서 마초

---

15) **고담준론[開談]** : 입을 열기만 하면 사방 좌중의 시선을 사로잡음. 「고담웅변」
(高談雄辯)은 '물 흐르듯 도도한 의론을 이름. [庾信 預麟趾殿校書和劉儀同詩]「高
譚變白馬 **雄辯**塞飛狐」. [杜甫 飲中八仙歌]「焦遂五斗方卓然 **高談雄辯**驚四筵」.

와 싸우게 하고, 직접 높은 곳에 말을 세우고 양군의 싸움을 지켜보았
다.

　갑자기 일표군이 앞쪽에서 들이닥치며, 큰 소리로 외치기를

　"위연이 예 있다!"

한다. 그리고는 활에 화살을 먹여 조조를 향해 쏘니, 화살이 조조에게
맞아 조조가 몸을 뒤채며 말에서 떨어졌다. 위연은 활을 버리고 칼을
빼어 들고 말을 휘몰아, 산언덕으로 조조를 죽이려고 달려왔다.

　옆에서 한 장수가 섬광처럼 나서며,

　"내 군주를 다치게 말거라!"

하매, 저를 보니 방덕이었다. 방덕은 힘을 다해 앞으로 나가 위연과
싸워 물리치고 조조를 보호하며 앞으로 나갔다. 마초는 이미 물러가고
없었다. 조조는 상처를 입고 영채로 돌아왔다.

　원래 위연이 쏜 화살이 조조의 인중에16) 맞아 이빨 2대가 부러져
급히 의원을 불러 치료하게 하였다. 그리고 양수의 말을 생각해 내고
는 따르는 장수에게 양수의 시신을 거두고 후히 장사지내주게 하였다.
그리고는 군사들을 철수하게 하고 방덕으로 하여금 뒤를 끊게 했다.

　조조는 깔개로 바퀴를 싼 깐 수레에17) 누워서, 좌우 호분군의18) 호
위를 받으며 갔다.

　그때 문득 야곡의 산 위에 양쪽에서 불길이 치솟으며 복병들이 급히

---

16) 인중(人中) : 코와 윗입술 사이에 오목하게 골이 진 곳. '인중이 길다'는
　　'수명이 길겠다'는 뜻임. [相書]「人中長一寸 壽一百」. [輟耕錄 人中]「……何以
　　謂之人中 若曰人身之中半 則當在臍腹間」.
17) 수레[氈車] : 지붕을 모전(毛氈)으로 덮은 수레. [許有壬 詩]「齋廚供玉食 氈
　　索出氈車」. [南齊書 豫章王嶷傳]「上謨北伐以虜所獻氈車賜嶷」.
18) 호분군(虎賁軍) : 용감한 군사. 「호분」은 용사(勇士)를 가리킴. [書經 牧誓
　　序]「武王戎車三百兩 虎賁三百人 (疎) 若虎之賁走逐獸 言其猛也」.

쫓아왔다. 조조의 군사들은 모두 놀라고 두려워 했다.

이에,

지난날 동관의 액운을 또 겪는가
그때의 적벽 위기와 방불하도다.
依稀昔日潼關厄
彷彿當年赤壁危.

조조의 목숨이 어찌 되었는지는 알 수가 없다. 하회를 보라.

제73회

현덕은 한중왕의 자리에 오르고
관운장은 양양군을 쳐서 빼앗다.
　玄德進位漢中王
　雲長攻拔襄陽郡.

한편, 조조가 군사를 물려서 야곡에 이르니, 공명은 저가 필시 한중을 버리고 달아날 것이라 생각하고, 마초와 제장들에게 군사들을 여러 길에 나누어 불시에 공격하게 하였던 것이다. 이로 인해 조조는 그곳에 오래 머물 수가 없게 되었다. 게다가 위연이 쏜 화살에 맞아 서둘러 군사들을 철수하게 된 것이다.

조조 군사들 모두가 예기가 꺾이고 사기가 땅에 떨어졌다. 앞선 부대가 겨우 겨우 나가고 있는데, 양쪽에서 불길이 일어나더니 이에 마초와 복병이 급히 추격해 왔다. 조조의 군사들은 모두 간담이 오그라들었다. 조조는 군사들에게 빨리 행군하도록 하고 주야를 쉬지 않고 달리게 하여, 곧장 경조(京兆)에 이르러서야 겨우 마음을 놓았다.

한편, 현덕은 유봉·맹달·왕평 등에게 명하여 상용의 여러 고을들을 공격하여 취하게 하였다. 신탐(申耽) 등은 조조가 이미 한중을 버리고 달아났다는 소식을 듣고는 마침내 다 투항하였다. 현덕은 백성들을 안돈하고 나서 삼군에게 크게 상을 주니, 인심이 크게 돌아섰다.

이에 여러 장수들이 다 현덕을 황제로 추존하자는 마음이 있었으나, 감히 아뢰지 못하고 있다가 먼저 제갈 군사에게 말하였다.

공명이 말하기를,

"나의 뜻은 이미 정해져 있소이다."

하고 법정 등을 데리고 들어가, 현덕에게 말하기를

"지금 조조는 전권을 가지고 있으나 백성들은 주인이 없습니다. 주공께서는 천하에 인의를 펴시고 있고, 지금 양천의 땅을 거두셨으니 가히 하늘이 호응하시고 백성들이 따릅니다. 곧 제위에 오르셔서 명정언순1)하셔야만 도적을 토벌할 수 있습니다. 일이 지체되지 않도록 곧 길한 날을 택하겠습니다."

하거늘, 현덕이 크게 놀라서,

"군사의 말씀은 잘못 되었소. 이 유비가 비록 한나라의 종실(宗室)이기는 하나 나 역시 신하의 한 사람일 뿐이외다. 만약에 이런 일을 한다면 이는 한나라의 반적이오이다."

한다.

공명이 대답하기를,

"그렇지 않습니다. 지금 바야흐로 천하가 무너지고 있어 각지에서 영웅들이 일어나서 각각 한 지방을 차지하고 있고, 세상의 재주가 있는 선비들은 죽고 사는 일을 돌보지 않고, 윗사람을 섬기며 다 반룡부봉해서2) 공명을 세우려 하고 있습니다. 그런데 주공께서 혐의를 피

---

1) 명정언순(名正言順) : 명분이 정당하고 말이 사리에 맞음. [論語 子路篇] 「名不正 則言不順 言不順則事不成」. (集注) 楊氏曰 名不當其實 則言不順 言不順 則無以考實而事不成」.

2) 반룡부봉(攀龍附鳳) : 영명한 군주를 섬기어 공명을 세움. [漢書 敍傳] 「舞陽鼓刀 滕公廟騶 穎陽商飯 曲周庸夫 攀龍附鳳 竝乘天衢」. [後漢書 耿純傳] 「士大夫捐親戚棄土壤 從大王於矢石之閒 固望攀龍鱗附鳳翼 以成其所志耳」.

해서 의를 지키기만 한다면 뭇 사람들의 바람을 잃을까 두렵습니다. 제발 주공께서는 깊이 생각해 주시기 바라나이다."

하자, 현덕이 말하기를

"나더러 참람하게도 제위에 오르게 한다면3) 나는 결단코 못 할 일이외다. 다시들 좋은 방책을 의논해 주시구려."

하였다.

제장들이 대답하기를,

"주공께서 만약에 받아들이지 않으신다면, 뭇사람들의 마음이 흩어질 것이오이다."

하니, 공명이 권유하기를

"주공께서는 평생 의로써 본을 삼고 존호를 받으려 않으시지만, 지금 형양과 양천의 땅을 가지고 계시니 잠시 한중왕이 되시는 게 좋을 것입니다."

하였다.

현덕이 말하기를,

"그대들이 비록 나를 왕으로 삼고자 하지만, 천자의 명조(明詔)가 없으니 이는 참람한 일이외다."

하거늘, 공명이 대답하기를

"지금은 권도를 따름이 마땅하며 상리를4) 고집하는 것은 불가합니다."

---

3) 나더러 참람하게도 제위에 오르게 한다면 : 원문에는 '要吾僭居尊位 吾必不敢'으로 되어 있음. 「참칭」(僭稱)·「참호」(僭號)는 '참람하게도 스스로 임금이라 일컬음'의 뜻임. [通俗通 五覇]「莊王**僭號**」. [三國志 蜀志 呂凱傳]「夫差**僭號**」.
4) 상리(常理) : 떳떳한 도리. 당연한 이치. [韓愈 謝自然詩]「人生有**常理** 男女各有倫」. [舊唐書 李德武妻裵氏傳]「不踐一庭 婦人**常理**」.

하였다.

그때, 장비가 큰 소리로 말하기를,

"성이 다른 사람도 다 임금이 되려 하는데 항차 형님께서는 한조의 종파가 아닙니까! 한중왕은 말도 말고 황제의 호칭을 받는다 해도 뭐가 아니 되겠소이까!"

하거늘, 현덕이 꾸짖으며 말하기를

"자네는 여러 말 마시게!"

하였다.

공명이 대답하기를,

"주공께서는 마땅히 권변을 따라야 합니다. 먼저 한중왕에 오르시고 그 후에 천자의 표주를 받아도 늦지 않습니다."

한다.

현덕이 재삼 사양하다가 어쩔 수 없이 허락하였다. 건안 24년 가을 7월에 면양(沔陽)에 단을 모으니 사방 9리라. 다섯 방위로 분포하여 각기 정기와 의장을 세웠다.

여러 신하들이 차례에 따라 벌여 섰다. 허정과 법정이 현덕을 안내하여 단에 오르게 하고 관면과 옥쇄를 드린 후 남면하여5) 앉게 한 다음, 문무 관원들의 하례를 받으며 한중왕이 되었다. 아들 유선을 세자로 세웠다. 허정을 봉하여 태부를 삼고 법정은 상서령이 되었다. 제갈량으로 군사를 삼아 군국의 중요한 일들을 총괄하게 하였다.

관우·장비·조운·마초·황충 등은 오호대장이6) 되었다. 위연을

---

5) **남면(南面)** : 임금은 북쪽을 등지고 남쪽을 향하여 앉음. [論語 雍也篇]「子曰 雍也可便南面」. [漢書]「以漢治之廣 陛下之德 處南面之尊」.

6) **오호대장(五虎大將)** : 유비가 한중왕(漢中王)이 된 후 임명한 전장군 관우 (關羽)·우장군 장비(張飛)·좌장군 마초(馬超)·후장군 황충(黃忠)·익군장군

한중태수를 삼고, 나머지는 각각 공훈과 관직에 따라 정하였다. 현덕
은 한중왕이 되어 표문을 닦아서 사람을 시켜 허도에 보내니, 그 내용
은 대략 다음과 같다.

　저 유비(劉備)는 한갓 구신지재로서[7] 상장의 중임을 맡아 삼군을
총독하여 외지에 있사오나, 능히 적당(賊黨)을 소탕하지 못하고 있
어 나라 안이 편안하게 못하여, 오랫동안 폐하의 성교(聖敎)가 늦어
지고 있사옵나이다. 그래서 나라 안이 태평치 못하고 그로 인하여
뒤척이며 잠을 이루지 못하니[8] 홧병이 질수에 들었사옵니다.[9]
　전자에 동탁이 화근을 만든 이래로 여러 도적들이 천하에 종횡하
여, 아직도 해내에 남아 백성들을 구박하고 있습니다. 폐하의 성덕
이 엄연히 임하시며 백성들이 한 가지로 응하오매, 혹은 충의지사
가 분투하고 있고 혹은 상천이 벌을 내리시와 포악한 무리와 반역
하는 무리들이 점차 쓰러져 가고 있습니다. 그러나 유독 조조는 오
랫동안 처단되지 않고 있으면서, 나라를 침탈하고 권력을 천단하면

조운(趙雲)을 이름. [中文辭典]「蜀 劉備之**五將**」.
7) **구신지재(具臣之才)** : 아무 구실도 못하고 다만 수효나 채우는 신하로 육사(六
邪)의 하나. [論語 先進篇]「今由與求也 可謂**具臣**矣」. [說苑 臣術]「曰安官貪祿
如斯**具臣**也」. 「육사」는 '나라에 해를 끼치는 여섯 가지 나쁜 신하. 곧 구신(具
臣)·유신(諛臣)·간신(奸臣)·참신(讒臣)·적신(賊臣)·망국신(亡國臣) 등을 이
름. [說苑 臣術]「人臣之行 有六正**六邪**……是爲**六邪**」.
8) **뒤척이며 잠을 이루지 못하니[寤寐]** : 오매불망(寤寐不忘). 오매사복(寤寐思
服). 자나 깨나 잊지 못함. [詩經 周南篇 關雎]「窈窕淑女 **寤寐求之** 求之不得 **寤
寐思服**」. [三國志 吳志 周魴傳]「每獨矯首四顧 未嘗不**寤寐**勞歎 **展轉反側**也」.
9) **홧병이 질수에 들었사옵니다[疢如疾首]** : 병이 들고 콧줄기에 주름이 잡힌다
는 뜻으로, '근심하는 모양'을 비유함. 「축알(蹙頞)은 콧등을 찡그려 주름을
짓고 근심함. [孟子 梁惠王篇 下]「百姓聞王鐘鼓之聲 管籥之音 擧**病首蹙頞** 而相
告」. [莊子 至樂]「髑髏**蹙頞**」.

서 함부로 날뛰고 있습니다.

신은 오래전부터 거기장군 동승과 조조의 토벌을 꾀한 바 있으나 기밀이 새어나가 동승이 해를 입었습니다. 신은 밖으로 나가 웅거할 곳을 잃고 충의를 펴지 못하고 있었사온데, 도리어 조조로 하여금 흉역(凶逆)을 마음대로 하며 모후를 시해하고 태자를 짐살하기에 이르렀습니다.

비록 서로가 규합하여 동맹을 맺고 조조에게 대항하고자 힘을 다하려 생각은 하고 있으나, 나약불무(懦弱不武)하여 여러 해 동안 일을 이루지 못하였습니다. 늘상 죽어 국은을 갚지 못할까 두려워하여 오매에도 탄식하며, 밤에는 위구(危懼)하여 마지않고 있사옵니다.

이제 신의 여러 동료들이 생각하기를, 옛 우서에 있듯이10) '구족의 질서를 바로잡고 뭇 현명한 사람을 우익(羽翼)으로 삼는다'고 했는데, 오제(五帝)가 이어 오면서 이러한 도(道)를 없애지 않았습니다. 주나라가 두 대(二代)로서 멸망한 것을 거울 삼아, 제희(諸姬)를 아울러 세우며 실로 진(晉)과 정(鄭)의 보좌에 힘입은 바 있습니다. 고조께서 흥왕하시어 왕자제가 존경받으며 나라가 잘 다스려졌고11), 제려를 참하여12) 대종가를 편안하게 하셨습니다.

지금 조조는 곧은 사람을 미워하고 바른 사람을 싫어하며, 실로

---

10) 우서에 있듯이[虞書] : 요전(堯典)·순전(舜典)·대우모(大禹謨)·고요모(皋陶謨)·익직(益稷) 등을 이름. [書經 虞書蔡傳]「書凡五篇 堯典雖紀唐堯之事 然本虞史所作 故曰 **虞書**」.

11) 나라가 잘 다스려졌고[九國] : 한 고조(劉邦) 일가의 국가. 즉 제(齊)·초(楚)·조(趙)·양(梁)·회양(淮陽)·대(代)·회남(淮南)·오(吳)·연(燕) 등을 이름. [賈誼 過秦論]「**九國**之師 逡巡遁逃而不敢進」. [張協 七命]「可以從服**九國** 橫制八戎」.

12) 제려를 참하여[諸呂] : 한 고조의 부인인 여씨(呂氏) 일족을 모두 참한 일. [漢書 文帝紀]「以呂太后之嚴 立**諸呂**爲三王 擅權專制」.

번다한 무리를 두고 못된 마음을13) 품은 채 찬역의 마음을 이미 드러내고14) 있습니다. 그러나 종실의 힘은 약하고 황족들은 지위가 없으니, 옛 제도를 참작하여 임시로 신의 지위를 높여서 대사마 한 중왕을 삼고자 하나이다.

신은 날마다 세 번씩 저 자신을 되돌아 보옵거니와,15) 두터운 국은을 입고 중임을 맡고 있으면서도 이룬 것이 없고 얻은 바는 분에 넘치고 있사옵나이다. 그러하온데 또 높은 자리에 올라 죄와 비방을 더하게 하옴은 옳지 않사오나, 여러 신료들이 대의(大義)를 들어 신을 압박하고 있사옵나이다.

신이 물러나 생각하오매, 도적들을 아직도 목 매달지 못하고 있고 국난이 수습되지 못하고 있으며, 종묘가 위태하고 사직이 무너지려 하고 있는 상태이옵니다. 신은 마땅히 정성을 다하고 분골쇄신할16) 때라고 생각하고 있습니다. 만약에 권변을17) 써서라도 성조(聖祖)를 편안하게만 할 수 있다면, 비록 끓는 물 속이나 타는 불 속이라도18) 뛰어들기를 어찌 사양하겠나이까? 문득 여러 사람들의

---

13) 못된 마음[禍心] : 남을 해치려는 마음. [中文辭典]「謂心藏惡計也 爲禍之心也」.

14) 찬역의 마음을 이미 드러내고[篡盜已顯] : 나라를 빼앗으려는 도적의 마음이 이미 드러남. 「찬역」(篡逆). 「모반」(謀反). 군주에 대한 반역을 꾀함을 이름. [史記 高祖紀]「楚王信篡逆」. [後漢書 王充傳]「禍毒力深 篡逆已兆」.

15) 날마다 세 번씩 저 자신을 되돌아 보옵거니와[三省] : 삼성오신(三省吾身). 날마다 세 번씩 자신을 반성함. [論語 學而篇]「曾子曰 吾日三省吾身 爲人謀而不忠乎 與朋友交而不信乎 傳不習乎」.

16) 분골쇄신[憂心碎首] : 마음을 다하여 분골쇄신함. 「분골쇄신」(粉骨碎身). '몸을 깨고 뼈를 가루로 만든다'는 뜻으로, 애쓰고 노력하겠음을 다짐하는 말임. [證道歌]「粉骨碎身未足酬 一句了然超百億」.

17) 권변[應權通變] : 그때 그때의 형편에 따라 일을 처리하는 방도. [三國志 蜀志 劉備傳]「應權通變 以寧靖聖朝」.

18) 끓는 물 속이나 타는 불 속이라도[雖赴水火] : 비록 물 속이나 불 속에 들어

중론에 따라 인새를19) 배수하옵고, 나라의 위엄을 높여 장하게 하려 하옵나이다.

　우러러 작호를 생각하오매, 위(位)는 높고 은총은 두텁사옵니다. 머리 숙여 보답한 일을 생각하오매 걱정이 많고 책임은 무겁사오니, 마음에 놀랍고 송구함을 금할 수 없사옴은 마치 골짜기에 직면한 것 같사옵니다. 제가 감히 힘을 다하고 정성을 다 바쳐서, 육사를20) 장려하며 충의지사들을 거느리고 천시(天時)에 호응하여 사직을 편안히 하려 하옵니다.

　삼가 표문(表文)을 올려 아뢰옵나이다.

유비의 표문이 허도에 이르렀다.

　이때, 조조는 업군에 있으면서 현덕이 스스로 한중왕이 되었다는 소식을 알고, 크게 노하며 말하기를

　"자리를 짜던 어린애가 어찌 감히 이같은 짓을 할 수 있는가! 내 맹세코 저놈을 멸하겠다!"

하고, 즉시 영을 내려 경국지병을21) 일으켜 양천에서 한중왕과 자웅

간다 하더라도 겁내지 않음. 「부탕도화」(赴湯蹈火). [漢書 晁錯傳]「則得其財以富貴寶 故能使其中 蒙矢石赴湯火」. [新論 辯樂]「楚越之俗好勇 則有赴湯蹈火之歌」. 「도화불열」(蹈火不熱)은 진인(眞人)은 불을 밟아도 조금도 데지 않고 자약(自若)함을 이름. [列子 黃帝篇]「列子問關尹日 至人潛行不空 蹈火不熱 行乎萬物之上而不慄 請問何以至於此 關尹日 是純氣之守也 非智巧果敢之列」.

19) 인새(印璽) : 관대와 옥새. 인수(印綬). 인끈. 관인(官印). 이는 '기패(旗牌)'와 함께 신분과 권능을 증명하는 도구임. [史記 項羽紀]「項梁持守頭佩其印綬 門下大驚擾亂. [漢書 百官公卿表]「相國丞相 皆金印紫綬」.

20) 육사(六師) : 천자의 군대를 이름. [詩經 大雅篇 棫樸]「周王于邁 六師及之」. [書經 周書 康王之誥]「張皇六師 無壞我高祖寡命」.

21) 경국지병(傾國之兵) : 나라의 힘을 다 기울여 병사들을 동원함. [史記 項羽傳]

을 겨루고자 하였다.

　바로 그때 한 사람이 나서며 말하기를,

"대왕께서는 한 때의 분노로 해서 직접 원정하시는 것은 불가합니다. 신에게 한 가지 계책이 있사온데 한 활과 화살 하나 쓰지 않고서도, 유비로 하여금 촉나라에서 화를 받도록 할 것입니다. 그러면 그의 병사들이 쇠퇴하고 힘이 빠져 한 장수가 가서도 저를 정벌할 수 있습니다."

하거늘, 조조가 저를 보니 사마의(司馬懿)였다.

　조조가 기뻐 묻기를,

"중달은 무슨 좋은 생각이 있으시오?"

하니, 사마의가 말하기를

"강동의 손권은 저의 누이를 유비에게 시집보냈다가 몰래 다시 데려갔고 유비는 형주를 점거하고는 반환하지 않고 있기 때문에, 서로가 절치지한이²²⁾ 있는 사이입니다. 지금 말 잘하는 사람을 보내 편지와 함께 손권에게 가서 병사들을 일으켜서 형주를 취하면, 유비는 틀림없이 양천의 병사들로 형주를 구하려 할 것입니다.

　그때, 대왕께서는 병사들을 일으켜 한천(漢川)을 취하러 가게 하고 유비로 하여금 서로 돕지 못하게 하면, 유비의 세력은 필시 위험에 빠지게 될 것입니다."

하고, 말하였다.

「天下辯士 所居傾國」. [論衡 非韓]「民無禮義 傾國危主」.

22) 절치지한(切齒之恨) : 이를 갈 만큼 큰 원한. [史記 刺客 荊軻傳]「樊於期偏袒搤椀而進曰 此臣之日夜切齒腐心 (注) 切齒 齒相磨切也」. [戰國策 燕策]「荊軻私見樊於期曰 願得將軍之首 以獻秦王 秦王必喜而召見臣 臣左手把其袖 右手揕其胸 則將軍之仇報 而燕國見陵之恥除矣 樊於期曰 此臣之日夜切齒扼腕 乃今得聞教 遂自刎」.

조조는 크게 기뻐하며, 곧 글을 닦아 만총을 사신으로 삼아 밤을 도와서 강릉에 가서 손권을 만나보게 하였다. 손권은 만총이 온 것을 보고 마침내 모사들과 의논하였다.

장소가 나가 대답하기를,

"위와 오나라는 본래 원수진 일이 없습니다. 전에 제갈량의 일 때문에 두 진영이 매 해 정벌의 싸움이 그치지 않아서, 백성들이 도탄에[23] 빠진 것입니다. 이제 만백녕이 왔다면 반드시 강화의 뜻이 있을 것이오니 예로써 대접해야 합니다."

하거늘, 손권이 그의 말에 따라 모사들에게 만총을 영접해 들여 만나게 하였다. 인사가 끝나자 손권이 국빈의 예로써 만총을 대했다.

만총이 조조의 편지를 바치면서,

"오와 위나라는 본래 원수진 일이 없는데, 유비 때문에 백성들 사이에 불화가 생긴 것입니다. 위왕께서는 저를 이곳에 보내셔서 장군께서 공격하여 형주를 취하신다면, 위왕은 병사들을 일으켜 한천으로 가서 앞뒤에서 함께 치자 하셨습니다. 유비를 깨뜨린 뒤에 두 나라가 똑같이 영토를 나누고, 서로가 침략하지 않는다는 약속을 하자 하십니다."

하거늘, 손권이 편지를 보고나서 잔치를 베풀어 만총을 대접하고 객사에 가서 편히 쉬게 하였다.

손권은 여러 모사들과 상의 하니, 고옹이 말하기를

"비록 이 말이 우리를 달래는 말이긴 해도 그 속에 일 리가 있습니다. 지금 만총을 돌려보내되 조조와 앞뒤를 함께 치기를 약속을 하시고, 또 한편으로는 사람을 시켜 강을 건너 관운장의 동정을 살피셔서

---

23) **도탄(塗炭)**: 몹시 고통스러운 지경. 「도탄지고」(塗炭之苦). [書經 仲虺之誥篇]「有夏昏德 **民墜塗炭**」[傳]「民之危險 若**陷泥墜火** 無救之者」. [後漢書 光武帝紀]「豪傑憤怒 兆人**塗炭**」.

일을 진행하면 될 것입니다."

하거늘, 제갈근이 대답하기를

"제가 듣기에 운장이 형주에 온 뒤에 유비가 그에게 처실을 맞게 해주어, 첫 아들을 낳고 다시 딸을 낳았다 합니다. 그 딸이 아직 어려서 혼인을 정하지 않고 있다 하옵니다. 제가 가서 주공의 아드님과 혼인을 맺자고 하겠습니다. 만약에 운장이 허락하면 곧 운장과 함께 의논해서 조조를 깨뜨리고, 운장이 허락하지 않는다면 그 후에 조조를 도와 형주를 취해도 될 것입니다."

한다. 손권은 그 계책을 쓰기로 하고 먼저 만총을 허도로 돌아가게 하였다. 곧 제갈근을 사신으로 삼아 형주로 가게 하였다.

성에 들어가 운장을 만나 예를 마치자, 운장이 묻기를

"자유께서 여기에 오신 것은 무엇 때문입니까?"

하거늘, 제갈근이 묻기를

"제가 특히 온 것은 양가가 좋은 정의를 맺게 하러 온 것이외다. 우리 주군 오후에게 아드님이 있는데 매우 총명합니다. 제가 듣기로는 장군께는 따님이 한 분 계시다기에 특히 중매를 서려 왔소이다. 양가가 혼인을 하면 힘을 합쳐 조조를 파할 수 있을 것입니다. 이렇게 된다면 진실로 아름다운 일이 될 터인데, 장군의 생각은 어떠십니까?"

하자, 운장이 발연대로하며

"내 호랑이 딸을 어찌 개 아들에게 시집보내겠소![24] 당신 아우의 얼굴을 보지 않는다면 목을 칠 것이니, 다시 더 말을 마시오!"

---

24) 내 호랑이 딸을 어찌 개 아들에게 시집보내겠소! : 원문에는 '**吾虎女安肯嫁犬子乎**'로 되어 있음. [後漢書 班超傳]「不入虎穴 不得**虎子**」. [三國志 吳志 淩統傳]「二子烈封年各數歲 賓客進見 呼示之日 此吾**虎子**也」. [晋書 五行志]「聞地中有**犬子**聲 掘之得雌雄各一」. [中文辭典]「今人謙稱其子曰**犬子** 或稱小犬」.

하고는 좌우를 불러들여 쫓아 내었다. 제갈근은 쥐새끼처럼 머리를
감싸고 돌아가 오후를 만났다. 그리고는 감추지 않고 사실대로 고하
였다.

손권이 크게 노하며 말하기를,

"어찌 그리 무례하오!"

하고는, 곧 장소 등 문무 관료들을 불러 형주를 칠 계책을 의논하였다.

그때 보즐이 대답하기를,

"조조는 오랫동안 한조를 뺏으려 하였으나 유비가 두려웠던 것입니
다. 이제 사신을 보내 오나라의 병사들을 일으켜서 촉나라를 치겠다
함은, 그 화를 오나라에게 전가시키려는 것입니다."

하니, 손권이 말하기를

"나 또한 오래전부터 형주를 취하고자 하였소이다."

한다. 보즐이 권유한다.

"지금 조인이 양양과 번성에 주둔하고 있고, 또 장강을 건널 것도
없이 가는 길에 형주를 취할 수 있습니다. 어찌해서 취하지 않고 주공
에게 동병을 하라 하겠습니까. 이는 곧 그 마음을 볼 수 있는 것입니다.

주공께서는 사신을 허도에 보내서 조조를 보고 조인이 먼저 기병하
여 형주를 취한다면, 운장은 필시 형주의 군사들을 당겨서 번성을 취
할 것입니다. 만약에 운장이 한 번 움직인다면 주공께서는 한 장수를
보내서, 은밀하게 형주를 취하시면 단번에 얻을 수 있을 것입니다."

한다.

손권이 그 제의에 따라 즉시 사신에게 강을 건너가서 조조에게 편
지를 바치게 하며, 이 일을 자세히 설명하였다. 조조는 크게 기뻐하며
사자를 먼저 돌아가게 하고, 만총을 번성에 보내서 조인의 참모관이
되어 돕게 하였다. 그리고 동병 문제를 의논하고, 동오에 격문을 보내

군사를 이끌고 수로로 접응하게 해서 형주를 취하게 하였다.

한편, 한중왕은 위연에게 군마를 총감독하게 하여 동천을 막게 하였다. 그리고는, 여러 관료들을 이끌고 성도로 돌아왔다. 관료들을 시켜서 궁정을 세우고 관사를 짓는 등의 일을 시키는데, 성도에서 백수(白水)에 이르기까지 4백여 곳에 관사와 우정(郵亭)를 세우게 하였다. 그리고 양초를 많이 쌓아 놓고 무기를 만들어 중원으로 진출할 방도를 도모하게 하였다. 세작들이 조조가 동오와 연계하여 형주를 취하려 한다는 내용을 탐청해서, 나는 듯이 촉에 들어가 보고 하였다. 한중왕은 황망하여 공명과 의논하였다.

공명이 말하기를,

"제가 이미 조조가 필시 이런 계책을 꾸밀 줄 알고 있었습니다. 그러나 오나라에는 모사들이 많은데 조조의 계책에 빠진 것은, 필시 조조가 조인에게 명하여 먼저 병사들을 일으키게 했기 때문일 것입니다."

하거늘, 한중왕이 묻기를

"이와 같이 되었으니 어찌하면 좋겠소이까?"

하매, 공명이 말하기를

"사자에게 관고를25) 주어 운장에게 전하라 해서, 먼저 기병하여 번성을 취하라 하십시오. 그래서 적군들의 간담을 서늘하게 하시면 자연히 와해될 것입니다."

한다.

한중왕이 크게 기뻐하며, 즉시 전부사마 비시(費時)를 사자를 삼아 관고를 받들고 형주로 가게 하였다. 운장이 성곽에까지 나가 성으로

---

25) **관고(官誥)** : 교지(敎旨). 4품 이상의 벼슬아치를 임명할 때 내려 주던 사령장. 「관고」(官告). [舊唐書 憲宗記]「新授桂管觀察使房啓降爲太僕小卿 啓初拜桂管 啓吏賂吏部主者 私得**官告**以授啓」.

영접해 들였다.

공해(公廨)에 이르러 인사가 끝나자, 운장이 묻기를,

"한중왕께서 나에게 관직을 봉하셨소이까?"

하니, 비시가 말하기를,

"오호대장 중 첫째십니다."

한다.

운장이 다시 묻기를,

"오호대장이라니오?"

하매, 비시가 대답한다.

"장군과 장익덕 · 조자룡 · 마맹기 · 황한승이십니다."

하니, 운장이 노여워하며 말하기를

"익덕은 내 아우이고 맹기는 대대로 명가이며, 자룡은 오랫동안 내 형을 따랐으니 곧 내 아우입니다. 저들의 위가 나와 같다는 것은 가능하오. 그러나 황충이 어떤 인물인데 감히 나와 동렬에 있답니까! 대장부가 노졸과는 짝이 되지 못하겠소!"

하며, 끝내 인끈을 받지 않는다.

비시가 웃으면서 말하기를,

"장군께서는 잘못 생각하는 것입니다. 옛적에 소하(蕭何)와 조참(曹參)은 고조와 함께 대사를 하여 가장 가까운 사이가 되었으나, 한신은 초나라로 도망갔던 장수였습니다.

그러나 한신의 지위로 왕이 되어 소하와 조참의 위에 있게 하였지만, 그들이 이걸 가지고 원망했다는 이야기는 듣지 못하였습니다. 지금 한중왕이 비록 오호장을 봉했으나, 장군과는 형제의 의를 맺고 있어 한 몸처럼 생각하고 계십니다. 장군이 곧 한중왕이며 한중왕은 곧 장군이신 것입니다.

어찌 여러 사람과 더불어 같겠습니까? 장군께서 한중왕의 후은을 받으셨고 마땅히 화복을 함께 하셔야 합니다. 그렇게 하려면 관의 높고 낮음을 비교해서는 아니됩니다. 장군께서는 이 일들을 숙고해 주시기 바랍니다."

하니, 운장이 크게 깨닫고 재배하며

"제가 명민하지 못한 까닭이니 족하가 가르쳐 주지 않았다면 대사를 그르칠 뻔하였소이다."

하고는, 즉시 인수를 받들었다.

비시는 바야흐로 왕지(王旨)를 전하며, 운장에게 병사들을 거느리고 가서 번성을 취하라 하였다.

운장은 영을 받고 즉시 부사인(傅士仁)과 미방(麋芳) 두 사람을 선봉으로 삼고, 먼저 군사들을 이끌고 형주 성 밖에 군사들을 주둔시켰다. 그리고 한편으로는 성중에 연석을 차려 비시를 환대하였다. 술자리가 2경에 이르자, 문득 성 밖에 영채 안에서 불길이 치솟았다.

운장이 급히 갑옷을 입고 말에 올라 성 밖에 나가보니, 이에 부사인과 미방은 술을 마시고 있던 차에 장막 뒤편에서 실화한 것이 화약에 붙어서 온 진영을 흔들어 놓은 것이었다. 무기와 양초에 붙어 다 태워버렸다. 운장은 병사들을 이끌고 구원하러 가서 4경쯤 되어서야 겨우 불을 껐다.

운장은 입성하여 부사인과 미방을 꾸짖으며,

"내 자네 두 사람에게 선봉을 맡겼거늘 출사하기도 전에 먼저 많은 군기와 양초들을 다 태워버렸고, 본부 병사들이 불에 타 죽었으니 이처럼 일을 그르친 너희 두 사람들을 어디에 쓰리오!"

하고, 저들을 참하라 하였다.

비시가 말하기를,

"출사하기도 전에 먼저 대장을 죽이는 것은 군사들의 사기에 이롭지 못합니다. 잠시 그 죄를 면해 주시지요."

하거늘 운장은 노기가 가시지 않은 채, 두 사람을 불러

"내 비사마의 체면을 생각하지 않았다면, 반드시 너희 두 놈의 목을 베었을 것이다!"

하고, 이에 무사들을 불러서 각각 형장 40도를 결정하고 선봉의 인수를 빼앗고, 미방에게는 남군을 지키게 하고 부사인에게는 공안(公安)을 지키게 하였다.

그리고나서 또 말하기를,

"내가 만약에 이기고 돌아오는 날에 조금이라도 땅을 뺏기면 두 가지 죄를 함께 내리겠다!"

하니, 두 장수가 만면에 부끄러운 기색을 띠고 예예 하며 물러갔다.

운장은 곧 요화를 선봉으로 삼고 관평을 부장으로 하며 자신은 중군이 되고, 마량과 이적을 참모로 하여 모두가 같이 정벌에 나섰다. 이보다 먼저 호화(胡華)의 아들 호반(胡班)이 형주에 와서 관공에게 투항하자, 관공은 지난날 구해준 정을 생각하여 각별히 그를 아꼈다. 비시를 따라 서천에 들어가게 하고 한중왕을 뵙고 직위를 받게 하였다. 비시는 관공과 헤어져 호반을 데리고 촉중으로 돌아갔다.

이날, 관공은 '수'(帥)자 대기에 제를 지내고 장중에서 깜빡 잠이 들었다. 문득 한 마리 돼지가 보이는데 크기가 황소만하였다. 온 몸이 검은 색이 있는데 장막 안으로 뛰어들어오더니 곧장 운장의 발을 물었다. 운장이 크게 노하여 급히 칼을 빼어 죽이니 휘장이 찢어지는 소리와 같았다. 갑자기 깨었는데 꿈이었다. 곧 왼쪽 발에 은근히 통증이 느껴지고 있어 속으로 이상한 생각이 들었다. 관평을 부르니 이르거늘 꿈 이야기를 하였다.

관평이 말하기를,

"돼지는 그 생김새가 용과 같습니다. 용도 발이 있는데 이는 하늘에 오르는 뜻이오니, 너무 나쁘게 생각지 마십시오."

하였다. 운장이 여러 관료들을 장막에 모아 놓고 몽조를 말하니, 혹자는 길상이라고도 하고 어떤 이는 상서롭지 못한 일이라고도 하며 중론이 같지 않았다.

운장이 말하기를,

"대장부가 나이 60에 가까웠거늘 이제 당장 죽는다 한들 뭐 유감이 있겠소!"

하고 있는데, 촉에서 사자가 이르러 한중왕의 왕지(王旨)를 전하였는데, 운장을 전장군에 배수하고 절월을26) 빌려주며 형양 9군의 일을 총괄하라 한다.

운장이 명을 받고 나자, 여러 관료들이 절하며 하례하기를

"이것이 족히 저룡(猪龍)의 상서를 드러낸 듯합니다."

하였다.

이에 운장은 전연 의심하지 않고, 마침내 기병하여 양양 대로를 짓쳐 나갔다.

조인이 마침 성중에 있는데, 갑자기 운장이 직접 군사들을 거느리고 왔다는 보고가 들어왔다.

조인은 크게 놀라서 굳게 지키며 나가지 않으려 하였으나, 부장 적

---

26) 절월(節鉞): 절부월(節斧鉞). 「부절」(符節)은 「부계」(符契)라고도 하는데, 옛날에 사신이 가지고 다니던 물건으로 둘로 갈라 하나는 조정에 두고 하나는 본인이 가지고 신표로 썼음. 고급관원이 직권을 행사하던 신표임. [事物紀原]「周禮地官之屬 掌節有玉角虎人龍符璽旌等節 漢文有旌節之制 西京雜記日 漢文駕鹵簿有節十六在左右 則漢始用爲儀仗也」. [墨子號令]「無符節 而橫行軍中者斷」.

원(翟元)이 묻기를

"지금 위왕께서 영을 내려 동오와 약속하고 함께 형주를 취하라 하셨는데, 오늘 저가 스스로 왔습니다. 이는 저를 죽여주십사 하는 것인데 어찌 피하려 하십니까?"

하였다.

그러나 참모 만총이 대답하기를,

"나는 평소부터 운장이 용기가 있고 또한 지모가 있음을 알고 있어서, 가볍게 나가서는 안 됩니다. 성을 굳게 지키는 것만이 상책입니다."

하거늘, 요장 하후존(夏候存)이 말하기를

"이는 한갓 서생의 말일 뿐입니다. 어찌 '물이 오면 흙으로 덮고 장수가 오면 병사들로 막는다'는27) 말을 듣지 못하였습니까? 우리 군사들은 편안하게 앉아서 피곤한 군사들을 대하는 것이어서28), 절로 이길 수 있습니다."

하매, 조인이 그 말에 따라 만총에게 번성을 지키게 하고, 직접 군사들을 거느리고 나가 운장을 맞았다.

운장은 조조의 군사들이 오는 것을 알고 관평·요화 두 장수들을 불러 계책을 주어 보냈다. 그리고는 조조의 병사들과 둥글게 진을 폈다. 요화가 나가 싸움을 돋우니 적원이 나와 맞았다. 두 장수가 싸우기 얼마 안 되어 요화가 거짓 패하여 말을 돌려 달아났다. 적원이 뒤를 따라가며 추격하였는데, 형주에서 20여 리까지 후퇴하였다.

---

27) 물이 오면 흙으로 덮고 장수가 오면 병사들로 막는다 : 원문에는 '水來土掩 將至兵迎'으로 되어 있음. [水滸傳]「自古道 水來土掩 兵到將迎」.

28) 이일대로(以逸待勞) : 적들이 피로해지기를 기다렸다가 공격함. [孫子兵法 軍爭篇 第七]「以近待遠 以佚待勞 以食待飢 此治力者也」. [後漢書 馮異傳]「以逸待勞 非所以爭也 按逸亦作佚」.

다음 날 또 와서 싸움을 돋우었다. 하후존과 적원이 일제히 나가 맞았다. 형주병이 패하여 달아나거늘 또 추격하며 20여 리까지 쫓아갔다. 그때, 갑자기 뒤에서 함성이 지축을 흔들고 북과 각적이 일제히 울렸다. 조인이 급히 명하여 전군을 빨리 돌리니, 뒤에서 관평과 요화가 짓쳐 와 조인의 군사들은 큰 혼란에 빠졌다.

조인이 계책 중에 든 줄 알고 먼저 일지군을 이끌고 나는 듯이 양양으로 달렸다. 성에서 수십 리 떨어진 곳에 이르자, 앞에서 수기(繡旗)가 바람에 나부끼더니 운장이 말을 멈추고 칼을 빗기 들고 서서 길을 막았다. 조인은 간이 떨어질 만큼 놀라서 감히 싸우지 못하고, 양양을 바라고 곁길로 달아났다. 그러나 운장은 쫓지 않았다. 얼마 후 하후존이 군사들을 이끌고 와 운장을 보고 크게 노하여 운장과 싸웠다.

그러나 단 한 합 만에 운장에게 베여 죽었다. 적원이 곧 달아나다가 관평의 추격을 받고 한 칼에 목이 떨어졌다. 관평이 승세를 타고 추격하매 조인의 군사들은 태반이나 양강(襄江)에 빠져 죽었다. 조인은 퇴각하여 번성을 지켰다.

운장은 양양을 빼앗고는 군사들에게 상을 내리고, 백성들을 위무하였다.

수군사마 왕보(王甫)가 묻기를,

"장군께서 단번에 양양을 점령하여 조인의 군사들이 비록 상심하고 있으나, 저의 어리석은 생각에는 지금 동오의 여몽이 육구에 군사들을 주둔시키고 항상 형주를 병탄하려 하고 있습니다. 만약에 그가 병사들을 이끌고 가서 형주를 취한다면 어찌하시렵니까?"

하거늘, 운장이 말하기를

"나 또한 생각을 하고 있소. 자네가 곧 이 일을 맡아서 분별하되 장강 상하 2, 30리마다 높은 곳을 골라 봉화대 하나씩을 세우시게. 그리고 그곳마다에 50여 군사들이 지키게 하였다가, 만약 오나라의 군사들이 강을 건너오면 밤에는 불을 밝히고 낮이면 연기를 피워 신호를 하면, 내 직접 가서 저들을 공격하겠네."

하였다.

왕보가 대답하기를,

"미방과 부사인 두 장수가 애구를 지키고 있으나, 힘을 다 하고 있지 않을까 걱정입니다. 반드시 한 사람을 보내서 저들을 총독하시는 게 좋을 듯합니다."

하거늘, 운장이 묻기를

"내 이미 치중(治中)과 반준(潘濬)에게 지키게 하였는데, 어찌해서 그리 염려하는 게요?"

하였다.

왕보가 대답한다.

"반준은 평생 시기심이 많고 재물을 좋아하기 때문에 저에게 일을 맡기셔서는 아니 됩니다. 군전도독 양료관 조루(趙累)를 대신 보내시지요. 조루는 사람됨이 충성스럽고 청렴하며 정직해서 이를 기용하면 전혀 걱정할 일이 없을 것입니다."

하였다.

운장이 다시 말하기를,

"내가 평소부터 반준의 사람됨을 알고 있고 이미 결정한 일을 꼭 고칠 필요는 없네. 조루는 지금 양료를 담당하고 있으니 이 또한 중요한 일이네. 자네 너무 의심이 많은가 본데, 나를 위해 봉화대나 쌓으러 가게나."

하자, 왕보는 앙앙한 마음으로 하직하고 갔다.

운장은 관평에게 명하여, 배를 준비해서 양강을 건너 번성을 공격하게 하였다.

한편, 조인은 두 장수를 잃고 물러나 번성을 지키며, 만총에게

"내 공의 말을 듣지 않고 나갔다가 싸움에서 패하고 두 장수까지 잃었으며 양양까지 뺏겼으니, 이 일을 어찌하면 좋겠소?"

하거늘, 만총이 대답하기를

"운장은 호장입니다. 게다가 지모도 많은 인물이오니 가볍게 생각해서는 안됩니다. 마땅히 성을 굳게 지켜야 합니다."

한다. 막 말을 하고 있는데 사람이 들어와서, 운장이 강을 건너서 번성을 공격해 온다고 보고하였다. 조인이 크게 놀란다.

만총이 다시 말하기를,

"다만 성을 굳게 지키셔야 합니다."

하거늘, 부장 여상(呂常)이 분연히 나서면서

"제게 병력 수천만 주십시오. 제가 양강 안에서 저들을 막겠습니다."

하거늘, 만총이 대답하기를

"아니 됩니다."

하였다.

여상이 노하면서 말하기를,

"당신들 문관들의 말대로 성을 지키기만 한다면 어찌 적을 물리치겠소이까? 어찌 병법에서 이르는 '군사들이 강을 반쯤 건넜을 때 공격하라'는29) 말을 듣지 못하였소. 지금 운장의 군사들이 양강을 반쯤 건너고 있는데 어찌 저들을 공격하지 말라는 게요? 만약에 저들이 성 아래

---

29) 군사들이 강을 반쯤 건넜을 때 공격하라[軍半渡可擊] : 군사들이 강을 반쯤 건넜을 때에 공격함. 「반도」(半途)는 「반로」(半路)・도중(途中)의 뜻임. [李白 登敬亭山南望懷古贈竇主簿詩]「百歲落 半途 前期浩漫漫」. [白居易 何處難忘酒 詩]「還鄉隨露布 半路授旌旄」.

해자까지 온다면 저들을 막기가 매우 어려워질 것이외다."
하였다.

조인은 곧 병사 2천 명을 주며 여상에게 성을 나가 저들을 맞아 싸우라 하였다. 여상이 강 어귀에 이르르니 앞에 수기(繡旗)가 나부끼는 곳에 운장이 칼을 빗기 들고 말을 타고 오거늘, 여상이 곧 나가 싸우고자 하였으나 뒤에 있던 여러 군사들이 운장의 신위가 늠름한 것을 보고는 싸우기 전에 먼저 달아났다.

여상이 소리치며 막으려 하였으나 듣지 않았다. 운장이 군사들을 몰아 짓쳐 왔다. 조인의 군사들은 크게 패하여 마보군을 절반이나 잃고 나머지 패잔병들이 번성으로 쫓겨 들어왔다. 조인은 황급히 사람을 보내 구원을 청하고자, 밤을 도와 장안에 가서 편지를 조조에게 올리게 하였다.

편지에 쓰기를,

운장이 양양을 빼앗고 지금은 번성을 에워싸고 있어 심히 급하옵니다. 바라건대 대장을 보내 주셔서 구원해 주시기 바랍니다.

하였다.

조조가 반열 중에 있는 한 사람을 지목하면서,

"자네가 가서 번성의 포위망을 풀게나."

하거늘, 그가 응답하고 나온다. 여러 사람들이 저를 보니 우금이었다.

우금이 말하기를,

"제가 한 장수를 선봉에 세우고 군사들을 거느리고 함께 가고 싶습니다."

하거늘, 조조와 여러 사람들이 묻는다.

"누구를 선봉에 세우려 하시오?"

한다.

한 사람이 분연이 나서며 말하기를,

"제가 작은 힘이나마 보태고자 합니다. 그리고 관우를 생포해 휘하
에 바치겠습니다."

하거늘, 조조가 저를 보고 크게 기뻐하였다.

이에,

동오에선 아직껏 틈도 노리지 않았는데
북위에서 먼저 군사들을 보내온다.
未見東吳來伺隙
先看北魏又添兵.

이 사람이 누구인지는 하회를 보라.

제74회

방영명은 관을 지고 결사전을 펴고
관운장은 강물을 터서 칠군을 수장시키다.
　　龐令明擡櫬決死戰
　　關雲長放水淹七軍.

　　한편, 조조는 우금에게 번성에 가서 싸움을 도우라 하니, 여러 관료들이 누구를 선봉에 세우냐고 물었다. 그때 한 사람이 대답하며 나오거늘, 조조가 저를 보니 방덕이었다.

　　조조는 크게 기뻐하며 말하기를,

　　"관우의 위엄이 화하에 떨쳐 적수가 없다 하더니, 이제야 영명(令明)을 만나게 되니 진짜 적수를 만나게 되었구려."

하고, 우금에게 정남장군을, 방덕을 정서도선봉으로 임명하고, 크게 7군을 일으켜 먼저 번성으로 가게 하였다. 이 칠군은 다 북방의 강하고 건장한 군사들이었다. 그들을 통솔하는 장수가 둘인데, 한 사람은 이름을 동형(董衡)이라 하고 다른 한 사람은 동초(董超)였다. 그날 그들은 각기 두목들을 이끌고 와서 우금에게 참배하였다.

　　동형이 묻기를,

　　"이제 장군께서는 칠지중병을 거느리시고, 번성의 위태로움을 풀러 가는 것이니 필승만을 기약하십시오. 그런데 방덕을 선봉장으로 삼으셨으니, 어찌 잘못된 일이 아니겠습니까?"

하거늘, 우금이 놀라 그 까닭을 물었다.

동형이 말하기를,

"방덕은 원래가 마초의 수하 부장이었는데, 부득이해서 위나라에 항복한 사람입니다. 이제 그 주인이 촉나라에 있으며 그의 직함이 '오호대장'입니다. 하물며 그의 친형 방유(龐柔)가 또 서천에서 관리로 있는데 지금 저로 하여금 선봉을 삼았으니, 이는 마치 기름을 뿌려 불을 끄려는 격입니다.1) 장군께서는 어찌해서 위왕께서 알게 하시도록 설명하시고, 다른 사람으로 바꾸시지 않으셨습니까?"

하였다.

우금은 이들의 말을 듣고, 마침내 밤에 부중에 들어가서 조조에게 알렸다. 조조는 생각해보더니 방덕을 불렀다. 그가 이르자 선봉장의 인을 내놓으라 했다.

방덕이 크게 놀라며 말하기를,

"제가 이제 막 대왕을 위해 떠나려 하는데, 무슨 연고로 쓰려 하지 않으십니까?"

하였다.

조조가 말하기를,

"나는 본래 남을 의심하는 사람이 아니오. 다만 지금 마초가 서천에 있고, 그대의 형 방유가 또한 그곳에 있으면서 두 사람 다 유비를 보좌하고 있으니, 내가 의심을 하지 않는다 해도 여러 사람들의 입이야

---

1) 기름을 뿌려 불을 끄려는 격입니다[潑油救火] : 기름을 뿌려 불을 끄려 함. 「부신구화」(負薪救火). 섶을 지고 불을 끄려 한다는 뜻으로, '자기 스스로 짐짓 그릇된 짓을 하여 화를 더 얻으려 함'의 뜻임. 「신시」(薪柴). 땔나무와 잡목. [漢書 朱買臣傳]「其後買臣獨行歌道中 負薪墓閒」. [禮記 月令篇]「收秩薪柴 (注) 大者可析謂之薪 小者合束謂之柴」. 「피마구화」(披麻救火).

어쩔 수 없는 일이 아니겠소?"

하니, 방덕이 듣고서 관을 벗고 머리를 땅에 부딪혀 피가 얼굴에 가득한 채 말하기를,

"제가 한중으로부터 대왕께 투항해서 늘 후은에 감읍하며 살고 있습니다. 비록 간뇌가 땅에 떨어진다 해도2) 그 은덕은 다 갚지 못할 것입니다. 대왕께서 어찌하여 이 방덕을 의심하십니까? 제가 전에 고향에 있을 때에 형과 함께 살았는데, 형수께서 심히 어질지 못해 제가 술김에 죽였습니다. 형은 그 일로 원한이 골수에 사무쳐 맹세코 나를 보지 않아, 형제의 우의가 이미 끊어진 사이입니다.

또 옛날에 뫼시던 주인 마초는 용맹하나 꾀가 없어서 병사들이 패하고 땅을 잃어, 그 신세가 고단하게 되어 서천으로 갔습니다. 그래서 지금은 각자가 주군을 모시고 있는 터여서 옛날의 의리는 이미 끊어진 사이입니다. 이 방덕이 대왕의 은혜를 만나 어찌 감히 딴 마음을 먹겠나이까? 오직 대왕께서 살펴주시옵소서."

하였다.

조조는 이에 방덕을 부축해 세우고, 위로하면서

"내 평소부터 경의 충의를 알고 있소이다. 앞서 한말은, 특히 여러 사람들의 마음을 안심시키려는 것이었소이다. 경은 더욱 노력해서 공을 세워 주시구려. 경은 나를 저버리지 말고 나 또한 기필코 경을 저버리지 않으리다."

하였다.

방덕은 절하며 하직하고 집으로 돌아가서, 장인에게 명하여 관을

---

2) 비록 간뇌가 땅에 떨어진다 해도[肝腦塗地] : 참혹한 죽임을 당함. [史記 劉敬傳]「使天下之民肝腦塗地 父子暴骨中野」. [漢書 蘇武傳]「常願肝腦塗地」. [戰國策 燕策]「擊代王殺之 肝腦塗地」.

한 개 짜게 하였다. 다음날 여러 장수들이 있는 자리에서 관을 당상 위에 가져다 놨다.

여러 친구들이 관을 보고 다 놀라며,

"장군께서 전장에 나가면서, 이 상서롭지 못한 물건을 무엇에 쓰려 하시오?"

하였다.

방덕이 술잔을 들며, 친구에게 말하기를

"내가 위왕의 깊은 은혜를 입어 맹세코 죽음으로 갚고자 합니다. 지금 번성으로 관우와 결전을 하러 가는 길입니다. 내가 만약에 저를 죽이지 못한다면 반드시 저에게 죽게 될 것입니다. 저의 손에 내가 죽지 않는다면 내 스스로 죽을 것입니다. 그래서 미리 관을 준비해서 빈손으로 돌아오지 않겠음을 보이는 것이외다."

하거늘, 여러 사람들이 다 감탄해마지 않았다.

방덕은 아내 이씨와 아들 방회(龐會)를 불러 놓고, 아내에게 말하기를

"내 이제 선봉이 되었으니 의리로써 마땅히 전쟁터에서 죽을 것이 외다. 내가 만약에 죽게 되면 당신은 내 아들을 잘 길러 주시구려. 이 아이는 상이 뛰어나니[異相], 장차 장성해서 반드시 내 원수를 갚게 해 주시구려."

하였다. 아내와 자식이 통곡하며 저를 송별하는 가운데, 방덕은 관을 들고 가라 명하였다.

떠나는 자리에 부장에게 말하기를,

"이제 오늘 가면 관우와 죽기로써 싸울 것이다. 내가 만약에 관우에 게 죽거든 너희들은 급히 내 시신을 거두어 이 관 속에 넣고, 내가 만약에 관우를 죽인다면 내 또한 저의 수급을 베어서 이 관 속에 넣어 서, 돌아와 위왕께 바치겠다."

하니, 부장 5백 사람들이 다 묻기를

"장군께서 이와 같이 용기가 있으신데, 저희들이 어찌 힘을 다해 돕지 않겠나이까!"

하거늘, 이에 군사들을 이끌고 전진하였다.

어느 군사가 이 말을 조조에게 알리자, 조조는 기뻐하면서

"방덕의 충용이 이와 같다면 내 무엇을 걱정하겠는가!"

하니, 가후가 말한다.

"방덕이 혈기와 용맹만3) 믿고 관우와 결사전을 하려 한다니, 신은 걱정이 됩니다."

한다.

조조도 그러리라 생각하고 급히 사람들에게, 전령을 전하기를

"관우는 지용을 겸비한 인물이니 일절 가볍게 움직이지 말아라. 저를 잡을 수 있으면 잡되 잡을 수 없으면 잘 지키기만 하라."

하니, 방덕이 명을 듣고 장수들에게

"대왕께서 어찌해서 관우를 그리 중하게 보는가? 내 생각에는 이번에 가면 마땅히 관우의 30년간의 성가는 꺾이게 될 것이오."

하거늘, 우금이 당부하며 말하기를

"위왕의 말씀을 꼭 따라야 하오."

하니, 방덕이 분연히 군사들을 재촉하여 번성으로 가서, 무력을 뽐내고 위세를 드날리며 징과 북을 쳐댔다.

---

3) **혈기와 용맹만[血氣之勇]** : 혈기에 찬 기운으로 불끈 뽐내는 한 때의 용기. [孟子 公孫丑篇 上 若是則夫子過孟賁遠矣集注]「**孟賁血氣之勇** 丑蓋借之以贊 孟子 不動心之難」. [紅樓夢 第三十六回]「那武將不過伏 **血氣之勇**」. 「혈기방강」(血氣方剛)은 장년의 피 끓는 기상. [論語 季氏篇]「孔子曰 君子三戒 少之時 血氣未定……**血氣方剛** 戒之在鬪」.

한편, 관우는 장중에 앉아 있는데, 갑자기 탐마가 와서

"조조가 우금 장군에게 칠지군의 정장병(精壯兵)을 이끌게 하였는데 전부 선봉은 방덕이며, 군사들 앞에 하나의 목관을 끌고서 입으로는 불손한 말을 합니다. 맹세코 장군과 결사전을 하겠다 하며 성에서 30리 떨어진 곳에 와 있습니다."

고 보고를 올린다.

관우가 그 보고를 듣고 얼굴빛이 변한 채 아름다운 수염을 바람에 나부끼며, 크게 노하여 말하기를

"천하의 영웅들도 내 이름을 듣고는 두려워하고 복종하지 않는 자가 없는데, 방덕이란 어린 놈이 어찌 감히 나를 우습게 본단 말이냐! 관평아, 한편으로는 번성을 쳐라. 나는 이 길로 가서 저 필부놈을 참하여 내 한을 풀겠다!"

하거늘, 관평이 말하기를

"아버님께서는 태산과 같이 중하신 몸이오니, 저런 허술한 자와 싸우셔서는 아니 됩니다. 제가4) 아버님 대신 가서 방덕과 싸우겠나이다."

하였다.

관우가 말하기를,

"네가 한번 가 보거라. 내 뒤따라 곧 가서 접응하겠다."

하자, 관평이 장막을 나서서 칼을 휘두르며 말에 올라서 군사들을 거느리고 나가 방덕을 맞았다. 양 진영이 둥글게 원을 그리며 대치하였다.

위군의 진영에는 검은 깃발에 큰 글씨로 '남안방덕(南安龐德)'이란 네 글자가 쓰여 있고, 방덕은 청포에 은개를 입고서 백마를 타고 칼을 들고 진 앞에 서 있었다. 그 뒤로는 5백의 군사들이 바싹 따르고 있는

---

4) **제가[辱子]**: 못난 아들. '부모에게 욕이나 먹이는 아들'이란 뜻의 겸양의 말임.

데, 보졸 몇 사람이 나무관을 끌고 나왔다.

관평이 크게 방덕을 꾸짖으며 말하기를,

"이 주인을 배반한 도적놈아!"

하니, 방덕이 부졸에게 묻기를

"저게 누구인가?"

하니, 한 군사가 대답하기를

"저게 관우의 의자5) 관평입니다."

하였다.

방덕은 큰 소리로 말한다.

"나는 위왕의 뜻을 받들어 네 아비의 목을 취하러 왔다! 갓난아이 놈아,6) 내 너를 죽이지는 않겠다. 빨리 네 아비를 오라 하거라!"

하였다. 관평이 크게 노하여 칼을 춤추며 말을 몰아 나가서 방덕을 취하려 하였다. 방덕이 칼을 빗기 들고 나와 싸우기 30여 합이 되어도 승부가 갈리지 않자, 양쪽에서 각기 쉬었다. 누가 관우에게 보고하여 알리니, 관우가 크게 노하여 요화에게 나가 번성을 공격하라 하였다.

그리고 자기는 직접 나와서 방덕과 싸우러 왔다. 관평은 나와 맞으며 방덕과 고전하였으나 승부를 내지 못하였단 말을 하였다.

관우는 곧 칼을 빗기 들고 말을 몰아 나가며, 큰 소리로

"관운장이 예 있다. 방덕은 어찌해서 빨리 나와 목을 드리지 않느냐?"

하니, 북소리 울리는 곳에 방덕이 말을 타고 나오면서

"내 위왕의 명을 받들고 네 목을 취하러 왔다! 네 믿기지 않거든 여

---

5) 의자(義子) : 수양 아들. 「義母」는 양모(養母)임. [北夢瑣語]「周氏旣至 以**義母**奉之」.

6) 갓난아이 놈아[疥癩小兒] : 풍병(風病). 문둥병이 든 어린아이. [古今圖書集成]「積年**疥癩** 狼毒一兩牢 生研半炒……於藥琖上 吸氣取效」.

기 준비해온 관이 있다. 네가 만약에 죽기가 두려우면 빨리 말에서 내려 목을 들여라!"

하였다.

관우가 크게 꾸짖기를,

"네 한낱 필부놈이 무슨 일을 하겠느냐! 내 청룡도가 네 쥐새끼 같은 도적의 목을 베기가 아깝구나!"

하며, 칼을 춤추며 말을 몰아 나가 방덕을 취하려 하니 방덕이 칼을 휘두르며 나온다. 두 장수가 어울려 싸우기 백여 합에 이르자 정신들은 배가 되었다. 양군이 각기 얼이 빠져[7] 보고 있었다.

위군 진영에서는 방덕이 실수를 할까 걱정되어 급히 징을 쳐 군사들을 거두었다. 관평은 나이가 많은 아버지가 걱정되어 또 급히 징을 울렸다. 두 장수들은 각기 물러갔다.

방덕이 영채로 돌아오더니 여러 장수들이에게,

"사람들이 다 관우를 영웅이라 말하고 있더니, 오늘에서야 믿을 수 있게 되었소이다."

하고, 말하고 있을 즈음에 우금이 왔다.

서로 보고 나서 우금이 말하기를,

"내 들으니 장군이 관우와 싸우기 백여 합에 이르렀다더군요. 그래도 이기지 못했으니 어찌 군사들을 물리지 않으시오?"

하니, 방덕이 분연히 나서면서

"위왕께서 장군에게 대장을 명하셨거늘 어찌 그리 유약한 말씀을 하시는 게요? 내가 내일 관우와 같이 죽기로써 싸워 맹세코 물러나지 않을 것이오이다!"

---

7) 얼이 빠져[癡呆] : 얼이 빠짐. 정신없이 바라봄을 이름. [中文辭典]「斥人愚笨也」.

하였다. 우금은 더 막지 못하고 물러갔다.

한편, 관우는 영채로 돌아와서 관평에게 말한다.

"방덕은 칼 쓰는 법이 아주 익숙해서 진짜 나의 적수가 될 만하다."

하니, 관평이 말하기를

"속담에 이르기 '갓 낳은 송아지가 호랑이를 두려워하지 않는다'8) 더니, 아버님께서 저 놈을 벤다 하더라도 저는 단지 서강(西羌)의 일개 소졸입니다. 만일에 실수라도 있으신다면 백부님께서 부탁하신 바를 중이 여기지 않는 것은 아닐 것입니다."

하매, 관우가 분노하며

"내 저 놈을 죽이지 않는다면 어찌 이 한을 풀겠느냐? 내 마음은 이미 정해졌으니 더 이상 말하지 말거라!"

하였다.

다음 날 말에 올라 출전하자 방덕 또한 군사들을 이끌고 나와 맞는다. 두 진영이 둥글게 진을 치자 두 장수가 일제히 나섰다. 다시 더 말하지 않고 어우러져 싸운다. 싸움이 50여 합에 이르자 방덕이 말머리를 돌려 칼을 들고 달아났다. 관우가 급히 그 뒤를 쫓아갔다. 관평은 혹여 실수나 있을까 하여 또한 급히 따라갔다.

관우가 큰 소리로 꾸짖으며,

"방덕 이놈, 네가 타도계를9) 쓰려는 게냐! 내 어찌 네 놈을 겁내겠느냐?"

---

8) 갓 낳은 송아지가 호랑이를 두려워하지 않는다 : 원문에는 '初生之犢 不懼虎'로 되어 있어, '하룻강아지 범 무서운 줄 모른다'는 속담에 해당되는 말임. [論衡 本性]「羊舌食我初生之時 叔姬視之 及堂聞啼聲而還」.

9) 타도계(拖刀計) : 칼로 적의 등을 찍는 계책. 패한 체 달아나다가 비껴서면서 추격해 오던 적이 미처 서지 못하는 순간에, 적의 등쪽 어깨를 내리 찍는 계책.

고 외쳤다.

원래 방덕은 거짓 타도계를 쓰는 척하다, 칼을 안장에 걸어 놓고 몰래 활에 화살을 멕여 말 위에서 쏘았다.

관평은 눈이 밝아 방덕이 활에 살을 멕이는 것을 보고, 큰 소리로

"적장은 비겁하게 냉전을[10] 쏘지 말아라!"

라고 외쳤다.

관우는 급히 눈을 부릅뜨고 보니 활시윗소리가 나는 곳에서 화살이 날아오고 있었다. 몸을 미쳐 돌리지 못해 왼쪽 어깨에 맞았다. 관평의 말이 도착하여 아버지를 구해 영채로 돌아왔다. 방덕은 말머리를 돌려 칼을 휘두르며 급히 좇아 왔다.

바로 그때에 본영 쪽에서 바라 소리가 크게 울렸다. 방덕은 후군에게 실수가 있는가 하여 급히 말머리를 돌렸다.

그러나 이는 원래 우금은 방덕이 관우에게 활을 쏘는 것을 보고, 저가 큰 공을 세워서 자신의 위풍을 떨어뜨릴까 걱정하여 징을 쳐서 군사들을 수습한 것이었다.

방덕이 말을 돌려 묻기를,

"무엇 때문에 징을 치셨소이까?"

한다.

우금이 말하기를,

"위왕께서는 경계하시기를 관공은 지용을 겸비한 인물이니 저가 비록 화살에 맞았다 하나, 술수가 있을까 걱정해서 징을 쳐 군사들을 거둔 것이오."

---

10) 냉전(冷箭) : 암전(暗箭)·몰래 숨어서 쏘는 화살. [中文辭典]「亦曰**冷箭 暗中施箭** 人不及防 世每用爲乘人不備加以傾陷之喻].「암전자」(暗箭子)는 '몰래 숨어서 활을 쏘는 사람'을 가리킴. [聞見後錄 三十]「中司自可鳴鼓兒 老夫難爲**暗箭子**」.

한다.

방덕이 이르기를,

"만약에 군사들을 거두지 않았다면 내 벌써 저를 베었을 것이외다."

하거늘, 우금이 당부하며 말하기를

"급히 행동해서 좋을 게 없소. 천천히 저를 도모하시오."

한다. 방덕은 우금의 속뜻을 알지 못하고, 다만 후회해 마지않았다.

한편, 관공은 진영으로 돌아와 화살을 뽑았다. 다행히도 화살은 깊이 박히지 않아서 금창약을11) 붙였다.

관공은 방덕을 한하며 장수들에게,

"내 맹세코 이 화살의 원수를 갚고야 말겠네!"

하거늘, 여러 장수들이 함께 말하기를

"장군께서는 며칠간 쉬시고 그런 다음에 싸워도 늦지 않습니다."

한다.

다음 날 방덕이 군사들을 이끌고 와서 싸움을 돋운다고 알려왔다. 관우가 싸우려 하였으나 여러 장수들이 만류하였다. 방덕은 군사들을 시켜서 계속 욕설을 퍼부었다. 관평이 애구를 지키고 여러 장수들에게 관우에게 알리지 말라 하였다. 방덕이 싸움을 돋우기 10여 일이 되어도 나와 싸우는 이가 없었다.

우금과 의논하기를,

"내 보기에는 관우가 전창(箭瘡) 때문에 움직이지 못하는 것 같으니, 이 기회를 타서 칠지군을 이끌고 가서 영채를 에워싸고 짓쳐 들어가면 번성의 포위망을 풀 수 있을 것이외다."

---

11) **금창약(金瘡藥)** : 금창산(金瘡散). 칼이나 화살 등 금속의 날에 다친 상처에 바르는 약. [六韜 龍韜 王翼]「方士三人主百藥 以治**金瘡**」. [晉書 劉曜載記]「使 **金瘡**醫李永療之」.

하거늘, 우금은 방덕이 공을 세울까 두려워서 위왕이 경계한 말을 상기시키며 군사들을 움직이지 않았다. 방덕은 여러 차례 동병하고자 하였으나 우금은 이를 허락하지 않았다.

그리고 칠지군을 산의 입구를 지나서 번성에서 북쪽으로 10리쯤 떨어진 산에 하채하였다. 우금이 직접 군사들을 거느리고 대로를 끊고, 방덕에게는 산골짜기 뒤에 둔치게 함으로써 진병하여 공을 세울 수 없게 하였다.

한편, 관평은 관우의 전창이 이미 아문 것을 보고 매우 기뻐하였다. 그때, 문득 우금의 칠지군이 번성의 북쪽에 하채하였다는 보고를 받고, 저들이 무슨 계책을 쓰는지 알 수 없어서 이를 곧 관우에게 보고하였다. 관우는 말에 올라 측근 몇 기만 데리고 언덕에 올라가서 바라보니, 번성의 깃발이 정제하지 못하고 군사들이 당황해 어지러운 것이 보였다. 성 북쪽 10여 리 산골짜기 안에 군마들을 주둔시키고 있으며, 또 양강의 물결이 급한 것도 보였다.

한참 동안 바라보다가 향도관을 불러,

"번성의 북쪽 10여 리 산골짜기의 지명이 무엇인가?"

하니, 대답하기를

"증구천(罾口川)입니다."

한다.

관우가 기뻐하면서 말하기를,

"우금은 필시 나에게 사로잡힐 것이다."

하거늘, 여러 군사들이 묻기를

"장군께서는 어떻게 그리 아십니까?"

하매, 관우가 대답하기를

"고기가 삼태기 그물에 들어갔으니[12] 어찌 오래 가겠느냐?"

하여도, 여러 장수들은 잘 믿기지 않는 표정들이었고 관우는 영채로 돌아왔다.

때는 8월 가을.

하늘에서는 심한 비가 여러 날 계속 되었다. 관우는 군사들에게 명하여 배와 뗏목을 준비시키고, 물에서 쓰는 도구들을 수습하게 하였다.

관평이 묻기를,

"군사들이 육지에서 서로 대치하고 있는데, 물에서 쓰는 전구[水具]들은 어디에 쓰시려 하십니까?"

하거늘, 관우가 대답하며

"네가 알 수 있는 일이 아니다. 우금의 7군이 넓은 곳에 주둔하지 않고 증구천의 험한 곳에 주둔하고 있는데, 마침 가을비가 계속되니 양강의 물이 틀림없이 불어날 것이다. 내 이미 사람을 보내 각처 물이 빠지는 수구를 다 막아 놓고 물이 찰 때를 기다리고 있는 중이다. 물이 많이 찼을 때 배를 타고 가서 터놓으면, 번성과 증구천의 병사들은 다 고기밥이 될 것이다."

하거늘, 관평이 탄복하였다.

한편, 위군은 증구천에 군사들을 주둔시키고 있는데 매일 큰 비가 그치지 않고서 내렸다.

독장 성하(成何)가 우금을 보고,

"많은 군사들을 증구천 입구에 둔치고 있고 여기는 지세가 아주 낮습니다. 비록 토산이 있다 해도 영채에서 떨어져 있습니다. 지금 가을

---

12) 고기가 삼태기 그물에 들어갔으니[魚入罾口] : 물고기[于禁]가 그물에 들어갔다는 말임. 본래 「증구」는 「罾笱」로 어구(漁具)의 일종인 「통발」[魚筌]을 가리킴. [莊子]「鉤餌網罟 罾笱之智」.

비가 계속되고 군사들 또한 어려워하고 있습니다. 근자에는 형주의 병사들이 높은 곳으로 옮겼다는 보고도 있고, 또 한수의 입구에 배와 뗏목을 준비하고 있답니다. 정말 강물이 불어나면 우리가 위험에 직면하게 되오니, 마땅히 빨리 계책을 세워야겠습니다."

하니, 우금이 저를 꾸짖으며

"이 필부놈이 내 군사들의 마음을 현혹시키는구나! 또 여러 말을 하면 참하리라!"

하매, 성하가 부끄러워하며 물러갔다. 이에 방덕에게 가서 이 일에 관해 말한다.

방덕이 말하기를,

"자네의 생각이 아주 당연하오. 우금 장군이 병사들을 이동시키려 하지 않으나, 내 날이 밝는 대로 병사들을 다른 곳으로 옮기겠소."

한다. 계책이 정해졌는데 이날 밤은 더욱 풍우가 심했다.

방덕은 장중에 앉아 있으려니까 수많은 군사들이 다투어 달아나며, 그 소리가 진동한다. 방덕이 크게 놀라서 급히 장막에서 나가 말에 올라 살펴보니, 사면팔방에서 큰 물이 밀려들었다. 칠지군들은 어지러이 도망을 하다가 물결에 휩쓸린 자는 그 수를 헤아릴 수 없었다. 평지의 수심이 무려 한 길 정도나 되었다.

우금과 방덕, 그리고 여러 장수들은 각기 조그마한 산등성이로 올라가 물을 피하였다. 날이 밝아올 무렵 관우와 여러 장수들이 모두 기를 흔들고 북을 쳐대며 큰 배를 타고 짓쳐 왔다.

우금은 사방을 둘러보아도 길이 보이지 않고 좌우에 사람이라곤 겨우 5, 60기뿐이어서 도망갈 수가 없어 항복하겠다고 말하였다. 관우와 장수들은 저들의 갑옷을 벗기고 배에 두게 한 다음, 방덕을 잡으러 나섰다.

이때, 방덕은 동형·동초 및 성하 등과 함께 보병 5백여 명이 다 갑옷도 없이 언덕 위에 있었다. 관우가 오는 것을 보고도 방덕은 전혀 두려운 기색이 없이 분연히 싸우러 나왔다. 관우는 배로 사방을 에워쌌다. 그리고 군사들이 일제히 활을 쏘니 위병이 태반이나 죽었다.

동형과 동초 등은 위세가 이미 위급해지자, 방덕에게

"군사 절반이 죽거나 부상을 입었고 사방을 보아야 길이 없습니다. 항복할 수밖에 방법이 없습니다."

하거늘, 방덕이 크게 노하여 말하기를

"내가 위왕의 두터운 은혜를 받고 있는데, 어찌 저에게 절의를 굽힌단 말이냐!"

한다. 그러면서 동형과 동초를 그 앞에서 참하고, 목소리를 가다듬고

"항복을 다시 꺼내는 자는 이 두 사람처럼 될 것이다."

하였다.

이에 여러 장수들은 힘을 다해 적을 막았다. 날이 밝을 무렵부터 해가 중천에 뜰 때까지 용기와 힘은 배가 되었다. 관우는 사방을 급히 공격하도록 독려하며 화살과 돌멩이를 비 오듯 퍼부었다. 방덕의 군사들은 백병전을13) 폈다.

방덕은 성하를 돌아보며 말하기를,

"내 들으니 '용장은 죽음을 두려워하지 않으며 구차스레 살려 하지 않고,14) 군사들은 훼절하여 삶을 구하지 않는다' 했소이다. 오늘 내

---

13) 백병전[短兵接戰] : 단병전(短兵戰). 육박전(肉薄戰). 단병으로 적과 맞닥뜨려 싸우는 전투. [史記 項羽紀]「乃令騎皆下馬步行 持**短兵接戰**」. [三國志 魏志 典韋傳]「韋被數十創 **短兵接戰**」.

14) 용장은 죽음을 두려워하지 않으며…… : 원문에는 '**勇將不怯死以苟免 壯士不毀節而求生**'으로 되어 있음. [宋史 張玉傳]「仁宗曰 眞**勇將**」. [淮南子 墜形訓]「**壯士之氣** 御赤天 (注) **壯士** 南方之士」. [三國志 魏志 龐德傳]「**烈士不毀節以求生**」.

가 죽는 날이니 자네는 죽기로 싸우게나.”

하였다.

성하가 명에 따라 앞으로 나가다가 관우의 화살을 맞고 물속으로 떨어졌다. 그리고는 여러 군사들이 다 항복하여, 방덕 혼자서만 힘써 싸우고 있었다.

그때, 형주 군사 수십 명이 작은 배로 가까이 오거늘, 방덕이 칼을 들고 몸을 날려 배로 뛰어들어 수십 명을 죽이자, 남은 군사들은 다 배를 버리고 도망가며 목숨을 구하려 하였다.

한편, 상류 쪽에서 한 장수가 큰 뗏목을 타고 와서 작은 배를 들이받으니 방덕은 물에 떨어졌다. 배 위에 있던 그 장수는 물속으로 뛰어들어 방덕을 생포하여 배 위로 올라 왔다. 여러 군사들이 저를 보니 주창이었다.

주창은 평소부터 물의 성질을 잘 알았고, 또 형주에서 몇년을 살았기 때문에 더욱 익숙해 있었다. 또 힘이 세어 방덕을 생포할 수 있었던 것이다. 우금이 거느리던 칠지군은 다 물에 빠져 죽었다. 헤엄을 칠 줄 아는 자들은 도망갈 길이 없게 되자 모두 투항하였다.

후세 사람의 시가 전한다.

한밤중 북소리 하늘에 진동하더니
양양·번성의 평지가 깊은 연못 되었구나.
　夜半征鼙響震天
　　襄樊平地作深淵.

관우의 귀신같은 묘산15) 그 누가 미치리
화하에 떨친 위명 만고에 전하리라.

關公神算誰能及

華夏威名萬古傳.

　관우는 높은 곳으로 돌아와서 장상(帳上)에 올라 앉아 있었다. 여러
도부수들이 우금을 압령해 왔다. 우금이 땅에 엎드려 절하며 살려달
라고 애걸하였다.

　관우가 말하기를,

"네 어찌 감히 나에게 항거했느냐?"

하니, 우금이 말하기를

"위에서 내린 명령이며 제가 한 일이 아닙니다. 바라건대 군후께서
불쌍히 여겨 살려주시면 맹세코 죽음으로써 갚겠나이다."

한다.

　관우가 수염을 쓰다듬으며 웃고 말하기를,

"내 너를 죽이면 오히려 개를 죽이는 것이 될 뿐이니, 공연히 칼을
더럽힐 뿐이다!"

라 하고, 영을 내려 포박해서 형주의 큰 우리에 가두라 하였다.

"내가 돌아와서 다시 처리하겠다."

라 처리한 후, 관우는 또 방덕을 데려오라 하였다. 방덕은 눈을 부릅
뜨고 서 있으며 무릎을 꿇지 않는다.

　관공이 말하기를,

"네 형이 한중에 있고 네가 마초를 주인으로 모셨으며 또 촉에서 대

---

15) 귀신같은 묘산[神機妙算] : 신묘한 기묘와 묘책. [後漢書 皇甫嵩傳]「實神機
　之至會 風發之良時也」. [三國志 蜀志 陳思王植傳]「登神機以繼統」.「신산」(神
　算)은 '영묘한 꾀'를 뜻함. [後漢書 王渙傳]「又能以譎數 發擿姦伏 京師稱歎 以
　爲渙有神算」. [文選 王儉 楮淵碑文]「仰贊宏規 參聞神算」.

장이 되었는데, 네가 어찌하여 일찍 항복하지 않았느냐?"

하니, 방덕이 크게 노하여 대답하기를

"나는 차라리 칼 끝에 죽을지언정 어찌 너에게 항복하겠느냐!"

하며, 꾸짖으며 입을 다물지 않았다.

관우가 크게 노하여 도부수들에게 끌어내어 참하라 하였다. 방덕이 목을 늘여 형을 받으니 관우가 불쌍히 여겨 장사지내 주었다. 그리고 수세가 물러나지 않은 것을 이용해서, 다시 전선에 올라 장수들을 이끌고 번성을 공격하러 나섰다.

한편, 번성 주위는 하늘까지 차오를 듯한 거대한 흰 거품을 일으키며 물결이 더욱 거세어졌다. 번성의 담장은 점점 허물어져 갔다. 성안의 남녀들이 흙을 지고 벽돌을 나르며 막으려 하나 막지 못하였다. 조조의 군사들과 여러 장수들은 낙담하지 않은 자가 없었다.

군사들이 황망하여 와서, 조인에게 고하기를

"오늘의 형세는 위험합니다. 힘으로 구할 수 있는 일이 아닙니다. 군사들이 머뭇거리고 있으며 적군이 아직 이르지 않았으니, 배를 타고 밤을 틈타 달아나야 합니다. 비록 성을 잃는다 해도 오히려 몸은 살 수 있지 않습니까?"

하니, 조인이 그 말대로 막 배를 준비해 나가려 하는데, 만총이

"안 됩니다. 산에서 쏟아져 내리는 물이 성으로 내려오고 있는데, 어찌 오래 갈 수 있겠습니까? 열흘이 못 되어 물은 저절로 빠질 것입니다. 관우가 성을 공격하지 않으면서 별장을 겹현(郟縣)으로 보냈습니다. 그가 함부로 공격하지 못하는 것은 우리 군사들이 후미를 기습할까 걱정하기 때문입니다.

이제 만약에 성을 버리고 달아난다면 황하 이남은 나라의 소유가

아닐 것입니다. 원컨대 장군께서는 이 성을 굳게 지켜 보루가 돼야
합니다."

한다.

　조인이 손을 잡고 사례하며,

"백녕의 가르침이 없었다면 큰일을 그르칠 뻔하였소이다."

하고, 백마를 타고 성으로 올라가서 여러 장수들을 모아 놓고

"나는 위왕의 명을 받고 이 성을 지키는 것이다. 또 성을 버리고 가
자고 말하는 자가 있으면 참하겠다!"

하니, 여러 장수들이 모두 입을 모아 말하기를

"저희들은 죽음으로써 성을 지키겠나이다!"

하거늘, 조인이 기뻐하며 성 위에 올라서 궁뇌 수백 개를 설치하고
군사들은 밤낮으로 방어에 힘쓰며 게을리하지 않았다. 성에 사는 노
인이나 어린애들까지 흙과 돌을 쌓고 성의 담을 쌓았다. 열흘 안에
수세는 점점 낮아져 갔다.

　관우는 위나라 장수 우금 등을 사로잡음으로 하여, 그 위세가 천하
에 떨치고 놀라지 않는 이가 없었다. 문득 둘째 아들 관흥(關興)이 영채
로 아버지를 뵈러 왔다. 관우는 관흥에게 영을 내려 여러 관료들이
세운 공로를 문서로 써서 성도로 가서 한중왕을 뵙게 하며, 각 사람마
다 승진을 시켜 달라 하였다. 관흥은 부친을 하직하고 곧 성도로 갔
다.

　한편, 관우는 군사들 반을 나누어 이끌고 직접 겹하(郟下)로 가게 하
고, 자신은 병사들을 거느리고 사방에서 번성을 공격하였다.

　그날 관우는 직접 북문에 가서 말 위에서 채찍을 들어,

"너희 쥐새끼 같은 놈들아! 빨리 항복하지 않고 어느 때를 기다리느냐?"

고 말하고 있는데, 조인이 적루에 있으면서 관우가 몸에 엄심갑만16)

입고 녹포의 한편 소매를 걷어 올리고 있는 것을 보고는, 급히 5백 궁노수들을 불러 일제히 쏘게 하였다.

관우가 급히 말을 돌리려 하였으나, 오른쪽 팔에 화살을 맞고 몸을 뒤채며 말에서 떨어졌다.

이에,

물속에서 칠지군들 바야흐로 낙담하는데
성중에서 날아온 화살 문득 몸을 상하도다.
水裏七軍方喪膽
城中一箭忽傷身.

관우의 생명이 어찌 되었을까. 하회를 보라.

---

16) 엄심갑(掩心甲) : 가슴을 가리는 갑옷. 엄심경(掩心勁)은 엄심갑(掩心甲)의 '센 부분'의 의미. [戰國策 韓策]「天下之强弓勁弩……射百發不暇止 遠者達胸 近者掩心」. [西京雜記 三]「則掩心而照之 則知病之所在」.

제75회

관운장은 뼈를 긁어 독기를 치료하고
여자명은 백의로 강을 건너다.

　關雲長刮骨療毒
　呂子明白衣渡江.

　　한편, 조인은 관공이 낙마하는 것을 보고 곧 군사들을 이끌고 성에
서 짓쳐 나왔다. 그러나 관평이 나가 싸워 관공을 구해 영채로 돌아와
서 팔에 맞은 화살을 뽑아냈다. 원래 화살 끝에 약이 있어서 독이 뼈
속에까지 들어가, 팔이 퍼렇게 부어올라 움직일 수가 없었다.
　　관평은 당황하여, 여러 장수들과 의논하기를
　　"아버님께서 팔을 못 쓰시면 어찌 나가 싸우겠습니까? 잠시 형주로
돌아가 치료를 하는 게 어떻겠습니까?"
하였다. 이때, 장수들과 같이 장막으로 들어가 아버님을 뵈었다.
　　관공이 묻기를,
　　"너희들이 무슨 일로 왔느냐?"
하거늘, 여러 장수들이 말한다.
　　"저희들은 군후께서 오른팔에 부상을 입으신 것을 보고, 임적치노
하여1) 충돌하시는데 편치 않다. 여럿이 의논하기를 잠시 동안만이라

---

1) **임적치노**(臨敵致怒) : 적들을 만나면 노여움이 치받침. 「임진대적」(臨陣對
　敵)은 '적군과 대진함'의 뜻임. [南史 梁元帝紀]「親**臨**督**戰**」. [文選 李陵 答蘇武

도 군사를 물려 형주로 돌아가서 조리하셨으면 하였습니다."

하니, 관공이 크게 노해서,

"나는 번성을 취하겠다. 지금 바로 눈앞에 있다. 번성을 취하고 나면 곧 대군을 불러 진격하여, 곧장 허도에 이르러 도적을 박멸하고 새 한실을 안정되게 하겠다. 어찌 작은 상처로 인해 큰 일을 그르치려 한단 말이냐? 너희들이 감히 군심을 문란하게 하느냐!"

하거늘, 관평 등은 더 이상 말을 못하고 물러나왔다.

여러 장수들이 관공이 퇴병을 원치 않고 있으며, 상처 또한 낫지 않는 것을 보고 사방으로 물어 명의를 찾으려 하고 있었다. 그러던 어느 날 강동에서 작은 배를 타고 오는 사람이 있었다. 그는 곧장 영채 앞에 이르매 소교가 관평에게 인도하였다. 관평이 그를 보니 머리에는 방건을[2] 쓰고 넓은 옷을 입었으며, 어깨에는 푸른색 자루를 메고 있었다.

그는 스스로 이름을 밝히기를,

"나는 패국 초군 사람이며 성은 화(華), 이름은 타(佗)라 하고 자를 원화(元化)라 합니다. 들으니 관우장군은 천하의 영웅이라 하는데, 지금 독화살에 맞으셨다기에 특히 치료하려 왔습니다."

하거늘, 관평이 묻기를

"옛날 동오의 장수 주태를 치료하신 적이 있지 않습니까?"

하니, 화타가 대답하기를

"그렇소이다."

한다.

書」「單于**臨陣** 親自合圍」.

2) 방건(方巾) : 명대(明代) 문인(文人)들이 머리에 쓰던 두건. [三才圖會]「**方巾**卽古所謂**角巾**也 相傳國初服此 取四方平定之意」.

관평이 크게 기뻐하며, 곧 여러 장수들과 같이 화타를 데리고 장막에 들어가 관공을 뵈었다.

그때, 관공은 본시 팔의 상처가 몹시 아프기는 하지만, 군심이 태만 해질까 걱정되고 소일 할3) 것이 없어 마침 마량과 바둑을 두고 있었다. 의원이 왔다는 소릴 듣고는 곧 들이라 하였다. 인사가 끝나고 자리에 앉아 차까지 마시고 나서, 화타는 그의 팔을 보자 하였다. 관공은 윗옷을 벗고 팔을 내밀어 화타가 볼 수 있게 하였다.

화타가 말하기를,

"이것은 노전에4) 맞은 상처이오니, 그 끝에 오두의5) 독약이 묻어 있어서 곧장 뼈 속까지 들어갔습니다. 만약에 빨리 치료하지 않는다면, 이 팔을 쓸 수가 없을 것입니다."

하거늘, 관공이 묻기를

"무슨 물건을 써서 치료하려하오?"

한다.

화타가 다시 말하기를,

"제가 직접 고치는 방법이 있는데, 다만 군후께서 두려워하실까 저어됩니다."

하거늘, 관공이 웃으면서 묻기를

"나는 죽음 보기를 아무렇지 않게 여기는데, 뭬 두려울 게 있겠소?"

---

3) 소일[消遣] : 소일(消日). [鄭谷 中秋詩]「此際難**消遣** 從來未學禪」. [王禹偁 竹樓記]「焚香默坐 **消遣**世慮」.

4) 노전(弩箭) : 쇠뇌의 화살. [漢書 韓延壽傳 抱弩負蘭 (注) 如淳曰 蘭 盛**弩箭**服也]. [李商隱 射曲]「思牢**弩箭**磨靑石 繡額蠻渠三虎力」.

5) 오두(烏頭) : 천오두(川烏頭). 부자(附子). 심한 열·습비·한통 따위를 다스리는 약재로 독성이 강함. [水草]「**烏頭**與附子同根 附子八月采 八角春良 **烏頭**四月采 春時莖初生 有腦 頭如烏鳥之頭 故謂之**烏頭**」.

한다.

화타가 대답하기를,

"당장 조용한 곳에 한 개의 표주(標柱)를 세우고 위에 큰 고리를 달아, 군후께서 팔을 넣으시게 하겠습니다. 그리고 단단히 묶은 연후에 그 끝을 보자기로 싸매겠습니다.6) 내가 아주 날카로운 칼로 살을 째서 곧장 뼈에 있는 화살 독을 긁어내고, 그 위에 약을 붙이고 실로 그 입구를 봉하면 무사할 것입니다. 단지 군후께서 두려워하실까 걱정됩니다."

하거늘, 관공이 웃으며 말하기를,

"이렇게 하기만 한다면 쉽게 나을 수 있소? 무엇 때문에 고리를 사용하려하오?"

하며, 영을 내려 주석(酒席)을 대하고 앉았다.

관공은 두어 잔 술을 마시고는 마량과 바둑을 두면서 팔을 내밀고 화타에게 그곳을 째게 하였다. 화타는 손에 날카로운 칼을 들고 한 소졸에게 큰 바리를 하나 가져오게 하여, 팔 아래 놓고 피를 받게 하였다.

화타가 말하기를,

"제가 곧 손을 쓰겠습니다. 군후께서는 놀라지 마시옵소서."

하니, 관공이 대답하기를

"자네 마음대로 치료하게나. 내 어찌 세간의 사람들과 같이 아플 것을 두려워하겠느냐?"

한다.

---

6) 그 끝을 보자기로 싸매겠습니다[被蒙其首] : 보자기 등으로 머리를 싸맴. [後漢書 馬援傳]「今賴士大夫之功 被蒙大恩 猥先諸君 紆佩金紫」. [文選 陸機塘上行]「被蒙風雲會 移居華池邊」.

화타가 이에 칼을 대어 살을 째고 곧 뼈를 내어보니, 뼈가 벌써 푸른 기운이 돌고 있었다. 화타가 칼을 이용하여 뼈를 긁어내니 쓰윽쓰윽 하는 소리가 났다. 장상과 장하에서 보는 자들이 다 얼굴을 가리고 낯빛이 변하였다. 관공은 술과 고기를 먹으며 이야기하고 바둑을 두는데, 전혀 아픈 기색이 없었다. 얼마 있다가 피가 흘러서 바리에 가득 찼다. 화타가 독을 다 긁어내고 그 위에 약을 바르고 실로 꿰맸다.

관공이 웃으며 일어나 여러 장수들에게,

"이 팔을 예전처럼 펼 수 있고 또 아프지 않으니, 이 선생이 진짜 신의(神醫)로구나!"

하매,

화타가 대답하기를,

"제가 평생 의원을 하면서 일찍이 이런 일을 본 것이 처음입니다. 군후께서는 진짜 천신(天神)입니다!"

하였다.

후세 사람의 시가 전한다.

병을 고칠 때엔 내외과로 나누지만
세상의 묘한 재주 정말 흔치 않다네.
　治病須分內外科
　世間妙藝苦無多.

신위로 드물기는 오직 관운장뿐이더니
신묘한 손길로는 화타를 일컫는구나.
　神威罕及惟關將
　聖手能醫說華佗.

관공은 전창이7) 다 낫자 연석을 베풀어 화타에게 사례하였다.

화타가 말하기를,

"군후께서는 전창은 치료되었으나, 이후로는 그 팔을 아끼셔야 합니다. 일절 노기를 내시어 상처를 덧나게 해서는 아니 됩니다. 백일이 지나야만 옛날처럼 회복되실 것입니다."

하였다. 관공은 금 백 냥을 그에게 주었다.

그러나 화타가 말하기를,

"저는 평소부터 군후의 높은 의를 들었습니다. 특히 제가 와서 병을 치료하였는데 어찌 보답을 바라겠나이까?"

하며, 굳게 사양하고 받지 않았다. 그리고 약 1첩을 지어주며 상처에 붙이게 하고 인사를 하고 가버렸다.

한편, 관공은 우금을 사로잡고 방덕은 참함으로써, 유명이 크게 떨쳐 화하(華夏)가 모두 놀랐다.

그때, 탐마가 허도에 와서 보고하니, 조조가 크게 놀라 문무를 모아놓고 의논하기를,

"내 평소부터 운장의 지모와 용기가 세상을 덮을 만하다 알고 있었는데, 그가 지금 형양에 웅거하고 있으니 호랑이가 날개를 단 격이8) 되었소이다. 우금이 생포되었고 방덕은 피살되어서 위병들은 그 예기가 꺾였소이다. 만약 저가 이끄는 병사들은 곧장 허도로 진격해 온다

---

7) **전창(箭瘡)** : 화살에 맞은 상처. 「금창」(金瘡). [六韜 龍韜 王翼]「方士三人主百藥 以治**金瘡**」. [晉書 劉曜載記]「使**金瘡**醫李永療之」.

8) **호랑이가 날개를 단 격[如虎生翼]** : 호랑이에게 날개가 돋는 것과 같음. 「위호부익」(爲虎傅翼)은 '나쁜 사람을 도움'의 뜻임. [逸周書 寤儆]「無**爲虎傅翼** 將飛入宮 押人而食」.

면, 이를 어찌했으면 좋겠소이까? 내가 천도를 해서 저를 피할까 하는데, 어찌 생각을 하시오?"

하거늘, 사마의가 간하기를

"아니 됩니다. 우금 등이 잡힌 것은 물에 잠겼기 때문이지 싸움에 진 것은 아닙니다. 이에 국가의 대계는 전혀 손상된 것이 없습니다. 지금 손권과 유비는 서로 불화하고 있는데 운장이 뜻을 얻었으니, 손권은 필시 기뻐하지 않을 것입니다. 대왕께서는 사신을 동오에 보내셔서 이해관계를 잘 설명하게 하십시오.

그리고 손권에게 암암리에 기병하여 운장의 뒤를 엄습하게 하십시오. 그리고 일이 이루어지는 날 강남의 땅을 나누어서 손권에게 주는 것을 허락한다면, 번성의 위태로움은 자연 해소될 것입니다."

하였다.

주부 장제(蔣濟)가 말하기를,

"중달의 말씀이 옳습니다. 즉시 사신을 동오에 보내시고, 천도하느라고 백성들을 동요케 할 필요는 없습니다."

하거늘, 조조가 저들의 의견에 따라 천도를 하지 않았다.

여러 장수들이 한탄하며 말하기를,

"우금 장군은 나를 따른 지 30여 년이 되었는데, 어찌해서 위급한 때에는 도리어 방덕만 못 했단 말인가! 이제 한편에서는 사자가 편지를 가지고 동오로 가고, 또 한편으로는 한 명의 장수가 가서 운장의 예기를 꺾어야 하게 되었구나."

하는 말이 끝나기도 전에 뜰 아래 한 장수가 목소리를 가다듬고,

"제가 가겠습니다."

하였다. 조조가 저를 보니 서황이었다.

조조는 크게 기뻐하며 마침내 정병 5만을 가려, 서황을 장수로 삼

고 여건을 부장으로 삼아 날을 정해 기병하라 하였다. 전부대가 양릉 파에 주찰하고 동남에서 호응이 있으면 전진하라 하였다.

한편, 손권은 조조의 서신을 읽고 나서 흔쾌히 응락하였다. 곧 글을 닦아 사자를 돌려보내고, 이에 문무 관료들을 모아 놓고 의논하였다.

장소가 말하기를,

"근자에 들으니 운장이 우금을 생포하고 방덕을 참하고 나서, 그 위세가 화하를 진동시키고 있답니다. 조조는 천도까지 생각하며 관우의 예봉을 피하려 했다 합니다. 지금 번성이 위급한 지경에 있어서 사신을 보내 구원을 청하고, 일이 끝나면 번복하지나 않을까 걱정됩니다." 하였다.

손권이 말을 내기도 전에, 갑자기 여몽이 작은 배를 타고 육구(陸口)에서 와서 고할 말씀이 있다 한다.

손권이 불러들여 물으매, 여몽이 말하기를

"지금 운장이 병사들을 이끌고 와서 번성을 에워싸고 있으니, 그가 멀리까지 나와서 있는 틈을 타서 형주를 습격해서 빼앗는 것이 어떻습니까?" 하였다.

손권이 말하기를,

"내가 북쪽의 서주를 취하려 하는데 어떻소이까?" 하거늘, 여몽이 대답하되

"지금 조조는 하북에 있어서 동쪽을 돌아볼 겨를이 없습니다. 그래서 서주는 지키는 군사들이 거의 없습니다. 가시기만 하면 이길 것입니다. 그러나 지세가 육전에는 이로우나 수전에는 불리합니다. 설사 서주를 얻는다 하여도 또한, 지키기가 쉽지 않을 것입니다. 먼저 형주

를 빼앗아 온전히 장강을 차지한 다음, 따로 좋은 계획[良圖]을 세우는 것만 못하옵니다."

하거늘, 손권이 말하기를

"나는 본래 형주를 취하려는 것이고 앞서 한 말은 경을 시험해 보았을 뿐이외다. 내 당연히 뒤따라 곧 기병하리다."

하였다.

여몽이 손권과 헤어져 육구로 돌아가니, 초마가 보고하기를

"강 연안 2,30리마다 높은 언덕에 봉화대가 있습니다."

한다.

또 형주의 군마들은 잘 갖추어져 있고 미리 준비를 하고 있다 하였다.

여몽이 크게 놀라면서 묻기를,

"만약에 말대로라면 빨리 도모하기란 쉽지 않을 것이다. 내가 일시 오후의 면전에서 형주를 취하자고 전하였는데, 지금 갑자기 어떻게 해야 할까?"

하며, 깊이 생각해 보아도 뾰족한 수가 없었다. 이에 병을 핑계대고 나가지 않고 손권에게 사람을 보냈다.

손권은 여몽이 병으로 누워있다는 소식을 듣고는, 마음이 몹시 앙앙하였다.

육손(陸遜)이 진언하기를,

"여자명의 병은 거짓입니다. 진짜 병이 난 게 아닐 겝니다."

하거늘, 손권이 말하기를,

"백언(伯言)이 어찌 거짓 병 핑계를 대는지 알고 있소이까? 가서 보고 오시지오."

하였다.

육손이 손권의 명을 받고 그날 밤 육구의 영채에 가서 여몽을 보니,

과연 얼굴에 전혀 병색이 없었다.

육손이 대답한다.

"제가 오후의 명을 받고 삼가 자명의 병환을 탐문하러 왔습니다."

하니, 여몽이 묻기를

"천한 몸에 병이 좀 난 것을 어찌 수고롭게 문병까지 오셨소이까?"

하거늘, 육손이 말하기를

"오후께서는 공에게 중임을 맡기시고 있는데, 공은 때를 타서 움직이려 않고 공연히 울적해 계시기만 하면 어찌합니까?"

한다. 여몽은 육손을 쳐다보기만 할 뿐 오랫동안 말을 하지 않았다.

육손이 또다시 묻는다.

"어리석지만 저에게 작은 방책이 있어서, 능히 장군의 병을 고칠 수 있소이다. 한 번 해 보실 의향이 있사오이까?"

하니, 여몽이 좌우를 물리고

"백언의 좋은 처방을 빨리 가르쳐 주시구려."

하였다.

육손이 웃으면서 묻기를,

"자명의 병은 형주의 군사들이 정비되어 있고, 강 연안에 봉화대가 준비되어 있다는 것에 지나지 않습니다. 나에게 한 가지 계책이 있으니 강을 지키고 있는 장수들에게 명을 내려 봉홧불을 올리지 못하게만 한다면, 형주의 병사들은 손을 들고 항복해 오지 않겠습니까. 어떻습니까?"

하였다.

여몽은 듣고 나서 놀라며 말하기를,

"백언의 말씀은 나의 폐부를 들여다보고 있는 듯합니다. 원컨대 좋은 계책을 들려주시구려."

한다.

육손이 말하기를,

"운장은 자신을 영웅이라 믿어 자기에게 대적할 장수가 없다고 생각하고 있으나, 우려하는 것은 다만 장군일 뿐입니다. 장군께서 이 틈을타 병을 핑계대고 사직하여, 육구의 임무를 다른 사람에게 양여하십시오. 그리고 저로 하여금 관공을 칭찬하게 하여 그의 마음을 교만하게하면, 저는 필시 형주의 군사들을 철수시키고 번성으로 갈 것입니다.만약에 형주의 방비가 없어지면, 적은 군사만으로도 특별한 계책을내어서 습격할 수 있을 것이니 형주를 장악할 수 있을 것입니다."

하거늘, 여몽이 크게 기뻐하며 동의하기를

"아주 좋은 계책이오!"

하고, 탄복하였다.

이로 말미암아 여몽은 병을 핑계하여 일어나지 않고 글을 올려 사직하였다.

육손은 돌아가 손권을 보고 앞서 있었던 계획을 자세히 말하였다.손권은 이에 여몽을 불러 건업(建業)으로 돌아가 요양하게 하였다.

여몽이 이르러 손권을 뵈니, 손권이 말하기를

"육구의 임무는 전에 주공근이 노자경을 천거하여 그 일을 대신하였고, 그 후에 자경은 또 경에게 대신하게 하였소. 이제 경이 또 재주가있고 인망을 겸비한 자를 천거해서 경을 대신하게 하는 것이 좋겠소."

하거늘, 여몽이 대답하기를

"만약에 촉망받을 사람을 기용하면 운장이 반드시 이에 대비할 것입니다. 육손은 생각이 깊은 사람입니다. 아직 이름이 멀리까지 나지않은 사람이어서, 운장이 꺼려하지 않는 인물이오니 그에게 신의 임무를 대신하게 하면 틀림없이 이룰 수 있을 것입니다."

하니 손권이 크게 기뻐하며, 그날로 육손에게 편장군 우도독을 배수하고 여몽을 대신해서 육구를 지키게 하였다.

육손이 말하기를,

"저는 나이가 적고 배운 게 없어서 큰 임무를 감당하지 못할까 걱정됩니다."

하니, 손권이 말하되

"자명이 경을 천거하였으니 반드시 잘못이 없을 것이오. 경은 너무 사양하지 마시오."

하매, 육손은 이에 인수를[9] 받들고 밤을 도와 육구로 갔다.

마군과 보군, 수군은 인수를 받는 것이 끝나자, 한 통의 편지를 닦고 명마와 신기한 비단·술과 예물들을 갖추어 사신에게 주어서, 번성에 가서 관공을 만나보게 하였다. 그때 관공은 전창 때문에 쉬면서 병사들을 일으키지 않고 있었다.

문득, 보고가 들어오기를

"강동의 육구를 지키던 여몽이 병으로 위급해지자 손권은 돌아가 조리를 시키고, 최근에 육손을 장수로 삼아 여몽 대신 육구를 지키게 하였습니다. 지금 육손이 편지와 예물들을 가지고 사람을 보내와서 뵙기를 청하고 있습니다."

하였다.

관공이 불러서 손으로 가리키며,

"중모가 식견이 없어서[10] 이런 어린아이를 장수로 삼아 보내다니!"

---

9) **인수(印綬)** : 인끈. 관인(官印). 이는 '기패(旗牌)'와 함께 신분과 권능을 증명하는 도구임. [史記 項羽紀]「項梁持守頭佩其**印綬** 門下大驚擾亂」. [漢書 百官公卿表]「相國丞相 皆**金印紫綬**」.

10) **식견이 없어서[短淺]** : 학식과 견문이 얕음. [三國志 諸葛亮傳]「而智術**淺短**

한다.

온 사자가 땅에 엎드려 고하기를,

"육손 장군께서 편지와 예물을 드리라 하면서, 첫째는 군후에게 하례를 드리고, 둘째로는 두 집 사이에 화합을 도모하려 하오니 받아주시기 바랍니다."

하거늘, 관공이 편지를 뜯어보니, 그 말씨가 관공을 높이고 자신을 극히 낮추고 있었다. 관공이 보고 나서 얼굴에 웃음을 띠며, 좌우에게 예물을 받게 하고 사자를 돌아가게 하였다.

사자가 돌아가서 육손을 보고 말하길,

"관공이 매우 기뻐하시고 있으니 다시는 강동에 대한 걱정을 아니 해도 될 것입니다."

하였다.

육손이 크게 기뻐하면서 비밀리에 사람을 보내어 탐지하니, 관공은 과연 형주를 지키던 태반의 군사들을 철수시키고 번성으로 돌아가 병조섭을 하고, 전창이 낫기를 기다려서 곧 진병하려 한다 하였다. 육손은 자세히 살피고는 곧 사람을 시켜, 밤을 도와 이 일을 손권에게 알렸다.

손권은 여몽을 불러 상의하기를,

"지금 운장은 예상했던 대로 형주의 군사들을 철수시키고 번성을 공략하려 하고 있으니, 곧 계획을 세워 형주를 급습하십시다. 경은 내 아우 손교(孫皎)와 함께 대군을 이끌고 먼저 가는 게 어떻소?"

하였다. 손교의 자는 숙명(叔明)인데, 손권의 숙부 손정의 둘째 아들이다.

여몽이 대답하기를,

遂用猖獗至於今日 然志猶未已 君謂計將安出」. [文選 任昉 爲齊明帝讓君公表]「臣本無庸才 智力淺短」.

"주공께서 만약에 이 여몽을 기용하고자 하신다면 저만 쓰시고, 또 숙명을 쓰고자 하신다면 숙명만 쓰시기 바랍니다. 지난날 주유와 정보가 좌·우 도독이 되었을 때의 일을 어찌 듣지 못하셨사옵니까? 일은 비록 주유가 결정했지만, 정보는 자신이 선배로서 주유의 밑에 있게 되자 자못 서로 화목하지 못했고, 그 뒤에 주유의 재주를 보고 나서야 비로소 경복했습니다. 지금 이 여몽의 재주는 주유에게 미치지 못하고 있고, 숙명은 정보보다 주군과 더 가까우니 협력이 잘 되리라고 볼 수만은 없사옵니다."

하였다.

손권은 그제서야 크게 깨닫고, 드디어 여몽을 대도독에 임명하고 군마를 총독하여 강동으로 진군하게 하고, 손교는 뒤에서 양초를 공급하며 돕게만 하도록 하였다. 여몽이 배사하고 3만 병사들을 점고하고 빠른 배 80여 척을 준비하였다.

또 물에 익숙한 자들을 뽑아 장사꾼으로 분장시켜 다 흰옷을 입게 하고 배 위에서 노를 젓게 하였다. 그리고 정예병들을 큰 배[11] 안에 숨긴 다음, 한당·장흠·주연·반장·주태·서성·정봉 등 7명의 장수들은 서로 연계해 나가게 하였다. 그 나머지 병사들은 다 오후를 따라 후군이 되어 지원하게 하였다.

그리고 한편으로는 사신을 시켜 조조에게 편지를 보내 진군하여 운장의 후미를 공격하라 하고, 또 한편으로는 먼저 육손에게 이러한 사실을 알리고 장사꾼 차림의 배를 발진시켜 심양강(潯陽江)으로 가게 하였다. 밤낮 배를 저어 곧장 북쪽 기슭에 배를 대었다.

---

11) **큰 배[舶艫]** : 구록배. 모선(母船). 여러 척의 배가 딸려 있으며 어떤 작업의 중심체가 되는 큰 배. [廣淮釋 船]「**舶艫**船也」. [北堂書抄]「豫章城西 有**舶艫**洲 卽呂蒙作**舶艫**大編處」.

강변 봉화대를 지키던 군사들이 자꾸 묻자,12) 오나라 병사들이 "우리들은 다 장사꾼들이오.13) 강에서 태풍을 만나서 이곳으로 일시 피하려는 것이외다."

하고, 가지고 있던 물건들을 봉화대를 지키고 있는 군사들에게 뇌물로 보냈다. 군사들은 그제서야 믿고 마침내 그 배를 강가에 정박시키게 하였다.

약 2경쯤 되자 그 배 안에 숨어 있던 정예병들이 일제히 나와 봉화대의 관리와 군사들을 포박하여 쓰러뜨리고 암호를 외치자, 80여 척 배에 있던 나머지 정예병들이 모두 나와서 주요한 곳의 봉수대 군사들을 다 잡아, 배 안으로 끌고 들어가 한 사람도 달아나지 못하게 하였다.

이에 군사들을 한꺼번에 나가게14) 하여 금세 형주로 달려들었으나 아는 사람이 없었다. 형주에 도착 즈음하여 여몽은 강가의 봉수대 군사들과 관리들에게 좋은 말로 위로하며 각각 중상한 다음, 그들에게 속임수로 성문을 열게 하고 불을 질러 신호를 올리게 하였다.

그리고는 여러 병사들이 명을 따르자 여몽은 곧 그들을 앞세우고 나가게 하였다. 이날 밤 자정쯤 되어서 이들은 성 아래에서 문을 열라고 소리치자, 문지기 군사들은 이들이 형주의 군사들임을 알고 성문을 열어 주었다. 많은 군사들이 일시에 함성을 지르며 성문 안으로

---

12) **자꾸 묻자[盤問]** : 반핵(盤覈). 「반힐」(盤詰)은 자세히 캐어 물음의 뜻임. [楊維楨 題伏生受書圖詩]「挾魯嚴禁藥未開 **盤詰**誰能禁齊語」. [桃花扇 修札]「只是一路**般詰**也 不是當要約」.

13) **다 장사꾼들이오[客商]** : 객지에 나가 장사하는 사람. [福惠全書 雜課部 雜徵餘論]「其**客商**凡有貿易 須眼同該牙 將買賣某物稅銀若干 登塡印簿」.

14) **군사들을 한꺼번에 나가게[長驅大進]** : 멀리 몰아서 크게 나아감. 「장구」. [史記 秦紀]「造父爲穆王御 **長驅**歸周 以救亂」. [新書 雜事]「輕卒銳兵 **長驅**至齊」.

들어가 불을 놓아 신호를 하고, 오나라 병사들이 일제히 들어가 형주를 기습하였다.

여몽은 곧 군중에 명을 내려 말하기를,

"망령되이 한 사람이라도 죽이는 자가 있거나, 백성들의 물건을 취하는 자가 있으면 군법으로 다스리겠다."

하였다. 그리고 원임 관리들은 모두 옛 관직에 임명하였다.

관공의 집 가솔들은 별채에 있게 하고 아무나 출입을 못하게 조치하였다. 그리고 한편으로 사람을 시켜 이를 손권에게 보고하였다.

하루는 큰 비가 내렸다. 여몽이 말을 탄 채 수기만을 이끌고 4대문을 점검하러 나갔다. 그때, 문득 한 사람이 민간의 삿갓을 빼앗아 갑옷을 덮고 있었다. 여몽이 좌우를 세우고 물었다. 그는 자기와 동향 사람이었다.

여몽이 대답한다.

"네가 비록 나와 동향 사람이긴 하여도, 내가 이미 내린 명을 고의로 범하였으니 마땅히 군법대로 다스릴 수밖에 없다."

하니, 그 사람이 울면서

"제가 나라의 갑옷이 비에 젖을까 걱정이 되어 삿갓을 얻어 덮은 것이지 사사로이 쓴 것은 아니오니, 장군께서 동향의 정을 생각해 주시기 바랍니다."

하거늘, 여몽이 말하기를

"내 진실로 네가 국가의 갑옷을 덮기 위해 그런 줄은 안다. 그렇지만 종국에는 백성들의 물건을 취하지 말라는 영을 어기지 않았느냐?"

하고는, 좌우를 꾸짖어 끌어내어 저를 참하게 하고 효수하게[15] 하였

---

15) **효수(梟首)** : 효수경중(梟首警衆). 죄인의 목을 베어 높이 달아매어서 뭇사람들을 경계함. [史記 始皇紀]「二十人皆**梟首** (注) 集解曰 縣**首**於木上曰**梟**」. [通

다. 그리고 전시가 끝난 뒤에 그 시신을 거두어 울며 장사지내 주었다.

이 일이 있은 후부터 군사들은 모두 자숙하게 되었다. 하루가 못 되어서 손권이 많은 군사들을 이끌고 왔다. 여몽은 성곽 밖에까지 나가서 관아로 영접해 들였다. 손권이 군사들을 위로하고 나서, 반준으로 치중을 삼아 형주의 일을 담당하게 하였다.

그리고 수감되어 있던 우금을 나오게 해서 조조에게 돌려보내고 백성들을 안돈시켰다.

군사들에게 상을 내리고 잔치를 베풀어 경축하며, 여몽에게 묻기를

"이제 형주를 얻었으니 공안의 부사인과 남군의 미방, 이 두 사람이 있는 곳을 어찌하면 되찾을 수 있겠소이까?"

한다.

말이 끝나기도 전에 문득 한 사람이 나서며,

"구태여 활을 당겨 쏠 것도 없이, 제가 세 치의 혀끝으로16) 공안의 부사인을 달래 항복하게 하면 되지 않겠습니까?"

하거늘, 여러 사람들이 보니 우번(虞翻)이었다.

손권이 묻기를,

"중상은 무슨 좋은 계책이라도 있소, 부사인을 항복하게 할 수 있는?"

하니, 우번이 대답하기를

"제가 어려서부터 사인과 우정이 두터웠습니다. 이제 이해관계로 설득한다면 저는 반드시 돌아올 것입니다."

鑑 晋元帝記 胡三省注)「梟不孝鳥 說文曰 冬至捕梟 磔之以頭 掛之木上 故今謂掛首 爲梟首」.

16) 세 치의 혀끝으로[三寸不爛之舌] : 구변이 능한 것을 비유하는 말임. 삼촌설(三寸舌)은 '세 치의 길이에 지나지 아니하는 사람의 혀'를 가리킴. [史記 平元君傳]「今以三寸舌 爲帝者師 又毛先生以三寸之舌 强於易萬之師」.

한다.

손권이 크게 기뻐하며, 우번에게 군사 5백을 주고 곧 공안으로 가게 하였다.

한편, 부사인은 형주가 함락되었다는 소식을 듣고 급히 문을 닫아 걸고 성을 굳게 지키게 하였다. 우번은 성문이 굳게 닫힌 것을 보고 편지를 써서 화살에 달아 성중으로 보냈다. 군사들이 집어다가 사인에게 드렸다. 사인이 글을 뜯어보니 이에 항복하라는 뜻이었다.

사인이 보고 나서 관공이 전날에 있었던 일이 생각나서 빨리 항복하느니만 못하다고 생각하고는, 즉시 성문을 활짝 열고 우번을 성 안으로 청해 들였다. 두 사람이 인사가 끝나자 각각 지난날의 정을 이야기하였다. 우번이 오후의 관후함과 도량을 이야기하고 현사들을 예로 대하여 선비들은 크게 기뻐한다는 말을 하자, 사인은 우번과 함께 인수를 가지고 형주에 와서 투항하였다. 손권은 크게 기뻐하며 공안으로 가서 지키게 하려 하였다.

여몽이 손권에게 은밀히 말하기를,

"지금 운장을 잡지 못하였는데, 사인을 공안으로 보내는 것은 오래지 않아서 변고가 생길지 모릅니다. 만약에 저에게 남군으로 가서 미방을 항복하게 하심이 어떨까 합니다."

하자, 손권은 사인을 불러서

"미방과 경은 교분이 두터우시니 경이 미방에게 가서 항복하게 권하시오. 그렇게만 하면 내 중상을 내리리다."

한다.

부사인이 개연히 허락하고, 드디어 10여 기를 이끌고 곧장 남군으로 미방을 초안하러17) 갔다.

이에,

오늘의 공안은 지킬 뜻이 전혀 없으니

전날의 왕보 말이 진정 옳았구나.

今日公安無守志

從前王甫是良言.

그 일이 어찌 되었는지는 알 수가 없다. 하회를 보라.

《제6권으로 이어짐》

---

17) **초안(招安)**: 초항(招降)시키기 위해. 항복받기 위해. [鷄肋編]「宋建炎後 民間語云 欲得官 殺人放火受**招安**」. [歐陽修 詩]「曉昨計不出 還出**招安**辭」.

찾아보기

삼국의 지도

昌黎　　瀋陽　　丸都　　高句麗
　　　　玄菟
　　　　遼東

烏丸
幽州　　遼西　▲
北京　　碣石山　　　　　　平壤
燕國　天津　　　　　　　　樂浪
范陽
　　　渤海
渤海　　渤海

州　　　　　東萊　　　　　　馬韓
平原　青州
　　　齊國　　　　　　　　弁韓
濟南國　北海國
　　　城陽
兗州　琅邪國
濟陰
國　沛國
　　下邳　徐州
　譙
　　淮水
　　　揚州
(壽春)
　盧江
　　　南京　　　　　　東中國海
　　建業　吳郡
盧江　　　上海
　長江　杭州
　　　　會稽
　鄱陽　　臨海
豫章
臨川　　建安
吳
福州

南中國海

　⊙ ----- 국도
　■ ----- 부도
　○ ----- 주도
　● ----- 군도
　◆ ----- 현재 도시
　▲ ----- 산
　✕ ----- 전투 지역
　( ) ----- 기타
　━━ ----- 국경
　▬ ▬ ▬ ----- 만리장성

0　　100　　200　　300km

삼국의 비교

魏 (220~265)

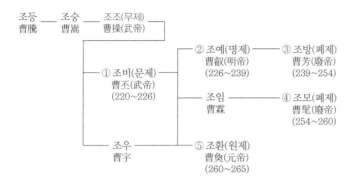

조등 ── 조숭 ── 조조(무제)
曹騰　　曹嵩　　曹操(武帝)

① 조비(문제)
曹丕(武帝)
(220~226)

② 조예(명제) ── ③ 조방(폐제)
曹叡(明帝)　　　曹芳(廢帝)
(226~239)　　　(239~254)

조임 ──────── ④ 조모(폐제)
曹霖　　　　　　曹髦(廢帝)
　　　　　　　　(254~260)

조우
曹宇

⑤ 조환(원제)
曹奐(元帝)
(260~265)

蜀 (221~263)

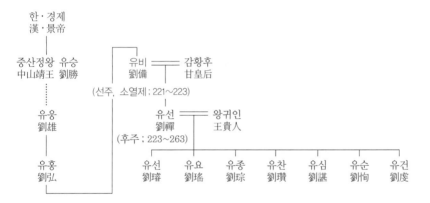

한·경제
漢·景帝

중산정왕 유승
中山靖王 劉勝

유비 ══ 감황후
劉備　　甘皇后
(선주, 소열제 ; 221~223)

유웅
劉雄

유선 ══ 왕귀인
劉禪　　王貴人
(후주 ; 223~263)

유홍
劉弘

유선　　유요　　유종　　유찬　　유심　　유순　　유건
劉璿　　劉瑤　　劉琮　　劉瓚　　劉諶　　劉恂　　劉虔

吳 (222~280)

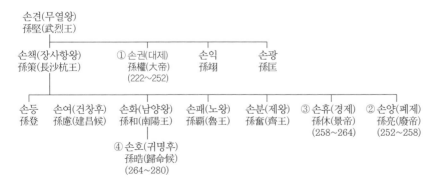

손견(무열왕)
孫堅(武烈王)

손책(장사항왕)
孫策(長沙杭王)

① 손권(대제)
孫權(大帝)
(222~252)

손익
孫翊

손광
孫匡

손등　　손여(건창후)　　손화(남양왕)　　손패(노왕)　　손분(제왕)　　③ 손휴(경제)　　② 손양(폐제)
孫登　　孫慮(建昌侯)　　孫和(南陽王)　　孫霸(魯王)　　孫奮(齊王)　　孫休(景帝)　　孫亮(廢帝)
　　　　　　　　　　　　　　　　　　　　　　　　　　　　　　　　　　(258~264)　　(252~258)

④ 손호(귀명후)
孫皓(歸命侯)
(264~280)

박을수(朴乙洙)

▶ 主要著書 · 論文

『한국시조문학전사』(성문각, 1978)

『한국시조대사전(상·하)』(아세아문화사, 1992)

『한국고전문학전집 11, 시조Ⅱ』(고려대 민족문화연구소, 1995)

『국어국문학연구의 오늘』(회갑기념논총, 아세아문화사, 1998)

『시조의 서발유취』(아세아문화사, 2001)

『한국개화기저항시가론(수정판)』(아세아문화사, 2001)

『시화, 사랑 그 그리움의 샘』(아세아문화사, 2002)

『회와 윤양래연구』(아세아문화사, 2003)

『시조문학론』(글익는들, 2005)

『만전당 홍가신연구』(글익는들, 2006)

『한국시가문학사』(아세아문화사, 2006)

『신한국문학사(개정판)』(글익는들, 2007)

『한국시조대사전(별책보유)』(아세아문화사, 2007)

『머리위엔 별빛 가득한 하늘이』(글익는들, 2007)

『삼국연의』(전9권)(보고사, 2015)

「고시조연구」(석사학위논문, 1965)

「개화기의 저항시가연구」(학위논문, 1984)

역주 삼국연의 5

2016년 1월 15일 초판 1쇄 펴냄

저 자 나관중
역 자 박을수
발행인 김흥국
발행처 보고사

책임편집 이경민
표지디자인 오동준

등록 1990년 12월 13일 제6-0429호
주소 경기도 파주시 회동길 337-15 보고사 2층
전화 031-955-9797(대표)
     02-922-5120~1(편집), 02-922-2246(영업)
팩스 02-922-6990
메일 kanapub3@naver.com / bogosabooks@naver.com
http://www.bogosabooks.co.kr

ISBN 979-11-5516-185-2
     979-11-5516-180-7   04820(세트)
ⓒ 박을수, 2016

정가 15,000원
이 도서의 국립중앙도서관 출판예정도서목록(CIP)은 서지정보유통지원시스템 홈페이지
(http://seoji.nl.go.kr)와 국가자료공동목록시스템(http://www.nl.go.kr/kolisnet)에서
이용하실 수 있습니다.(CIP제어번호: CIP2015033970)